대왕 광해군 2

지은이 / 박혁문
발행인 / 조유현
발행처 / 늘봄
편 집 / 이부섭
디자인 / 박준철

등록번호 / 제1-2070 1996년 8월 8일
주　소 / 서울시 종로구 충신동 189-11
전　화 / (02)743-7784
팩　스 / (02)743-7078

초판 1쇄 펴냄 2011년 3월 31일

ISBN 978-89-6555-003-7 04810 대왕 광해군 2
ISBN 978-89-6555-001-3 04810 대왕 광해군(전2권)

*가격은 표지에 있습니다.

대왕 광해군 2

에필로그 II
  1. 병자호란 6
  2. 삼전도의 수치 32

1부 | 삭풍 朔風
  1. 한손 50
  2. 아이지 60
  3. 탈출 80

2부 | 용상 龍床
  1. 광해군의 한 96
  2. 모사 이이첨 110
  3. 권력강화 127
  4. 삼청결의 143
  5. 혁명가 허균 156

3부 | 팔기군
  1. 팔기군 184
  2. 색계(色計) 203
  3. 박엽 220
  4. 무순성전투 234
  5. 알목하의 은둔자 265
  6. 인연 295
  7. 청혼 313
  8. 갓주지 사랑법 325

작가의 말 344

제 1 권

4부 | 전운 戰運

제 2 권

1. 탐색(探索) ········· 08
2. 신경진 ········· 36
3. 밀사 ········· 65
4. 허균의 죽음 ········· 90
5. 객주 ········· 101
6. 전운 ········· 133
7. 사르허 전투 ········· 149

5부 | 인조반정

1. 암색 ········· 188
2. 역모 ········· 253
3. 인조반정 ········· 309
4. 토사구팽 ········· 355
5. 호란(胡亂) ········· 389

에필로그 | ········· 414
작가의 말 ········· 416

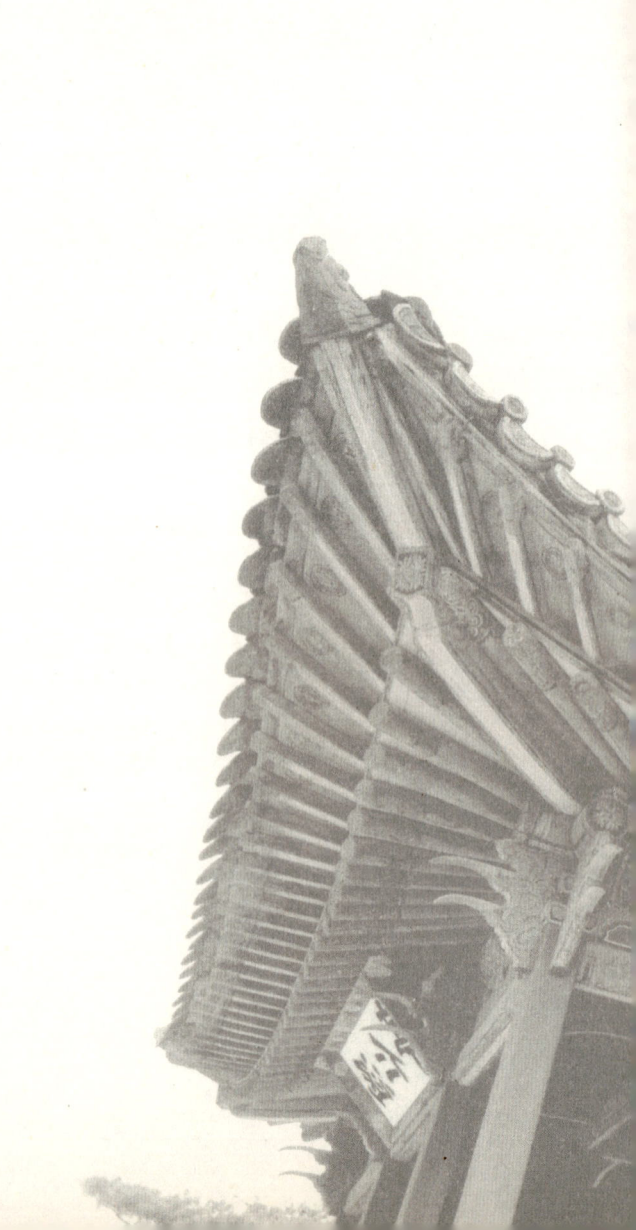

4부 전운 戰運

1. 탐색

철령. 함경도에서 서울로 가기 위해서는 반드시 거쳐야 하는 곳이다. 원래 이곳은 고구려의 비열홀에 속하던 곳으로 안변도호부에서 남쪽으로 팔십여 리쯤에 위치하고 있다. 고려 때 관문을 설치하여 철관이라고도 불린다. 이곳이 얼마나 험한 고개인가는 이곳을 지나던 많은 사람들이 남긴 시에서도 알 수가 있다.

정도전의 시에 '철령의 산은 높아 칼날과도 같은데, 동으로 바다 쪽을 바라보니 아득하기만 하다'는 구절이 있으며, 남곤이 이장곤에게 보내는 글에도 '등주 남쪽과 연성 북녘에 큰 산들이 깎아지른 듯 하늘로 솟으니 그 산세가 국토를 가로질렀다. 장백산에 뿌리를 두고 뻗어 남으로 수천 리를 달려와 넓게 모여 인가는 보이지 않고 바람마저 다른 곳과 통하지 않고 막혔는데, 새나 넘는 이 길을 누가 뚫었단 말인가? 실 같은 외줄기 길, 숲 밖으로 빙빙 돌더니 점점 양의 창자처럼 구불구불 암석 사이로 돌아들어 가는구나' 라는 구절이 있을 만큼 험하고도 깊은 고개다.
 그러나 이 고개가 의미하는 것은, 넘기 힘들고 험하다는 물리적 것보다는 이 고개를 넘으면 임금 곁을 떠난다는, 문명세계와 동 떨어진다는 상징적인 의미가 더 깊은 고개다. 백사 이항복이 귀양길을 떠나면서 이 고개 위에서 쓴 시조 한 수가 이런 의미를 잘 나타낸다.

 철령 높은 골을 쉬어 넘는 저 구름아
 고신원루를 비삼아 띄어다가
 임 계신 구중심처에 뿌려본들 어떠리

 헝클어진 실타래 같은 꼬불꼬불한 이 고개를 오르는 두 사람이 있었다. 넓은 갓을 쓰고 도포자락을 날리며 말을 타고 가는 모습이 여간 불편해 보이지 않았다. 환갑 인근과 이제 이십을 갓 넘긴, 손자와 할아버지 같은 나이의 두 사람 이혼과 박인웅이었다.
 이혼은 정동식과 한손이 떠난 뒤 오랫동안 고뇌했다. 자신들은 더 이상 문명세계에 나서고 싶진 않지만 아이들이 문제였다. 깊은 산 속의 생활에 싫증을 느낀 것 같았다. 마을이라 하지만 자신을 따라서 숲 속에 들어온 다섯 명의 전우들과 그 가족들이 전부였다. 자신들의 세대는 문제가 없었지만 아이들이 점점 커가면서 결혼도 큰 문제로 떠올랐다. 그렇다고 아이들을 무작정 조선세계로 내보낼 수도 없었다. 이곳은 자유로운 세계였다. 여진 땅도 조선 땅도 아닌 곳에서 그 어느 곳의 지배도 받지 않았다. 불과 몇십 년 전까지만 하여도 이곳은 접전 지역이었다. 압록강 북쪽의 산악지대에 기반을 둔 건주 여진의 누루하치가 등장하면서 두만강근처의 야인 여진들은 그들의 세력 하에 편입되었고, 여진족의 통일전쟁이 벌어지면서 두만강 근처는 관심에서 멀어졌다. 당연히 조선도 이 지역보다는 평안도 쪽에 더 많은 병력을 배치하여 두만강 근처에 대한 지배력을 줄였다. 그 덕분에, 또 자신들이 군인출신이라 소소한 침입자를 잘 물리친 덕분에, 지금은 자유를 누리고 살았다. 하지만 조선은 아니었다. 아이들이 겪지 못한 철저한 신분과 엄격한 생활 규율이 존재하는 곳이었다. 그곳에 적응할 수 있을지도, 또 그런 세계에 적응시켜야할지도 걱정이었다. 이혼은 한때 자신의 부하들이었지만 지금은 함께 생활하는 삶의 동반자인 친구 이정구와 전우들을 불러 자신의 고민을 의논했다.

"이곳에 들어온 지 이십 년이 다 되었네. 자네들은 어떤지 모르지만 나는 이곳 생활에 만족하네. 하지만 우리 아이들이 어떤지에 대해서 이제는 고민해야할 때가 된 것 같네. 잘못하다간 장가도 가지 못하고 평생 이곳에서 살다가 죽을지도 모를 일일세. 잘 알다시피 우리 한손은 여진 땅으로 갔네. 다른 아이들에게도 기회를 주어야할 것 같네. 원하는 아이들이 있다면 대처에 나가서 사는 것을 막을 수 없을 것 같네."

"맞습니다. 이제는 이 문제를 심각하게 생각해야할 때인 것 같습니다."

장성한 아들과 딸을 둔 사람들이 맞장구를 쳤다.

그동안에도 이런 일을 의논한 적이 없었던 것은 아니었지만 그때마다 마땅한 대안을 찾지 못하여 접어 두곤 했었다. 엄격한 신분 사회인 조선에 자유롭게 자란 아이들을 쉽게 내보낼 자신이 없었던 것이었다. 하지만 이번에는 뭔가 대책이 생길 것 같아 사람들은 좀 더 적극적이었다.

"때마침 세상에 나설 기회가 생겼으니 날이 풀리면 한양에 다녀오면서 우리 아이들을 조선에 보내도 될지 탐색을 해 보겠네."

"짧은 기간 탐색을 한다고 쉽게 결정할 수 있는 문제는 아닌 것 같습니다."

이정구가 신중하게 말했다.

"당연하지. 몇 년간 탐색을 해 볼 것이네. 세상이 바뀌거나 바꿀 가능성이 없으면 조선 땅은 들어가지 말아야지."

"세상을 바꾼다고 하셨습니까?"

"능동적으로 살아야지."

"어떤 세상을 원하십니까?"

조선 사회에 대한 불신이 가득 찬 이정구가 불안한 듯 물었다.

"선비들이 지배하는 세상이 아닌 능력 있는 자가 대접받는 세상."

"그것은 혁명이 일어나기 전에는 안 되는 것입니다."

"여진이 명나라를 이긴다면 조선에도 변화의 바람이 불 것이야. 양반이 아니라도 살 수 있는 세상이 될 수 있는지 없는지 한 번 시도해봐야지."

"무엇으로 말입니까?"

"돈으로."

"돈!"

"장사를 하려 하네. 지금 당장은 장사꾼들이 대접을 못 받겠지만 앞으로는 달라질 것일세. 지금 돌아가는 정세를 볼 때 후금이 세상을 뒤집어 놓을 가능성이 있네. 여진과 무역을 해서 큰돈을 벌면 조선 사회를 뒤집어 볼 수도 있을 것이네."

"그런다고 우리 새끼들의 삶이 달라지겠습니까? 양반은 양반이고 상놈은 여전히 상놈일 텐데."

"양반이 영원히 양반이라는 법은 없는 것일세. 여진족들은 능력 있는 사람들이 대접을 받지. 그래서 나라가 힘이 있는 것이고. 우리라고 그러지 말라는 법은 없는 것 아닌가? 땅 많은 사람이 지금까지 대접받았다면 앞으로는 돈 많은 사람이 행세할 수 있는 것 아닌가?"

"쉽지 않을 것입니다."

"나도 알고 있네. 하지만 자네들과 우리 아이들이 도와준다면 해볼만 하다고 생각하네."

이혼은 한참동안 왜 자신이 한양에 객주를 차리는지에 대해 설명했다. 마을 사람들은 고개를 끄덕였지만 기울어진 고개를 바로 들지는 못했다.

한나절을 걸어도 인가(人家) 하나 보이지 않는 산길, 끝없이 이어지는 산봉우리들의 당당한 군림, 인적이 없는 밀림 속에서의 생활에 익숙한 이혼 일행은 아무 거리낌 없이 철령 고갯길을 올랐지만, 일반인들은 혼자서 이 험한 고개를 넘을 엄두를 내지 못하였다. 산 아래 주막에서 하룻밤을 잔 다음, 산을 넘어갈 사람들을 모아 새벽에 함께 출발하였다. 맹수들의 습격과 산적들의 공격을 염려해서였다. 특히 이곳은 산적이 많아 자주 이 고개를 넘나드는 사람들은 아예 얼마간의 통행세를 내고 다니곤 하였다. 하지만 이혼 일행은 그런 것을 아는지 모르는지 주저 없이 주막집 주인의 만류를 무시하고 산을 넘는 중이었다.

꾸불꾸불한 산길을 부지런히 올랐지만 사위는 벌써 어두워지고 있었다. 하룻밤 한둔을 위해 바위를 찾았다. 길에서 조금 떨어진 곳에 마당바위 하나가 보여 그쪽으로 말을 몰았다. 순간 인기척이 났다. 말을 멈추고 정신을 집중하여 소리 나는 쪽을 찾았다. 하지만 굳이 애쓸 필요가 없었다. 두루마기에 큰 갓을 쓴 이혼 일행을 대수롭지 않게 본 상대가 먼저 몸을 드러냈다.

"여보시오 양반님 네들, 말이 참 좋아 보이는데 빌려주신다면 목숨은 저희가 보장하겠습니다."

상대는 네 명, 그들의 손에는 죽창과 칼, 몽둥이가 들려 있었다.

"당신들은 누군데 남의 말을 빌리려고 하십니까?"

박인웅의 점잖은 목소리였다. 그는 아직 조선의 신분사회를 제대로 이해하지 못하였기 때문에 누구에게나 함부로 하대를 하지 않았다. 산적들은 그가 자신들이 무서워 존대어를 쓰는 것으로 알고 있겠지만, 그의 목소리에는 전혀 떨림이나 긴장감이 묻어 있지 않았다.

"하하하, 완전히 먹물만 끼고 산 놈이구나. 우리가 누군지도 모르게. 난 이런 놈들이 제일 싫어, 아예 까마귀밥을 만들어야겠어."

상대는 큰 갓을 썼다는 이유만으로 노골적인 악감정을 드러냈다.

"내가 셋을 셀 때까지 말에서 내리고 옷을 다 벗어라. 실오라기 하나 남기지 말고, 늦으면 어디가 잘려나갈지 몰라."

적당(賊黨)들 중 우두머리인 듯한 자가 목소리를 높여 말했다.

"하나, 둘, 셋!"

상대는 전혀 반응이 없었다.

"이 종간나 새끼들 봐라."

두목인 듯한 자가 어이가 없다는 표정을 짓더니 칼을 뽑았다. 위협을 하기 위해서인지 별 경계하는 태도는 아니었다. 그러나 칼을 본 박인웅의 태도는 달랐다. 그는 말에서 내려 두루마기를 벗었다. 그러자 두 자루의 예도를 빗겨 찬 패검한 무사의 모습이 드러났다. 어느 곳 하나 빈틈이 없는. 순간 상대는 긴장하는 빛이 역력했다.

"네놈들이 바로 과객의 목숨을 노리는 산적 떼구나. 내가 너희들과 원한 진 일이 없어 그냥 가려했지만 어른에게까지 상스러운 말을 쓰니 도저히 용서할 수 없다. 그놈의 말버릇은 꼭 고쳐 주고 가야겠어."

 박인웅의 칼 다루는 특징 중의 하나가 쾌검이다. 상대가 칼을 뽑기도 전에 순식간에 목표물을 가르는 것이었다. 그는 말을 마치자마자 칼을 뽑는 듯 마는 듯했다. 그 순간 적당 중의 우두머리가 쓰고 있던 패랭이가 두 동강이 나고 말았다.

 "다음은 네놈의 목이다. 어쩔 테냐, 목을 내 놓을 테냐. 아니면 무릎을 꿇고 어른께 용서를 구할 것이냐?"

 적당은 지금까지 박인웅과 같은 쾌검을 만나 본 적이 없었기에 기가 질려 어찌해야할 바를 몰라 했다. 적당이 머뭇거리는 사이에 박인웅의 호통소리가 높아졌다.

 "어서 무릎 꿇어!"

 이미 박인웅의 실력을 엿본 적당은 그의 목소리에 꼼짝을 못하고 머뭇거림 없이 곧바로 털썩 주저앉듯 무릎을 꿇었다.

 "빨리 용서를 빌어라. 이 분이 어떤 분인데 너희 같은 놈들이 상소리를 한단 말이냐?"

 "잘못했습니다. 저희들이 어른을 못 알아 뵙고 함부로 말하였습니다."

 이 모양을 무심히 바라보던 이혼은 박인웅에게 이제 그만 용서하라 했고, 박인웅은 단단히 주의를 준 다음 그들을 돌려보냈다.

 "분명, 저들의 패거리들이 있을 것이다. 패거리가 몰려오면 귀찮으니 이 자리를 빨리 피하자. 한둔을 하는 것보다는 차라리 밤을 달려 이 고개를 벗어나는 것이 나을 것이다."

 "예. 알겠습니다."

그들은 말 잔등을 쓰다듬으며 박차를 가하였다. 말이 달리기 시작했다. 그들의 말은 조선의 말이 아니라 여진 땅에서 방목하며 기른 말이기 때문에 관리가 잘되어 산길에서도 주저함이 없이 달렸다. 하지만 아무리 말이 잘 달려도 온 산 속에 퍼지는 고각소리는 따라 갈 수가 없었다.
　해는 서산에 걸리자마자 무서운 속도로 어두워지기 시작했다. 이혼 일행이 채 철령의 정상에 오르기도 전에 그들은 또 한 번 말을 멈출 수밖에 없었다. 길을 가로막고 선 수많은 사람의 무리 때문이었다. 그들 중에는 말을 탄 사람도 있었다.
　"인웅아! 거추장스런 옷은 벗어라. 숫자가 많고 적음은 문제가 아니다. 상대와의 거리는 이십 보. 내가 앞장을 설 테니 말을 멈추지 말고 그대로 달려라. 이럴 때는 항상 적의 우두머리를 먼저 치는 법이다. 내가 보니 말을 타고 거만스럽게 우리를 내려다보는 자가 우두머리다. 그놈을 치고 그대로 돌파한다. 적의 방어선을 통과한 다음에는 활을 조심해야 한다. 말 등에 바싹 몸을 숙이고 뒤돌아보지 말고 달려라."
　이혼은 사태를 짐작하고 박인웅에게 주의를 주었다.
　"할아버지, 제가 앞장을 서겠습니다. 제 뒤를 바싹 따르십시오."
　이혼을 할아버지라 부르는 박인웅은 두루마기를 벗어 둘둘 말아 말 등에 올린 후 앞장을 서며 말했다.
　"그래 주겠나. 자, 그럼 출발하자."
　박인웅이 두 자루의 패도를 뽑아 양손에 한 자루씩 들고는 기합소리를 지르며 말에 박차를 가하자 말은 무서운 속도로 언덕길을 오르기 시작했다. 무리의 힘을 믿고 긴장을 풀고 있던 도적들은 뜻밖의 공격에 양 옆으로 비켜서기에 급급했다. 박인웅은 예의 그 빠른 칼 솜씨로 도적의 창살을 가르며 적장을 향해 달렸다.

'비전요두세, 벽력휘부세!' (왼쪽 칼을 휘둘러 오른쪽으로 몸을 방어하고 오른쪽 칼은 왼쪽으로 휘둘러 몸을 방어한 다음 그대로 앞을 가로막는 적을 향하여 힘차게 접친 칼을 내치며 돌격하는 검세) 그가 휘두르는 검에 부딪히는 칼과 창은 힘없이 나가 떨어졌다.

적당의 우두머리도 말을 달리며 맞부딪혀 왔다. 그는 박인웅의 적수가 못되었다. 순식간에 가르고 지나가는 그의 칼날에 적의 우두머리는 어깨를 감싸고 그대로 말에서 굴러 떨어졌다. 죽일 수도 있었지만 그러고 싶지 않아 어깨를 내리쳤을 뿐이었다. 뒤에는 이혼이 빠른 속도로 박인웅이 헤쳐 놓은 길을 따라 달렸다. 대장이 쓰러지자 더 이상 장애물은 없었다. 그들은 적의 방어선을 통과하자 주저함이 없이 말 등에 몸을 바짝 붙이고는 아래로 향하여 달렸다.

철령은 너무나 멀고도 험한 길이었다. 달려도 달려도 끝이 나타나지 않았다. 사방은 어두웠고 구름이 달을 가려 더 이상 말을 달릴 수 없었다. 그 사이 봉우리 곳곳에서는 횃불이 밤하늘을 수놓기 시작했다.

개 짖는 소리를 신호로 사방에서 울부짖는 맹수들의 소리가 온 산을 뒤덮었다. 이혼은 말을 멈추고 말에서 내려 말 잔등을 쓰다듬으며 먼 길을 달려 준 말에 고마움을 표한 후 수통을 꺼내 찬물을 먹였다.

"이제 어쩌죠?"

"일단은 몸을 숨기고 휴식을 취하면서 달빛이 다시 나타나기를 기다리자."

이혼은 박인웅을 안정시키고 몸을 숨길만한 바위 밑을 찾았다. 오랜 사냥 생활로 단련된 몸이라 하룻밤 웅크리고 지내는 것은 큰 문제가 되지 않았다. 그들은 봇짐 속에서 가죽옷을 꺼내 몸을 덮고는 바위에 기대어 잠깐 잠을 청했다. 하지만 둘 다 잠들 수는 없었다.

"할아버지는 주무십시오. 제가 경계를 서겠습니다."

"그래라. 내가 한 시진만 잘 테니 시간이 되면 깨워라. 그리고 말에게는 초두를 좀 먹여라"

"예, 알겠습니다."

초저녁의 달빛은 빛을 발하기도 전에 서서히 몰려드는 먹구름 앞에서 빛을 잃기 시작하더니 빗방울이 하나 둘 떨어지기 시작했다. 경계를 서던 박인웅은 비가 내리기 시작하자 안도감이 들었다. 아무래도 비가 내리면 적이 추격을 단념할 가능성이 크기 때문이었다. 이런 안도감 때문이었는지, 낮의 접전으로 인한 피로감 때문이었는지 그의 눈은 스르르 감기고 있었다.

얼마의 시간이 지났을까. 미미하게 풍겨오는 이상한 기운에 이혼은 번쩍 눈을 떴다. 검은 그림자 하나가 큰 나무 그늘 아래 묶어 두었던 말의 고삐를 풀고 있는 중이었다. 이혼은 품속에서 표창을 꺼내들고는 말고삐를 쥐고 있는 자의 손목을 향해 힘 있게 던졌다. 외마디 비명을 지르며 검은 그림자가 쓰러졌다. 졸고 있던 박인웅이 그 소리에 놀라 얼른 몸을 일으켰다.

그 순간 수명의 그림자가 앞을 가로막았다. 만만치가 않았다. 잠깐 잠이 들었다고는 하나 박인웅의 의식은 거의 깨어 있는 것이나 마찬가지였다. 그들이 이만큼 접근을 했다면 이들도 보통은 아닐 터, 긴장한 박인웅은 패도를 뽑아 들었다.

그림자 중의 하나가 앞으로 나섰다. 박인웅은 그의 특기를 살려 재빨리 공세를 취했다. 대부분의 경우 웬만한 무사들은 그의 단 일격을 받아내지 못한다. 그만큼 그는 쾌검이다. 하지만 상대는 그의 일격을 멋지게 받아냈다. 예상대로 상대가 보통이 아니었다.

박인웅은 긴장했다. 그는 한손과 더불어 할아버지의 가르침을 받아 오랜 세월 수련을 하여 이제는 조선궁궐을 지키는 무사들이 익히던 육예를 완벽하게 익힌 고수였다. 박인웅은 당황하지 않고 진전격적세(進前擊賊勢), 맹호은림세(猛虎隱林勢)의 연속 동작을 펼치며 공세를 펼쳤다.

상대는 연이은 박인웅의 공격을 잘 받아 넘겼지만 시간이 흐를수록 수세에 몰렸다. 힘의 차이였다. 박인웅은 결판을 내려는 듯 격검세(擊劍勢)로 돌아섰다. 단 한 번의 공격이라도 제대로 막아 내지 못하면 상대의 몸은 절단이 나는 마지막 공세다. 그때 어둠을 가르는 목소리가 들렸다.

"젊은이, 잠깐 검을 거두시게!"

목소리에 위엄이 있고 거절할 수 없는 힘이 실려 있었다. 마지막 필살의 자세로 내리치려던 박인웅은 올렸던 팔을 내릴 수밖에 없었다.

"자네의 이름을 알 수가 있나?"

뒤에 섰던 무리 중에서 하나가 나서며 물었다. 지긋한 나이의 목소리에 악의가 없음을 발견한 인웅은 주저하지 않고 물음에 대답했다.

"박인웅이라고 하오만…."

"들어보지 못한 이름인데, 자네가 펼치는 검술은 무척이나 낯익은 것인데 혹시 누구에게 검술을 배웠는지 알 수 있겠나?"

박인웅은 뒤를 돌아보았다. 어떻게 답을 해야 할지 몰라 이혼의 눈치를 살피기 위함이었다. 이들의 대결을 관심 있게 구경하던 이혼은 인웅이 대신 어둠 속의 사람을 향하여 점잖게 물었다.

"그러시는 당신은 누구시기에 남의 이름을 물으시오."

"그럼, 당신이 이 젊은이의 스승이란 말이오?"

"그렇긴 하오만 왜 그러시오."

그러자 어둠 속의 그림자는 갑자기 흥분된 목소리로 반색을 하면서 물었다.

"혹시 내가 아는 사람일 것 같아 여쭙는 것인데, 존함을 알 수 없을까요?"

"그러고 보니 당신 목소리가 매우 익숙한 듯도 한데, 나는 이혼라고 하오."

"이혼! 접니다. 박치의."

"뭐라고, 자네가 박치의라고."

쏟아지는 빗속에서 둘은 서로 달려들어 와락 껴안았다.

"참으로 오랜만일세, 오랜만이야. 게재 전투이후 처음이니 이십 년도 넘었네."

"저는 소식이 없기에 형님이 돌아가신 줄 알았습니다."

"죽기는 왜 죽나, 그런데 천하의 박치의가 이런 데서 도적질이나 하고 있다니 이게 어찌된 일인가?"

"날이 추운데, 자세한 이야기는 산채로 가서 하시지요."

산채는 대낮처럼 훤히 불을 밝혀 놓았다. 저녁때의 소동으로 전 산채에 비상이 걸렸던 것이었다. 무리가 많은 모양인지 십수 채의 집들이 모여 있었고 가운데는 제법 널찍한 공터까지 있었다. 박치의는 이혼을 반갑게 맞이하고는 주안상을 차려 오랜만의 회포를 풀었다. 이혼이 박인웅을 인사시키자 박치의는 그의 무예를 먼저 칭찬했다.

"칼 솜씨가 매우 뛰어나더구나. 내 부하가 도저히 감당할 수가 없으니 말일세."

"과찬이십니다."
"형님과는 어떤 사이신지요?"
박치의는 이혼을 보며 물었다.
"이정구의 조카일세."
"이정구도 함께 있습니까?"
"그렇다네."
"섭섭합니다. 그렇게 함께 모여 살면서 저한테는 연락 한 번 주시지 않으시고."
박치의는 볼멘 목소리로 말했다.
"저는 가족들을 찾은 후 형님을 따라 함경도 땅에 들어왔지만 그 종적을 찾을 수 없어 다시 한양으로 갔다가 많은…."
박치의는 뒷말은 잇지 못했다.
"여진 땅과 가까운 깊은 산 속에서 지냈네. 안 그래도 자네 소식이 궁금하여 길을 나서보긴 했지만 찾을 길 없었네. 이렇게라도 만나니 정말 천운일세."
이혼은 자신의 무심에 미안함을 먼저 표한 후 그동안의 자신의 삶에 대해 설명했다.
"자네 사연을 먼저 들어보세. 게재 전투의 영웅이 왜 이런 곳에서 도적질이나 하고 있는지."
자신의 이야기를 마친 이혼은 궁금한 마음을 억누르지 못하여 박치의에게 화살을 넘겼다.
"술부터 한 잔 받으십시오. 산 속이라 안주가 변변하진 않지만."
박치의는 그동안의 일에 서러움이 복받치는 듯 쉽게 말을 꺼내지 못하였다.

군문(軍門)에서 만난 이혼과 박치의는 둘 다 서자 출신으로 더 이상 진급도 할 수 없고, 차별을 받아야하는 세상을 한탄하며 친밀하게 지냈다. 같은 서자출신으로 이들의 정신적 지주인 송구봉이 이이첨과 이산해의 계략으로 위기에 몰리자 그를 도왔다. 원래 율곡의 제자였다가 그를 배반하고 동인(東人)인 이이첨과 이산해 쪽에 붙은 정여립이 대동계를 결성하여 여러 신분의 사람들을 결속시킨 것을 발견하여 양사(사헌부와 사간원)에 그를 고발하여 동인들에 대한 복수를 시작하였다.

이 사건이 어느 정도 마무리되자, 이혼은 정여립이 사람들을 모았던 방법을 그대로 이용하여 자신을 따르는 서자들을 중심으로 대동계를 결성하여 세상을 뒤엎을 생각을 하였다. 그러던 중 왜란이 나고 다시 권력을 잡은 동인들이 정적들을 하나씩 제거해 나가자, 이혼은 이들에게 후일을 기약하고 몸을 숨겼다.

"우리는 형님으로부터 연락이 오기만을 기다렸습니다. 하지만 끝내 소식이 없자 고뇌 끝에 비슷한 생각을 가진 박응서 유인갑 등의 무륜당과 결탁하였습니다. 무륜당의 뒤에는 허균이라는 양반이 있어 모든 것을 배후조종했는데, 혈기를 앞세운 무륜당 사람들이 일을 그르쳐서 이이첨에게 발각 당하였습니다. 대부분 죽임을 당하였고 저만 겨우 탈출하여 세상을 원망하며 이런 생활을 하고 있습니다."

박치의는 오 년 전에 있었던 칠서지옥 사건을 회상하면서 한숨을 길게 내쉬었다.

"유인발은 어떻게 되었나?"

이혼과 유인발은 같이 게재 전투에도 참여했었던 절친한 사이였기에 무엇보다 그의 소식이 궁금했다.

"이이첨에게 당하였습니다."

"내가 너무 무심했구만…."

이혼은 탄식했다.

"식구들은?"

"아까 저 친구와 겨루었던 사람이 인발이 아들입니다. 식구들은 여기서 나와 함께 지내고 있습니다."

"불행 중 다행이네."

"허균이라는 사람이 그렇게 별다른 생각을 가진 인물이었단 말이지. 지금은 어떻게 지내나?"

"칠서지옥 이후 이이첨의 협박을 받고는 그의 주구 노릇을 하고 있습니다. 그런 것을 보면 이이첨이라는 놈이 참으로 무서운 놈입니다. 지금 조선의 제일 권력자지요."

"이이첨이라…."

이이첨이라는 말에 이혼은 잠깐 긴장한 듯했다.

"자네는 앞으로 어떻게 할 것인가?"

"그냥 이렇게 살아야지요. 이 나이에 이제 무슨 일을 해보겠습니까."

이혼은 박치의의 말속에서 깊은 체념을 발견했다.

"그런데 형님은 어쩐 일로 이 험한 산을 넘어가십니까?"

이혼이 생각에 잠겨 있는 사이 박치의가 물었다.

"자네들 소식을 알기 위해서였네."

"우리들 소식?"

박치의는 그 말에 쉽게 수긍하지 않았다.

"물론 다른 계획도 있긴 하지만 중요한 것 중의 하나일세."

"다른 계획?"

박치의는 이혼의 말에 긴장하는 듯했다. 이전에 그가 벌였던 일들을 떠올려 본다면 그가 하려는 일이 단순한 일이 아님을 알고 있었기 때문이다.

"혹시 이이첨을 상대하려는 것이면 포기하는 것이 좋을 것입니다. 그는 한명회보다 더 영악한 모사꾼입니다."

박치의는 이혼의 생각을 알기라도 하듯 자신의 생각을 머뭇거림 없이 털어 놓았다.

"……"

"정말 무서운 놈입니다."

박치의는 곁에 이이첨이라도 있는 듯 두려운 마음으로 다시 한 번 강조했다.

"죽기 전에 한양 구경이나 한 번 하려고 하는 것이니 염려 말게."

이혼은 박치의의 말에 마음이 아팠다. 서자로 태어났다는 이유만으로 나라에 큰 공을 세웠지만 제대로 된 대접을 받지 못하고 이제는 젊을 때의 패기와 신념이 모두 꺾인 채 도적이 되어 살아가야하는 그의 아픔이 그대로 전해지는 듯했다.

"자네는 이제야 오십 줄에 들어서지 않았나. 오십이라면 아직 삶을 포기하기에는 이른 나이지."

이혼은 묘한 소리를 했지만 그와 함께한 지난 세월이 너무 모질었던 박치의는 그의 소리를 외면했다.

"그런 이야기는 그만하고 술이나 드십시다."

"내 이야기 하나 함세."

이혼은 박치의의 태도에서 이이첨에 대한 묘한 자존심이 생겼다.

"……"

"선조 때 최고의 지관이던 남사고의 아버지가 돌아가셨네. 당연히 그는 길지(吉地)를 구하여 장사를 지냈는데, 그 후에 다시 보니 마땅한 자리가 아니더라는 것이야. 그래서 여러 번 옮기다가 마지막으로 묘 자리를 얻어 보니 용이 하늘로 올라가는 형상이라 크게 기뻐하여 이장(移葬)하고 흙을 북돋우고 봉분을 높이 쌓았네. 그런데 일을 마칠 때쯤 해서 한 늙은 일꾼이 노래하여 말하기를 '아홉 번 묘 자리를 옮긴 남사고야, 용이 날아오르는 길지로 생각하지 마라. 말라가는 나무에 뱀이 붙어 있는 형상이 아니냐? 하더라는 것일세. 남사고가 그 노래 소리를 듣고 이상히 여겨 다시 산의 모습을 살펴보니 과연 사룡(死龍)의 모습이더라는 것이야. 그래서 급히 그 일꾼을 따라 갔으나 홀연히 사라졌다는 이야 길세."

"……."

"천하의 남사고보다 더 뛰어난 지관이 세상에 숨어 지냈다는 말이 아니겠나."

"이이첨과 허균보다 나은 지략가가 나온다하더라도 저는 이미 세상일에 관심을 끊었습니다."

"……."

"제 술 한 잔 받으십시오."

"그러세."

이혼은 따라 주는 술을 말없이 마셨다. 오랜 지기를 몇십 년 만에 만나서 속엣 말을 더 이상 나눌 수 없다는 것을 깨달았기 때문이다. 그러나 그것이 이혼의 마음 깊은 곳에 자리 잡은 오기를 자극시켰다. 한 잔 한 잔 술을 들이킬 때마다 술잔을 쥔 이혼 손에 힘이 더해졌다.

회포를 풀 겸해서 하룻밤을 더 머문 후 이혼은 박치의의 산채를 떠났다. 길을 나설 때 박치의는 홍패를 하나 주며 산을 넘을 때 산 손님을 만나면 맞서지 말고 보여주라는 말을 하였다. 어느 곳이나 다 통한다며.

이혼은 돌아오는 길에 다시 들르겠다는 말을 남기고 산채를 떠났다. 그의 아픔을 간직한 채.

철령을 넘은 후부터는 큰 어려움이 없었다. 간혹 산 손님을 만나기도 했지만 홍패를 샅샅이 살펴본 후에는 아무 말 없이 보내주었다.

한양에 도착한 이혼은 옛날 자신의 집터가 있던 무악재 근처를 돌며 옛일을 잠깐 회상하고는 도성에 들르지 않고 곧바로 마포 나루 근처의 주막에 자리를 잡았다. 전국의 고깃배와 장삿배가 드나드는 곳이라 세상 소식을 듣기 편리해서였다.

"아, 요즘은 연속 풍년도 들고 고기도 잘 잡혀서 이제 살림살이가 좀 펴진 것 같아."

"다 어진 임금님 덕분이지."

"에끼! 이사람, 어질기는 뭐가 어질어, 형제들을 다 죽여 놓고."

"쉿, 이 사람이 겁도 없이 나라님을 욕하고 있어. 말이야 바른 말이지. 그게 어디 나라님이 하신일인가? 이이첨이라는 간신배가 다 꾸민 일이지."

"이이첨이 간신배인지 충신인지는 후세 사람들이 판단할 문제지."

"맞아 나라님 자리를 엿보는 사람이 있으니 어쩌겠나. 죽일 수밖에."

"그런 소리들 말고 술이나 마셔. 우리 같은 상것들이야 그런 것 따져 뭘 해? 밥 굶지 않고 살면 됐지."

"그나저나 여진족들이 쳐들어온다는 소문이 쫙 퍼져 있던데 큰일이야."

"왜란이 끝난 지 20년도 채 되지 않았는데, 큰일이야."

"한 번 더 전쟁이 일어나면 나라가 결단 나는데…."

"나라님이 잘 하실 거야."

"잘 하긴, 군포를 얼마나 거두는데."

"세금을 거둬야 오랑캐를 막을 것 아냐?"

"그렇다고 우리 같은 사람들한테 그렇게 많이 거둬. 양반들한테는 하나도 걷지 않고"

"요즘은 나라님이 대동법을 실시하여 양반들한테도 세금을 걷는다고 들었어."

"그만들 해, 제 때 밥 먹고 모주나 한 잔 걸치면 나라님이 무슨 소용 있어!"

용산강의 하구에 자리 잡은 마포 나루, 수심이 깊어 바다를 드나드는 고깃배들이 이곳까지 들어와 온갖 해산물을 다 풀어놓았을 뿐 아니라 깊은 내륙에서 출발한 장사치들의 배도 송파나루를 지나 이곳 마포나루까지 드나들었기 때문에 항상 뱃사람들로 북적거렸다. 물때가 지난 마포나루의 주막에는 선창에 배를 메어두고 때 늦은 아침 식사를 하기 위해 나선 어부들로 가득 찼다. 물 위에서 생활하는 사람들이라 목소리가 컸다.

"언제까지 이곳에서 계실 것입니까?"

"저들의 이야기가 재밌지 않냐?"

"한양까지 와서 한양 구경 한 번 못하니 정말 답답합니다."

"설마 한양 구경 안 시켜주려고."

"벌써 며칠 째인지 모릅니다."

"오늘도 여기 있어야 해."

"왜요?"

"기다리는 사람이 있다."

"누구를요?"

"나도 잘 몰라."

"누군지도 모르는 사람을 기다린다고요?"

"그래."

날씨가 꽤 무더웠다. 한겨울의 추위가 겨우 가신 것 같아 나들이 삼아 한양 길에 나섰는데 그 사이 봄은 베틀의 실같이 지나 벌써 여름이 온 것 같았다. 박인웅을 데리고 한양에 도착한 이혼은 마포나루가 내려다보이는 야트막한 언덕의 주막집에 자리를 잡고 사흘 동안 마포나루 근처만 아침저녁으로 나다녔을 뿐 주막 밖을 나서지 않았다. 산골짝을 마음껏 나돌아 다녔던 박인웅은 갑갑한지 안달복달했다.

이혼은 방문을 열어놓고 멀리 한강을 바라보기도 하고, 때론 손님들의 주고받는 이야기에 정신을 놓는 등 도무지 밖을 나갈 생각을 하지 않았다. 박인웅은 답답한 듯 집밖을 나섰지만 오래지 않아 되돌아오곤 했다.

저녁 무렵이 되자 낮 일을 마친 사람들이 무리를 지어 주막으로 몰려왔다. 하루 종일 아무 일도 하지 않은 박인웅은 심심하던 차에 손님들을 하나씩 뜯어보며 도대체 할아버지가 어떤 사람을 기다리는지 맞춰볼 심산이었다. 다 비슷비슷한 차림새의 땀에 전 사람들만 드나들 뿐 특별한 사람은 보이지 않았다.

각설이패 소년 하나가 주모의 눈치를 보며 주막으로 들어왔다. 그는 손님들의 구박에도 굴하지 않고 동냥질을 했다. 벌이가 시원치 않은 듯 소년은 박인웅이 머물고 있는 방문 앞에 섰다. 박인웅의 얼굴이 일그러졌다.

"한 푼 줍쇼."

"저리 꺼져!"

거친 박인웅의 말에도 소년은 꿈쩍도 하지 않았다. 오직 이혼의 표정만 살폈다. 이 할아버지가 한 푼 줄 것 같은 인상이었는지 그는 이혼의 얼굴을 뚫어지게 쳐다보며 자비를 구했다.

"저리 가라니까!"

박인웅이 다시 한 번 소리를 질렀지만 소년은 미동이 없었다. 이혼의 입가에 미소가 흘렀다.

"그놈 참, 옛다."

이혼은 미소와 함께 은화 한 냥을 건넸다. 놀란 눈의 소년은 고맙다는 인사를 한 다음 다른 사람이 볼 새라 더 이상 구걸을 하지 않고 얼른 주막을 빠져나갔다.

"저런 거지에게 왜 그렇게 많은 돈을 줍니까?"

박인웅이 불만을 표출했다.

"내가 기다리던 사람이 바로 저 아이야."

"예?"

"내일은 떠날지도 모르니 짐 정리를 잘 해두어라."

"벌써 떠나신다고요? 기껏 한양까지 와서."

"한양이 마음에 드는 모양이구나."

"산골보다야 낫지요."

"앞으로 실컷 한양 구경할 때가 올 것이니 너무 섭섭하게 생각하지 마라."

"예?"

박인웅은 이정구의 여동생 아들이었다. 이정구는 상인 집안 출신이었다. 송파나루 근처에서 객주를 하는 아버지 밑에서 자라면서 장사를 익혔지만, 의협심이 강한데다 힘이 좋아 친구들이 많이 따라 집안일을 등한시하였다. 이런 연유로 이정구의 아버지는 봉술에 뛰어난 양주의 묘적사에 그를 보내 무술을 익히게 하였다. 어느 정도 무술을 익힌 그는 하산을 한 후에 과거에 응시했다. 양반 출신이 아니라 문과에는 지원할 수 없었지만 양민출신이라면 무과에는 지원할 수 있었다. 무과에 합격한 그는 함경도에 배속되어 니탕개의 난 등 여진족과의 전투에 참전하였고, 그 과정에서 이혼과의 인연을 맺게 되었다.

이혼이 알목하를 택해 은둔하자 이정구도 가족을 데리고 알목하로 들어왔다. 그의 아들은 활을 잘 쏴 주몽이라는 이름을 지어주었다. 그는 임란 때 남편을 잃은 여동생을 함께 데려왔는데 그녀의 젖먹이 아들이 박인웅이다. 때마침 부모를 잃은 한손은 박인웅과 함께 그녀의 젖을 나눠 먹으며 어린 시절을 함께 보냈다. 나이가 들면서 동네 청년들과 함께 이혼에게 무술을 배웠고 사냥도 함께 다녔다. 나이는 박인웅이 두어 살 위라 형이라 불렀지만 고립된 산 속에서 함께 자라서인지 떨어질 수 없는 친구처럼 지냈다. 다만 이년 전 한손과 함께 사냥을 나갔다가 호랑이를 뒤쫓는 한손을 붙잡지 못하고 혼자만 귀가한 것이 박인웅의 마음속에 큰 죄책감으로 자리 잡아 이후 그는 죄인처럼 살았다. 때마침 한손이 살아서 돌아온 모습을 보고 다시 활기를 되찾았지만 여전히 의기소침했다. 이런 모습을 본 이혼은 한양에 함께 가자며 그를 데리고 나선 것이었다. 할아버지처럼 따르는 어르신이 자신을 배려한다는 것을 알고 있는 박인웅은 성심성의껏 이혼을 모셨다.

저녁을 먹고 난 뒤 할 일이 없어진 박인웅은 일찍 잠자리에 들 준비를 했다. 이혼은 자리도 깔지 않고 가부좌를 틀고 앉아 있었다.

"안 주무세요? 내일 길 떠나시려면 피곤하실 터인데."
"기다리는 사람이 있다."
"예, 도대체 또 누구를 기다리는 것입니까, 밤중에?"
"금방 알게 될 것이다."

박인웅은 이혼이 모를 소리만 하자 더 이상 생각하기 귀찮아 자리에 누워 눈을 감았다. 막 잠이 들려는 순간 갑자기 문 밖에서 인기척이 났다. 이번 여행에서 자신이 해야 할 가장 중요한 일 중 하나가 산적이나 장안의 협객으로부터 이혼을 지키는 것이라는 것을 알고 있는 박인웅은 벌떡 자리에서 일어나 칼자루에 손을 얹었다.

"안에 손님 계시오?"
"누구시오?"
"잠깐 드릴 말씀이 있습니다."

박인웅은 문을 열었다. 어두워서 잘 안보였지만 낮에 본 각설이패 소년이 낯선 중년의 사내와 함께 서있었다.

"너는 낮의 각설이가 아니냐?"

박인웅이 놀라며 물었다.

"이 어른이 맞느냐?"

중년의 사내는 박인웅을 바라보며 물었.

"안에 계신 어른입니다."
"돌려 드릴게 있어서 왔습니다."

중년 사내는 곧바로 시선을 방안에 있는 이혼에게 돌리며 말했다.

"잠깐 들어오게."
"아닙니다. 여기서 물건만 돌려주면 됩니다."
"그럼 말해보게"

"거지에게도 상도(常道)라는 것이 있습니다. 밥을 얻어도 한 끼 이상을 얻어서는 안 되는 것이며, 돈을 얻어도 한 끼 식사를 할 수 있을 정도여야 합니다. 너무 과하면 게을러져서 동냥질도 할 수가 없어지기 때문입니다. 나리께서는 너무 과한 돈을 주셨습니다. 그것도 어린아이에게."

"하하하. 그것 때문에 이 야심한 밤중에 찾아 왔단 말인가?"

"아이들을 가르쳐야하는 저희들에게는 중대한 일입니다"

"하하하, 꼭 장승같은 말을 하는군."

이혼은 상대의 표정을 유심히 살피며 말했다.

"예! 나리께서 지금 장승이라 하셨습니까?"

"왜 장승을 아는가?"

이혼은 중년이 놀란 표정을 짓자 되물었다.

"저희 꼭지 어른이십니다."

"아직도 장승이 살아 있단 말인가?"

이혼은 짐짓 놀라는 표정을 지었지만, 의도한 대로 일이 풀려나가는 듯 입가에 희미한 미소가 흘렀다.

"늦은 밤에 이렇게 찾아 온 것도 그분이 시키신 일입니다."

"그러면 돌아가서 좀 보잔다고 이르게."

"누구시라 할까요?"

"이혼이라 하면 알 것이네".

"예? 알겠습니다. 하지만 이 은전은 돌려 드리겠습니다."

"여전하구만. 하하하. 은전은 돌려주지 않아도 되네."

이혼은 활짝 웃으며 돈을 돌려주었다. 한참의 시간이 지난 뒤에 다시 문고리가 흔들렸다. 방문을 열자 고약한 냄새가 풍겨 들어왔다. 장승이었다. 구부러진 허리에 흰머리가 성성했으며, 옷은 누더기였고 몸은 씻지 않은 지 오래여서 구린내가 진동했다.

"오랜만일세."

"나리께서 살아계시리라고는 꿈에도 생각 못했습니다. 처음 나리의 이름을 들었을 때는 한동안 얼굴이 떠오르지 않았습니다."

장승은 입으로는 반갑다는 말을 하고 있었지만 표정은 무덤덤했다.

"나도 자네가 이렇게 살아 있으리라고는 생각지 못했네. 참으로 반가우이."

"무슨 일이십니까? 갑자기 한양에 나타나시고."

"허, 이 사람 매몰찬 성격은 여전하구만, 삼십 년 만에 만났는데 그래 자네는 반갑지도 않은가?"

"저라고 왜 반갑지 않겠습니까? 하지만 헤어지고 만나는 것이 인생인데. 뭐가 아쉽고 뭐가 그립겠습니까?"

"변한 게 하나도 없구만. 하하하. 자네에게 도움을 좀 받으려고 하네."

"……."

장승이 침묵하는 의미를 알고 있는 이혼은 품속에서 은화 열 냥을 꺼냈다.

"자 이것 받아두게."

"……."

"내가 여기에 물상객주와 보행객주를 인수하고 싶은데, 적당한 것을 하나 골라주게."

"장사를 하시게요?"

"전에는 그런 것을 묻지 않았는데."

"나이가 들어서 말이 많아졌나 봅니다. 하하."

장승은 겸연쩍은 듯 웃었다.

"물상(物商)은 어떤 것을 원하십니까?"

"소금이나 젓갈을 다루는 곳이면 괜찮겠는데."

"값은 어느 정도면 됩니까?"

"세(勢)를 키울 수 있는 곳이면 따지지 않겠네."

장승은 곧바로 대답하지 않고 뭔가를 한참 생각하는 듯했다.

"언제까지 구하면 됩니까?"

"6월 보름에 여기서 다시 만나세."

"은 한 냥이면 충분합니다."

장승은 나머지 돈을 돌려 주려했다. 이혼은 손을 내저으며 만류했다.

"도움 받을 것이 아직 남아 있네."

"말씀하십시오."

"오는 길에 들어보니 이이첨이 온 세상의 권력을 다 쥐고 있다더구만. 앞으로 장사를 하려면 그들의 사정을 좀 알아야 할 것 아닌가?"

"그건 어렵지 않습니다."

"동인인 이이첨이 준동한다면 서인세력도 뭔가 움직임이 있을 터 서인의 우두머리는 누군가?"

"북저(김류의 호) 대감이지요."

"그 사람의 움직임도 좀 살펴봐 주게."

"예?"

장승은 놀란 표정으로 이혼을 바라보았다.

"뭔가 알고 하시는 말씀입니까?"

"산골에 박혀 살았던 내가 뭘 알고 있겠나. 이전에 내가 다 사귄 사람들이니 그들의 성정만은 알고 있을 뿐이지."

"정여립 난 때도 열 냥이었습니다."

"돈이 부족하다는 것인가?"

"아닙니다. 정확하게 정보의 가치를 알고 계시니 두려워서 하는 말입니다. 뭔가 큰일을 준비하시는 것 같기도 하고."

"그런 것 묻지 말라고 자네를 찾은 것 아닌가?"

"좋습니다. 어느 정도 선까지 원하십니까?"

"가능한 한 모든 것을 원하네. 이이첨의 휘하에 어떤 인물이 있으며, 김류의 집에 누가 드나들고, 무슨 일을 꾸미고 있는가 말일세."

"식은땀이 흐릅니다."

장승은 이혼을 한동안 바라보다 푸념하듯 말했다.

"자네가 말인가? 하하, 지나가는 개가 웃을 일이네."

이혼은 얼굴을 펴고 활짝 웃었다.

"……"

"잘 부탁하네."

"제가 나리를 실망시켜 드린 적은 없었던 것 같습니다."

"고맙네."

"그럼 전 이만 돌아가겠습니다."

"또 하나."

"뭣입니까?"

"박엽을 만나고 싶네."

"그분은 평양감사로 계십니다. 어르신이 찾아가면 면박은 받으시지 않을 것입니다."

"못 만난 지 오래 되어서."

"그분은 김류, 신경진과 함께 어르신에게 무술을 배우지 않았습니까? 의리가 있으신 분이기에 벼슬이 높아졌다하여 어르신을 박대하진 않으실 것입니다."

"고맙네."

"마지막 하나, 누구던가?"

"무엇 말입니까?"

"임진년 때 자네에게 마지막으로 의뢰한 것?"

"이이첨이었습니다."

"짐작대로군."

"이번에는 급하게 일정을 잡았으니 자세한 이야기는 다음에 묻겠네."

"그러시죠."

"또 있으십니까?"

"됐네."

"그럼 전 이만 물러가겠습니다."

두 사람은 삼십 년 만에 만나는 사람 같지 않게 아무런 감회도 나누지 않고 가벼운 인사만 나눈 채 헤어졌다.

"기다리던 사람이 저 사람이었습니까?"

"그래."

"도대체 누굽니까?"

"거렁뱅이 중에 상거렁뱅이지."

"예?"

"각설이패 꼭지라는 말일세. 하하하."

이혼은 궁금해 하는 박인웅과는 상관없이 이곳에서의 일정에 만족한 듯 소리 내어 웃기만 했다.

2. 신경진

이혼은 다음날 홀가분한 마음으로 보행객주집을 나와 박인웅을 데리고 운종(雲鐘, 오늘날 종로)가에 있는 육의전으로 향했다. 박인웅은 처음 보는 한양의 규모와 사람들, 건물들에 놀라며 어느 곳에 시선을 둘지 몰라 했다. 운종가의 어마어마한 전방들을 보고는 벌린 입을 다물지 못했다.

"여기는 나라에서 허락한 사람들이 장사를 하는 곳이다."

"허락을 받지 않으면 장사도 못한단 말입니까?"

"꼭 그런 것은 아니지만 이들의 기세가 만만치가 않지. 너도 앞으로 마포로 오게 되면 이들과 거래를 해야 하니 잘 봐두어라."

"예! 제가 장사를 하게 된다고요?"

"왜 싫은가?"

"생각해 본 적이 없어서…."

"산골에 박혀 사냥을 하며 평생을 보내는 것보다는 낫지 않겠나?"

"그야 한양이 더 좋긴 하지만…."

이혼은 언제부터인가 박인웅이 산골 생활에 염증을 내고 있다는 것을 알고 있었다. 박인웅은 이혼의 말에 반색하며 그의 말에 더욱 귀를 기울이기 시작했다. 이혼은 서울의 구석구석을 돌아보며 그곳의 유래와 역사 등을 설명하며 한나절을 보냈다.

"이제 어디로 갑니까?"

"글쎄! 어디로 갈까?"

"장안에는 기생도 많다던데…."

"허허 그놈, 산골에 살면서 들을 건 다 들었구만."

"가서는 안 되는 곳입니까?"

"아니야 한 번쯤은 가볼 만한 곳이지. 어차피 너도 이곳 생활에 익숙해지려면 알 것은 알아야지."

이혼은 기생집들이 많이 몰려 있는 관철방 쪽으로 발걸음을 옮겼고, 뒤따르는 박인웅은 연신 고개를 두리번거렸다.

"그래 처음 본 한양이 어떠냐?"

"너무 으리으리합니다."

"살다보면 알겠지만 좋은 곳은 아니야. 술수와 음모가 난무하는 곳이지."

두 사람이 대화를 나누며 수송방 골목을 지날 무렵이었다. 수락원이라 간판이 붙은 집의 큰 대문이 갑자기 열리더니 젊은 사내 여럿이서 큰 갓을 쓴 중년의 사내를 번쩍 들어 내동댕이치고 말았다.

"아이쿠."

중년의 사내가 비명소리를 지르며 쓰러지자. 뒤이어 나타난 비단 두루마기에 큰 갓을 쓴 젊은 한량들이 나타나 한 마디씩 비아냥거렸다.

"돈이 없으면 쌍놈들 어울리는 주점이나 찾아가 퇴기들 궁둥이나 두드리지, 여긴 왜 기웃거려!"

"꼴에 양반이라고…."

"하루 이틀도 아니고 허구한 날 그렇게 동냥 술을 마실 바엔 장승 밑에 가서 아예 빌어먹는 짓이나 배우시지."

"저놈의 난봉꾼 때문에 술맛이 나야지 원…. 이집도 이젠 발을 끊어야지."

"하여튼 다시 한 번 더 우리들 노는데 나타나서 방해하면 아예 다리를 분질러 버릴 것이니 얼씬도 마시오."

젊은 한량들은 한 마디씩 내뱉고는 꽝 소리가 나게 문을 닫고 다시 안으로 들어갔다.

"허, 고약한 놈들이로고."

이혼은 이들의 행패를 보고 있다가 불쌍한 생각이 들어 중년의 한량에게 다가갔다.

"어디 다친 데는 없소?"

"괜찮소이다."

중년 한량의 목소리는 의외로 담담했다.

"도대체 무슨 일이시오?"

"남의 일에 신경 쓰지 마시고 가던 길이나 가시오."

귀찮다는 듯 자리를 털고 일어난 중년 한량은 이혼 일행과 반대 방향으로 가려다 말고 문득 발을 멈추었다. 이혼도 동시에 멈춰 섰다.

"많이 본 듯한 얼굴인데…."

중년 한량은 생각이 잘 나지 않는지 고개를 갸웃거리며 물었다.

"혹시 존함이 어떻게 되시는지…."

"이혼이라 하오만…."

생각이 나진 않았지만 낯이 익었다.

"이…혼, 교위 어르신. 저 신자 립자 쓰시는 분의 셋째 신경유라 합니다."

뒤늦게 생각이 난 듯 신경유는 이혼에게 자신을 소개했다.

"뭐, 경유라고!"

이혼은 신경유를 와락 껴안았다.

"참으로 반갑네. 반가워. 그런데 꼴이 이게 뭔가?"

"더러운 세상을 만나서 이렇게 되었습니다."

"쯧쯧, 아무리 패장이라 하지만 천하의 신립 장군 자제분께서 이런 고통을 당하다니!"

이혼은 안타까운 듯 폐포파립(弊袍破笠)의 신경유를 바라보았다. 신립 장군은 임진왜란 때 조선군이 내세운 최고의 장수로 조선군의 주력을 이끌고 탄금대 전투에서 배수진을 펼치다 왜군에 패하여 전사한 장수였다.

이혼은 내금위에 근무할 때부터 그를 상관으로 모셨으며, 삼십여 년 전 함경도에서 니탕개의 난이 발생했을 때 도원수가 되어 토벌에 나선 그를 따라 전쟁터에 나갔었다. 당연히 그의 아들인 신경유와는 구면이었다.

"그동안 어르신을 한 번도 뵌 적이 없는 것 같습니다."

"나 같은 사람이 나설 세상이 아니지 않는가?"

"그렇지요. 나설만한 세상은 아니지요."

신경유는 그 마음을 헤아린다며 맞장구를 쳤다.

"자네 백형인 신경진은 어떻게 지내는가?"

"큰형님은 전사자의 아들이라는 명분으로 대접을 받아 함경도에서 북우후로 지내고 있습니다."

"나머지 형제는?"

"그냥 저처럼 지냅니다. 헤헤헤."

머리만 긁적이는 그를 바라보며 더 이상 묻지 않아도 그의 삶이 어떠한지 느낄 수 있어 이혼은 그의 근황을 묻지 않고 화제를 다른 곳으로 돌렸다.

"아까 그 젊은 한량들은 누군가?"

"조정이라는 놈의 아들인데, 아버지 권세를 믿고 장안의 한량들을 끌고 이름 있는 기생들은 다 후리고 다니는 놈입니다."

"조정?"

모르는 인물이었다.

"왜 그런 눈으로 쳐다보는가?"

"진짜 조정이 누군지 모른단 말씀입니까?"

신경유는 이혼을 이상한 눈으로 쳐다보았다.

"모르니까 물어 보는 것 아닌가."

"허허, 어르신은 어디 오랑캐 땅에 계시다 왔습니까? 온 천하가 조정을 욕하고 있는데 그를 모르고 있다니…."

"내 워낙 궁벽한 산골에 묻혀 살다보니 모르는 것이 당연하지. 그래 그가 누군가?"

"이이첨의 하수인인데 이조 판서 자리를 차지하고는 교묘히 벼슬을 팔아먹는 작자로, 장사꾼과 종놈까지도 그에게 뇌물만 갖다 바치면 벼슬하는 세상을 만든 장본인입니다."

신경유는 눈앞에 조정이라도 있는 듯 허공에 주먹을 휘두르며 말했다.
"허허, 저런! 그래서 그 아들놈이 저리 안하무인이구만."
"이제야 뭔가를 아시는 것 같군요."
신경유는 비로소 이혼이 자신의 분노를 이해하자 목소리를 낮추었다.
"신군, 나와 함께 안으로 한 번 들어 가보세."
무슨 의도인지 이혼은 새로운 제안을 했다.
"들어가고야 싶지만 금방 쫓겨나고 말 것입니다."
신경유는 이미 이런 일에는 이골이 난 듯했다.
"왜 쫓겨나?"
"돈이 있어야지 사람대접을 받지요."
"그것 때문이라면 염려하지 않아도 되네."
"산골에서 오셨다면서요. 한두 푼 하는 게 아닙니다."
신경유는 이혼의 자존심을 건드리지 않으려는 듯 조심스럽게 말했다."나를 한 번 믿어보게."

이혼의 말에 신경유는 새삼스럽게 한 번 아래 위를 훑어보다 그가 번듯한 비단옷을 입고 있는 것을 발견했다.
"좋습니다. 한 번 믿어 보겠습니다."
신경유는 비록 너절하고 구차한 차림새였지만 의관을 정제히 한 다음 대문께로 한 발 앞서 나서 큰소리로 외쳤다.
"이리 오너라."
대문이 열렸다. 문지기가 고개를 내밀다가 상대를 알아보고는 문을 도로 닫아버렸다.
"허허, 고약한 놈. 이리 오너라!"
신경유는 안쪽을 향하여 다시 외쳤다. 이번에는 문이 활짝 열렸다. 거대한 몸집의 문지기가 나타나더니 소금을 한 바가지 홱 뿌렸다.

"재수 없어…."

순간 이혼의 눈짓에 의해 박인웅이 순식간에 문지기의 팔목을 비틀어 뒤로 돌렸다.

"네 이놈, 손님이 부르는데 그 무슨 말버릇이냐?"

"손님은 무슨…. 욱!"

이혼이 나무라자 자신의 덩치를 믿고 박인웅을 뿌리치며 시비를 붙으려던 문지기는 박인웅이 팔목을 더욱 비틀어 죄자 끝내는 신음소리를 내뱉고 말았다.

"이 간나 새끼가, 이 어르신이 어떤 분인지 알고."

"자, 잘못했소. 이 손 좀…."

박인웅은 일부러 억센 함경도 사투리를 쓰며 억세게 하인을 죄자 그는 괴로운 듯 잘못을 빌었다.

"다시 한 번 똑 바로 말하라우, 공손하게!"

박인웅은 팔목을 더욱 죄며 말했다.

"잘못했소."

"다시 하라우!"

박인웅이 거세게 문지기의 정강이를 걷어차며 말했다.

"잘못했습니다. 용서해주십시오."

문지기가 공손한 말투로 잘못을 빌자 마침내 박인웅은 팔목을 휘감았던 손을 풀었다. 하인은 잡혔던 팔목을 만지작거렸다. 그러던 중 갑자기 박인웅을 집어 던질 자세로 덤볐다.

"이놈이 어디서…."

놈이 거의 박인웅의 옷깃을 잡으려는 순간이었다. 박인웅은 가볍게 몸을 홱 돌려 공세를 피한 후 수박치기로 놈의 목을 내리쳤다.
"어이쿠!"
비명소리와 함께 문지기가 쓰러졌다. 동시에 박인웅은 쓰러진 놈의 등에 올라탔다. 오른손에는 어느새 단검이 들려있었고 왼손으로는 놈의 머리를 움켜잡고 있었다.
"야이 종간나야, 모가지를 잘라줌둥, 머리를 가죽 채 벗겨줌둥?"
"사, 살려주십시오. 시키는 대로 하겠습니다."
박인웅의 살기등등한 기세에 비로소 문지기는 두려움을 느끼기 시작했다.
"시키는 대로 하겠슴둥?"
"예. 뭐든 시키는 대로 하겠습니다."
"좋아, 일어나라우. 한 번 더 대들었다가는 네놈의 모가지가 쥐도 새도 모르게 잘려 나갈 줄 알라우."
박인웅이 쏟아내는 거센 말투와 힘에 문지기는 고분고분해졌다. 그때 문지기보다 더욱 놀란 사람은 신경유였다.
"대단하오. 대단해. 어떻게 그렇게 날랠 수가 있소?"
신경유의 칭찬에도 박인웅은 아무 말도 하지 않고 가볍게 옷을 털고는 이혼의 명령을 기다렸다.
"자 이것 받게나."
두려운 마음으로 서 있는 문지기에게 이혼은 은전 한 냥을 건넸다.
"예?"
문지기는 의외의 상황에 어쩔 줄 몰라 하다 이내 웃는 얼굴로 변했다.
"안으로 안내해라."
"예. 알겠습니다. 어서 안으로 드시죠."

고분해진 문지기는 마치 주인어른을 모시듯 조심스럽게 대문을 열고 안으로 들어갔다. 중문을 열자 온갖 봄꽃이 만발한 넓은 정원이 시선을 혼란스럽게 했고, 집안 가득한 가야금과 장구 소리, 기생들의 창하는 소리가 귀를 어지럽혔다. 이혼은 얼굴을 찡그렸지만 박인웅은 신기한 듯 사방을 두리번거렸다.

"방안으로 드시겠습니까, 아니면 정자 위로 드시겠습니까?"

"날이 더우니 정자 위로 가지. 이왕이면 저곳이 좋겠구만."

집안 구석구석을 살피던 이혼은 좀 전의 한량들이 놀고 있는 곳을 가리키며 말했다.

"그러시죠."

문지기는 이혼 일행을 깨끗한 정자 위로 안내했다.

"푸짐하게 한 상 차려오게. 아리따운 애들도 좀 불러주고."

"알겠습니다. 잠시만 기다리십시오."

하인이 물러가자 박인웅은 두리번거리며 주위를 살폈다.

"여기가 기생집입니까?"

"그렇다."

이혼이 답하자 신경유는 이상하다는 듯 박인웅을 쳐다보았다.

"이런 데 처음이신가?"

"……"

박인웅은 대답대신 얼굴만 붉혔다.

"영웅은 호색이라 했는데 뜻밖이구만. 하하하."

신경유는 재밌다는 듯 크게 웃었다. 그러자 옆의 정자에서 놀고 있던 젊은 한량들이 신경유의 웃음소리를 알아듣고는 어이없다는 표정을 지었다.

"아니 저놈이 또 왔구만. 여봐라, 차돌이 있느냐. 네 이놈 냉큼 달려오너라."

좀 전의 하인이 한량들의 부름에 얼른 달려왔다.

"불러계시옵니까?"

"이놈아. 저놈을 다시는 들이지 마라 했는데 왜 다시 들어왔느냐? 네 이놈, 우리말이 말 같지 않느냐."

"그게…."

차돌이는 대답을 못하고 머리만 긁적거렸다.

"얼른 쫓아 내거라."

"돈을 내고 들어왔기에…."

"뭐라고 저놈에게 갑자기 무슨 돈이 생겼다고."

"혹시 저놈이 도둑질을 한 것 아닐까?"

"한 번 가보세."

서로의 얼굴을 마주모던 한량들의 얼굴에 야릇한 웃음이 돌더니 누구랄 것도 없이 신경유에게 몰려갔다.

"신 장군, 다시 한 번 여기 들어오면 어떻게 되는지 말을 했을 텐데."

이들은 패장 신립의 아들인 신경유를 비아냥거리며 신 장군이라 불렀다.

"내 돈 내고 내가 마시는데 자네들이 웬 간섭인가?"

신경유는 전혀 주눅 들지 않았다.

"내 돈? 어디서 났소, 갑자기 하늘에서 떨어졌나?"

"뭐가 말인가?"

"좀 전까지 없던 돈이 어디서 났냐 말이오?"

"……."

"말이 없는 것을 보니 훔친 것이 틀림없구나. 이거 원 양반 체면이 말이 아니구나. 얼른 의금부에 고변해서 잡아가게 해야지 도둑질이 웬 말이야."

한량들은 곧 달려들 기세였다.

"어허, 오륜에 장유유서(長幼有序)가 있는데 연만한 분에게 너무 과한 소리가 아니오."

이혼이었다.

"이 작자는 또 뭔가? 오라 이놈을 믿고 이 거렁뱅이 양반이 따라 왔구만."

"얘들아, 이놈들을 다 끌어내라. 원 근본도 모르는 놈들이 여기가 어디라고 끼어들어. 기분 잡치게."

"예!"

정원이 소란스러워지자 한량들을 따라온 종자들이 곁에 다가와 서 있다가 주인의 지시가 있자 망설임 없이 달려들어 이혼 일행을 끌어내려 했다.

"어르신의 손끝하나 건드리는 놈은 가만 두지 않겠음메."

갑자기 벼락같은 소리가 온 뜰 안에 퍼졌다. 박인웅이었다. 하인들은 기세에 놀라 잠시 주춤했지만 목소리의 주인공이 크지 않은 덩치에 곱상한 얼굴을 한 미청년임을 발견하고는 가소로운 듯 코웃음을 치고는 그대로 달려들었다. 그 순간이었다. 그들은 눈앞에 갑자기 큰 나무기둥 같은 것이 지나가는 것을 느끼면서 큰 충격을 받고 쓰러졌다. 누각 위에 있던 박인웅이 마당으로 뛰어내리며 발과 주먹, 머리로 순식간에 공격한 것이다.

— 쨍!

날카로운 금속음이 들렸다. 앞에 선 서너 놈이 순식간에 나가떨어지자 뒤에 서 있던 작자 중 하나가 칼을 빼어들었다. 뜰 안에 갑자기 긴장감이 넘쳤다. 박인웅은 가볍게 웃음을 보이고는 곧 그를 상대로 싸울 준비를 했다.

"무슨 일이십니까?"

그때였다. 어디선가 차갑고도 낭랑한 목소리가 들렸다. 일순 모든 사람들은 소리 나는 곳을 응시했다. 여자였다. 박인웅은 그가 누군지 몰라 칼을 든 작자와 그녀를 번갈아 노려보았다. 노련하게 사태를 주시하다 끼어든 그녀는 이집의 기생어미였다.

원래 기생은 여악(女樂)과 의침(醫針)을 목적으로 관노(官奴) 중에서 뽑아 노래와 춤, 간단한 의술을 가르쳤다. 이들은 남성에게 육체만을 제공하는 창기(娼妓, 유녀)와는 달랐다. 때로는 양민계급의 아녀자도 교방(敎坊)에 적을 두기도 했다. 평소에는 집에서 손님을 받아 행하(行下)를 챙겨 생계를 꾸려 나갔는데, 공적인 일이 생기면 이를 수행해야 했다. 서울의 경우 기생에 대한 수요가 많았기 때문에 각 전(殿)의 별관이나 포도군관, 하급무사 등이 지방으로 내려가 지방기생을 데려오거나, 아니면 직접 기생을 뽑아 서울로 데려온 뒤 내의원(內醫院)이나 상의사(尙衣司)에 약방기생이나 상방기생으로 등록하여 대궐의 여악(女樂)을 담당하기도 하였다.

대궐에 늘 잔치가 있는 것이 아니기 때문에 평소에는 기생집을 차리고 손님을 받아 영업을 하였다. 이들 중 퇴기(退妓)로서 젊은 기생을 관리하는 사람을 기생어미라 하고, 이들을 데려온 사실상의 주인인 대전별감, 하급 무사 등을 기생아비라 불렀다.

"오, 춘섬이 잘 왔어. 어떻게 저런 거렁뱅이 같은 양반이 이런 데를 드나들 수 있는가?"

"자네들이 계속 저 작자를 받아들인다면 다시는 이곳에 아니올 것일세."

춘섬이라 불린 기생어미를 향해 한량들은 번갈아 가며 항의했다.

"죄송합니다. 곧 쫓아내겠습니다."

춘섬은 젊은 한량들을 향해 깊숙이 고개를 숙인 다음 이혼 일행을 향해 걸어왔다.

"손님 죄송하지만 나가 주십시오."

화난 목소리가 아니었지만 뛰어난 미모의 여인이 차가운 목소리로 말하자 산골동네 출신의 박인웅은 순간적으로 움찔했다.

"이 사람아 나도 오늘은 돈이 있네. 돈을 내면 되지 않나."

신경유가 나서서 사정했다.

"선비님 돈은 필요 없습니다. 어서 나가 주십시오."

결코 화를 내지 않았지만 거절할 수 없는 목소리였다.

"여보게 왜 이러나. 일행도 있는데…."

신경유는 이혼을 돌아보며 애걸하듯 말했다.

"차돌아, 어서 이분들 모시고 나가거라."

여인은 신경유의 사정을 조금도 돌보지 않고 차돌에게 차갑게 명령했다.

"인심이 고약하구만."

이혼은 기생어미를 노려보며 말했다.

"웬 소란들인가?"

어느새 왔는지 거한 하나가 나타나 점잖은 목소리로 말했다. 그는 쾌자를 입었으며 손에는 검이 쥐어져 있었다. 이 집 주인인 기생아비였다.

그는 대전의 별감으로 여럿의 기생을 거느리고 궁궐에 연락(宴樂)이 벌어지면 기생을 조달하였는데, 궁궐에 일이 없는 때는 장안의 한량들을 상대로 영업을 했다. 이날 당번을 마치고 퇴궐하던 중 마당에 소란스러운 소리가 들리자 직접 나선 것이었다.

"여보게 잘 왔네."

신경유는 그와는 잘 아는 사이인 듯 그가 나타나자 금방 얼굴에 화색이 돌았다.

"자보(신경유의 자) 어른 아니십니까?"

기생아비도 아는 채를 했다.

"글쎄 내 사정 좀 들어보게. 그동안 내가 외상을 많이 진 것은 사실이지만 오늘은 돈이 있는 동무와 함께 왔기에 충분히 값을 치를 수 있음에도 불구하고, 춘섬이가 젊은 한량들의 말만 듣고 나가라 하니 이런 섭섭한 일이 있는가?"

"자네가 그렇게 말했나?"

기생아비는 춘섬을 보고 물었다.

"조 진사 어른이 원하시기에…."

춘섬의 말에 기생아비는 고개를 돌려 조 진사라 불린 조정 아들 일행을 바라보았다. 그는 곧바로 고개를 숙여 이들에게 문안 인사를 올렸다.

"실례를 용서하십시오. 나리께서 나와 계신 줄 미처 몰랐습니다."

"실례인줄 알았으며 저 작자를 내쫓으시오."

조 진사는 마른기침을 하며 거들먹거렸다.

"죄송합니다만 불쌍한 양반이니 웬만하면 함께 드시죠."

기생아비의 태도는 뜻밖이었다.

"허허, 대전별감께서는 언제 봐도 마음이 넉넉한 것 같소. 우리도 별감의 말을 듣고 몇 번이나 저 양반을 끼워줬지만 도저히 함께 놀 수 없는 양반이라 이렇게 나서는 것이니 더 이상 우리에게 강요하지 마시오."

조 진사도 기생아비가 점잖은 말하자 거칠게 거절하지 못했다.

"허허, 알겠습니다."

기생아비는 사정을 알고 있는 듯 다시 신경유에게 몸을 돌렸다.

"오늘은 돌아가시는 것이 좋을 것 같습니다."

"뭐라고, 자네가 나한테 이럴 수 있는가?"

신경유는 물러서지 않고 버텼다.

"그만 가자."

사태를 지켜보던 이혼이 갑자기 일행을 향해 한 마디 내뱉고는 미련 없이 고개를 돌려 앞장서서 나갔다. 그때였다. 목소리가 난 곳을 향해 고개를 돌린 기생아비가 한참동안 주인공을 살피더니 갑자기 다급한 목소리로 그를 불러 세웠다.

"잠깐만 저 좀 보시지요."

"왜 그러시오."

이혼은 걸음을 멈추었지만 고개를 돌리지 않고 물었다.

"고개를 돌려 저를 좀 보시죠. 혹시 교위(校尉)님이 아니신지요."

"잘못 보셨소. 전 그런 사람이 아닙니다."

이혼은 뒤돌아보지도 않고 중문을 나섰다. 기생아비도 더 이상 묻지 않고 이혼의 뒷모습을 오랫동안 쳐다보았다.

"내 언젠가는 반드시 다시 찾아 오늘의 이 수치를 되돌려 줄 것이다."

이혼을 뒤따르던 신경유는 춘섬이 앞에 멈춰서서 한 마디 내뱉고는 이혼을 따라 수락원을 빠져 나왔다.

"하하하, 대전별감이 나서니 저들이 꼼짝도 못하고 나가는구만. 자 이제 실컷 놀아보세."

조 진사 일행은 통쾌한 듯 웃었으나 대전별감은 이혼의 모습이 보이지 않을 때까지 그 자리에 서 있었다. 그의 얼굴에는 작은 떨림이 끊이지 않았다.

함길도에서 영안도, 영안도에 이어서 함경도로 이름이 바뀐 이곳의 중심지는 크게 세 곳이었다. 관찰사 겸 병사가 지키는 영흥, 남병사가 있는 북청, 그리고 북병사가 지키는 경성이었다. 이중 경성에 있는 북병사 휘하에는 경성부사 경원부사 회령부사 종성부사 온성부사 경흥부사 북우후 등이 있는데 이 무렵 신경진은 북우후로 있었다. 이혼은 평양에 가려던 마음을 바꾸어 신경유와 함께 신경진을 찾았다.

신경진은 이혼보다는 이십여 세 아래로 어렸을 때는 글공부를 싫어하고 놀기를 좋아하여 동네 아이들을 모아 전쟁놀이에만 열중하였다. 어릴 때 친구로 김류가 있었는데 나이 들어서 비로소 그를 따라 송구봉의 집에 드나들며 글을 깨우쳤고, 당시 이혼의 상관이었던 그의 아버지 부탁으로 그에게 무예를 배운 바가 있었다.

신경진은 임란 때 전사한 아버지 신립 장군의 공이 인정되어 과거 시험을 치르지 않고 벼슬길에 나섰다. 아버지 신립이 비록 탄금대에서 패전하였지만, 그가 이전에 이룬 전공을 인정하여 장남인 그에게 벼슬을 주어 변방을 지키게 한 것이었다. 서인 출신이었던 그는 중앙 관직보다는 20여년 간 함경도의 변방을 떠도는 무인으로 근무하면서 집권 북인들에 대한 불만이 많았다.

신경진은 자신을 찾아온 사람이 죽은 줄 알았던 자신의 무술 선생 이혼임을 알게 되자 반갑게 맞아주었다. 이혼은 무과에 급제한 후 선전관으로 있던 신립을 상관으로 모셔 인연을 맺게 되었는데, 신립이 온성부사로 재직 시 두만강 변의 여진족 니탕개가 쳐들어와서 여러 고을을 약탈하자 이혼을 불러들여 그들을 몰아내기도 하였다. 한성 판윤으로 재직 시에는 그의 아들을 이혼에게 맡겨 무술을 가르치게 하였다.

"어르신이 이렇게 살아계시리라고는 상상도 하지 못했습니다."

신경진은 이혼의 손을 꼭 잡으며 말했다.

"임란 전에 만나고 한 번도 못 만났으니 삼십 년이 다 된 것 같구나."

"어르신의 칼을 만지작거리며 나도 얼른 커서 어르신처럼 멋진 군복을 입고 나라를 지켜야지 하는 생각을 한 지가 엊그제 같은데 벌써 마흔이 넘었습니다."

"세월이 참 빠르지."

신경진은 이혼 일행이 방문하자 얼른 주안상을 차리게 했다.

"정말 반갑습니다."

기생들이 한상 가득 차려 사랑으로 들어오자 신경진은 술잔을 돌리며 이혼 일행을 환영했다.

"지금은 어디에 계십니까?"

"가까운 곳에서 은둔하고 사네."

"요즘 같은 때에 세상에 나서서 좋은 일 보기 쉽지가 않죠."

정권에서 밀려나 변방을 떠돌고 있는 서인출신의 신경진은 뭔가 맺힌 게 많이 있는 듯했다. 물론 그는 이혼을 자신의 편으로 인식하고 있었다.

"함경도에서 어르신의 존재는 아직도 대단합니다."

"어떻게 말인가?"

"무예와 지략을 고루 갖추신 분, 임진란 때 관군 최초의 승리를 이끄셨던 분, 마지막으로 물러설 때를 알고 멋지게 은퇴하신 분으로 말입니다."

"허허허, 자네 선친만큼 하려고."

이혼은 기분이 나쁘지만은 않아 멋쩍게 웃었다.

"어르신의 무예 솜씨는 훈련도감에서 전설로 되어 있더군요."

"훈련도감은 뭐하는 곳인가?"

"예전의 내금위가 임진왜란이 끝난 뒤 훈련도감으로 바뀌었습니다."

"그렇구만."

이혼은 잠시 옛날의 감회에 젖어 말이 없었다. 그때서야 신경진은 옆에 앉아 있는 동생과 박인웅에게 시선을 돌렸다.

"이 청년은 누구인지요?"

"자네 선친을 모셨던 이정구라는 사람을 아시겠는가?"

"알고 말고요. 어르신의 곁을 떠나지 않으셨던 분이 아닙니까?"

"그 사람 조카일세."

"박인웅이라고 합니다."

"듬직하게 생겼구만. 앞으로는 자주 놀러오게. 여기는 기생들도 많고 재미있는 것도 많이 있으니."

"예, 그렇게 하겠습니다."

"제 동생이 걱정입니다. 적당한 벼슬이라도 하면 좋은데. 저렇게 파락호처럼 지내고 있으니…"

신경진은 신경유를 바라보며 탄식했다.

"제 걱정은 마십시오. 그래도 도와주시는 분들이 많아 밥은 굶지 않고 있습니다. 권불십년이라고 했는데 동인 놈들의 세상이 오래가겠습니까? 언젠가는 제 인생에도 볕들 날이 올 것입니다. 하하하."

신경유는 형을 안심시키기 위해서 크게 웃었지만 형의 얼굴에 드리운 짙은 그림자는 쉽게 지워지지 않았다.

"그런데, 무슨 일이십니까? 이렇게 멀리까지 찾아오시고. 설마 저를 만나기 위해서 온 것은 아니실 테고…"

신경진은 비로소 이혼의 갑작스러운 방문에 의문을 가졌다.

"공무로 왔네."

"말씀 해 보십시오."

"……"

이혼은 아무 말 하지 않고 방안을 두리번거렸다.

"자 이제 적당히 술을 마셨으니 너희들은 이 두 분을 모시고 나가거라. 오랜 여행으로 객고가 많이 쌓였으니 잘 모시거라. 특히 계랑이 너는 오늘 이 선비를 잘 모시되, 남녀 간의 온갖 운우지락을 다 맛보게 하여라. 알겠느냐?"

"염려 마시옵소서."

"인웅아, 네가 앞으로 큰일을 하자면 이런 일도 배워둬야 하니까 아무 거절 말고 시키는 대로 하거라."

이혼은 박인웅을 한 번 돌아보고는 빙긋이 웃으며 말했다.

"……"

"하, 그놈 싫지는 않은 모양이구나."

신경진은 눈치가 빠른 사람이었다. 그는 임진왜란 때 갑자기 종적을 감추었다가 이십오 년 만에 갑자기 나타난 사람이 공적인 일로 방문했다고 말하자 일의 경중을 눈치 채고는 신경유와 인웅을 기생들과 함께 물리쳤다.

"무슨 일이십니까? 이렇게 불쑥 방문하신 것을 보면 보통 일은 아닌 것 같은데 말입니다."

"……."

이혼은 기생들이 나간 후에도 한참동안 침묵을 지키다가 더 이상의 인기척이 들리지 않자 그제야 천천히 말을 꺼냈다.

"여진이 밀사를 보냈네."

"예! 밀사…."

신경진은 경계의 눈초리로 이혼을 쳐다보았다. 방안에는 긴장감이 흘렀다.

"어르신의 정체는 뭡니까? 그동안 여진 땅에 계셨던 것입니까?"

신경진의 목소리가 갑자기 달라졌다.

"난 은둔하는 처사일세. 다만 조선을 위해서 이번 일을 맡았을 뿐일세."

"무엇이 조선을 위한다는 것입니까?"

따지듯이 묻는 그의 표정에는 긴장감이 배어있었다.

"조선과 여진 사이에 일어날지도 모르는 전쟁을 막아보자는 것이니 조선을 위한 것이 되지 않겠나?"

신경진은 이미 여진이 큰 세력으로 성장하여 명나라 영토인 무순성을 점령하였다는 소식을 접하고 있었다. 여진의 무순성 점령은 머잖아 명과의 일대 전투를 치르겠다는 의미이기 때문에 조선의 입장이 난처해지리라는 것도 예상하고 있었다. 오랫동안 종적을 감추었던 이혼이 불쑥 나타나 여진이 밀사를 보냈다니 긴장할 수밖에 없었다.

"어떻게 전쟁을 막겠다는 것입니까?"

잠시 생각에 잠겼던 신경진의 태도는 이전과 달리 다소 누그러져 있었다.

"여진이 화친을 요구하니 그들의 의견에 따르면 되지 않겠는가?"

"그것은 간단한 문제가 아닙니다. 명나라의 파병 요청이 없다면 모르지만 명나라가 군대를 요청한다면 임진왜란 때 명나라의 은덕을 입은 조선이 가만있을 수는 없지 않습니까?"

신경진은 신중한 반응을 보였다.

"여진이 조선을 먼저 공격할 수도 있네."

"그렇겠지요."

"명나라와의 의리도 중요하지만 조선 땅에서 전쟁이 일어나지 않게 하는 것이 더욱 급한 일일세."

"지금 전쟁이 일어나면 안 되지요."

신경진은 사안 하나하나 곰곰이 생각하며 신중하게 말했다. 변방에 근무하면서 새로 일어나고 있는 여진의 세력에 대해 경계를 하고 있었기 때문에 명분을 중시하는 한양에 있는 선비들처럼 쉽게 흥분하지 않았다.

"그래서 자네 도움을 받고자 하네."

"제가 무슨 도움이 되겠습니까?"

"박엽을 만나게 해주게."

"왜 하필 박엽입니까?"

"여진에서 그를 지목하였네."

"여진에서?"

여진에서 박엽을 지목했다는 말에 신경진은 깜짝 놀라는 듯했다.

"조선에서 박엽의 위상은 어느 정도인가?"

신경진의 태도를 지켜보던 이혼이 또다시 물었다.

"조정이야 이이첨, 박승종 같은 북인들이 다 장악하였지만 평양감사 박엽이 이끄는 삼수병은 조선의 힘 그 자체라 할 수 있지요. 조선의 숨은 실력자가 박엽이라는 것은 우리 무장들은 다 알고 있지요."

신경진은 새삼 이혼이 조선의 사정에 밝지 않다는 것을 느끼면서 박엽에 대해 간단하게 말했다.

"그렇다면 여진이 정확하게 조선의 정세를 파악했다고 할 수 있겠군."

"지금 조정은 이산해가 죽고 난 뒤 이이첨, 정인홍 등의 대북파와 광해군의 처남인 유희분과 박승종 등의 소북파가 권력을 나누어 잡고 있는데, 주상께서는 정적을 제거하고 권력을 공고히 하는 과정에서 그들의 힘을 빌었기 때문에 정사에 관한한 그들의 뜻을 따르지 않을 수가 없습니다. 따라서 표면적으로는 그들이 실력자처럼 보이지요. 하지만 군사에 관한 일은 전하께서 박엽에게 맡기시고 그와 의논합니다."

"전하의 신임이 대단하구만."

"어릴 때 접해봐서 아시겠지만 박엽은 강직한 인물로, 자신에게 매우 엄격했지만 남에게는 인정을 베풀 줄 아는 사람이라 그를 따르는 군인들이 많습니다. 어린 시절 함께 지낸 친구이긴 하지만 박엽은 존경할 만한 장수입니다. 주상께서도 마찬가지 실겁니다. 그를 권력의 든든한 버팀목으로 여기시는 것 같습니다. 더군다나 사적으로는 전하의 동서이기도 하니 더욱 믿음직스럽겠지요."

"나라의 동량이 되었구만."

자신에게 무예를 배우던 어린 시절의 박엽을 떠올리며 이혼은 그의 성장이 대견한 듯 고개를 끄덕였다.

"지금 변방의 무관들은 큰일이 벌어지면 중앙의 관리들에게 줄을 대기보다는 먼저 박엽을 찾게 되는데 이것이 가장 정확하게, 그리고 빨리 문제를 해결하는 길이기 때문입니다."

"여진이 그를 지명한 이유가 있었네 그려."

"그렇지요."

"그런데 자네는 왜 그리 힘이 없어 보이는가?"

"여진은 우리의 내부 사정을 이렇듯이 훤히 알고 있는데 우리 조정에서는 북방 일에 무관심하니 어찌 제가 신이 나겠습니까?"

"그렇구만."

이혼도 신경진의 말에 동조하며 짧은 한숨을 내쉬었다.

"아참, 잊고 있었는데 제게 부탁할 일이 있으신 것 같은데 제가 뭘 어떻게 하면 됩니까?"

신경진은 얼굴색을 바꾸고 조심스럽게 물었다.

"자네가 편지를 하나 써주게."

"편지?"

"여진의 밀사가 박엽을 만나길 원한다는 것을 그에게 전하기만 하면 되네. 만나는 장소는 우리 인웅이가 안내할 것이라는 말과 함께. 자네가 써주면 박엽이 믿을 것 아닌가"

"편지를 쓰는 것이야 어렵지 않지만 그 전에 다른 말씀도 하셔야지요."

"무슨 말?"

"여진과의 관계말입니다. 혹시 그 사이 여진 땅에 들어가 여진 사람이 되신 것입니까?"

"아닐세. 저들이 나의 거처를 알고 찾아왔네."

"예! 그렇다면 저들은 어르신의 정체에 대해서도 알고 있었습니까?"

이혼은 대답대신 천천히 고개를 끄덕였다.

"그럴 리가. 조선에서는 어르신이 다 죽은 것으로 알고 있는데 어떻게 저들이 어르신을 찾아냈단 말입니까? 믿을 수가 없습니다. 분명 다른 사연이 있을 것입니다."

"……"

"……"

"사냥을 나갔던 내 손자가 행방불명이 되었는데 팔기군이 되어 나타났네."

둘러댈 수 없는 어색한 침묵을 이기지 못하여 이혼은 간략하게 사연을 말했다.

"볼모로 잡힌 손자가 은둔하던 할아버지를 움직였군요."

"그런 셈이지. 하지만 모든 것은 내 판단일세."

"그러시겠지요. 어르신이 모든 것을 잘 판단하셨겠지요. 조선을 위한다는 일인데, 제가 편지를 쓰겠습니다. 박엽은 저의 글을 무시하지 못할 것입니다. 그런데 그것뿐입니까?"

신경진은 뭔가 더 하고 싶은 말이 있는 것 같았다.

"뭐가 말인가?"

"세상에 나선 이유 말입니다."

"그것 말고 이 나이에 내가 뭘 할 수 있겠나?"

"조선의 제갈공명이라는 송구봉 선생의 제자이며, 정여립을 역적으로 몰아 당대 수천의 동인(東人)을 궁지로 몰아넣었던 주동자 중 한 분이 이십오 년 만에 세상에 나타났는데 아무런 다른 생각을 하지 말란 말씀입니까?"

"의심할 수 없는 사실이네."

"지금 서인(西人)들은 권력을 잃고 북인 세력 하에서 온갖 굴욕을 참고 살아가고 있습니다. 서인들 사이에서는 누군가는 나서야 한다고 말하고 있습니다. 옛날 구봉 선생 같은 분을 떠올리며 말입니다. 그런데 그분의 제자분이 살아 계시고 그분이 여진의 밀서를 가지고 나타났으니 이는 분명 숨겨진 의도가 있는 것 아니겠습니까?"

"나는 세상에 나설 수 없는 서자 출신일세. 무관이 되어 벼슬길에 나섰지만 오품이상 오를 수 없는 신분을 가진 사람이네. 조선 땅에 무슨 미련이 남아 있겠는가?"

"그러면 어르신이 여진의 심부름을 하는 진짜 이유는 무엇입니까?"

"자네 입으로 내 손자가 볼모로 잡혀 있다 하지 않았는가?"

"충분한 이유가 되지 못합니다."

"그것보다 더 큰 이유는 없네."

"아닙니다. 다른 이유가 있습니다."

신경진은 물러서지 않았다.

"세상은 바뀌고 있네. 머잖아 명나라의 시대는 가고 새롭게 여진의 시대가 올 것일세. 조선은 그 여진을 오랑캐가 아닌 진정한 국정의 동반자로 맞이할 준비를 해야 할 때라는 것을 느끼고 있을 뿐이네. 그 이상은 아무 것도 없네."

이혼의 말은 한양에 있는 사대부들이 들었다면 펄쩍 뛸만한 충격적인 말이었다. 이혼은 자신의 말에 대한 신경진의 태도가 어떨지 궁금해 하며 조심스럽게 말했다.

"저도 이곳에 부임하여 여진의 동정을 계속 정탐했는데 저들의 기세가 참으로 무서웠습니다. 이제 저들이 부족을 통일하였으니 명나라도 쉽게 상대하지 못할 것입니다. 저들을 단순히 오랑캐로 여기다가는 큰일 날 것입니다."

뜻밖의 대답이었다.

"변방의 다른 장수들도 그런 생각을 가지고 있는가?"

"많은 장수들이요."

"조정의 대신들은?"

"조정 대신들 눈에 오랑캐가 들어오겠습니까? 매관매직에만 관심이 있겠지요. 하하."

갑자기 신경진이 큰 소리를 내어 웃기 시작했다. 이혼은 영문을 몰라 눈만 크게 뜨고 있었다.

"매관매직이라니?"

"이야기 하나 하겠습니다."

신경진은 갑자기 비애에 젖은 목소리로 바꾸어 엉뚱한 말을 했다.

"제가 형조에 잠깐 있을 때입니다. 이이첨이 예조 판서로 있으면서 과거 시험을 주관하여 자신의 친인척과 유희분, 박승종의 지인들 뿐 아니라 북인 집안의 사람들에게 시험 문제를 사전에 유출시켜 과거에 급제시키는 일이 빈번했습니다. 심지어 유희분의 네 아들은 한꺼번에 다 급제하는 경우도 있었지요. 당연히 조정에 이이첨의 사람들이 득실거렸습니다. 조정의 중요한 자리에 이들을 심어 놓고, 매사안마다 이들로 하여금 상소를 올리게 하여 자신의 의도대로 국정을 이끌어 나가고 있지요. 또한 이조 판서 자리에 자신의 하수인을 심어 뇌물을 받고 매관매직하는 사례가 빈번이 벌어지고 있습니다. 이이첨의 눈에 거슬리거나 그에게 반발하면 이조에서 곧바로 엉뚱한 곳으로 발령을 내 버렸습니다. 이러니 그 휘하 사람들의 세도가 대단했지요. 한 번은 이런 일도 있었습니다. 이이첨의 수하 중에 승정원에 근무하는 이위경이라는 사람이 있었는데, 하루는 자기 집의 소를 훔쳤다는 핑계로 하인들을 시켜 이웃 양반집 부녀자의 속옷까지 벗기는 일을 저질렀습니다. 그로 인하여 사대부들뿐 아니라 일반 백성들의 항의도 빗발쳤습니다. 형조에 있던 저는 조용히 그를 찾았죠. 사대부들의 항의 뿐 아니라 민심이 좋지 못한데, 이는 결국 상감을 욕보이는 일이니 일이 더 커지기 전에 사과를 하고 사퇴를 하라고 권하였죠."

"그래서?"

"제 뺨을 때리더군요. 음서로 벼슬에 나선 주제에 무슨 예를 안다고 나서냐며…."

"저런!"

"곧바로 인사발령이 났습니다. 변방의 일이 중요하다며…."

"그래서 이곳에 오게 되었구만."

"조정 돌아가는 일이 이렇습니다. 그런데 무슨 여진족에 관심을 기울이겠습니까? 발밑의 오랑캐로만 여기겠지."

"자네 그동안 참 고생이 많았구만."

"제 가슴속에 묻어둔 사연이 많습니다."

자신의 감정을 다스리는 듯 신경진의 목소리는 차츰 낮아졌지만 표정은 여전히 밝지 않아 보였다.

"좋은 날이 꼭 올 것이네."

이혼은 자신의 일처럼 입술을 꼭 깨물며 말했다.

"그래야지요."

"서인 출신 무장들이 변방에 많이 있다고 들었는데 사실인가?"

"저와 함께 북우후(北虞候)로 한명연이 있으며, 인근 회령부사로 이괄이 있고, 얼마 전까지는 함흥 판관으로 이귀가 있었습니다."

"이귀라면 언젠가 율곡 선생이 어려운 일을 당했을 때 구봉 선생에게 그를 변호하는 글을 대신 써 달라던 그 사람을 말하는가?"

"그렇습니다."

"허허, 그분의 연세가 이제 예순을 넘겼을 터인데. 아직도 판관으로 떠돈단 말인가?"

"그게 우리가 처한 현실이지요."

"이괄은 누구인가?"

"여주 출신으로 저와 마음이 잘 통하는 무장입니다."

"정3품인 부사라면 그나마 대접을 받고 있는 셈이군. 아무튼 자네가 고생이 많네."

"은둔하고 지내는 어르신이 더 고생하셨겠지요."

"나야 근심 없이 잘 지냈지."

"더 취하기 전에 편지부터 먼저 써 드리겠습니다. 요즘 박엽이 하도 권세가 높아 잘 교류를 하지 않지만 어르신의 부탁이라면 흔쾌히 들어 줄 것입니다."

신경진은 흥분한 마음을 접고 곧바로 편지를 썼고 그의 편지를 읽어 본 이흔은 만족감을 표했다. 신경진은 이제 본격적으로 술잔을 기울이자며 기생들을 들게 했다.

태종 이후에 조정에서는 변방의 군인들을 위로하기 위해 기생들을 두었는데, 북병사가 있는 큰 고을인 경성에는 비길 수가 없었지만 그런 대로 봐 줄만한 기생들이 제법 있었다.

"함경도 기생은 평양, 의주 기생 못지않게 색정이 넘친다던데 과연 그러한 것 같네. 하하하."

기생들이 들어오자 이흔이 호기 있게 말했다.

"하하, 아직 젊으십니다."

"농담이네. 늙은 놈이 뭘 하겠나. 한 잔만 더 마시고 난 자겠네."

이혼은 말처럼 가볍게 한 잔을 마신 후에 잠자리를 찾아 떠났다. 이혼을 만난 후 그동안의 서러웠던 심회가 솟구치는 듯 신경진은 오랫동안 술자리를 파하지 못했다.

변방의 산골에서 스무 살이 넘도록 제대로 된 여자 구경도 하지 못하고 살던 박인웅에게 이날 밤은 여자에 대한 환상이 심어진 날이었다. 상상조차 할 수 없었던 환상. 이전에는 몰랐던 권력에 대한 잠재된 욕망이 살아나는.

기생들에게 잊기 어려운 다섯 유형의 남자가 있다. 첫 관계를 맺은 사람이 첫째이고, 미남인 남자와 힘이 좋고 정열적인 남자가 차례를 이으며, 넷째는 돈 많은 남자이다. 그리고 마지막은 매우 못생긴 사람이다. 깊은 산을 쏘다니며 자란 박인웅은 둘째와 셋째의 조건을 갖춘 남자였다. 우후어른이 지시하면 남자의 품에 안겨야 하는 팔자를 타고난 계향은 이왕이면 젊고 힘 있는 남자의 품에 안기길 원했다. 인웅은 이런 기대를 충족시키고도 남았다. 운우지정에는 숙맥이었지만, 여느 양반과 달리 순박하고 인간적이었을 뿐 아니라 잘 생긴 얼굴에 단단한 육체와 힘을 가진 그를 단 하룻밤의 인연으로 끝을 내기에는 너무 아쉬운 마음이 들었다. 하지만 마음에 담아두지 않아야 했다.

하룻밤을 유숙한 후 신경진의 편지를 지닌 신경유와 박인웅은 박엽을 만나기 위해 평양으로 떠났고, 이혼은 알목하로 되돌아갔다.

3. 밀사

후금국 수도 흥경. 누루하치 칸은 여러 신하들을 모아 놓고 무순성 함락의 축하연을 베풀면서 이제 드디어 명나라에 대한 복수를 시작할 수 있게 되었다는 말을 꺼내며 명나라에 대한 선전포고나 다름이 없는 칠대한(七大恨)을 발표했다.

첫째 한(恨)은 우리 조상이 일찍이 명나라의 변방을 조금도 손상시킨 일이 없는데도 불구하고 변방의 일을 트집 잡아 우리 할아버지와 아버지를 살해한 일이다.
둘째 한은 명나라와 비석을 새겨 서약을 하고 서로의 경계를 넘지 않겠다 약속하여, 우리는 넘어가는 자가 있으면 죽여서라도 약속을 지켰는데, 명나라는 약속을 어겨 경계를 넘어서 여허족을 도운 것이다.
셋째 한은 명나라가 우리 사신을 구속하여 변경에서 죽인 것이다.

넷째 한은 여허족을 도와 우리들과 이미 결혼하기로 한 여자를 다시 몽골 사람들에게 개가시킨 것이다.

다섯째 한은 우리가 대대로 지키던 지역에 곡식을 심어 수확을 하였는데 이를 명나라가 허용하지 않고 군사를 파견하여 뺏고 몰아낸 것이다.

여섯째 한은 여허족의 말만 믿고, 사신을 보내 욕설이 담긴 서한으로 우리를 모멸한 것이다.

일곱째 한은 흥안령 서쪽의 여러 나라와 합세하여 우리나라를 침범하여 하늘의 도를 어기고 우리 지역을 분할한 것이다.

그 외에도 우리는 명나라와 화해하고자 화해의 서한을 수없이 보냈으나 변방의 신하들이 이를 천자께 주달하지 않아 끝내 한 마디의 회답을 받지 못하였으니, 이제 우리는 이 칠대한을 가지고 명나라를 공격하려 한다.

누루하치 칸의 발표이후 그 막하의 참모들의 머리는 매우 복잡해졌다. 그중의 하나가 대조선(對朝鮮) 정책으로 의견이 양분되어 좀처럼 합의점을 찾지 못했다. 홍타시는 조선을 굴복시켜 명과의 전투를 본격적으로 벌이기 전에 먼저 배후를 안정시켜야 한다는 주장을 굽히지 않았고, 암바 바일러는 후금국이 조선과 명나라, 심지어 몽골까지 세 나라를 상대로 전쟁을 벌이기에는 아직 힘이 미약하니 조선과는 평화 조약을 맺고, 명나라와의 전쟁에 전력을 쏟아야 한다는 소견이었다. 이 두 견해가 팽팽한 논쟁을 벌이자 누루하치는 암바에게 조선의 군세가 어떠한가 물었고, 정동식이 대신 답변을 하였다.

"무순성을 공략한 이상 명나라에서도 우리에 대한 대책을 세우고 있을 것입니다. 이런 상황에서 조선과 전쟁을 하려면 속전속결로 끝내야 하는데, 이미 조선의 강은 녹아내리고 있습니다. 또한 조선의 산과 강이 너무 깊고 험할 뿐 아니라 한양으로 가는 길목마다 성을 쌓고 우리의 침입을 대비하고 있습니다. 현재 조선의 군사를 지휘하는 자가 평안도 감사 박엽인데, 그들의 군세가 상당히 날카로워 만만한 상대가 아닙니다. 따라서 단기간에 조선을 정벌한다는 것은 쉽지가 않을 것입니다. 아골타께서 금나라를 세웠을 때 배후에 있는 고려와는 전쟁을 하기보다는 힘을 합하여 고구려를 세웠던 형제국임을 강조하여 조약을 맺어, 후방을 안정시킨 후 중원정복에 나섰습니다. 우리도 금나라처럼 조선과 조약을 맺어 후방을 안정시킨 후, 중원 공략에 나서는 것이 나을 것 같습니다. 만약 조선과의 협약을 맺지 못한다면 그때 조선을 침공해도 늦지 않을 것입니다."

"현재 조선과의 협상은 어떻게 진행되고 있는가?"

"조선의 실력자를 만나고 싶다는 밀서를 전달했습니다. 조만간 조선이 반응을 보일 것입니다."

"그렇다면 조선의 입장을 들어 본 후에 다시 한 번 의견을 나누도록 하겠다."

누루하치는 정동식의 견해를 받아들여 조선에 대한 입장을 정리했다. 조선이 명나라와의 전쟁에 개입하지 않도록 최선을 다한다는 기본 전략이었다. 물론 조선의 부정적 답변에 대한 준비도 게을리 하지 않도록 단단히 당부를 하였다. 아울러 대조선의 책임자로 장남인 암바 바일러를 임명했다.

정동식이 다시 알목하에 나타났다. 이번엔 혼자였다. 이혼은 이전과 달리 반갑게 그를 맞이했고 정동식은 그동안 여진 땅에 있었던 일들을 보고하듯 말하였다. 암바 바일러의 차남인 사할리언이 한손에게 집을 하사한 일이며 한손이 장가를 들었다는 이야기까지.

"허허, 이제 애비한테 면목이 서는구만…."

한손이 장가를 들었다는 소식에 이혼은 웃었다. 결코 밝지만은 않은 웃음을 짓고는 먼 하늘을 오랫동안 바라보았다.

박인웅이 돌아왔다. 열흘 만에 돌아온 그의 곁에는 예사롭지 않은 기세의 중년 사내가 함께 있었다. 신경진의 편지를 받아본 박엽이 기꺼이 박인웅을 맞이했고 부장인 양간에게 여진의 밀사를 만나보게 한 것이었다. 절반 쯤 돋다 만 옅은 눈썹에 처진 눈을 가진 양간은, 여진의 특사에게 경계를 늦추지 않았다. 이혼의 소개에 예를 표하는 대신 처진 눈으로 정동식의 아래위를 세밀히 훑었다.

"평양 판관으로 있는 양간이오."

"정동식이라 하오."

"정동식, 그럼 당신은 조선 사람이 아니오. 조선 사람이 여진족의 부하가 되었구만."

꾸짖는 말투였다.

"조선은 우리 가족을 지켜주지 못하고 도망갔지만 여진족은 우리 가족을 보살펴주니 짐승이 아닌 이상 그 은혜를 잊으면 안 되지요."

정동식은 양간을 매섭게 노려보며, 화를 삭이는 듯 낮게 깔리는 목소리로 차분히 말했다.

"뭐라고!"

"말을 삼가라는 뜻이오."

"좋소. 그것은 나중에 따지기로 하고 당신이 나를 보자고 한 이유가 무엇이오?"

먼저 기 싸움을 시작하였던 양간이 태도를 바꾸었다.

"내가 만나고 싶었던 사람은 박엽이었지 당신이 아니었소."

정동식은 상대의 무례함에 기분이 상한 듯 만만하게 나서지 않았다.

"평양감사라는 직책은 매우 중요히고도 높은 자리요. 당신 같은 사람이 함부로 만날 수 있는 사람이 아니오. 필요하면 나에게 말하시오."

양간도 다시 태도를 바꾸었다.

"우리가 명나라의 무순성을 공략하기 전에, 우리 칸께서는 누차에 걸쳐 변방의 수령들에게 명나라 황제에게 전하는 친서를 전달한 적이 있었지만 한 번도 명나라 조정에 전달된 적이 없었소. 이로 말미암아 명나라와 우리 후금은 돌이킬 수 없는 관계가 되었고, 결국 우리는 무순성을 점령할 수밖에 없었소. 나는 지금 이 같은 상황이 조선에서 일어나지 않기를 바라는 의미에서 드린 말씀이오."

정동식은 자신을 사신으로 대하지 않는 양간에 태도에 대해 화가 난 듯 목소리가 떨려 나왔다.

"당신은 우리 조선을 무순성에 비교하는 것이오? 우리는 그렇게 호락호락하지 않소."

양간도 지지 않고 맞섰다.

"그것은 두고 봐야 알 일이고. 내가 찾아온 목적을 말하겠소."

정동식은 더 이상의 말다툼이 무의미하다는 것을 느꼈는지 바로 본론으로 들어갔다.

"말해보시오."

"나는 후금국의 칸이신 누루하치의 친서를 가지고 왔소."

"그건 들어서 알고 있소"

"당신이 우리의 무순성 공략을 알고 있다니 하는 말이오만 무순성 공략 이후 이제 우리 후금국과 명나라와는 더 이상 일전을 피할 수 없는 상황에 이르렀소. 그렇게 되면 명나라는 분명히 조선에 파병을 요청할 것이오. 절대 이에 응하지 말라는 것이 우리 칸이 조선에 바라는 바요."

"뭐라고 오랑캐 주제에 감히…."

"내 말을 막지 말고 끝까지 들으시오."

정동식은 양간의 태도에 매우 화가 난 듯 참지 못하고 큰 소리로 양간의 말을 끊었다.

"나는 여기서 우리 누루하치 칸의 밀서에 대한 조선왕의 답서를 기다릴 것이오. 아무런 응답이 없을 경우 이 밀서는 조선에 대한 후금국의 선전포고가 될 것이오."

정동식은 어느새 담담한 목소리로 되돌아 와 있었다.

"무례하구만."

양간은 내뱉듯이 말하였지만 그의 말 속에도 분노가 서려있음을 쉽게 알 수 있었다.

"무례는 당신이 저질렀소. 일국의 왕이 전하는 문서인데 당신들은 변방의 야만인 대하듯이 하고 있지 않소. 계속 무례함을 저지른다면 조선은 무순성과 같은 결과를 맞을 것이오."

"이런 죽일 놈!"

말과 함께 양간은 칼을 뽑아 들었다.

"앉으시오!"

이혼이었다. 두 사람의 말을 가만히 듣고 있던 그는 분위기가 험악해지자 둘 사이에 개입한 것이었다.

"네놈은 누구냐?"

양간은 고개를 돌려 이혼을 바라보았다. 불거진 광대뼈와 풍기는 체취(體臭)가 강한 인상을 주긴 했지만, 왜소한 체격의 보잘 것 없는 늙은이였다.

"네놈도 오랑캐와 한 통속이냐?"

양간은 마치 정동식에 대한 화풀이를 하듯 이혼을 다그쳤다.

"먼저 무례를 범한 것은 당신이오."

"뭐라고, 이런 근본도 모르는 놈이 어디다 대고 훈계야, 훈계가. 네놈이 목이 잘리고도 그런 말을 하는지 한 번 보자."

양간은 화를 참지 못하고 칼을 머리 위로 올리더니 고민도 하지 않고 바로 내리쳤다. 정동식도 순간적으로 칼을 뽑아 들었지만 이미 늦었다는 생각이 들었다. 짧은 순간 온갖 상념들이 스쳤다.

그때 도저히 믿기지 않는 일에 정동식은 벌어진 입을 다물지 못했다. 이혼은 그 자리에 꼼짝 않고 앉아 있는 대신 칼을 내리친 양간이 오히려 배를 움켜잡고 고통스럽게 방바닥에 나뒹굴고 있었기 때문이다. 이혼이 앉은 채 서진 막대로 양간의 칼날을 막는 동시에 왼손으로 그의 명치를 내질렀던 것이었다. 양간이나 정동식으로서는 도저히 상상할 수 없었던 일이었다.

"진정한 무인이 되려면 예의부터 갖추어야 하는 법이다."

이혼은 숨소리 하나 흐트러지지 않고 무표정한 표정으로 말했다.

"다, 당신은 도대체 누구요?"

양간은 가쁜 숨을 내쉬면서 물었다.

"나는 이혼이라는 사람이다. 나중에 후회하지 말고 조선 관리로서 책임 있는 자세를 보이거라."

"이혼이라고 하셨소?"

게재전투의 영웅 이혼, 무관이라면 누구나 기억하는 이름이었다.
"우리 영감께서 찾아뵙고 꼭 인사를 드리라 하셨는데…."
양간의 태도가 공손해졌다.
"어르신의 말씀을 듣는 것이 현명할 것이오."
정동식이 옷매무새를 새롭게 고치며 말했다.
"……."
"다시 말하겠소. 나는 오늘 후금국 칸의 친서를 조선에 드리겠소. 한 달 후에 다시 이곳에 와서 조선왕의 답서를 기다리겠소. 이왕이면 평양감사가 직접 조선왕의 친서를 이리로 가져오면 고맙겠다고 전해주면 고맙겠소."
"……."
두 사람의 태도는 이제 신중해졌다.
밤은 점점 깊어갔지만 두 사람의 대화는 끊이질 않았다.

팔작지붕 위로 무거운 이슬이 내리고, 처마 끝 풍경은 찬바람에 잠긴 목소리로 넓디넓은 창경궁의 적막감을 애처롭게 깨우며, 나인들의 부지런한 손길이 구중심처 구석구석의 석등에 불을 밝히고 있을 때, 대전에 찾아든 손님이 하나 있었다.
"전하, 평양감사 박엽이옵니다."
"어서 들라 해라."
책을 덮고 이제 막 침소에 들려던 광해군은 급히 자리에서 일어난 후 주변의 환관들을 다 물리쳤다. 사위가 조용해지자 임금과 자리를 마주한 박엽은 나지막한 목소리로 알현의 목적을 말하기 시작했다.
"전하, 후금국 칸 누루하치가 밀서를 보냈습니다."

"밀서를? 어디 좀 보세."

광해군은 박엽이 건네는 밀서를 읽기 시작했다.

원래 우리 만주족과 조선은 예맥족의 한 형제로서 강력한 힘을 결합하여 고구려를 세웠고, 남생과 남건의 다툼으로 비록 고구려의 일부를 화하족에게 빼앗겼지만, 금방 발해를 세워 우리의 기상을 조금도 굽힌 적이 없었습니다. 거란족의 반란으로 비록 발해가 망하였지만 오래지 않아 우리 만주족은 아골타를 중심으로 금나라를 세워 그 세력을 온 천하에 뻗쳐 동이족의 강한 힘과 문화를 만천하에 알렸습니다. 그러나 그 이후 우리 동이족은 몽고와 명나라에 눌린 바가 되어 우리의 우수한 문화와 기상이 짓밟힌 지 400여 년의 세월이 흘렀습니다. 그동안 우리는 억울함이 있어도 참아야 했으며 분함이 있어도 속으로 삭일 수밖에 없었습니다.

이제 다시 하늘이 우리 동이족의 부흥을 재촉하여, 나를 만주족의 칸으로 세웠으며 나는 팔기군을 만들고 그 기치를 높이 떨쳐 이제 만주족뿐만 아니라 몽골족까지 팔기의 깃발아래 다시 모였습니다. 그리고 드디어 우리는 명나라를 상대로 복수의 칼날을 빼들었습니다. 우리의 일어남은 땅 끝까지 점령하였던 우리의 조상과 하늘이 함께하는 것이기 때문에 그 어느 누구도 우리 앞을 막을 수가 없을 것입니다.

우리는 지난번에 명나라를 믿고 우리에게 굴복하지 않은 여허족을 치고자 그들의 근거지인 무순성을 공격하여 그들을 굴복시키고 드디어 만주족의 완전한 통일을 이루었습니다. 이 과정에서 부득이하게 명나라 군대와의 충돌이 있었으며, 이것을 빌미로 명나라는 우리를 공격할 준비를 하고 있습니다. 이에 우리는 국운을 걸고 명나라와의 한 판 승부를 준비하고 있는 중입니다.

 원래, 조선과 우리 만주족은 형제국으로 한 때는 두 민족이 연합하여 강력한 고구려를 만들어 화하족의 여러 번에 걸친 침입을 잘 막아내고 그 위엄을 온 천하에 떨친 적이 있습니다. 이제 우리 후금이 과거의 영광을 다시 재현하기 위해 분연히 일어났습니다. 조선과 후금, 양국은 형제국이기 때문에 우리의 분기(奮起)를 미리 알리는 것이니, 많은 협조를 부탁드립니다.

 특히 명나라에서는, 지난 왜란 때 저들이 조선을 도와 준 것을 빌미로 우리와 저들과의 전투에 조선군의 파병을 요청할 것입니다. 바라건데 조선국은 이에 응하지 않기를 바랍니다. 조선이 그동안 양 민족 간의 우의를 생각하여 경솔히 움직이지 않겠지만, 만약 조선이 우리의 요구를 무시하고 형제간의 우의를 버리고 우리의 배후를 친다면 우리는 이를 절대 간과하지 않을 것임을 알려 드립니다.

 아무튼 지난 역사에서의 두 민족 간의 우의를 생각하고, 사세를 잘 살펴 지혜로운 판단을 하리라 믿습니다.

 광해군은 누루하치의 친서를 보고 난 뒤 조용히 친서를 덮었다.

 "결론은 명나라와 후금의 전쟁에 우리 조선이 개입하지 말라는 말 아닌가?"

 "그렇사옵니다."

 "말투가 공손하긴 하지만 결국은 협박이 아닌가?"

 "생각하기에 따라서는 그렇다고 볼 수도 있사옵니다. 하지만 여진이 이미 무순성을 점령하였다면 이는 대단한 일로 우리가 이전의 감정으로 그들을 쉽게 대해서는 안 될 것이라 사료되옵니다."

"경의 생각은 어떠한가? 우리가 명나라를 돕는다면 저들이 과연 조선을 공격할 것이라고 생각하는가?"

"저들이 말한 것처럼 머잖아 명나라 정부에서는 우리에게 파병을 요청할 것이옵니다. 그러면 여진의 힘을 모르는 우리 조정의 권신들은 지난 임란 때 명나라가 우리를 도와 준 것에 대해 보답할 수 있는 좋은 기회라고 생각하여 파병 요청에 응하려 할 것이옵니다. 그렇게 되면 후금은 조선을 공격할 수도 있다고 사료되옵니다."

"냉정하게 사세를 분석하여 우리에게 실질적으로 이익이 되는 결정을 내려야 할 것이야. 옛날의 의리만 생각하다가 조선에 전쟁이 일어나면 안 되네."

광해군은 대부분 조선의 대신들과는 생각이 달랐다. 대신들 사이에서는 지난번 임진왜란 이후 명나라를 마치 부모의 나라인 것처럼 여기는 경우가 많았다. 따라서 명나라와 여진의 대립에서는 당연히 명나라 편을 드는 것이 정의이고 또 의리였다. 뿐만 아니라 여진은 명나라의 적수가 되지 못하는 것으로 확신했다.

"옳으신 말씀이옵니다. 하지만 우리가 명나라의 도움을 무시한 후에 두 나라간의 싸움에서 명나라가 승리한다면 이도 생각해 볼 문제이옵니다."

"무엇을 말인가?"

"전하에 대해 좋지 않은 감정을 가지게 될 명나라로서는 조선에 대해 어떤 무리한 요구라도 할 것이옵니다."

"무리한 요구라 함은 나보고 임금 자리를 내어놓으라고 한단 말인가?"

"황공하옵니다. 전하."

"만약 우리가 명나라를 지원했는데 여진이 승리한다면?"

광해군은 박엽의 대답을 예상이라도 한 듯 의외로 차분한 목소리였다.

"저들은 반드시 조선을 침공할 것이옵니다. 명나라와는 한 번의 전투로 끝이 날 일이 아니기 때문이옵니다. 명나라는 워낙 큰 나라이기 때문에 저들의 전쟁이 얼마나 오래 갈지 모르는 일이옵니다. 따라서 조선을 공격하여 완전히 항복을 받은 후에 명나라와의 길고 긴 용호상박의 전쟁을 벌이려 할 것이옵니다."

"명나라의 도움을 받지 않고 우리의 전력만으로 후금의 공격을 막을 수 있는가?"

"저들의 수도를 공략하기는 힘들어도 공격은 충분히 막을 수는 있사옵니다. 하지만 그렇게 된다면 그동안 전하의 지혜로우심과 높은 덕으로 이제 겨우 왜란의 상처를 잊어 가는 백성들에게 엄청난 피해를 입힐 것이옵니다."

"경의 생각은 어떤가?"

"우리가 어느 편을 드느냐에 따라 종묘사직의 문제가 결정될 수도 있사옵니다. 그래서 신은 이기는 편에 서야한다고 생각하옵니다."

박엽은 조심스럽게 주의를 살피며 낮고 차분한 목소리로 말했다.

"내 생각도 그러하네."

박엽의 대답에 광해군은 웃음으로 자신의 생각을 표출했다.

"그렇다면 경이 생각하건데 어느 쪽이 이길 것 같은가?"

"신의 판단으론 후금이 더 유리할 것으로 사료되옵니다."

"백중세도 아니라 말인가?"

광해군은 신중한 태도를 취했다.

"그렇사옵니다. 명나라는 이미 지는 해고, 여진은 떠오르는 태양입니다. 지금 명나라는 노쇠한 황제(신종)의 사후를 대비한 환관과 권신들의 권력분쟁이 심화되어 내홍을 치르고 있사옵니다. 따라서 누루하치에 비길만한 지도력이 상실되었을 뿐만 아니라, 여진의 군제인 팔기군을 이끌고 있는 여덟 명의 뛰어난 장수와 맞설 만한 명장 또한 없사옵니다. 또한 여진은 이십여 년 간의 전투에서 단 한 번도 패하지 않은 노련한 기병들로, 농민이 주축이 된 보병 중심의 명나라와는 비교가 되지 않사옵니다."

"여진의 힘이 그 정도란 말인가? 쉽게 결정할 문제가 아닌 것 같구만."

광해군은 한참동안 말을 잇지 않고 생각에 잠겼다.

"만약 우리의 정예부대인 평양삼수병을 파견하여 명나라를 돕는다면 그때는 어떻게 될 것 같은가?"

한참 만에 광해군의 물음이 이어졌다.

"물론 평양의 삼수병을 동원하여 명나라를 후원한다면 싸움의 승패는 쉽게 나지 않을 수도 있사옵니다. 하지만 이들을 동원하였다가 끝내 패하기라도 한다면 조선은 무방비 상태가 되어 여진족의 공격에 속수무책이 될 것이옵니다. 또한 삼수병은 조선의 높은 산과 깊은 골짜기에 맞게 훈련된 병사들이옵니다. 따라서 평양의 삼수병은 어떤 일이 있어도 조선 땅을 떠나서는 안 될 것이옵니다."

"그렇다면 어떻게 해야 하는가? 명나라의 요구를 쉽게 거절할 수도 없을 것인데…."

"대신들에게는 비밀로 하고 여진과 비밀히 접촉하는 것이 어떨까 생각되옵니다. 대외적으로는 명나라에 명분을 쌓으면서 말이옵니다. 그렇게 되면 어느 쪽이 이기든 문제가 되지 않으리라 사료되옵니다."

"좀 더 자세히 말해보게."

"만약 명나라가 파병을 요청해오면 그동안의 양국 관계로 미루어 볼 때 우리는 그 요구에 응하지 않을 수가 없을 것이옵니다. 다만 이때 우리는 여진에게 따로 밀서를 보내 군사를 파견하는 것은 실상 우리의 뜻이 아니라 외교상 어쩔 수 없는 일이라는 것을 밝히는 것이옵니다."

"옳거니. 여진에게는 조선의 정예부대인 평양삼수병을 파견하지 않겠다는 약속과 함께 속오군을 파견하여 명나라에는 명분을 쌓으면 되겠군."

"그러하옵니다. 속오군을 파견하면서도 후금과 싸우지 않겠다는 밀약을 한다면 어느 쪽이 이기든지 우리의 실리(實利)는 챙길 수 있으리라 사료되옵니다."

박엽은 이미 이에 대한 생각을 정리한 듯 광해군의 생각에 동조했다.

"이거야 말로 일거양득이군. 만약 명나라에서 파병을 요구하면 그런 방향으로 일을 추진하세."

"성은이 망극하옵니다."

박엽은 깊이 고개를 숙였다.

"그러면 여진 칸의 요구에 우리는 당장 어떻게 대응을 하여야 할꼬?"

"그쪽에서 칸이 직접 밀서를 보냈고, 그들의 요구 또한 전하의 답서를 요구하는 것이므로 이를 무시할 수 없사옵니다. 만약 저들의 요구를 무시하였다가는 전략상 저들은 조선을 먼저 공격할 것이옵니다. 따라서 제 생각에는 전하께서 저들에게 두 나라와의 전쟁에 조선은 개입하지 않겠다는 화친의 밀서를 보내는 것이 불필요한 전쟁을 막는 현명한 길이라고 생각되옵니다."

"조정의 대신들이 이 사실을 알면 가만있지 않을 것인데…."

광해군은 박엽의 생각이 어떠한지 떠보기 위해 일부러 말끝을 흐렸다.

"저들은 일부러 밀서를 보냈사옵니다. 저들의 밀서를 공론화하여 대신들의 의견을 들으실 필요는 없을 것이옵니다. 그래서 이렇게 야심한 밤에 일부러 알현한 것이기도 하옵니다."

"하하, 내 생각도 그러하이. 조정의 대신들은 명분을 중시하고 명나라와의 의리를 내세울 뿐 북방의 정세와 여진의 군세를 잘 모르고 있지."

박엽의 말에 광해군은 고개를 크게 웃으며 말했다

"성은이 망극하옵니다."

"제일 중요한 것은 조선 땅에서 전쟁이 있어서는 안 된다는 것이다."

"저도 그것이 최선이라고 생각하옵니다."

"그러면 경이 답서를 작성하여 보게."

"알겠사옵니다."

"그쪽에서는 진심이든 아니든 우리를 생각하여 주는데 우리 또한 저들을 무시해서는 안 될 것이다. 경이 저들의 밀사를 잘 접대하여 그들의 인심을 잃지 않도록 하라. 그동안 우리는 명나라 사신에 대해서는 극진히 대접하면서도 여진의 사신은 너무 경솔히 여겨 저들에게 원망이 많을 것이야. 이제는 저들에게도 신뢰감을 심어줄 필요가 있어. 그렇다고 명나라를 섭섭하게 해서도 안 되겠지만. 참 힘든 상황일세."

"명심하겠사옵니다."

"이런 상황에서 무엇보다도 중요한 것은 우리의 국경을 철저히 방비하는 것이다. 만약 저들이 쳐들어온다면 언제든지 이를 물리칠 수 있는 준비를 해야 할 것이다."

"그 점은 염려 안 하셔도 될 것이옵니다. 병법에 싸우지 않고 이기는 것이 제일 좋은 방법이라고 하지 않았습니까? 저들이 이렇게 화친을 청하는 것도 우리의 군세가 날카롭기 때문이옵니다. 우리가 한편으로 방비를 철저히 하고 또 한편으로는 이렇게 화친 전략을 쓴다면, 전하께서 닦으신 성업이 날로 번창할 것이옵니다."

"아무튼 경만 보면 든든하네."

광해군의 얼굴은 처음과 달리 안도의 마음이 역력했다.

"망극하옵니다."

"그래 요즘은 어려운 점은 없는가?"

어느 정도 밀서 문제에 대한 입장이 정리되자 광해군은 박엽의 노고를 치하하기 위해 그의 애로 사항을 물었다.

"특별히 어려운 점은 없사옵니다. 강한 훈련에 불만을 토로하는 자가 있긴 합니다만 그건 감수해야 되리라 생각되옵니다."

"여러모로 노고가 많네. 아참, 대포 주조하는 일은 어떻게 되었는가?"

"계획대로 잘 진행되어 여러 번에 걸친 실험에 성공했사옵니다. 얼마 있지 않아 각 성마다 주조한 대포를 설치할 수 있을 것 같사옵니다. 그렇게 되면 여진이 침략해도 문제가 없을 것으로 사료되옵니다."

"그래. 잘 되었군."

"그런데 요즘 조정에서 벌어지고 있는 일들에 대해 백성들 사이에서 왈가불가하는 것 같사옵니다."

"어떤 일 말인가?"

"대비 폐위 문제를 말씀 드리는 것이옵니다."

"경은 어떻게 생각하는가?"

"이런 중요한 시국에 명분에 치우쳐 국력을 낭비하는 것이 썩 마음에 들지 않사옵니다."

"짐도 마찬가질세. 경은 그런 국내 문제에 신경 쓰지 말고 강한 군대를 만드는 일에 정성을 쏟으시게."

"성은이 망극하옵니다."

"조정에서 벌어지고 있는 작태에 대해서는 변방의 장수들에게는 늘 미안한 마음이네. 하지만 오래지 않아 소모적인 논쟁은 사라질 것이네. 그때는 우리의 국력을 한 데 모을 수 있을 것이네."

"소신은 늘 전하께 충성을 다할 뿐이옵니다."

"고맙네."

"이제 소신은 물러가겠사옵니다."

"조심하시게."

"성은이 망극하옵니다. 전하께서도 옥체를 잘 보존하시길 비옵니다."

박엽은 들어올 때 모습 그대로 아무도 모르게 대전을 빠져나갔다.

약속한 한 달이 되자 정동식은 조선의 답서를 받기 위해 다시 알목하로 왔다. 하지만 조선에서는 특별한 소식이 없었다. 이혼은 정동식에게 그동안 있었던 일을 설명하며 기다려보자는 말을 했다. 정동식은 과연 조선에서 답서를 보내 줄 것인가 초조했다. 조선에서의 답서가 있다면 이것은 조선이 후금의 실체를 인정하는 것이 되어 다음 단계의 일 진행에도 도움이 될 수 있지만, 그렇지 않다면 여진에서의 자신의 위상도 문제가 되겠지만 두 나라 사이의 전쟁은 피할 수 없는 일이 되기 때문이다. 조선인으로서 이 일만은 꼭 막고 싶었다.

드디어 향도로 나섰던 박인웅이 돌아왔다. 두 명의 동행이 있었다. 이전에 만난 적이 있는 양간과 그 뒤를 따르는 의관을 제대로 차려입은 양반이었다.

"평양감사 박엽입니다."

박엽은 직접 나서서 자신을 소개했다.

"후금의 밀사 정동식입니다."

정동식의 얼굴에 환한 미소가 떠올랐다. 박엽의 방문이 의미하는 것이 무엇인지 알고 있는 정동식은 최대한 예의를 지켰다.

"어르신도 정말 오랜 만입니다."

박엽은 이혼에게도 인사를 건넸다. 한양이라는 곳이 넓은 곳이 아니었기 때문에 금위군 최고의 무술을 지녔던 이혼은 많은 양반 자제들의 무술 선생으로도 이름을 알리고 있었다. 박엽도 그중의 하나였다.

"어르신은 제가 젊었을 때 존경하던 인물이었는데, 이런 곳에서 뜻하지 않게 만나 뵙게 되었습니다."

"감사께서는 전도가 양양한 젊은이였는데 이렇게 나라의 동량이 되어 뵙게 되니 영광입니다."

"제가 오히려 영광입니다. 앞으로 많은 지도 편달 바랍니다."

간단한 인사가 끝나자 이혼은 박엽 일행을 방으로 안내했다. 박엽은 정동식의 권유로 상석에 자리를 잡았다. 박엽은 먼저 정동식의 인상부터 살폈다. 알맞게 그을린 얼굴과 꽉 다문 입술, 크진 않지만 미끈한 몸에서 풍기는 강인한 인상, 한 눈에 문무를 겸비한 재사라는 것을 알아볼 수 있었다.

"지난번에는 저희 판관이 실례를 많이 했다고 들었습니다. 비록 말직의 관리일지라도 다른 나라의 관리를 만난다면 일국을 대표하는 사람이 되는 것인데 귀한분이 직접 나들이를 하셨는데 예를 지키지 못하여 죄송합니다."

"무례라 할 것까진 없었습니다. 이렇게 조선의 책임 있는 분이 이 험한 곳까지 몸소 나서실 줄은 몰랐습니다."

양간과는 도량이 다른 박엽의 말과 태도에 상대가 만만하지 않다는 것을 느낀 정동식은 최대한 예를 갖추며 상대에게 흠 잡힐 말과 태도를 보이지 않으려 애썼다.

"귀국 칸의 친서를 가져왔다는데 이 정도 성의는 보여야지요. 하하하."

박엽은 정동식의 말에 호탕하게 웃으며 분위기를 이끌었다.

"지난번에 우리가 무순성을 공격한다는 정보를 조선에 흘렸음에도 불구하고 명나라가 그 사실을 모르고 있었던 것에 감사드리오."

"우리도 요동 땅에서 벌어지고 있는 전쟁의 모든 정보와 사세를 파악하고 있소."

"당연하겠지요."

박엽의 답변 하나하나가 만만하게 느껴지지 않았다.

"귀국에서 굳이 저를 보고자 한 이유가 무엇입니까?"

"그동안 우리는 여러 차례에 걸쳐 조선에 친서를 보냈지만 제대로 된 답장을 받아 본 적이 없었습니다. 지금 우리는 중대한 일을 목전에 두고 있습니다. 따라서 우리는 조선의 명확한 입장을 알아야 하겠기에 조선 국방의 책임자를 뵙고자 한 것입니다."

"우리나라에는 엄연히 상감이 계시고 병조 판서가 계신데 저더러 국방의 책임자라니 어패가 있습니다."

"오해하지 마십시오. 우리는 조선의 권신들이 여러 계파로 나뉘어 생각을 모으지 못하는 것을 염려하였기에 드리는 말씀입니다."

박엽이 질책하듯 말하자 이번에는 정동식이 조선의 상황을 비꼬면서 말했다. 두 사람 사이에 잠시 어색한 침묵이 흘렀다. 하지만 이내 두 사람은 억지 미소를 지으며 분위기를 전환하려 했다. 둘 다 어렵게 마련된 중요한 만남을 깨고 싶지 않았다. 그 사이 경색된 분위기를 느낀 이혼이 개입했다.

"이 오지까지 이렇게 귀하신 분들이 찾아오셨는데 별로 차린 것이 없어 죄송합니다만, 먼저 한 잔들 들이키면서 이야기를 나눴으면 좋겠습니다."

"그래야지요."

이혼은 준비해둔 주안상을 내오게 했다.

"자. 한 잔 쭉 들이킵시다."

박엽이 먼저 잔을 들었고, 정동식도 그를 따라 몇 잔을 연이어 들이켰다.

"감사께서 우리의 무순성 공략을 알고 있다니 하는 말입니다만, 무순성 공략 이후 이제 우리와 명나라와는 일전을 더 이상 피할 수 없는 상황에 이르렀습니다. 전쟁을 시작하자면 제일 염려되는 것 중의 하나가 배후에 있는 조선이라는 것은 감사께서도 아시고 계실 것입니다."

몇 잔 술이 어색함을 지우자 정동식이 먼저 말을 꺼냈다.

"……."

박엽은 아무런 대꾸를 하지 않고 그의 말을 경청했다. 하지만 긴장한 얼굴빛은 쉽게 숨기지 못했다.

"따라서 우리나라에서는 명나라를 공격하기 전에 조선을 먼저 공격하자는 의견이 비등하고 있습니다. 우리가 조선을 공격하면 조선은 쑥대밭이 될 수도 있습니다."

"우리는 요즘, 옛날 고구려가 북방의 기마족을 상대로 청야 전술을 펼쳐 큰 승리를 거두었다는 것을 염두에 두고 전술훈련을 많이 하고 있지요. 조선의 산은 높고 물은 깊습니다."

박엽은 흥분하지 않고 차분하게 반박했다.

"다행이 칸께서는 조선과는 화친을 맺으려는 의사를 가지고 있기 때문에 조선 침공을 미루고 있는 것입니다. 그런데 조선의 권신들은 아직도 우리를 오랑캐라며 무시하고 있습니다. 수차례에 걸친 우리의 제의는 중간에서 거의 다 묵살되고 말았지요. 따라서 감사께서는 보다 많은 노력을 해주셔야 조선 땅에서 전쟁이 일어나는 것을 막을 수 있을 것입니다."

정동식 역시 박엽의 말에 개의치 않고 할 말을 다 했다. 두 사람이 한 발도 물러서지 않는 신경전을 벌이자 분위기는 다시 냉각되었다. 눈치를 보던 이혼이 둘 사이에 개입했다.

"두 사람이 이 오지에 찾아오신 것은 양국 사이에 벌어질지도 모르는 전쟁을 막아 보고자 하는 의도가 아닙니까? 그런데 이렇게 신경전으로 일관한다면 이곳까지 찾아온 노고가 아무 소용없어지는 것이니 서로 한 발씩 양보하여 이야기를 나눠보시지요."

"제 말의 의미는 전쟁이 나면 조선이나 우리나 다 큰 피해를 볼 수 있다는 것이오. 그렇게 되면 득을 보는 것은 명나라일 것이오. 장군께선 어떻게 생각할지 모르지만, 이제 이백 년 동안 억눌렸던 대동이족 부활의 시기가 도래하였소. 만주족이나 조선족이나 다 고구려의 후손으로 형제국이 아닙니까? 한족 좋은 일시키는 일은 더 이상 하지 말아야 된다고 생각합니다."

정동식이 먼저 자신의 생각을 꺼내기 시작했다.

"……"

"그렇기 때문에 저희도 조선과의 전쟁을 피하고 싶은 것입니다, 잘 아시겠지만 중국 사람들의 변방을 치는 전술이 무엇입니까? 이이제이(以夷制夷) 아닙니까? 우리가 여기에 넘어가지 말자는 것입니다. 분명히 말씀드립니다만 우리는 명나라와의 전투에서 승리합니다. 이것은 막을 수 없는 역사의 법칙입니다. 나중에 화를 부르지 않는 것이 피차 좋을 듯합니다."

박엽은 정동식의 말이 끝나기까지 가만히 듣기만 했다.

"오백여 년 전에 여진 땅에서 아골타가 일어나 금나라를 세워 중원을 정복한 적이 있었지요. 그들은 무서운 기세로 일어나 요나라를 무너뜨리고 송나라를 장강 이남으로 몰아냈지요. 참으로 그들은 대단했습니다."

박엽도 서서히 말머리를 풀기 시작했다.

"……."

"그들은 고려를 침범하지 않았습니다. 국경을 맞대고 있는데도 말입니다."

"그것이 바로 제가 하고 싶었던 말이었습니다."

박엽의 한 마디에 정동식의 굳었던 표정이 펴지는 듯했다.

"우리 칸께서는 바로 그 점을 조선에 상기시키길 원하십니다. 명과의 전투에서 조선이 중립만 지켜준다면 옛날 고려에 했던 것처럼 조선의 자주성을 보장하겠다는 것입니다."

"우리 전하께서는 명나라에 대해 섭섭한 것이 많으신 분입니다. 왕위를 인정받는 과정에서 말 할 수 없는 수모를 당하셨지요."

"……."

"세자가 된 뒤 20여 년에 걸친 주청에도 불구하고 명나라로부터 책봉을 받지 못하여 많은 심적 고통을 받았을 뿐 아니라, 그로 인하여 등극을 할 수도 없는 상황에 처하기도 하였지요."

"그 말씀의 의미는…."

"그것은 그쪽에서 알아서 판단하십시오. 더 이상은 제가 말할 수 없습니다."

정동식은 새로운 사실을 알았다는 듯 매우 놀란 표정이었다.

"평양감사께서 이렇게 말씀해주시니 용기백배입니다. 우리가 명나라를 공략한 후에도 조선과는 형제국으로서 선린관계를 계속 유지할 수 있도록 제가 최선을 다하겠습니다."

"양국이 전쟁 없이 서로 교류하며 지내는 것, 그것이 저나 우리 전하께서 바라시는 것입니다. 하지만 문제가 있습니다. 조정의 대신들의 생각이 다르다는 것입니다. 아시다시피 그들은 명분과 의리에 목숨을 걸만큼 매우 보수적 윤리관을 가진 사람들입니다. 따라서 그들은 양국 사이에 본격적인 전투가 벌어지면 임진왜란 때 우리를 도와준 명나라의 요청을 적극지지하고 나설 것이라는 점입니다."

"……."

정동식의 표정이 다시 굳어졌다.

"아무리 임금이 귀국을 지지하더라도 저들의 뜻을 무시할 수가 없을 것입니다."

"……."

"우리 전하께서는 귀국의 요청에 긍정적으로 생각하시면서 답서를 주셨습니다."

박엽은 품속에서 임금의 밀서를 꺼내 정동식에게 건넸다. 정동식은 일어서서 정중하게 두 손으로 밀서를 받고는 품안에 다시 넣었다.

"하지만, 부득이하게 군사를 파견하게 되더라도 귀국과 싸우고 싶은 의사는 전혀 없습니다. 이것이 우리 전하의 뜻입니다. 만약 우리 조선이 군사를 일으키더라도 도원수를 통해 우리의 이러한 뜻을 다시 한 번 더 밝히겠습니다. 널리 양해 바랍니다."

"솔직한 말씀에 감사드립니다. 말씀은 드려보겠습니다만 확답은 못 드리겠습니다. 우리나라에도 명나라와 전투를 벌이기 전에 조선을 치자는 사람들이 많아서…. 하지만 칸께서는 조선에 대해 우호적이기 때문에, 장군의 제의는 받아들여질 것이라 생각됩니다."

"국서에는 진정한 전하의 뜻이 담겨 있지 않다는 것을 전달해주시면 고맙겠습니다."

"장군의 뜻대로 될 수 있도록 제가 노력하겠습니다."

"고맙습니다."

"어느 정도 뜻이 통했으니 다 같이 한 잔 하시지요."

다시 이혼이 개입했다. 두 사람의 대화를 지켜보며 한 잔의 술도 마시지 않던 양간도 술잔을 가득 채웠다.

"조선과 후금의 평화를 위하여!"

건배를 한 후에 좌중은 기분 좋게 술잔을 비웠다.

"내가 제안을 하나 하겠습니다."

"말씀해보시지요."

"두 나라 사이에 긴급한 상황이 발생하면 이곳을 통하여 서로 간에 연락할 수 있도록 합시다."

"좋습니다. 이곳은 비밀히 만나기에는 아주 적합한 장소인 것 같습니다."

박엽의 제안에 정동식도 흔쾌히 승낙하였다.

"그러면 사안이 생길 때마다 우리 마을의 젊은이를 보내겠습니다."

두 사람이 흔쾌히 합의하자 이혼이 중재하며 나섰다.

"좋습니다. 어르신께서 보낸 사람이라면 얼른 안으로 맞아들이겠습니다."

두 사람은 다 같이 동의했다. 그러자 이혼은 활을 잘 쏘고 말을 잘 타는 이정구의 아들 주몽을 불러 이들에게 인사를 시켰다.

"이 젊은이라면 훌륭하게 두 분의 요구를 잘 수행할 것입니다."

날렵한 몸매에 선한 눈매를 가진 주몽을 바라보던 두 사람은 만족한 듯 고개를 끄덕였다. 정동식과 박엽은 비밀 연락선을 만들고 난 뒤 서로에게 만족한 듯 본격적으로 술을 들이키기 시작했다. 순식간에 한 도가니의 술이 바닥났다.

4. 허균의 죽음

　인목대비가 폐위되자 조정 내에서뿐만 아니라 재야의 수많은 유학자들을 중심으로 이에 대한 반발이 일어났다. 하지만 이들은 공개적으로는 이에 대한 비판을 하지 못하였다. 다만 대비 폐위의 공적(公敵)으로 허균을 지목하여 그에 대한 공격을 가하기 시작했다. 이로 인해 허균은 점점 위기 속으로 빠져들었다.
　도화선 역할을 한 사람은 경운궁 투서 사건 때 허균을 범인으로 지목하다 억울하게 귀양을 간 기자헌의 아들 기준격이었다. 원래 기준격은 허균과 친분이 두터운 사이였는데 투서 사건의 책임을 지고 늙으신 아버지가 변방으로 유배를 가자 허균에 대한 복수의 마음이 간절하였다. 아버지가 귀양 가자마자 허균이 이십 년 전부터 반역의 모의를 하였다며 상소를 올렸다. 하지만 처음에는 이 상소가 제대로 전달되지도 않아 사헌부에 처박혀 무위로 끝나는 듯했다.

인목대비가 폐위되자 허균에 대한 불만이 많았던 유생들이 그를 내칠 기회를 엿보던 중 사헌부에서 잠자고 있던 기준격의 상소를 발견하고는 곧바로 반격을 가하여 허균의 국청을 주장하였다. 허균은 반박의 상소문을 올렸고, 그의 추종자들도 무고임을 말하는 차자를 연달아 올려, 또다시 허균을 놓고 계파간의 치열한 공방전이 시작되었다. 이렇게 되자 인목대비 폐위에 반대하던 모든 유학자들이 기준격의 편이 되어 허균은 수세에 몰렸다.

이때 이상하게도 이이첨 일파는 아무런 반응을 보이지 않고 방관만 하고 있어 허균 일파만 고군분투하게 되었다. 이이첨이 방관하자 상황은 허균에게 불리하게 돌아가기 시작했다. 드디어는 기준격이 올린 두 번째 상소에 덧붙인 역모의 근거가 되는 네 장의 편지가 허균의 필적이 분명하다는 판정이 나왔다.

상황이 급변하자 위기감을 느낀 허균은 동지들을 급히 불렀다. 김개를 비롯한 자신의 심복들인 하인준 김윤황 우경방 현응민 김우성 이국량 박몽준 등이 허균의 집에 앉아 대책을 강구하였지만 별다른 묘책이 없었다.

"이이첨이 우리를 내치기로 작정한 이상 다른 방법은 없소. 우리가 선택할 수 있는 유일한 길은 내가 국문을 당하기 전에 거사를 거행하는 것이오."

허균의 말에 방안은 비장감으로 무거운 분위기였다.

"김 부사, 거사 준비는 어느 정도 되었소?"

"하급무사와 승병(僧兵) 수백 명을 준비해 두었습니다."

병력 동원을 맡은 전 공주 부사인 김개가 말했다.

"수백 명으로 훈련도감의 군사들과 싸워 이길 수 있을 것 같소."

"정면으로 붙으면 힘들겠지만 작전 계획을 잘 세워 야밤에 기습을 한다면 가능할 것입니다."

"구체적 계획이 있으시오."

"제가 지난번 경운궁 투서 사건 이후 계획을 수립해 보았습니다."

"말씀해보시오."

"지금 장안에는 곧 후금이 쳐들어올 것이라는 소문이 퍼져있습니다. 이것을 이용하는 것입니다. 계원들은 각자 흩어져서 만나는 사람마다 머잖아 여진족뿐 아니라 섬나라 유구국도 조상들의 복수를 위해 쳐들어온다고 소문을 내어 민심을 동요케 하는 것입니다. 그렇게 되면 도성의 돈 많은 사람들과 세도가들은 불안하여 먼저 피난을 갈 것이고 뒤이어 백성들도 큰 동요를 일으킬 것입니다. 상황이 이렇게 전개되면 도성은 텅 비게 되고, 조정에서도 민심을 수습하기 위해 의견이 분분해질 것입니다. 그 틈을 이용하여 준비해두었던 무사를 동원하여 야밤에 궁궐로 쳐들어가 훈련도감과 왕을 제압하는 것입니다. 이 거사가 성공하면 허 대감께서 이조 판서 겸 대제학이 되어 민심을 수습하고, 신분이나 계층의 구분이 없이 인재를 등용하면 백성들도 우리를 지지할 것입니다."

"좀 더 세밀한 작전이 필요하지만 좋은 생각인 것 같소. 다른 의견이 있으신 분?"

허균은 김개의 생각을 치하한 후에 좌중을 둘러보며 물었다.

"……."

"딴 의견이 없다면 김개의 의견을 공론으로 채택하겠소. 자 그럼 일을 서로 분담해 봅시다."

회의 결과 김개와 하응민은 도성 가까이에 있는 승군과 무사들을 모아 도성 진입을 시도하고, 하인준 김윤황 등은 민심을 동요하는 일을 맡기로 하였다. 다음날부터 그들은 하남대장군 정아무개라는 이름으로 된 '여진족과 유구국이 곧 쳐들어 올 것이다. 피란을 가려면 성(城)보다는 평야가 낫고 평야보다는 산을 넘는 것이 낫다. 한양에 남아 있으면 어항에 갇힌 고기 꼴이 된다'는 유언비어를 퍼뜨렸다. 밤에는 삼청동 산 위에 올라 외치게 했다.

허균 일당이 의도한 효과는 금방 나타났다. 공포감에 휩싸인 한양의 재력가들은 재산을 시골로 빼돌리는 등 도성은 점점 혼란에 빠져들고 있었다. 허균은 거사 날을 정하고 김개로 하여금 준비한 하급 무사들과 승병을 도성 근처에 집결시키라고 했다.

도성의 움직임이 이상하게 돌아가자 바삐 움직이는 또 한 사람이 있었다. 바로 이이첨이었다. 그는 기준격이 상소를 올려 허균을 역모 죄로 고발하자 더 이상 허균을 감싸다가는 자신마저 위험해질 수 있다고 판단하여 사건에서 한 발 물러서 있었다. 궁지에 몰린 허균이 사람을 모은다는 소식과, 밤마다 산 위에서 이상한 외침이 들린다는 정보가 입수되자, 드디어 허균이 칼을 뽑았다는 판단을 하고 심복인 조흡을 급히 불렀다.

원래 이이첨이 허균을 자신의 무리로 끌어들일 때는 가장 어려운 문제인 인목대비 폐위에 앞장서게 하여 정적을 제거하는 한편, 자신에게 쏟아질 비난을 허균에게 돌리기 위함이었다. 이제 인목대비가 폐위된 이상 허균의 효용가치는 더 이상 없다고 판단하던 중 허균이 역모 죄에 연루되자 이 시점에서 그를 제거하지 않으면 자신도 해를 당할지 모른다는 판단을 하였다. 그는 허균이 오래 전부터 거사 계획을 세운 것을 알고 있었기 때문이었다.

"지금부터 우리는 허균을 쳐야하네."

"허 판서는 우리 편이지 않습니까?"

"이런 답답한 사람을 보겠나. 아직도 눈치를 채지 못했단 말인가. 허균이나 나나 서로를 잠시 이용하였을 뿐, 한 번도 그는 우리 편이 아니었어."

"예! 그래서 허 대감이 위기에 처했는데도 가만히 계셨던 것이었군요."

조흡은 고개를 끄덕였다.

"이제라도 알았으면 빨리 움직이게."

"어떻게 말입니까?"

"지금 허 대감이 반란을 일으키려 군사를 모으고 있네. 그들이 진압당하면 분명 우리까지 엮어 들어갈 것이 아닌가? 그러니 우리가 선수를 쳐서 그를 역적으로 잡아 들여야 하네."

"예, 알겠습니다."

조흡은 놀라며 새삼 일의 중요성을 깨닫기 시작했다.

"이위경이 모든 상황을 다 알고 있으니 그를 데리고 사헌부로 달려가 허균이 역적모의를 한다고 고변한 다음, 의금부 도사를 데리고 허균 일당인 하인준 김윤황 우경방 현응민 등을 오늘 밤 안으로 체포해 오게."

"예, 알겠습니다."

눈치 빠른 조흡은 사태의 심각성을 깨달았다.

"촌각을 다투는 일이니 반드시 오늘 밤 안으로 체포해 오게나. 나는 전하의 윤허를 받고 오겠네."

"예."

명령을 받은 조흡은 이위경과 함께 기습적으로 허균의 일당인 하인준 김윤황 우경방 현응민 등의 집을 방문하여 다짜고짜 의금부에 가두었다. 순식간에 일어난 일이었다. 이이첨은 이들을 체포했다는 소식을 듣자 직접 임금을 찾았다.

"좌판(좌찬성, 허균)이 역모를 꾸몄다는 상소가 끊이지 않으니 대체 어떻게 된 일이오?"

이이첨이 방문하자 임금이 답답한 듯 먼저 말을 꺼냈다.

"신도 그동안 사태를 예의 주시해 왔는데, 결정적인 증거가 나온 마당에 더 이상 일을 방치할 수 없을 것 같아서 실례를 무릅쓰고 밤중에 알현하게 되었사옵니다."

"도대체 좌판이 뭐가 아쉬워서 반역한단 말이오?"

광해군은 허균의 반역 소식을 믿지 않는 투였다.

"허균은 오래 전부터 태생이 미천한 자들과, 불순한 생각을 지닌 사류(士類)와 어울렸다고 하옵니다."

"그것이 사실이라면 어떻게 경이 그것을 모르고 있었단 말이오?"

광해군은 이이첨을 강하게 질책하고 있었다.

"황공하옵니다. 신도 까맣게 모르고 있었사옵니다. 결국 허균은 전하와 저를 속여 왔던 것이옵니다."

"허허, 그런 일이…."

임금은 믿기지 않는 듯 말을 잇지 못했다. 사실 광해군은 이제 어느 정도 정적이 제거된 상황에서 모사꾼인 이이첨보다는 학문과 예지가 뛰어난 허균을 더 중용할 뜻을 품고 있었다.

"황송하오나 상황이 급박하옵니다."

이이첨은 임금이 장고(長考)에 들어가는 듯하자 생각할 틈을 주지 않았다.

"무슨 의미요?"

임금은 이이첨의 말을 외면해 보려했으나, 집권기간 동안 보여준 그의 뛰어난 상황 판단 능력을 무시할 수 없었다.

"이미 증거가 드러난 이상 허균의 무죄를 주장하기는 힘들 것 같습니다."

"……"

"허균의 일을 빨리 처리하지 않으면 인목대비 폐위에 반대하던 권신들이 일어나 대비의 폐위는 반역 죄인이 추진한 것이라며 무효화시키려 할 것이옵니다."

비로소 광해군은 사건의 심각성을 인식하기 시작했다.

"경은 어떻게 하자는 것이오?"

"여기서 물러서시면 아니 되옵니다. 그동안 갖은 소리를 다 들으면서도 정적들을 제거해, 이제 비로소 전하의 성덕(聖德)을 펼칠 수 있게 되었는데 허균으로 인하여 그동안의 공덕이 물거품이 되는 일이 발생되어서는 안 될 것이옵니다."

"결론을 말해보시오."

임금은 약간 짜증스런 목소리로 변해 있었다.

"어차피 희생양이 필요하옵니다. 허균으로 인해 계속 문제가 야기되는 것보다는 이쪽에서 먼저 그를 국문하여 역모혐의를 실토 받은 다음 그와 그의 일파를 빨리 처형하여 반대파가 공격할 틈을 주지 않아야 할 것이옵니다."

"……"

이이첨은 머리를 들어 임금을 바라보았다. 고뇌에 찬 모습이 역력했다. 하지만 그는 스스로 판단할 수 있는 능력을 갖춘 임금이라 더 이상의 말은 하지 않았다.

"경의 뜻대로 하시오."

오랜 생각 끝에 임금은 이이첨의 생각에 동조했다.

임금의 재가를 받은 이이첨은 어제까지 동지였던 허균 일파에 대해 모진 고문을 가했다. 매운 곤장과 압슬에 체념한 혐의자들이 마침내 역모를 꾸몄다는 자백을 하였다. 허균의 심복인 김개는 곤장을 맞아 죽고, 김우성 이국량 박몽준 등도 고문 중에 죽임을 당하였다. 이는 이이첨이 일부러 모진 고문을 하여 죄인들을 죽게 만들어 박승종 유희분 등과 같은 정적들에 의한 공격을 받을 만한 요소를 미리 제거하려는 의도였다.

허균이 역모 혐의로 체포되자 반격을 노리고 있던 많은 중신들은 임금이 직접 국문을 하여 역모의 배후를 밝혀야 한다며 임금에게 상소를 올렸다. 이이첨과 허균의 관계를 알고 있는 그들은 허균의 배후로 이이첨을 지목하여 한꺼번에 그들을 제거하려는 것이었다. 이이첨은 이미 그런 상황을 이미 예측하고 있었다. 그는 허균의 부하로서 역모사건에 단순 가담한 자 하나를 미리 살려 둔 다음 그를 협박하였다.

"네놈은 노모와 처자가 있는데 이런 불손한 일을 저질렀단 말인가"

"당신은 어떻게 그렇게 쉽게 사람사이의 의리를 버리고 어제의 친구를 역적으로 몰아간다 말이오?"

제법 호기 있게 대꾸하였으나 목소리가 떨려 나왔다. 이이첨은 내심 미소를 지으며 짐짓 모른 채했다.

"내 말을 잘 들으면 너는 역모에 가담하지 않은 걸로 해 두겠다."

이이첨이 웃는 얼굴로 제의를 하자 상대의 표정에서 긴장감이 풀어지는 것 같았다.

"이미 동료들이 다 잡혀 왔는데 나 혼자 목숨을 구걸하여 무엇 한다 말이오?"

훨씬 안정되고 낮은 목소리로 대꾸했다.

"그건 염려마라. 네 동료들은 이미 형장의 이슬로 사라졌고 너만 남았다. 네가 변절하였는지 이제 세상 사람들은 아무도 모른다. 너만 마음을 돌린다면 네 노모와 처자식이 노예로 전락하는 것을 막을 수 있다. 어떠냐 해볼 만한 거래가 아닌가?"

"무엇을 하면 되오."

"너를 풀어 줄 테니 의금부에 갇힌 허균을 빼내려는 시도를 해라. 그것뿐이다. 그러면 세상 사람들은 오히려 너를 지조가 있다고 여길 것이다. 너와 네 가족의 목숨 값치고는 너무 간단한 일 아닌가?"

"정녕 그것만 하면 된다는 말입니까?"

그의 말투는 극존칭으로 변했다.

"그렇다. 약간의 소란만 피우면 되는 것이다. 그 외 조건은 아무 것도 없다."

"그 다음은 어떻게 되옵니까?"

"자유다."

"하겠습니다."

다음날 국문을 하는 장소에는 임금을 비롯하여 박승종 유희분 등의 대신들이 기세등등하게 자리를 지키고 있었다. 관련자들을 문책하는 도중 일단의 무리가 허균을 빼내려는 시도를 하였다는 급보가 들어왔다. 그러자 이이첨은 역모의 증거가 나왔으니 빨리 허균을 처형해야지 그렇지 않으면 또 언제 발칙한 무리가 나타나 정국을 소란스럽게 할지 모른다며 강하게 임금을 설득하였다.

　박승종과 유희분 등이 돌발적 상황에 어떻게 대처할지 몰라 머뭇거리는 사이 거듭된 이이첨의 주장에 결국 임금은 허균을 국문하지 않고 바로 처형하라는 명령을 내렸다. 이이첨의 계획에 따른 것이기도 하지만 한편으로 임금이 허균에 대해 국문을 명하지 않은 것은 그동안의 정리를 생각하여 모진 국문을 피하게 하려는 뜻도 담겨 있었다.

　이이첨은 예조 판서의 자격으로 금부도사와 함께 허균이 갇혀있는 의금부의 뇌옥을 찾았다. 머리를 풀어헤친 허균은 목에 칼을 차고 태연히 앉아 있었다. 사형 소식에도 그는 예상을 하고 있었다는 듯 무표정이었다. 다만 이이첨에게 만은 아직 할 말이 남아 있는 것 같았다.

　"그간의 우정을 생각하여 모진 고문 받지 않고 죽게 하니 고맙구만."

　"내가 조심하라고 하지 않았나. 잘 가게나. 먼저 가서 저승에서 자리 잡고 있게. 나는 아직 이승에서 좀 더 부귀영화를 누리다가 가겠네."

　"자네의 마지막 작품은 참으로 기발했네. 내가 자네에게 완전히 졌네."

　"나의 경고를 무시한 것이 자네의 잘못이었네."

　"후후, 아직 끝나지 않았네."

　허균이 조소를 띠며 말하자, 이이첨도 특유의 능글능글한 웃음과 비아냥거림으로 말을 받았다.

　"아직도 내 앞길을 막는 무리들이 많이 있긴 하지."

　"그깟 박승종이나 유희분이 자네 상대가 되겠나."

　"그럴지도 모르지. 파하하하."

　"어리석은 놈, 좋아하지 마라. 천지가 넓다는 것을 알아야지."

　허균은 태도를 바꾸어 웃음기가 가신 얼굴로 차갑게 말했다.

"그런가."

이이첨이 여전히 비아냥거리자 허균은 그를 노려보며 천천히 말을 이었다.

"자네가 앞으로 오 년 이상 권력을 누린다면 저승에서라도 자네를 받들어 모시겠네."

"죽으러 가시는 분이 무슨 악담인들 못하겠나."

이이첨은 더 이상 허균의 말을 마음에 두지 않으려했다.

"후후후, 장안에서야 이제 자넬 당할 사람이 없겠지. 하지만 천지는 넓어. 자네의 목숨을 노리는 자는 수 없이 많다네. 아마 오 년도 걸리지 않을 것일세. 자네의 목이 몸뚱어리에 붙어 있는 날이. 오십 보 백 보지. 하하하."

"……."

"잘 있게나. 나는 조선을 떠나가네. 다음 생에 태어나면 서로 만나지 마세나."

허균은 마지막 한 마디를 뱉고는 고개를 벽 쪽으로 돌려 이이첨을 외면했다.

"금부도사는 죄인의 얼굴에 회칠을 하고 처형 준비를 하라."

5. 객주(客主)

객주는 통일신라 이후부터 있었던 것으로, 보행객주와 물상객주로 나뉘는데 보행객주는 주막보다는 고급으로 중인 이상의 양반계급이 숙박하던 곳이며, 물상객주는 상업과 중개업 창고업이 주업이었다. 그 외에도 이자놀이, 화주(貨主)를 위한 숙박업 등도 했다. 당시 한양에는 마포 용산 이태원 등의 포구에 주로 발달했는데, 마포는 주로 어물을 취급하였고, 이태원 용산은 미곡(米穀) 관계의 일을 주업으로 했다.

이 당시에는 아직 사상(私商)과 어용상인인 시전과는 자금이나 규제상의 큰 차이가 없어서 객주가 시전으로부터 핍박을 당하는 일은 없었다. 또한 보행객주도 아직 초기 단계라 주막과 큰 차이도 없던 시절이었다.

이혼은 장승의 도움으로 소금을 위탁 판매하는 물상객주 하나를 인수하여 종성객주라 이름 짓고 그의 심복인 이정구와 그의 조카 박인웅에게 맡겨 장자를 시작하게 했다. 이 과정에서 이혼은 박인웅의 마음을 다 잡기 위해 신경진에게 도움을 청하여 회령 기생 계향을 속량하여 객주 일을 거들면서 그와 함께 있게 했다.

이정구는 원래 장사꾼 집안 출신이라 기본적인 상거래에 대해서는 기억을 되살리며 해볼 만했지만 사람을 상대로 한 일에는 적응하기가 쉽지 않았다. 하지만 왜란 후 많은 자본을 가진 객주 세력들이 무너졌기 때문에 뿌리를 내리는 데는 오랜 시간이 걸리지 않았다.

종성객주는 소금을 취급했는데 거래 시에 어음보다는 현금으로 결제를 해주었을 뿐 아니라, 남보다 조금이라도 더 이문을 챙겨 주었기 때문에 점점 단골이 많이 생겼다. 그들의 본업은 중개업이었지만 이자놀이뿐만 아니라 숙박업과 술도 팔았다. 원래 객주들은 술파는 일을 천하게 여겼지만 이들은 시중의 한량들과 어울리기 위하여 일부러 주점을 차린 것이었다.

이정구가 객주 일을 시작하면서 이혼으로부터 받은 주문은 크게 세 가지였다. 이익을 적게 남기더라도 장사꾼들에게 신의를 얻으라는 것이 첫째고, 남은 이익금으로 시중 잡배들과 힘깨나 쓰는 장정들을 모으라는 것이 그 다음이었다. 마지막으로 장승 무리와 시중잡배들을 이용하여 이이첨과 김류 등의 근황을 정탐하라는 것이었다. 거상들 중 조정의 권신들과 끈이 닿는 자가 누구인지, 김류 주변에는 어떤 인물들이 드나드는지 세밀히 정탐하라는 것이었다. 무엇을 위한 것인지는 나중에 말하겠다며.

계향의 미모는 마포나루에 순식간에 소문이 났다. 오래지 않아 단골도 많이 생겨 저녁 무렵이면 주막은 자리가 없어 손님을 못 받을 정도였다. 허균이 저자거리에서 하인준 등 역모자들과 함께 능지처참 당한 날,

이날의 화제는 단연 허균이었다.

"소문에 허균이 처음 감옥에 갇히던 날 요란하였다 하더구만."

일행 중 전신에 털이 많아 털보라 불리는 자가 화두를 꺼냈다.

"어떻게?"

김가는 궁금한 듯 물었다.

"허균의 일당인 의금부 옥리가 횃불을 끄고 중죄인에게 가해지는 항쇄(목에 차는 칼)와 발에 찬 족쇄를 풀어 편안하게 해주었다는구만."

"아, 그뿐인가. 허균의 추종자들이 감옥 근처에 몰려들어, 의금부 나졸들과 옥문을 향하여 돌을 던지고, 어떤 놈들은 감옥을 부수고 허균을 빼가자고 선동을 했다더군."

이번에는 곁에서 듣고 있는 코보라는 놈이 참지 못하고 끼어들었다.

"또 있네, 허균을 심문하자 선전관인 백모라는 사람은 허 판서가 무슨 죄가 있냐며 팔을 걷어붙이자 동료들이 말렸다는 이야기도 있네. 또한 한떼의 유생들이 무고한 사람을 가두었다고 상소를 올렸으며, 밤마다 삼청동에 올라가 민심을 동요하는 소리를 지르는 무리도 있었고, 호조의 하급관리들은 규정을 어기고 허균이 옥에 갇혔는데도 이 달치 녹봉을 지급하였다더군."

털보는 자신만이 큰 비밀을 알고 있다는 듯 신이 나서 말했다.

"그것뿐이 아닐세, 허균의 머리가 저자 거리에 걸리자 이를 훔쳐 장사지내주려는 무리도 있었다던데."

코보가 지지 않고 말을 받았다.

"참 대단한 사람이야."

"그가 죽자 하급 관리들과 시중의 잡배들이 소요를 일으키려 했다는 걸 보면 보통 인물이 아니지."

역시 코보가 털보의 말에 맞장구를 쳤다.

"소문에는 이이첨이 자신의 잘못을 덮으려 허균을 서둘러 처형했다는구만."

털보가 또 다른 화두를 꺼냈다.

"그러고도 남을 인물이지."

이번에는 코보가 내용을 잘 모르는 듯 슬쩍 넘겨짚었다.

"큰일이야."

아무 것도 모르는 김가가 나섰다.

"큰일은 무슨. 우리 같은 사람이 누가 권력을 잡든 무슨 상관이 있다고…."

코보가 이번에는 김가의 말을 무시하며 말했다.

"하긴…."

"자, 이제 그런 얘기는 그만하고 재미있는 이야기나 하지."

허균을 화재로 한참 이야기를 나누던 털보는 밑천이 다한 듯 말머리를 돌렸다.

"그럴까."

"이봐 김가, 자네 규방육보가 뭔지 아나?"

코보는 대화에 끼지 못하고 듣기만 하던 김가를 향해 물었다.

"잘 모르겠는데."

"허참, 이런 맹꽁이가 있나. 시중의 잡배들 치고 모르는 사람이 없는데…."

"맹꽁이…. 그래 난 맹꽁이니까 이야기나 좀 해보게."

"그냥은 안 되는데…."

"아, 그만 뜸들이고 어서 말 좀 해보게."

궁금한 듯 김가가 채근했다.

"그래 그럼 내가 말을 하지. 규방육보(閨房六寶)가 있으니, 일 왈(曰) 착(窄)이라."

코보는 김가의 표정을 살피며 말하기 시작했다.

"그게 무슨 말인가?"

"이런 무식한 놈을 봤나. 좁아야 된다는 말이다 이놈아. 계집의 아래 입이 좁아야 남자가 참 맛을 안다는 것이다 이놈아."

"옳거니. 이거 우리만 듣기 아까운 말인데…."

김가는 두리번거리다가 이내 주모를 불렀다.

"여보, 주모 이리와 봐."

김가가 큰 목소리로 주모를 부르자 그녀는 하던 일을 멈추고 달려왔다.

"이 집에 미모의 기생이 있다던데 어디 있는가?"

"왜 그러시오?"

주모는 퉁명한 목소리로 말했다.

"이리 좀 불러주게."

"아씨는 먼저 온 손님과 이야기하느라 바쁩니다."

주모의 목소리는 여전히 퉁명스러웠다.

"뭐야. 지금 사람 차별하는 거야?"

김가 놈은 다짜고짜 모주 잔을 엎으며 큰소리를 지르고 난동을 부리기 시작했다. 이들을 계속 지켜보던 박인웅은 뭔가 이상하다는 느낌이 들었지만 좀 더 지켜보기로 했다. 김가가 큰 소리로 계속 난동을 부리자 방에서 손님을 받고 있던 계향이 달려 나와 부드러운 소리로 김가를 달랬다.

"무슨 일이세요?"

"자네가 계향인가?"

"그렇습니다만…."

계향은 웃으면서 부드럽게 말했다.

"아 자네 얼굴 좀 보자는데 왜 이리 비싸게 굴어?"

"아, 그러세요. 그런 일이라면 직접 절 부르지 그러셨어요?"

"아이고 예쁜 것, 목소리가 영락없는 꾀꼬리구만."

"예쁘게 봐 주셔서 감사합니다."

계향의 계속된 애교 넘치는 목소리에 김가는 금방 화를 풀었다.

"이리 좀 앉으시게."

계향의 미모에 반한 털보가 제의했다.

"잠깐만 기다리세요. 안에 계신 손님에게 말하고 금방 올 테니까요."

"그려. 얼른 다녀오게."

계향이 몸을 돌려 방으로 들어가자 일행은 그녀의 행동거지 하나하나를 다 주시했다.

"어이구. 저, 저 궁둥이 좀 봐. 그냥 확…."

"어찌 저리 예쁠까?"

"목소리는 어떻고…."

"저런 것을 품고 사는 놈은 얼마나 좋을까? 원 마누라라고 손은 솥뚜껑보다 두꺼운 게 매사에 투정이나 부리고 있으니…."

계향의 미모를 놓고 김가네 일행이 한 마디씩 주고받는 사이 계향이 다시 돌아와 김가 옆에 앉았다.

"자 이제 계속하지."

김가는 계향의 어깨에 손을 올리며 말했다.

"원 성질하고는. 그런데, 이야기하면 술 한 잔 살 건가?"
"아, 재미만 있다면야."
"나중에 말 바꾸지 말게."
"내가 언제 약속 안 지키는 것 봤나?"
"못 봤지, 통시 간 간다 하고 사라진 적은 많았지만."
"에끼 이 사람, 어쩌다 한 번 있었던 일 가지고."
"한 번이라니? 여보게 털보 자네 말 좀 해보게."
"그럼 한두 번이 아니지."
일행이 몰아붙이자 김가는 결국 인정하고 말았다.
"그래, 그래 내가 인정하지. 하지만 오늘은 믿어도 돼. 이렇게 계향이까지 있는데 식언할 리가 있겠나."
김가가 계향이의 어깨에 올려놓았던 손을 살며시 내려 허리를 껴안으며 말하자, 그녀는 조심스럽게 그의 손을 풀고는 대화에 끼어들었다.
"그런 일이 있었으면 벌주로 석 잔은 마셔야 다음 약속을 하는 거 아녜요?"
"그렇지. 벌주를 받아야지."
계향의 제의에 코보와 털보는 재밌다는 듯 큰 사발에 술을 따라 연이어 석 잔의 술을 따라 김가에게 마시게 했다.
"주모, 여기 모주 한 병 더 주시오."
계향이 큰 소리로 새롭게 한 병을 주문하자, 코보도 덩달아 당황해 하는 김가를 보며 큰 소리로 안주도 겸하여 주문했다.
"주모 여기 김치도 한 사발 주시오."
"아, 비싼 김치는 왜 시켜. 백채도 많은데."
"자네 이집 김치 맛 못 봤지. 이집 김치는 얼마 전에 명나라에서 들여

온 고춘가, 고초(苦草)가 하는 것을 양념해서 만들었는데 매운 게 아주 맛있어."

"그럼요. 한 번 드셔 보세요. 아주 맛있어요."

계향이 거들자 김가는 어쩔 수 없이 김치를 시켰다.

"자 이제 그만 뜸들이고, 말해 보게."

"그러세."

술 한 잔을 들이킨 코보는 비로소 말을 잇기 시작했다.

"이 왈, 온(溫)이라. 거시기가 용광로처럼 따뜻해야한다."

"옳지, 그래야 양기가 보전되지."

"삼 왈, 치(齒)라. 잘 깨물어야 하느니라."

"그건 또 무슨 뜻이지"

"에끼, 답답한 놈. 그렇게 일일이 다 설명을 해야 알아듣나. 버섯 대가리를 잘 물었다 놨다 해야 된다는 말 아닌가."

"옳거니, 허참 그 명언일세. 하하하."

김가 놈은 계향을 끌어안고 얼굴을 한 번 쳐다보며 낄낄대고 웃었다. 그녀도 이번에는 그의 손을 풀지 않고 재밌다는 듯이 따라 웃었다.

"사 왈, 요본(搖本)이라. 모름지기 엉덩이를 잘 돌려야 하느니라."

"암, 그렇지."

"오 왈, 달 감, 감창(甘唱)이라. 소리를 잘 질러야 한다."

"그럼, 추임새가 좋아야 소리가 잘 나오지."

"육 왈, 속필(速筆)이라. 빨리 도달해야 하느니라."

"그건 좀 맞지 않는 것 같은데."

"이 사람이 잘 모르구만, 빨리 도달해야 남자의 기가 보존될 것 아닌가. 빨리 도달하여 여러 번의 절정을 맞아야, 남자가 덜 피곤하고 남녀

간의 우애가 좋지."

"듣고 보니 그 말이 옳네, 하하하 참 재미난 말일세. 안 그런가?"

김가는 웃음을 그치고 계향을 더욱 바짝 안은 다음 그녀의 얼굴을 쳐다보며 물었다.

"그럴듯하네요."

계향은 굳이 몸을 빼내려 하지 않고 장단을 맞추어 그들의 흥을 돋우었다. 멀찍이서 이 광경을 지켜보고 있는 박인웅은 애가 탔지만 좀 더 지켜보기로 했다.

"김가야, 술 한 잔 살만하지 않나?"

"글쎄, 뭔가 부족한 것 같은데…."

"에끼, 이 친구 또 발뺌일세."

"내가 언제 안 산다고 했나, 부족하다 그랬지."

그러자 이번에는 털보가 나섰다.

"이번에는 내가 남아육보(男兒六寶)를 이야기 할 테니까 더 이상 발뺌하지 말게."

"암, 걱정 말고 이야기나 해보게."

"남아육보라, 일 왈 앙(昻)이라. 양물(陽物)의 각도가 예리해야 하느니라."

"옳거니, 그래야 기집이 좋아하지."

"이 왈. 온(溫)이라. 이는 기집이나, 남자나 다 같은 말이지."

"암, 물론이지, 다음은 뭔가?"

"삼 왈 두대(頭大)라. 버섯의 대가리가 커야 한다는 것이네."

"당연하지."

"사 왈, 경장(莖長)이라. 줄기도 커야한다."

"푸하하하, 그렇지. 그래야 계집의 간지러운 곳을 긁어 줄 수 있지. 아, 그 참 재밌는 말일세."

"오 왈, 건작(建作)이라. 방아는 힘 있게 찍어야 하느니라."

"옳거니."

"육 왈, 지필(遲畢)이라. 뱀의 교미처럼 오래 끌어야 참된 운우지락을 느낄 수 있다는 말씀이지."

"하하하, 참 재밌는 말일세."

"그래 이제 술은 살 건가?"

"그런데, 누가 이런 말을 만들었을까?"

"이 친구 딴청은…."

"내가 뭘?"

"술은 살 건가 안 살 건가?"

털보가 김가를 다그치자 그는 마지못해 수긍하는 듯했다.

"사야지, 하지만 우리 계향이 거시기를 한 번 봐야 되겠는데…."

말을 마친 김가는 치마 밑에 손을 불쑥 집어넣었다. 그러자 지금까지 이들의 주정을 받아 주던 계향은 거세게 반발하고는 손을 밀쳤다.

"어디를 만져요!"

"술집에서 기생을 만지는데 그게 무엇 잘못 된 일인가?"

사내는 능글맞은 웃음을 지으며 다시 손을 집어넣으려 하였다.

"뭐라고요. 누가 기생이래요."

계향은 사내를 밀치며 앙칼지게 말했다.

"기생이라는 소문이 쫙 퍼졌는데 웬 딴 소리야."

김가는 계향의 말을 무시한 채 다시 그녀를 껴안으려 했다. 박인웅은 더 이상 참을 수가 없어서 방문을 열고 밖으로 나왔다. 그 순간이었다.

지금까지 마당 구석의 평상에 앉아 술을 먹던 패랭이를 쓴 손님 하나가 꽥 소리를 질렀다.

"야 이놈들아, 조용히 못해. 오늘이 어떤 날인데 낄낄대고 지랄이야."

킬킬대던 소리가 뚝 그쳤다. 다음 순간 어이가 없다는 듯 서로의 얼굴을 마주보던 김가 일행은 조용히 자리에서 일어서서 그 작자를 에워쌌다. 박인웅은 지켜보기로 했다.

"네놈들이 지금 나와 한 판 붙어 보자는 것이냐?"

"허, 이놈 보게 우리가 누군 줄 알고…."

김가의 말이 채 끝나기도 전이었다. 패랭이는 마시던 술잔을 마저 들이키고는 자리에서 일어서자마자 김가를 번쩍 들어 두어 바퀴 돌린 다음 마당에 패대기 쳐버렸다. 놀란 계향이는 얼른 마당으로 내려 선 박인웅의 품에 안겼다. 김가가 땅 바닥에 나뒹굴자 놀란 코보와 털보는 서로의 얼굴을 한 번 쳐다보더니 무슨 약속이나 한 듯 동시에 두 명이 한꺼번에 달려들었다.

그러나 기세 좋게 달려들던 그들은 패랭이의 발길질 한 번에 한꺼번에 나가 떨어져 마당에 엉덩방아를 찧고 말았다. 그러자 그들은 역부족을 느낀 듯 술값도 치르지 않고 얼른 일어나 주막을 빠져 나가 어디론가 도망을 치고 말았다.

"술값은 내고 가야지!"

계향은 얼른 박인웅의 품을 빠져 나와 김가네 뒤를 쫓았다. 박인웅은 패랭이가 힘이 장사인 것을 알아보고 그에게 접근했다.

"손님, 안 좋으신 일이 있으신가 봅니다."

"어떻게 오늘 같은 날 기분이 좋겠소?"

그는 술을 거듭 들이키며 퉁명스럽게 말했다.

"혼자 있고 싶으니 자리 좀 비켜 주겠소."

박인웅은 순간적으로 그가 죽은 허균의 무리임을 단 번에 알아채고 자리를 비켜 유심히 그를 관찰하기 시작했다.

맹위를 떨치던 긴 여름의 햇살도 어느새 기운을 잃어 날이 어둑해지고 있었다. 젊은 패랭이가 만취된 것 같아 방으로 들여야겠다는 생각에 박인웅이 막 자리를 일어서려는 때였다. 봉변을 당한 김가네 일행이 손에 몽둥이를 든 십여 명의 다른 패거리들을 데리고 주점 안으로 들어섰다.

"저놈입니다."

김가의 말이 끝나기가 무섭게 그들은 다짜고짜 패랭이를 에워싸고는 몽둥이질을 하기 시작했다. 갑자기 기습을 받은 데다, 술이 만취된 패랭이는 몇 번 손을 저어 저항을 해 봤지만 역부족으로 일방적으로 얻어맞기 시작했다.

패랭이를 그냥 내버려뒀다가는 재기 불능의 병신이 될 것 같았다. 그를 구해야겠다는 생각이 든 박인웅은 주모에게 주인어른을 급히 모시고 오라는 말을 한 다음, 방으로 들어가 칼과 표창을 꺼내왔다. 상대가 너무 많긴 하지만 큰 문제는 아니었다. 무리가 많을 때는 대장을 치면 된다는 것을 이미 배워 왔기 때문이었다.

사세를 관망하던 박인웅은 몽둥이를 치켜들고 막 패랭이를 내려치려는 젊은 놈의 손목을 향해 표창을 던졌다. 비명소리가 들렸다. 순간 십여 명의 패거리들은 동작을 멈추고 주변을 두리번거렸다. 박인웅은 재빨리 표창 하나를 빼어들고는 소리쳤다.

"움직이는 놈은 제일 먼저 바람구멍을 내 줄 테다."

패거리들은 멈칫했다.

"넌 뭐하는 놈이냐?"

그중 한 명이 무리의 힘을 믿고 나섰다.

"나는 이 집 주인이다. 더 이상 행패를 부리지 말고 그냥 돌아가라."

"옳지. 바로 네놈이 계향이의 기둥서방이구나. 어쩐지 그년이 도도하다 했더니만 바로 네놈을 믿고 그랬구나."

김가 놈이 뒤에서 소리치자 그들은 한꺼번에 덤비려 했다. 그러자 박인웅은 재빨리 표창을 겨누며 말했다.

"내 분명히 말했다. 움직이는 종간나부터 바람구녕을 낸다고."

박인웅은 거친 함경도말로 소리쳤다. 순간적으로 작당들은 멈칫했다.

"우두머리가 누구간? 비겁하게 여럿이 뎀비지 말고 나하고 겨루기요. 나를 이기면 너희들이 무슨 댓거리를 해도 아무 말 않겠음둥. 하지만 내가 이기면 우리 집에 온 손님을 보호할 의무가 나한테는 있으니 그냥 돌아가기요."

눈치를 보던 패거리들이 한 사람을 쳐다보자, 무언의 압력을 이기지 못한 그가 앞으로 한발 짝 나섰다. 그는 다른 사람과 달리 몽둥이 대신 환도를 차고 있었다. 박인웅은 먼저 그를 제압하기 위해서 물었다.

"진검이냐, 아니면 목검이냐?"

"진검이다."

"좋다. 나중 일은 서로 묻지 않기로 하자."

"물론이지."

"뒤에 서 있는 부하들은 한 걸음 물러나게 하라."

패거리들이 한 걸음 물러나자 박인웅은 표창을 집어넣고 우두머리에게 접근했다. 그는 칼을 뽑지도 않은 상태였다. 두목이라는 자가 먼저 기습적으로 칼을 휘둘렀다. 그러나 그것으로 끝이었다. 박인웅은 오른쪽 무릎을 구부리면서 칼날을 피함과 동시에 눈 깜짝할 사이에 칼을 뽑아 상대의 허리를 한 일자로 그어 버렸다. 검법에서 말하는 요격세(腰擊勢)였다. 깊이 찌르지 않아 생명에는 지장이 없을지 모르지만 상당한 고통을 감내해야 하는 큰 부상이었다. 단 일격에 우두머리가 쓰러지자 패거리들은 어쩔 줄을 몰라 했다. 박인웅이 노린 바였다.

"빨리 부상당한 동무들을 데리고 사라져라. 그리고 또다시 이 주막에서 행패를 부리는 놈은 가만 두지 않겠다."

단 일격에 우두머리가 당하여 겁이 난 패거리들은, 박인웅의 기세등등한 목소리에 부상당한 동료를 들쳐 업고 급히 도망쳤다. 이들은 마포나루의 객주를 어슬렁거리며 잡일이나 하는 왈짜패들로서 완력다툼은 많았지만 칼 쓰는 법을 아는 무사의 검술을 눈앞에서 처음 본 자들이 많았기 때문에 너무 놀라 멍하니 있다가 박인웅의 호통에 정신을 차리고 얼른 도망가 버린 것이었다.

패거리들이 물러나자 박인웅은 패랭이에게로 갔다. 그는 몇 차례의 몽둥이질에 몸을 제대로 가누지 못하는 상태였다. 그를 들쳐 업고 방 안에 눕힌 다음 계향이를 불러 상처를 살피라 한 다음 밖으로 나왔.

원래 기생들은 노래와 춤뿐 아니라 간단한 의술도 배웠기에 패랭이를 치료하는 데는 계향이 제격이었다. 연락을 받고 달려온 이정구에게 자초지종을 말하자 그는 아무 말 없이 방으로 들어가 상처를 보고 약초를 구해 바른 다음, 며칠 있으면 기운을 차릴 것이니 잘 보살피라는 말을 하고는 박인웅을 불렀다.

"저 젊은이가 정신을 차리면 잘 구슬려 안심을 시킨 후 누군지 알아봐라. 네 말대로 허균의 잔당이면 잘 대접해서 우리 편으로 끌어들여라."

"그게 무슨 말씀입니까?"

"어떤 일을 할 때 꼭 필요한 것이 직접 몸으로 일을 실행하는 하부 조직이다. 어르신과 내가 이곳에 객주를 차릴 때는 다 이유가 있어서다. 하지만 지금 우리는 장안에 하부 조직이 너무 없다. 지금 허균의 잔당들은 우두머리를 잃고 당황하여 어쩔 줄을 몰라 할 것이다. 이럴 때 그들에게 일자리도 주고, 술도 먹여주고, 잠도 재워주면서 인심을 베풀면 자연히 우리 쪽으로 마음이 쏠릴 것이라는 뜻이다. 그렇게 된다면 충심으로 우리 일을 도와 줄 사람이 생길 것이고."

"어르신과 아저씨가 하고자 하는 일은 무엇입니까?"

"지금은 말할 수 없다. 다만 단순히 돈을 버는 일만은 아니다."

박인웅은 궁금한 것이 많았다. 왜 갑자기 한양으로 왔으며 또 객주를 차렸는지 알 수 없었다. 하지만 더 이상 묻지는 않았다. 삼촌과 어르신은 무슨 일을 할 때 그것이 구체화되기 전에는 절대 말하지 않는다는 것을 알았기 때문이었다.

"허균은 역적으로 죽었는데 그 잔당들을 끌어 모은다면 화가 미치지 않겠습니까?"

"시중잡배들이 무슨 사상이 있고 뜻이 있어 역모에 가담했겠느냐, 그냥 술이나 사주고 밥이나 먹여주니까 나섰던 것이지. 조정에서도 그 정도의 이치야 다 알고 있으니 크게 염려하지 않아도 된다."

"알겠습니다."

"그리고 인웅아, 앞으로는 함부로 칼을 뽑지 마라. 여기는 장사꾼들이 모이는 곳이지 무사들이 모이는 곳이 아니다. 더구나 여기는 장안이다. 장안에서는 한 번 안 좋은 소문이 나면 돌이킬 수 없는 지경에 이를 수도 있다."

"예, 명심하겠습니다. 하지만 아까 상황에서는 어쩔 수가 없었습니다."

"그래, 나도 이해한다. 아마도 오늘 온 자들의 우두머리는 분명히 따로 있을 것이고 그는 조만간 너를 찾아 올 것이다. 경계심을 늦추지 마라. 다만 그와 맞부딪치게 되면 대충 넘어가면 안 된다. 철저히 짓밟아야한다. 그래야만 이곳에 뿌리를 내릴 수 있다."

"명심하겠습니다."

"객주를 시작한 이상 독자 세력을 키워야 한다. 지방에서 들어오는 물건을 종로의 시전에 넘기지만 말고, 직접 염전에 투자하여 이익을 남겨야한다. 힘깨나 쓰는 장정들을 끌어 모아 염한(鹽漢), 선인(船人)등으로 부려 세상 돌아가는 정보도 수집하고 장사에 익숙한 사람들도 물색하여 우리 사람으로 끌어들여라."

"예. 알겠습니다."

박인웅은 걱정거리가 아닌 듯 말했다.

"참 그리고 계향이는 좀 어떤가?"

가려다 말고 이정구는 무관심한 듯 물었다.

"무슨 말씀이신지…."

"남녀 간의 운우지락을 말하는 것이다."

이정구는 조카의 일이 염려스러운 듯 조심스럽게 물었다.

"아, 네…."

그는 머뭇거리며 머리만 긁적거렸다.

"여자에 너무 탐색하지 마라. 여자 때문에 일 그르치는 경우가 많으니까."

"……."

이정구는 한 마디 질책인 듯 만 듯한 말을 남긴 채 뒤돌아보지 않고 객주를 떠났다. 계향은 원래 관노 출신으로 기생에 뽑혀 춤과 노래 등을 배운 뒤 변방의 군관을 위로하기 위해 조정에서 회령으로 보낸 관기였다. 평생 기생으로 살다가 늙을 팔자였는데, 어느 날 북우후 영감의 명으로 젊고 용모가 수려한 남자를 하룻밤 모시게 되었다. 기생의 신분이긴 했지만 그녀 역시 여자인지라 비록 하룻밤이었지만 젊고 잘 생긴 그가 쉽게 잊히지 않았다. 어느 날 부사가 갑자기 자신을 불러 가보았더니 전에 그 젊은 남자가 노년의 선비와 함께 있었다. 반가웠다. 그런데 뜻 밖에도 부사가 말하길 기적에서 이름을 제하였으니 이 젊은이를 따라 가라했다.

그래서 따라 나선 곳이 꿈에서나 가 볼 수 있던 한양 땅이었다. 이곳에서 그녀는 비록 기생어미 노릇을 하긴 했지만 마음속에서 지워지지 않던 젊고 잘 생긴 박인웅의 시중을 들며, 주인처럼 살게 된 것에 만족했다. 계향은 박인웅을 은인으로 생각하고 진심으로 자신의 서방을 모시듯 하며 지냈다.

박인웅 또한 계향과 하룻밤 인연을 쌓은 뒤 그녀와 노닥거리던 순간을 잊지 못하고 있던 터였다. 뜻밖에도 한양에서 그녀와 함께 살게 되어 너무나 큰 복이라 생각했다. 더구나 그녀가 자신의 시중을 들게 되자 산골에 파묻혀 살던 그의 심사에 화풍(和風)이 분 격이 되어 그녀의 치마폭에서 쉽게 헤어나지 못했다.

물상객주는 아직 소규모라서 일이 많지 않아, 아침에 배가 들어오면 물건을 받아 창고에 저장하거나 일꾼을 사다가 종로의 시전에 내다 넘기면 되었다. 박인웅은 오전에는 주로 물상객주에서 일하고 한가해진 오후에는 보행객주(주막)에 나와 있었다. 자질구레한 일은 일용직으로 품을 파는 중노미들이 도맡아 하였기에 실상 그가 할 일은 별로 없었다.

계향을 옆에 끼고 술을 마시거나, 술 마시러 오는 사람들의 동정을 살피는 것을 일과로 삼았다.
   최근 들어서는 박인웅이 물상객주에는 나와 보지도 않고 보행객주에 틀어박혀 밤낮으로 계향을 품에 안고 탐색하는 일이 잦아지자, 이정구는 조카가 염려되어 한 마디 던졌던 것이었다.

   달빛도 없는 캄캄한 밤이었다. 저녁 무렵의 소동으로 어지럽혀진 주막을 정리한 다음, 박인웅은 계향과 함께 누워 오늘 있었던 일을 떠올리고 있었다.
   "앞으로 손님들 술자리에는 아예 나서지 마라."
   "그러면 매상이 뚝 떨어질 것인데…."
   계향의 풀죽은 목소리였다.
   "그러면 어때, 어차피 돈 벌려고 하는 것이 아닌데."
   "예, 돈 벌려고 하는 것이 아니면 딴 뜻이 있어요?"
   "몰라도 돼. 하여튼 앞으로는 돈 못 벌어도 좋으니까, 손님들 시중은 들지 마."
   "저는 돈을 벌어야겠어요."
   뜻밖의 반응이었다.
   "왜?"
   "서방님하고 살 집을 마련해야 자식 낳고 잘 살 것 아녜요."
   "애를 낳아?"
   "저를 속량시켜 주실 때에는 그런 뜻이 있었던 것 아니에요?"
   "그렇다고 하, 할 수가 이, 있지."
   생각지도 못했던 계향의 말에 박인웅은 얼떨결에 동의를 하고 생각에 잠겼다. 혼례를 올리지는 않았지만 점점 계향이 자신의 사람이라는 생각을 갖게 되었는데, 그녀 또한 자신과 같은 생각을 하고 있다는 데서 묘한 감정을 느꼈기 때문이었다. 한 여자의 마음을 소유한다는 것, 이전에 생각하지 못했던 감정이었다.

계향은 피곤했는지 큰 하품을 하고는 박인웅의 품속에서 금방 잠이 들었다. 박인웅은 그녀의 품속에 손을 집어넣어 뾰록한 젖을 만지며 잠을 청했다. 그때 문 밖에서 살기가 느껴졌다. 오랜 수련 생활과 사냥에서 얻은 본능적 감각이었다. 박인웅은 계향을 괴던 팔을 살며시 빼낸 후 자신이 자던 자리에 베개를 집어넣고는 환도를 쥐고 문 뒤에 숨었다.

아주 가까이서 숨소리가 들리더니 곧이어 손가락 하나가 문고리 근처의 창호를 소리 없이 뚫었다. 안쪽의 기색을 살피더니 돌쩌귀를 벗기고는 살며시 문을 열었다. 칼을 든 한 명의 괴한이 방안으로 소리 없이 들어섰다. 순간 박인웅은 환도의 칼등으로 괴한의 목을 내리쳤다.

칼의 양면에 날이 있는 것을 검(劍)이라 하고, 한쪽에만 날이 있는 것을 도(刀)라 한다. 고대에는 검을 숭상했지만 후세에는 도를 숭상하였는데, 이 무렵에는 검과 도가 혼용되었다. 비록 칼등으로 내리쳤지만 괴한은 그 자리에서 짧은 비명을 지르며 쓰러졌다. 박인웅은 그를 재빨리 묶었다. 여전히 불은 꺼진 채였고 계향은 깨어나지 않았다. 한 시간이 지날 무렵 자객이 오랜 침묵에서 깨어났다.

"너는 누구며, 누가 보냈느냐?"

"……."

박인웅의 물음에 괴한은 어둠 속에서 눈만 깜빡일 뿐이었다.

"욱!"

적을 대할 때는 잔인해야 된다는 것을 배운 박인웅이 대답이 없는 놈을 향해 강한 발길질을 해대자 괴한은 신음소리를 내며 쓰러졌다.
"누가 시켰느냐."
"……."
이번에는 자객의 목에 칼날을 들이댔다. 여전히 그는 말이 없었다.
"네가 여기 들어 올 때는 내 목숨을 노렸을 것이 아닌가, 네놈이 말하지 않는다면 내 목숨을 노린 대가를 톡톡히 치러주겠다. 박인웅은 손에 힘을 주었다. 피가 떨어졌다.
"……."
피가 떨어지는데도 그는 입을 꼭 다물었다.
"내가 제대로 말한다면 너의 생명과 여생은 내가 보장한다. 대신 말하지 않으면 이제부터 내가 한 번 물을 때마다 네 가죽을 벗기겠다."
사냥을 하면서 짐승 가죽 벗기는 일을 직업으로 삼았던 박인웅은 칼날을 놈의 머리에 들이대고 머리 가죽을 벗길 심사로 놈의 머리채를 잡고 이마의 한 모퉁이를 가르기 시작했다.
"옥! 마, 말하겠소."
다급한 비명과 함께 목소리가 떨려 나왔다.
"나는 웅칠이라고 하오."
"누가 너를 보냈느냐?"
"……."
자객은 다시 입을 다물었다. 박인웅은 더 이상 묻지 않고 곧바로 이마를 가로지르며 칼을 움직이기 시작했다.
"하 웅 민."
놈은 얼굴이 피로 뒤덮이기 시작하자 상대가 보통 잔인한 사람이 아님을 알아채고는 괴로운 듯 말했다.

"그는 어떤 자냐?"

박인웅은 여전히 한손으로 머리채를 움켜쥐고 한손으로는 금방이라도 머리 가죽을 벗길 듯이 물었다.

"카, 칼을 치워주시오."

"묻는 말에 대답이나 해!"

박인웅은 화가 난 듯 다시 칼질을 시작했다.

"마, 말하겠습니다."

"한 번만 더 말을 멈추면 너는 머리가죽도 얼굴도 없는 달걀귀신이 되고 말 것이다."

공포에 질린 다급한 목소리가 이어진 후에야 박인웅은 칼질을 멈추고 잡았던 머리채를 놓아줬다.

"마포나루에는 많은 객주들이 있었는데, 지난 왜란 때 그들은 대부분 자신들의 객주를 지키기 위해 왜군들과 결탁하기도 하고 때로는 저항을 하기도 하였지만 결과는 실패였습니다. 그래서 왜란 후 물상객주들은 서로 결탁하여 조합을 만들었습니다. 그렇게 되자 보행객주들도 몇 개의 세력이 모여 조합을 만들어 도령(都領)을 뽑고 세력을 규합한 다음 물상객주들과 결탁하였습니다. 주로 주점과 여숙업을 겸한 이들은 물상객주의 화주(貨主)들을 재워주기도 하고, 휘하에 많은 날품꾼을 두어 일당의 삼 할을 받는 조건으로 일꾼이 필요한 물상객주에 내보내기도 하죠. 대신 그들은 외부 세력으로부터 날품팔이들을 보호해주었는데 오늘의 소동이 그런 경우입니다."

그는 체념한 듯 숨김없이 말했다.

"하웅민도 그들 중 하난가?"

"그렇습니다."

웅칠이의 말투는 어느새 공손해 있었다.

"그가 왜 날 죽이려 하느냐?"

"오늘 행패를 부린 자들은 하웅민 휘하의 날품꾼들입니다. 그는 최근 여러 주점을 모아 조합을 만들고 도령 자리를 차지했는데, 이 객주가 미모의 주모를 두고 장사를 시작하여 많은 손님을 끌자 이 객주를 자신의 휘하에 넣기 위해, 날품꾼들을 이 집에 드나들게 하여 시비를 걸었던 것입니다. 그런데 막상 사건이 벌어지면서 어르신의 무예가 만만치 않아 뜻대로 되지 않자, 먼저 어르신부터 제거하려고 했던 겁니다."

"하웅민이 어디 있는지만 말해라. 그러면 내가 의원을 불러 상처를 치료하게 해주는 것은 물론, 너의 목숨과 함께 여생을 보장하겠다."

"……."

그는 당장의 위협에 이야기를 하긴 했지만 아직도 보복이 두려워 머뭇거렸다.

"내 말을 못 믿겠나?"

"그런 것은 아니지만…."

박인웅이 계속 노려보자 웅칠이는 두려운 표정이 되어 다시 말을 이었다.

"만리동 고개에 있는 추홍이라는 주점입니다."

박인웅은 그동안 깨어나 꼼짝 않고 있는 계향에게 삼촌 이정구를 모셔오게 했다. 계향과 함께 달려온 그에게 사건의 전후를 소상히 말한 다음 지금 그를 치러 가겠다고 말했다. 웅칠이의 치료도 부탁했다. 이정구는 원래 무관 출신이었을 뿐 아니라 사냥꾼 생활을 오래했기에 웬만한 상처는 어떻게 치료해야 하는 가를 알고 있었다.

"그래 시간을 두고 공격하는 것보다는 지금 바로 공격하는 것이 나을 것이다."

"다녀오겠습니다."

이정구가 동의하자 곧바로 박인웅은 무기를 챙기고 인사를 했다.

"허허, 급하긴 저쪽의 정보를 다 듣고 가야지."

이정구는 한 박자 늦추며 인웅의 성급함을 나무랐다.

"지금 주점에는 몇 명이 있느냐?"

인웅은 비로소 웅칠에게 저쪽 사정을 캐묻기 시작했다.

"힘깨나 쓰는 놈들을 열 명 정도 거느리고 있지만, 나까지 포함해서 오늘 부상당한 사람을 제외하면 여섯 명이 남아 있을 것입니다."

"그놈의 세력은 어느 정도냐?"

"열두 개 정도의 주점이 그 세력권에 있고 날품꾼들은 한 오십 명 쯤 됩니다."

"칼잡이는 있느냐?"

"힘쓰는 사람은 많지만 칼 쓰는 사람은 나를 포함해서 세 명이오"

"그도 칼 쓰는 사람인가?"

"그렇습니다."

박인웅은 알 것을 다 알았다는 듯, 두 자루의 환도와 표창, 그리고 밧줄을 챙겨 집을 나섰다.

"인웅아. 조심해라. 그들도 지금쯤은 무리들과 함께 초조하게 일의 결과를 기다리고 있을 것이다."

"염려 마십시오."

"이왕 나섰으니, 확실하게 일을 매듭짓고 와라. 그를 너의 휘하에 넣든지 아니면 없애버리든지. 쥐도 새도 모르게."

인웅이는 조심스럽게 고개를 끄덕이며 어둠속으로 사라졌다.

만리동 언덕을 따라 여러 개의 주점들이 초롱에 불을 밝힌 채 나란히 마주 보고 서 있었다. 박인웅은 그중 한글로 추홍이라고 쓰인 초롱을 찾아낸 후 집 주변을 돌며 동정을 살폈다. 모든 방의 불은 다 꺼졌는데 단 한 곳만이 불이 켜져 있었다. 박인웅은 발소리를 죽여 집안으로 들어가 불 켜진 방으로 접근했다. 방안의 동정을 살피기 위해 창호에 귀를 대고 새어나오는 숨소리를 셌다. 하나, 둘, 셋.

'나머지 세 명은 어디에 있는 것일까?'

박인웅은 다시 발소리를 죽여 이미 불이 꺼진 방마다 귀를 기울였다. 한 방에서 거친 숨소리가 들렸다. 다시 숫자를 세기 시작했다. 하나, 둘, 셋. 상황을 파악한 박인웅은 손가락에 침을 묻혀 창호를 뚫어 방문을 따고 들어가, 자고 있는 장정들의 급소를 눌렀다. 순식간에 거친 숨소리가 잠잠해지자 준비해간 밧줄로 그들을 한꺼번에 묶고 입을 막은 다음 방을 빠져 나와 다시 불이 켜진 방으로 접근했다.

오른 손에 표창을 빼어 들고 숨 호흡을 한 번 길게 한 다음 방문을 힘 있게 찼다. 방안의 모습이 순간적으로 들어왔다. 골패에 열중하다 깜짝 놀란 눈으로 인웅을 쳐다보았다. 인웅은 그 틈을 놓치지 않고 곧바로 표창을 날렸다. 한 명, 또 한 명 표창은 정확하게 그들의 오른쪽 팔뚝에 꽂혔다. 두목인 듯한 자에게만은 표창을 날리지 않았다. 놀란 눈을 한 그를 향해 박인웅은 굵직한 목소리로 명령하듯 말했다.

"칼을 들고 밖으로 나와라!"

순식간의 기습으로 비명을 지르는 부하들을 두고 두목인 듯한 자는 그 소리에 얼른 칼을 찾아 들고는 큰 소릴 지르며 밖으로 나왔다.

"도대체 어떤 놈인데, 한 밤 중에 남의 집에 침범한단 말이냐!"

다른 방에 잠자고 있는 자신의 부하들을 깨우려는 속셈이었다. 박인웅은 모른 체하며 말했다.

"네가 하웅민이냐?"

"네놈은 도대체 누군데 어른의 이름을 함부로 부르느냐?"

역시 큰 소리였다.

"큰 소리를 안 내도 된다. 네놈의 부하는 이미 내게 다 제압되었으니까."

"뭐라고!"

순간 하웅민은 놀란 표정을 지었다.

"남은 놈은 이제 너 하나다. 비겁하게 자객을 보내지 말고 나하고 정면 승부를 하자."

박인웅은 어둠 속에서 하웅민을 노려보며 말했다.

"음…."

상대가 예상보다 강하다는 것을 느꼈는지 하웅민은 긴장한 듯했다.

"칼을 뽑아라. 네게 세 번의 공격할 기회를 주겠다. 그 사이에 나를 베지 못하면 너는 죽는다."

"이런 건방진 놈!"

화를 이기지 못한 하웅민이 기습공격을 했다. 제법 검세가 날카로웠지만 박인웅은 칼을 뽑지도 않고 가볍게 피했다. 약속한 세 번의 공격이 끝났다.

"자 이제 내 차례다."

말을 마침과 동시에 박인웅을 칼을 휘둘렀다. 그는 특유의 쾌검을 바탕으로 좌익세를 펼쳤다. 단 한 번의 칼놀림으로 더 이상의 공격은 필요 없었다. 어느새 빼어 들었는지 박인웅의 왼손엔 또 하나의 검이 들려 있었고, 검의 날에는 핏자국이 선명했다. 이혼이 부락의 젊은이들에게 검법을 가르치면서 쌍검을 기본으로 하였기 때문에 그는 양손을 자유자재로 사용할 수 있었다.

"인생이 불쌍하여 깊이 베지는 않았다."

하응민은 자신이 이렇게 허무하게 패할 줄은 상상할 수 없었을 뿐 아니라 도대체 자신이 어떻게 칼을 맞았는지도 알 수 없었다.

"도, 도대체 당신은 누구요?"

피가 철철 넘치는 배를 움켜잡고 괴로운 신음을 뱉으면서 하응민이 물었다.

"박인웅."

"나도 검법을 조금 익혀 칼 쓰는 법을 아는데, 당신의 검법은 훈련도감 내에서도 최고수들이나 펼치는 검법이오. 훈련도감의 고수들 이름은 많이 들어 봤지만 당신의 이름은 못 들어 봤소. 욱!"

하응민은 괴로운 신음을 내뱉으면서도 계속 말을 이었다.

"당신은 시중의 왈자패들이나 어울리는 이 마포나루에 있을 사람이 아닌 것 같소."

"그래 잘 봤소. 당신 말대로 나는 이곳에 올 사람이 아니오. 그러니 나에게 대적할 생각은 하지 말고 약속이나 한 가지 하시오."

박인웅은 일부러 그에게 반말을 하지 않았다.

"……."

"당신 두레패를 나에게 넘기시오, 그렇다고 당신의 자존심을 상하게 대하지는 않겠소. 나는 이미 마포에 물상객주도 시작했으니, 당신의 도움이 필요하오. 상호 협력을 하고 지내자는 것이오. 내가 필요할 때 품꾼들을 보내주고, 당신이 나의 도움을 필요로 하는 일이 있으면 내가 도와주겠소. 내 뒤에는 어마어마한 세력이 있으니 뒷걱정은 마시오. 내가 이 마포에 진출하면서 당신과 손잡는 것이 어쩌면 당신에게는 큰 행운이 될 수도 있을 것이오."

"참 잔인하오. 이렇게 피를 흘리고 있는데 그런 약속을 하라니."

이쪽에서 약간의 여유를 보이자, 뭔가를 노리는 듯 말의 핵심을 피해가려는 의도였다. 순간 박인웅은 확실하게 일을 마무리 짓고 오라는 이정구 아저씨의 말을 떠올렸다.

"이쌍, 똥간나 삿기가 말이 이쁘장하니 안 듣지비!"

한양출신의 어머니와 함경도의 산 속에서 자라 한양 말과, 함경도 말, 그리고 여진 말도 할 줄 아는 박인웅은 함경도의 진한 사투리로 그를 협박했다.

"야이 똥간나 삿기야, 내가 누군지 알간?"

갑자기 바뀐 태도에 하웅민은 당황한 표정을 지으며 말을 잇지 못했다.

"나는 여진 땅에서 수 없는 전쟁을 치르며 살아온 놈이야, 너간 똥간나 삿기 한 놈 죽이는 거이 식은 죽 먹기지. 알간?"

말을 마침과 동시에 그는 칼을 휘둘러 순식간에 하웅민의 한 쪽 귀를 베어 버렸다.

"윽!"

"자, 다시 묻갓어. 내 부하가 되간 못 되간."

"……"

하웅민은 순식간에 잘려나간 피 묻은 귀를 만지며 공포심으로 말을 잇지 못했다.

"다음은 니 눈깔이다, 빨리 말하라우!"

박인웅이 재촉하며 다시 칼을 들자 그는 다급히 말했다.

"되겠습니다."

"무시기가 되겠다는 거이가?"

"어르신의 부하가 되겠다는 것입니다."

이미 박인웅의 칼 솜씨를 본 그는 도저히 자신이 당해 낼 상대가 아닌데다가, 오랑캐들이 잔인하다는 소문을 들어 알고 있던 차에 점점 더 잔인하게 나오는 박인웅에게 당장 꼬리를 내리고는 항복을 했다.

"방안에 있는 놈들도 다 요리 나오라우!"

그러자 표창을 맞고 신음하면서 이들의 대결을 숨죽이고 지켜보던 하웅민의 부하들이 피를 흘리며 마당으로 나왔다.

"무릎 꿇어! 대항하는 애미나이는 목이 달아날 줄 알라우!"

박인웅이 거칠게 말하자 부하들은 털썩 자리에 무릎을 꿇고 앉았다.

"야, 임자래 방구석에 있는 애미나이래 불러내라우. 허튼짓 하다가는 여기 있는 두 놈의 목은 달아날 줄 알라우."

박인웅이 한 명에게 명령하자 그는 방안에 있는 포박된 사람들을 하나씩 밖으로 데려 나왔다. 그는 포박을 풀어준 후에 부상을 입은 사람을 하나씩 들쳐 업게 하여 이들을 종성객주로 끌고 갔다.

하웅민이 당했다는 소문이 나면서 그의 휘하에 있던 주점의 주인들이 이정구를 찾기 시작했다. 보다 힘 있는 자에게 붙어야 자신들의 신변이 보호될 뿐 아니라 보다 많은 이익을 챙길 수 있기 때문에 그들은 순순히 이정구의 보호막 아래 들어오고자 했다.

이정구는 그들을 재조직했다. 우선 자신은 조합장 격인 도령위(都領位)에 앉고 박인웅과 하웅민을 대행수(大行首)에, 그리고 각 주점의 주인을 행수(行首)에 임명하고 날품을 파는 자들 중에서도 성실히 일하는 자를 골라서 객주의 일꾼으로 삼았다. 상처가 아문 하웅민은 처음에는 비협조적이었지만 박인웅의 뒤에 버티고 있는 이정구의 경륜에 승복을 하여 고분고분해지기 시작했다.

조직이 커지자 전라도 충청도에 있던 염상들과 거래를 트게 되었고, 소금뿐 아니라 어물도 취급하기 시작하여 가게의 규모는 점점 늘어나 경기 내륙지방까지 보부상을 내보내 상권을 점점 넓혀갔다. 또한 화주들을 상대로 이자놀이를 하여 많은 이익을 남겨 제법 객주다운 면모를 갖추게 되면서 종성객주는 순식간에 마포나루에서 큰 객주로 자리 잡게 되었다.

하웅민 패거리에게 맞아 거의 의식을 잃었던 젊은이는 열흘 정도 자리를 보전하다 털고 일어났다. 그동안 그는 거의 말을 하지 않았는데 계향의 극진한 간호에 감동이 되었는지 서서히 입을 열기 시작했다. 어느 날 이정구는 그가 누워있는 방에 들어가 말을 시켜 보았다.

"자네 허 판서와 관련이 있는 사람이지"

"……"

젊은이는 약간 놀라는 눈치였지만 끝내 자신의 정체를 말하지 않았다.

"말해도 괜찮네, 나는 허 판서를 잘 아는 사람이야."

"……"

"말하기 싫으면 안 해도 되네, 몸조리나 잘하다가 떠나고 싶을 때 떠나게."

이정구는 다그치지 않고 다정하게 말했다.

"뭘 하나 여쭤 봐도 되겠습니까?"

이정구의 태도에 젊은이는 조금 마음을 여는 듯했다.

"말해보게."

"혹시 이 근처에 이자 정자 구자를 쓰시는 어르신을 알고 계시는지요?"

"알고 있네만 왜 그러는가?"

이정구는 뜻밖에도 젊은이가 자신의 이름을 대자 놀라긴 했지만 모른 채하며 물었다.

"그러세요. 그러시다면 죄송하지만 좀 뵙게 해줄 수 있으신지요?"

젊은이가 반가운 얼굴로 되묻자 이정구는 물끄러미 그를 내려다 보다 자신의 정체를 말했다.

"날세."

"네!"

젊은이는 놀람과 동시에 몸을 일으키려 했다.

"괜찮네. 그냥 누워 있게. 그런데 왜 나를 찾는가?"

"죄송합니다. 일어나서 인사를 드려야 하는데…. 어르신을 가까이 두고도 제가 몰라 뵈었습니다. 제 이름은 큰돌이라고 합니다. 허 판서는 제 아버님이십니다. 저는 서자이지만 아버님은 한 번도 저를 서자라고 차별대우한 적이 없었습니다. 아버님이 옥에 갇히면서, 만약 당신에게 무슨 일이 발생하면 마포 어딘가에 있을 이정구라는 분을 찾으라고 하셨습니다."

"자네 선친께서 그런 말씀을 하셨단 말인가?"

"예."

이정구는 너무나 갑작스런 말을 듣고 당혹감을 감추지 못했다.

"어떻게 나를 아셨지?"

"아버님은 거사를 일으키기 전에 많은 사람들과 교류를 하셨습니다. 장안의 소식은 웬만큼 다 알고 계셨지요. 특히 서자들과 교류를 많이 하셨기 때문에 그런 분들의 소식은 잘 알고 계셨습니다. 옛날에 아버님의 스승이신 이달이라는 분과 교류하던 사람 중에 이혼이라는 분이 있었는데, 죽은 줄 알았던 그분의 수족 같은 사람이 장안에 진출하셨다는 말씀을 하셨습니다. 아버님과 이혼이라는 분은 사상이 비슷하였지만, 인연이 없어 만날 수 없었는데 얼마 전에 그분이 한양에 나타나셨다는 말씀을 하시면서 일이 잘못되면 마포 어딘가에 있을 그분을 찾으라고 하시면서 어르신의 존함을 가르쳐 주셨습니다."

"음, 역시 허균이야…."

이정구는 허균이 자신들의 비밀스러운 장안 진출 소식을 이미 알고 있었다는 말에 당혹감을 감출 수가 없었다. 이이첨도 자신의 정체를 알고 있을지도 모른다는 생각에서였다. 물론 그들 두 사람이 교류하는 계층은 서로 달라 이이첨이 자신들의 정체를 모를 가능성이 높을 것이라 생각했지만 앞으로 행동거지를 더욱 조심할 수밖에 없었다.

"자네가 허 판서의 아들이라니 믿기지가 않는구만. 그래 나머지 식구들은 어떻게 되었나?"

이정구는 자신의 마음을 큰돌이에게 보이지 않으려고 얼른 화제를 바꾸었다.

"더러는 잡혀가 참형을 당하고, 더러는 신분을 숨기고 도망을 가기도 했습니다."

"자네 자친(慈親)은 어떻게 되었나?"

"제 어머니는 의금부에 잡혀가 모진 고문 끝에 매를 맞고 돌아가셨습니다."

"저런, 그래 장사는 지내드렸느냐."

"예. 다행히 의금부에 아는 사람들이 많아 시체를 빼내어 장사는 지내

드렸습니다."

"자네도 수배되었을 것인데?"

"저도 사실은 의금부에 잡혀 들어갔다가 도망쳤습니다."

"음 고생이 많았구만."

"……."

"선친께서 다른 말은 안 하셨나?"

"이이첨에 대한 복수는 반드시 해 달라고 하셨습니다."

"천하의 허균도 이이첨의 간계는 이기지 못하였구나."

"……."

"자네만 원한다면 좀 잠잠할 때까지 여기에 몸을 숨기고 있게. 여기는 안전한 곳이니 큰 걱정은 하지 않아도 될 것이네."

"의지할 곳 없는 저를 돌봐주시니 고맙습니다."

큰돌은 마음의 안정을 되찾은 듯 상처도 빨리 회복했다. 그 사이 이정구는 객주의 일을 확장하면서 바쁘게 여름을 보냈다. 그의 노력으로 객주의 일이 어느 정도 궤도에 올랐다. 박인웅도 장사에 익숙해져서 객주 일을 잘 감당하였고, 하웅민 일당도 이제 이정구의 사람이 되어 수족처럼 부릴 수 있게 되었다.

큰돌이 완전히 회복되었다. 그동안 이정구가 살펴 본 바에 의하면 그는 힘이 장사인데다가 아버지를 닮아 머리도 명석했다. 잘 다듬으면 쓸 만한 인재가 될 수 있을 법도 하였지만, 역적의 아들이라는 것이 알려지면 좋을 것 같지가 않아 그를 데리고 알목하로 가기로 했다. 그동안의 일을 이혼에게 보고도 하고 앞으로의 계획에 대해서도 상의를 할 겸 해서 가는 길을 큰돌이에게 수행토록 했다.

6. 전운(戰雲)

 북방의 일이 급하게 돌아갔다. 무순성을 빼앗긴 명나라는 임진왜란에 참전한 적이 있는 양호를 도원수로 삼아 후금에 대한 대대적인 공격을 준비하고 병력을 모으기 시작했다. 비단 명나라에서만 군대를 구하지 않아, 무오년(1918년) 5월 조선에도 요동 총독 왕기수를 보내 4만 명의 군사를 파견해주길 청하였다. 이에 조정에서는 홍문관 교리 이금을 경략 본부장으로 보내어 군사기밀을 탐지하게 하는 등 북방의 정세에 귀 기울이면서, 명나라의 구원병 요청에 대한 대책을 마련하기 시작했다.
 "명나라에서 군대를 요청했다."
 광해군이 신하들에게 요동 총독 왕기수의 파병을 요청하는 편지를 보이자 대신들 사이에 의견이 분분했지만 대부분의 견해는 명나라의 요청에 응해야 한다는 것이었다.
 "명나라는 우리에게는 부모의 나라로서 지난 임진왜란 때 우리에게 너무나 큰 은혜를 베푼 나라이옵니다. 이제 부모가 위기를 맞아 자식에게 군사를 요청하니 우리의 모든 것을 바쳐서라도 저들의 요청에 응해야 할 것이옵니다."

경쟁하듯 말했다. 광해군은 이들의 의견에 가타부타 말을 하지 않고 가만 듣기만 한 채 회의를 끝냈다. 자신의 생각과 일치하는 의견이 하나도 나오지 않았음에 실망마저 했다. 임금이 가타부타 결정을 내리지 않고 시간을 끌자 의정부의 대신들이 임금을 찾았다.

"전하, 대신들의 뜻이 한결같이 명나라의 요청에 응하는 것인데, 왜 주저하시고 계시옵니까? 하루 속히 결정하시어 명나라의 은혜에 보답해야 할 것이옵니다."

"경들은 우리의 군사가 얼마나 되는지 아시오?"

"……."

그들은 치열한 당쟁에 모든 관심을 쏟아 국방의 일을 잘 몰랐다. 막연히 우리에게 외침이 있으면 지난 임진왜란 때처럼 명나라가 우리를 도와줄 것이라 생각하고 그 부분은 관심을 끊고 어느 정파가 도덕적 우위를 지니고, 선명성을 지녔는가에만 관심이 있었다. 일본의 침략에 대비하여 십만 양병설을 주장했던 이율곡처럼 여진의 침략에 대비하여 십만 명의 군사를 길러야 한다고 외치던 허균 같은 사람도 있었지만 그는 이때 송사에 휘말려 유명을 달리한 후였다.

"우리의 군사를 다 모아도 4만이 되지 않소. 그런데 명나라는 우리에게 4만 명의 군사를 요구하고 있소. 4만의 군사를 모으자면 농사지을 사람이 없어 온 나라가 큰 혼란에 빠질 뿐 아니라 이들을 먹일 양식을 구하자면 온 백성이 굶주려야 할 것이오. 경들의 말처럼 명나라에 대한 의리도 중요하지만 백성들의 삶은 더 중요한 것 아니겠소. 그래서 결정을 못 내리는 것이오."

"다소 힘들지라도 우리가 명나라의 요구에 응하여 이 기회에 여진을 토벌함으로써 앞으로 닥칠 위협을 미리 막는 것도 현명하리라 생각하옵니다."

영의정 박승종이 반대 의견을 펼쳤다.

"만약 여진이 명나라와의 전투에서 이기게 되면 어떻게 할 것이오? 저들은 반드시 우리에게 명나라 편을 든 죄를 물을 것이오. 그때는 조선을 지킬 군사가 하나도 없게 되는 것 아니오?"

"전하, 아무리 명나라가 예전 같지 않다고 하지만 여진이 어떻게 명나라의 적수가 되겠사옵니까?"

박승종이 쉽게 수긍하지 않았다.

"그건 모르는 일이오. 지난 무순성 전투에서도 여진이 그렇게 쉽게 명나라를 이길 줄은 아무도 몰랐소. 아무튼 나는 정예 병사를 명나라에 보낼 수 없소."

광해군은 처음으로 자신의 의사를 밝혔다.

"아니 되옵니다. 명나라는 임진년 때 꺼져가던 조선의 조종세업을 되살린 은혜의 나라이며 또 어버이의 나라입니다. 어버이를 버리고 외적의 편에 선다는 것은 있을 수 없는 일이옵니다. 통촉하여 주시옵소서."

정승들은 물러서지 않았다.

"지금 조선의 군대는 정병(精兵)이라 할 만한 평양감영 휘하의 군사 1만을 포함하여 속오군을 다 끌어 모으더라도 3만 정도 되오. 이들을 다 보낸다면 조선은 군대가 없는 무인지경과 마찬가지가 되오. 이때 여진이 기습 공격을 한다면 우리는 힘 한 번 써보지 못하고 굴복하고 말 것이오. 더군다나 왜적 또한 호시탐탐 조선 땅을 다시 노리고 있는 이때에

경상도와 전라도에 군사가 없다면 이 땅을 저들에게 그냥 갖다 바치는 것과 진배없는 일이외다. 나는 명나라의 요구에 응할 수 없소."

광해군의 태도는 단호했다. 대신들은 광해군이 이런 생각을 가지고 있을 줄 몰랐다. 더군다나 파병거절에 대한 합당한 이유마저 갖고 있었기에 명분만 내세운 그들은 쉽게 광해군을 설득할 수 없었다. 의정부의 대신들은 물러날 수밖에 없었고 결국 조선 조정에서는 요동총독 왕가수의 요청에 대해 '우리나라는 군사가 적을 뿐 아니라 갑자기 군사를 모으기 힘들다' 는 이유를 대며 정중히 거절했다.

광해군이 명나라의 요청을 거절하자 명나라를 어버이 나라로 생각하는 많은 양반들은 곧 나라가 망할 것이라며 곳곳에서 탄식을 쏟아내었다. 그 대표적인 사람이 이항복이었다. 이때 그는 인목대비 폐위에 반대하다 북청에 유배가 있었는데 조정에서 청병(請兵)을 거절하였다는 소식을 듣고 슬퍼 탄식하여 말하기를 '이제 나라가 다시는 일어서지 못하겠구나' 라고 하며 혼절하였다. 그리고는 불과 며칠 후 숨을 거두고 말았다.

임진왜란 당시 명나라의 위대한 힘을 보았기 때문에 그가 그렇게 생각하는 것은 당연했다. 감히 오랑캐 따위가 천자의 나라인 명나라에 맞선다는 것은 상상조차 할 수 없는 일이었다. 하지만 그는 명분과 의리를 중시하여 인목대비 폐위의 반대에 모든 힘을 쏟았을 뿐, 오랑캐라 무시하는 여진족이 이미 무순성 전투에서 월등한 힘으로 명나라 군을 제압한 사실을 알지 못했다. 국제 정세가 급변하는 것을 깨닫지 못한 채 광해군을 원망하며 숨을 거둔 것이었다.

조선 정부에서 명나라의 파병 요청을 반대했다는 소식을 들은 명나라 장수들은 임진왜란 때 망해가는 나라를 구해줬더니 은혜를 모른다며 분노했다. 하지만 임진왜란에 참전하여 조선의 형편을 잘 아는 요동 경략의 도원수 양호는 분노하기보다는 예를 갖춰서 다시 군사 요청을 하였다.

'조선에 병마가 적은 것은 내가 일찍부터 잘 압니다. 현재 북관(여허족의 잔존 세력이 주둔하던 심양 북쪽)의 김태석, 백양고가 병마 일만 명으로 오랑캐의 목을 치고 있으니 조선에서 비록 적은 군사일지라도 적의 등을 친다면 오랑캐를 쉽게 경략할 것입니다. 비록 남쪽에 왜적이 도사리고 있어 군사를 쉽게 빼 내기 힘들다 하지만 소수의 군사라도 내어 오랑캐를 내모는데 도움을 주시기 바랍니다' 라며 1만의 군사와 열흘 치의 식량만을 지닌 채 파병 해주기를 요청하였다.

양호의 간절하면서도 정중한 부탁에 조정 대신들은 감복하며 또다시 광해군을 압박하기 시작했다. 광해군은 동 서 남인 북인을 가리지 않고 압박해오는 조정대신들의 거센 요청을 거절할 수 없었을 뿐 아니라 내심 정예병이 아닌 1만 명의 군사는 파견할 수 있다는 생각을 하고 있었던 터라 드디어 명나라의 청을 받아들이기로 했다.

무오년(1618년) 7월, 임금은 조서(詔書)를 내려, 병조참판 강홍립을 5도 도원수로, 평안 병사 김경서를 부원수로 삼은 다음, 평양 감사 박엽과, 호조 참판 윤수겸에게 군량 조달을 맡기고, 군사는 양호의 요구대로 1만 명을 파병하기로 결정하여 경기, 황해, 충청, 전라, 평안도의 속오군에서 모집하여 9월까지 평양에 집결하도록 했다.

도원수 임명은 쉽지 않았다. 광해군은 강홍립에게 도원수를 맡아주길 부탁하였으나 두 번씩이나 사양하였다. 하지만 임금이 그의 사양을 윤허하지 않자 할 수 없이 강홍립은 도원수 직을 받아들였다. 그는 종사관으로 정준과 남이웅을 추천하였는데 이들 또한 거절하여 다른 사람으로 대신하였다.

이때 대신들은 강홍립의 예에서 알 수 있듯이, 입으로는 명나라의 부름에 당연히 나서서 은혜를 갚아야 한다고 주장했지만 본인이 막상 전쟁터에 나서야 할 입장이 되면 갖은 핑계로 상황을 모면하려했다. 어떤 자부심보다는 남의 나라 전쟁에 참여하는 것을 탐탁지 않게 여길 뿐 아니라 여진과 싸우는 것을 두려워한 것이었다. 임진왜란 때 그렇게 명분을 내세우던 도학자들이 싸우지는 않고 임금을 모시고 도망가는 일에만 열중한 것과 같은 이치였다.

강홍립은 8월에 경기도의 병사를 이끌고 평양으로 향하여 9월에 집결지인 평양에 도착하였다. 오도(五道)의 병력이 평양에 집결하자 강홍립은 부대를 새롭게 편성하며 부대별로 진법 훈련과 군사 훈련을 실시하며 10월이 다되도록 시간을 보냈다. 그러자 마음이 급해진 명나라에서는 수비군 대장 우승은(于承恩)을 평양으로 보내 빨리 진군하기를 독촉하였다. 이에 강홍립은 아직 준비가 덜 되었으므로 군사를 진군할 수 없다고 하였으나 그가 계속 독촉하므로 할 수 없이 드디어 군대를 국경 너머 명나라 땅을 향해 행군시켰다.

출발 전날 박엽은 강홍립을 위해 장도에 무운을 비는 전송연을 마련하였다. 한참 분위기가 무르익을 무렵 박엽은 은밀히 강홍립을 불렀다.

"무슨 일이십니까, 이렇게 주위도 다 물리치시고?"

강홍립은 긴장되어 물었다.

"사실은 주상께서 도원수께 밀지를 보내셨습니다. 도원수께서만 보아야 할."

"밀지를? 상감께서…."

다시 한 번 주위를 살핀 후 박엽은 조심스럽게 광해군의 밀지를 꺼내 보였다.

사력을 다해 싸우지 말고 전세를 보아서 유리한 쪽으로 붙으라. 명이 이긴다면 이 밀서는 불태워 버리고, 전세가 여진에 유리하면 여진과 통하여 이 밀서를 보이고 우리가 파병한 것은 우리의 뜻이 아니라 명나라의 강압에 의한 것이었다고 전하라. 도원수의 행동여하에 따라 우리 조선의 운명이 달려 있다. 부디 지혜롭게 처신하기 바란다.

"이것이 정녕 주상전하의 뜻이란 말이오?"
강홍립은 매우 놀란 표정이었다.
"밀서의 끝에 있는 옥쇄를 보시면 아실 것 아닙니까?"
옥쇄를 확인한 강홍립의 표정이 굳어졌다.
"대감도 잘 아시겠지만 우리 금상께서 세자 책봉 문제로 명나라에 얼마나 많은 수모를 당하셨습니까. 명나라가 워낙 대국이라 전하께서는 말은 못하시고 계시지만 명나라에 대한 의리는 이미 생각하지 않으십니다. 다만 조선의 운명만을 생각하실 뿐입니다. 대감께서도 이 점을 고려하셔서 잘 대처하셔야 할 것입니다.
"너무 뜻밖이라…."
"염려는 마십시오, 제가 여진에 따로 밀서를 보내어 이런 의도를 미리 전하겠습니다. 그리고 이것은 도원수 외에는 절대 비밀로 하여 주시기 바랍니다."
"전하의 뜻이라면…."
"건투를 빕니다."

무순성 전투이후 명나라에서 양호를 요동경략사로 삼아 후금에 대한 공격을 대대적으로 준비하고 있다는 정보가 후금에 계속 날아들자 후금에서도 이에 대한 준비를 차근차근 해나갔다. 본격적인 전투를 앞두고 명나라의 국경을 자주 침공해 7월에는 청화보(淸和堡)를 빼앗고 몽골의 부족들을 공격해 많은 부족들을 항복시키는 등 전쟁을 앞두고 유리한 고지를 점령하기 위해 노력하고 있었다.

정동식만이 증인으로 참석하였을 뿐 아무도 참석하지 않은 집안 잔치였지만, 한손은 그사이 아이지와 혼례를 올렸고 그 이후 한층 성숙한 모습을 보였다. 그는 부상 때문에 무순성 싸움 이후의 크고 작은 전투에는 참전하지 못했지만 자신의 부대인 마군영과 더불어 전술훈련을 하며 앞으로 있을 전투를 준비하고 있었다.

그는 지금까지 여진이 사용하는 사기진법(四旗陣法)외에도 할아버지에게 배운 바 있는 주역의 궤를 이용한 감리진법(坎離陣法)이라는 새로운 전술을 개발하여 자신의 마군영에게 끊임없는 반복훈련을 시켰다.

감리진법은 자신의 부대를 두 전대(戰隊)로 나누어 하나는 감군(坎軍)이 되고, 하나는 이군(離軍)이 되어 감괘와 리괘를 변용한 다양한 전술을 구사하는 전술이었다. 즉 감군 속에는 두 개의 음군(陰軍)과 하나의 양군(陽軍)을 두었고, 이군 속에는 두 개의 양군과 한 개의 음군이 있었는데, 이중 양군은 전투 중에도 대오를 변화시키지 않았고 음군은 대오를 변화시켜 무수한 변화를 일으키는 전술이었다.

노련한 장정은 음군이 되고 전투 경험이 부족한 장정은 양군이 되었는데, 전투가 벌어지면 이들은 여섯 줄로 서서 행군을 하다가 한손의 명령에 의해 음군이 변화무쌍하게 움직여 때로는 학익진(鶴翼陣)이 되어 적을 공격하기도 하고 때로는 어린진(魚鱗陣)이 되어 적을 유인하기도 하는, 상황에 따라 다양한 진법을 펼치는 것이었다. 한손은 밤낮으로 부하들과 더불어 산야를 누비며 쉬지 않고 전술 훈련을 했다. 때로는 며칠

동안 집에 들어가지도 않고 훈련에 훈련을 거듭했다.

전술 훈련을 시작한 지 석 달째 될 무렵, 한손은 이제 비로소 자신이 생각하던 전술을 명령 한 마디로 순식간에 펼칠 수 있게 되었다. 이제는 전쟁터에 나가도 되겠다는 판단이 들 무렵 사할리언의 전령이 달려왔다.

"소집령이 내려졌습니다. 주군께서는 지금 즉시 모든 요기교는 주군의 처소로 모이라는 명령을 내렸습니다."

훈련 중이던 한손은 전신에 땀 냄새를 풍기며 곧바로 사할리언의 처소로 달려갔다. 이미 정동식과 구로보라를 비롯한 각 마군영의 좌령들과 요기교가 자리를 하고 있었다.

"어서 오게."

검게 그을린 얼굴에 흙먼지를 뒤집어 쓴 한손을 흐뭇한 미소로 바라보며 사할리언은 그를 반겼다.

"자 이제 다들 모였으니 여러 장수들을 급히 모이라고 한 이유를 말하겠소."

사할리언을 대신하여 정동식이 말하기 시작했다.

"오늘 아침 칸께서는 팔기군의 대장들을 소집하여 긴급 명령을 내렸소."

정동식의 말에 모인 좌령들은 긴장하기 시작했다.

"지난 무순성 싸움 이후 명나라에서는 우리를 공격하기 위해 군사를 모집 중이었는데, 이제 그 준비가 끝난 것 같소. 머잖아 적들은 우리의 흥경성을 향해 공격해 올 것이오. 그래서 오늘 칸께서는 전군 동원령을 내리셨소. 내일 사시(巳時)까지 전부대원은 연병장에 집합하기 바라오. 내일 동원령이 내리면 명과의 전투가 끝날 때까지 집으로 돌아갈 수 없소. 따라서 언제 다시 이곳으로 돌아올지 알 수 없으니 단단히 준비들하고 오시오."

천자의 나라인 명나라와의 전쟁이 본격적으로 시작된다는 말에 좌중은 긴장한 채 사할리언의 말에 집중했다.

"이번 전쟁을 위해 우리 부대를 재편하겠소. 잘 들으시오."

사할리언이 긴장하고 있는 좌령들을 둘러보며 말했다.

"지난번 무순성 전투에서 우리의 선봉장이 전사하였다. 그래서 새로운 선봉장을 뽑았다. 구로보라!"

"영광입니다."

구로보라는 망설이지 않고 대답했다.

"그리고 구로보라가 맡았던 호위대는 한손에게 맡긴다."

뜻밖의 인사에 좌중은 일제히 한손을 바라보았다. 단 한 번의 전투로 마군영을 지휘하는 요기교에 발탁된 것도 파격적인 일이었는데, 그에게 주군을 지키는 호위대장자리를 맡기는 것은 상상하지 못한 뜻밖의 일이라 좌중이 놀라는 것은 당연한 것이었다.

"불만들 있으신가?"

"전 아직 미숙합니다."

한손이 파격적인 인사에 사의를 표했다.

"아니다. 한손 장군이 나의 안위를 맡아준다면 난 안심이다. 그러니 사양하지 말라."

"충성을 다하겠습니다."

한손은 사할리언의 말에서 더 이상 사양해서는 안 된다는 느낌을 받았다.

"자 그러면 준비들 단단히 하고 내일 사시까지 집합하라!"

"예. 알겠습니다."

좌령들이 일제히 대답하고는 물러났다.

"한손 장군은 잠깐 남으라."

사할리언은 한손을 따로 불렀다.

"부상당한 것은 좀 어떤가?"

사할리언은 입가에 미소를 띠며 물었다.

"이제 다 나았습니다."

"소문에 내가 하사한 메이쉬 말고도 나만 장군의 딸을 새롭게 부인으로 맞이했다고 들었는데, 부족한 것은 없는가?"

"예, 주군께서 돌봐주신 덕에 아무 부족함 없이 잘 지내고 있습니다."

"부족한 것이 있으면 나에게 말하게."

"감사합니다."

"참, 자네의 장인 되는 나만 장군은 잘 계시는가?"

"혼례를 올린 이후 아직 한 번도 뵙지 못했습니다."

"쯧쯧, 나만 장군 댁에서 자네를 탐탁지 않게 여긴 모양이구만."

"그렇습니다."

한손은 씁쓸한 기분으로 대답했다.

"공을 세우라. 전쟁터에서 공을 세우면 모든 것은 순식간에 얻을 수 있다."

"지난번 전투이후로 뼈 속 깊이 새기고 있는 깨달음입니다."

"하하하. 이제 만주족이 다 되었구만."

"주군께서 잘 돌봐주신 덕분입니다."

"저런, 인사치레도 할 줄 알고 하하하."

"……."

"내가 자네에게 호위대를 맡긴 것은 그만한 능력이 있다고 믿었기 때문일세. 앞으로 내 곁에서 나를 잘 보좌해주게."

사할리언은 수줍음으로 얼굴이 붉게 물든 한손을 지긋이 바라보며 미소를 지었다.

"신명을 바치겠습니다."

"소문에 새로운 진법을 많이 훈련했다던데?"

"사기진법과 더불어 괘를 이용한 감리진법을 개발하여, 이제 실전에 임해도 될 정도입니다."

"그래서 내가 자네를 부른 것이네. 지난여름 동안 자네가 마군영을 이끌고 혹독한 훈련을 했다는 것을 알고 있네. 이번 전투에서 자네에 대한 기대가 크네."

사할리언으로부터 특별한 격려를 받은 한손은 부대원들에게 전군동원령을 전달한 뒤에 집으로 말을 달렸다. 집으로 돌아온 한손을 제일 먼저 반긴 사람은 메이쉬였다. 그녀는 한손이 아이지와 혼례를 올린 후 마치 하녀처럼 행동했다. 한손을 그림자처럼 따라 다니며 시중을 들었다. 아무런 불평 없이 훈련에서 돌아오면 그의 발을 씻겨주고 온 몸의 구석구석을 안마해주었으며, 훈련을 나갈 때는 필요한 옷가지를 하나하나 정성스레 챙겨주었다. 하지만 한손은 그녀의 순수한 헌신에 늘 감사하다는 생각만 했을 뿐 몸은 항상 아이지에게 가 있어 그녀와는 한 번도 잠자리를 같이하지 않았다.

여진족은 전통적으로 부족 간의 다툼이 많아 크고 작은 전투가 끊이지 않았다. 그래서 남자들이 많이 죽거나 다쳤기 때문에 한 남자가 여러 여자를 거느리고 사는 것을 이상하게 생각하지 않았다. 여자들도 조선처럼 처첩지간이 되어 서열을 메기지도 않았기 때문에 한 집안 식구처럼 지냈다. 아이들도 큰어머니, 작은어머니하며 아버지의 부인들을 다 같이 어머니로 생각하고 살았다. 물론 자매처럼 사이좋은 경우도 있었지만 그렇지 않은 경우도 많았다. 메이쉬와 아이지를 평가한다면 아이지는 한손과 더불어 그의 일을 도와주고 의논할 수 있는 동지와 같은 존재이고, 메이쉬는 한손의 일은 잘 알지 못했지만 항상 그에게 헌신하고 순종하는 여자였다.

한손은 때론 메이쉬를 품고 싶은 생각이 들 때가 있었지만 아이지와 결혼식을 올린 후부터 습관적으로 그녀와 같이 잠을 잤기 때문에 새삼 잠자리를 옮길 수 없었을 뿐 아니라, 이 무렵 한손이 새로운 전술을 개발하던 시기였으므로 아이지의 도움이 필요한 때도 많아 항상 그녀 곁에서 잠이 들었다.

이날도 마찬가지였다. 며칠 동안의 훈련으로 흙투성이가 되어 돌아온 한손을 맞이하여 그를 씻기고 새 옷을 갈아입히며 온갖 시중을 든 것은 메이쉬였지만, 식사 후 한손은 아이지의 방을 찾았다.

"전군 동원령이 내려졌소."

"예! 상대는 누굽니까?"

"명나라."

"드디어 명나라와 전쟁을 벌이는 군요."

아이지는 걱정스런 목소리로 말했다.

"이번에 가면 살아 돌아오지 못할지도 모르겠소. 내가 돌아오지 못하면 좋은 남자를 만나 재혼하시오."

"당신은 절대 죽지 않을 것입니다. 갓주지의 혼백이 도와줄 것입니다."

"고맙소. 피곤하오. 그만 잡시다."

한손은 온갖 생각이 교차되어 자기를 청했다. 하지만 그의 잠자리가 보이지 않았다.

"왜 내 자리가 보이지 않소?"

"오늘은 메이쉬 방에서 주무세요."

"뭐라고?"

"생각해보니 나와 메이쉬가 다른 점이 없는데, 마치 제가 당신의 본처인 냥 행동한 것 같았습니다. 메이쉬에게도 관심을 가지세요. 벌써 석 달째 낭군께서는 메이쉬 방에 가지 않았습니다."

"……."

아이지가 미소를 띠며 말하자 한손은 멋쩍은 듯 뒷머리만 긁적였다.

"메이쉬가 아기를 가졌습니다. 벌써 여러 달 되었습니다. 남자의 관심이 필요합니다."

"그래!"

아이를 가졌다는 말에 한손은 뭐라 형언할 수 없는 기분이 되었다. 혈육 없이 자라 혈육에 대한 그리움이 사무친 그였기에 아이를 가졌다는 말이 그에게는 이 세상의 그 무엇보다도 반가운 말이었다.

"출전(出戰)하기 전에 메이쉬를 위로하고 떠나십시오. 그것이 그동안 남몰래 흘린 눈물을 보상하는 길일 것입니다."

"알겠소."

한손은 메이쉬에 대해 항상 미안한 마음을 갖고 있었는데 아이지로부터 이런 소리를 듣자 더 이상 기다릴 수 없어 곧장 메이쉬의 방을 찾았다. 한손의 방문에 메이쉬는 깜짝 놀라며 그를 맞아들였다.

"어서 오십시오."

메이쉬는 아무런 원망이나 투정의 마음 없이 웃으며 그를 맞았다.

"그동안 마음은 당신에게 늘 있었는데 자주 찾지 못했던 것 같아 미안

하오."

"아닙니다. 이렇게 곁에서 당신을 지켜볼 수 있는 것만으로도 늘 감사합니다."

메이쉬는 변한 게 하나도 없었다. 언제 어느 때 찾아도 항상 한결같은 마음으로 한손을 대했다. 이 점이 한손으로 하여금 그녀에 대한 미안함과 애틋한 감정을 가지게 한 요인이다.

"아기를 가졌다고 하던데?"

"네 달째입니다."

한손은 그녀의 배를 내려다보았다. 제법 배가 불러보였다. 그동안 그녀에 무관심하였기에 그녀의 배가 이렇게 부르도록 모르고 지낸 것에 대한 죄책감에 한손은 어쩔 줄 몰랐다.

"미안하오. 아비 될 사람이 이런 사실도 모르고…."

"괜찮습니다."

"그동안 얼마나 나를 원망하였소. 정말 미안하오."

한손은 그녀의 배를 어루만지며 사과했다. 하지만 그녀는 그 어떤 섭섭한 감정을 드러내지 않고 이부자리를 깔았다.

"아이를 위해서 동침할 수는 없을 것 같습니다."

"괜찮소."

한손은 이부자리에 누워 메이쉬를 처음 만나던 날 밤을 떠올리며 그녀를 꼭 껴안았다.

"내 다시는 당신을 그냥 내버려두지 않겠소."

"고맙습니다."

메이쉬는 한손의 말에 단답형으로 대답했다. 그 사이 한손에게 많은 거리감을 느낀 것 같았다. 제대로 된 관계였다면 남편을 향해 투정도 해 보았겠지만 자신의 처지가 있는지라 그렇게 하지는 못하고 남몰래 설움을 삼키는 모습이 역력해보였다. 한손은 그녀의 마음이 느껴지자 미안한 마음이 들었다. 하지만 아이지를 향한 자신의 마음은 어쩔 수 없는 것이었다.

"아들인 것 같소. 딸인 것 같소?"

화제를 돌렸다.

"잘 모르겠습니다. 당신 같은 아들을 하나 가졌으면 좋을 것 같은데."

"아니오, 난 당신의 눈을 쏙 빼닮은 여자아이를 낳았으면 좋겠소."

메이쉬가 그동안 한손에게 가졌던 그리움과 애틋한 감정을 조심스럽게 토해내자 한손도 화답했다.

"지난번에 무순성 싸움에 나가기 전에도 당신과 이렇게 한 이불에 누웠었는데…."

"무슨 일이 있습니까?"

"전군 동원령이 내려졌소."

"예!"

메이쉬는 깜짝 놀라며 더 이상 말을 잇지 않았다. 간혹 가쁜 숨을 내쉬는 것이 우는 것도 같았다. 한손의 외면으로 인한 서러움이 되살아 난 것인지, 다시 전쟁터에 나서는 한손에 대한 불안감 때문인지, 아니면 곧 태어날 아이가 맞이할 수도 있는 불행 때문인지 알 수 없는 울음이었다.

"울고 있소?"

"……."

"우리 아이를 위해서라도 공을 세우고 꼭 돌아올 것이오."

전공을 세우는 것이 얼마나 대단한 일인지 경험을 한 한손은 메이쉬를 꼭 끌어안았다. 자신의 아이에 대한 아버지로서의 믿음을 주려는 것인 듯.

7. 사르허(薩爾滸) 전투

명나라 요동경략 도원수 양호는 조선과 여허족, 몽고 등의 원병을 포함하여 총 12만의 병력을 확보하여 심양에 본부를 두고 후금 공격의 기치를 올리고 부대 재편과 훈련에 들어갔다. 그는 병력을 일단 서로 중로 동로의 삼군으로 나누었다. 중군(中軍)은 두송을 총병(總兵)으로 삼아 양호를 호위하게 하고, 서로 총병(西路總兵)에는 마속을, 중로 총병으로 이여백을, 동로 총병(東路總兵)으로 유정을 삼았다. 몽골족은 서로군에, 여허족은 중로군에, 조선의 군사는 동로 총병 유정의 휘하에 각각 배속시켰다.

각 부대별로 전투준비와 전술 훈련 등을 모두 끝내자 양호는 추위가 수그러들면 본격적인 후금 공격에 나서기로 했다. 그러나 날이 풀리기를 기다리던 명나라 군대를 후금이 먼저 기습했다.

기미년(1619년) 1월 여진이 북관을 침입했다. 북관은 개원 북쪽에 있는 여허족의 잔존 세력이 주둔하던 곳으로 사실상 몽골 영역이었다. 이곳은 격전지가 될 요동의 배후가 되는 곳이기 때문에 여진의 입장에서는 그들의 기세를 꺾어 놓아야만 했기에 기습을 한 것이었다. 후금이 북관을 치자 명나라에서는 전면전이 시작된 것으로 생각하여 전군을 향해 북관으로 진군하길 명령했다.

  동로군에 속한 조선군에도 총수(銃手, 혹은 포수) 오천 명을 급히 북관으로 보내주길 청하였다. 이때 조선군의 주축은 창기병보다는 포수였는데 조선포수의 사격술이 우수하여 명나라에서 긴급 파견을 요청한 것이었다. 강홍립은 명나라의 요청을 받아들여 부원수 김경서를 사령관으로 삼아 북관으로 진군하게 했다. 후금은 명나라의 대군이 움직이자 재빨리 군대를 철수시키고 말았다. 그러자 양호는 다시 각 부대에 다시 자신의 위치로 돌아가길 명하였고, 조선의 포수들도 중도에 되돌아왔다.

  명나라 도원수 양호는 북관 전투가 끝나자 유정을 시켜 은 삼천 냥을 조선군에 보내어 조선군을 격려하면서, 명나라 군졸을 교련시키기 위해 훈련이 잘된 포수를 보내주길 원하였다. 사실상 평양삼수병 출신의 교관을 원했다. 삼수병들 중 일부는 군사들을 훈련시킬 목적으로 이번 원정에 따라나섰다. 강홍립은 도원수 양호의 정중한 부탁을 거절하지 못하고 삼수병 출신의 정예 포수 400명을 보내 명나라 군사의 훈련을 담당하게 하였다.

  기미년(1619년) 음력 2월, 어느 정도 추위가 풀리자 요동 경략군 도원수 양호는 휘하의 총병들을 불러 모았다.

  "이제 어느 정도 날이 풀렸기 때문에 오랑캐를 공격하려 하오."

  "좀 더 날씨가 풀리길 기다리는 것이 낫지 않습니까? 지금 진군하기엔 날씨가 너무 춥습니다."

중군 총병 두송이 반대의견을 펼쳤다.

"우리의 주축은 보병이고 적의 주축은 기병일 뿐 아니라 우리에겐 대포와 총이 있지만 적은 활과 장창이 대부분이오. 따라서 우리가 일찌감치 적의 성곽에 도착하여 성을 포위하고 대포와 총을 쏘며 싸우는 것이 유리하오. 적도 우리의 이런 생각을 예상하고 있을 것이오. 따라서 좀 더 날이 풀리면 적은 성을 나와 들판에서 싸우려 할 것이오. 들판에서의 싸움은 백병전이 될 것인데 아무래도 기병이 보병보다는 유리할 것이오. 그래서 진군하기엔 다소 추위 무리가 따를 줄 알지만 적이 성 밖으로 나오기 전에 우리가 먼저 성에 도달하여 적을 공격해야 할 것이오. 지금 이때를 놓치면 늦을 것 같소."

"그런 깊은 생각이 있으신 줄 몰랐습니다."

양호의 조리 있는 설명에 두송은 더 이상 반대를 할 수 없었다.

"여러분이 제 생각에 동의하시면 이제 구체적인 작전 계획을 짜겠습니다. 먼저 우리 군대를 다시 재편하겠습니다. 아무래도 세 방향에서 진군하기보다는 네 방향에서 진군하는 것이 적을 혼란에 빠뜨리고 효과적으로 제압할 것 같습니다."

좌중이 고개를 끄덕이며 양호의 전략에 동의를 표했다.

"군사를 중로군과 서로군 동로군 남로군으로 재편하겠습니다. 중로군은 두송 장군이 총병이 되어 심양에서 무순관(撫順關)을 거쳐 혼하(渾河) 북쪽 강변을 따라 후금의 수도인 흥경으로 향하고, 서로군은 마속 장군이 총병이 되어 개원(開原) 철령에서 여허족과 연합하여 남하하여 흥경성으로 진군하고, 남로군은 이여백 장군이 총병이 되어 태자강 상류에서 청하보로 나와 동북상하여 흥경으로 향하고, 동로군은 유정

장군이 총병이 되어 관전을 거쳐 부차령을 넘어 홍경성으로 진군하시오."

"알겠습니다."

"각 군은 3월 초까지 홍경성 백 리 이내에 집결하여 홍경성 공략을 위한 명령을 하달 받기 바랍니다."

"명심하겠습니다."

"그동안 천자께서는 오랑캐들에게 자치권을 주어 평화롭게 살도록 허락하였는데 불경하게도 이들은 천자의 은혜를 저버리고, 지난해 천자의 영토인 무순성을 공격하여 성을 빼앗는 등 이들의 방자함이 하늘에 달하였소. 그래서 천자께서는 나로 하여금 이들의 토벌을 명하였소. 여러 장수들은 신명을 바쳐 천자의 뜻을 받들어 방자한 오랑캐들을 끝까지 토벌하여 다시는 발흥하지 못하도록 하여야 할 것이오."

양호는 전투에 임하는 자세를 당부한 후에 작전회의를 마쳤다. 자신의 근거지로 돌아간 여러 장수들은 곧바로 여진 토벌의 기치를 앞세우고 홍경을 향해 진군하기 시작했다.

후금국 칸의 숙소에는 첩자들의 첩보가 계속하여 날아들었다. 누루하치는 명나라와의 전면전을 염두에 두고 이미 몇 달 전부터 전군 동원령을 내려 이에 대비하였기에 새삼 놀라지 않았다. 더구나, 조선 임금에게 양국 간 전쟁에 최대한 관여하지 않겠다는 밀서를 받아 냈고, 1월에는 북관을 침입하여 몽골족의 기세를 꺾어놓는 등 명나라와의 전투에 장애가 되는 배후의 요소를 어느 정도 제거해 놓은 상태였다.

누루하치는 명나라의 군대가 이미 홍경을 향해 진군중이라는 첩보가 날아들자 팔기군의 대장들과 참모들을 자신의 막사로 불러 명나라의 공격에 대비한 작전회의를 열었다. 그 어느 때 보다도 긴장한 대장들 앞에서 누루하치는 먼저 이번 전쟁에 임하는 자세부터 먼저 피력했다.

"우리는 그동안 30여 년이 넘게 통일전쟁을 해왔고 지금 우리는 그 절정에 서 있다. 만약 여기서 우리가 진다면 30여 년에 걸친 연전연승의 승리는 물거품이 되고, 우리 조상들이 세웠던 나라와 땅을 다시는 찾지 못할 것이다. 그러나 우리가 이 싸움에서 이긴다면 요동지역은 이제 우리 손아귀에 들어오는 것이고 그렇게 되면 우리 조상들이 세웠던 옛 발해와 금나라의 영토는 완전히 회복이 되는 것이다. 따라서 오늘의 이 영광스런 전투에 용맹스러웠던 우리의 조상들은 분명히 함께 하실 것이다. 비록 적의 군사가 많지만 위대하신 조상신들이 함께 하신다면 우리는 절대 패하지 않을 것이다. 이번 전투에서 잃어 버렸던 우리 조상들의 기상과 명예를 다시 찾아 자신감을 갖고 싸운다면 우리는 반드시 승리할 것이다. 목숨을 바칠 각오로 싸운다면 반드시 우리가 이긴다."

누루하치가 말하는 동안 팔기군의 대장들과 참모는 긴장한 채 듣고만 있었다.

"우리의 첩자들이 보내온 정보에 의하면 적의 병력은 40만이라고도 하고 12만이라고도 한다. 하지만 원래 중국 사람들은 군사를 부풀리는 경향이 있다. 뿐만 아니라 명나라 조정은 권력 분쟁에 휩싸여 있기 때문에 40만의 병력을 모을 수가 없다. 따라서 적의 병력은 12만이 틀림없을 것이다."

"만약 적의 병력이 40만 명이면 어떻게 합니까?"

암바가 염려되어 물었다.

"설사 40만 명을 모았다고 해도 이들은 급히 모집된 병사들이기 때문에 오합지졸에 불과할 것이다."

누루하치는 대수롭지 않게 대답하고는 작전 계획을 하달했다.

"첩보에 의하면 적들은 지금 네 방면에서 홍경을 향하여 진군 중이라 한다. 적들은 교만하여 자신들이 쳐들어온다 하면 우리가 무서워 벌벌 떨며 성만 지키고 있을 것이라 생각하고 홍경성 근처에서 만날 약속을 하였다. 적이 총과 대포를 가진 보병 중심이기 때문에 알맞은 작전을 세운 것이다. 하지만 우리는 기마병이 주축이다. 따라서 우리는 적이 성에 오기를 기다려 수성(守成)을 하기보다는 우리의 장점인 기동력을 살려 넓은 들판에서 적과 맞붙어야 한다. 우리는 저들의 생각을 반대로 이용하여 홍경성을 비우고 우리의 기동력을 가장 잘 발휘할 수 있는 적들의 예상 침투로에 먼저 가서 숨어 있다가 기습 공격한다. 우리의 병력이 저들의 절반밖에 안 되지만 넓은 들판에서 우리가 기습하여 싸운다면 적의 대포는 무용지물이 될 것이고 보병과 기병의 싸움은 뻔한 것이기 때문에 충분히 승산이 있다고 본다."

누루하치는 여기까지 말하고 좌중을 둘러보았다. 누루하치의 말을 듣고 그들의 얼굴에는 긴장감과 아울러 해볼만 하다는 자신감이 넘치는 듯했다.

"지금부터 작전 계획을 말하겠다. 적이 네 갈래로 공격해 오기 때문에, 우리도 팔기군을 황, 백, 홍, 람 사기군(四旗軍)으로 나눈다. 우리 작전의 기본은 적의 진격로에 숨어 있다가 기습하는 것이다. 먼저 황군은 나와 암바가 직접 지휘하여 사르허성에 매복해 있다가 혼하를 건너는 적을 기습한다. 백군은 소토리가 지휘하여 이도관에서 마속의 서로군을 기습한다. 홍군은 홍타시가 지휘하여 유정이 이끄는 동로군을 부챠(富車)에서 공격하고, 마지막으로 남군(覽軍)은 망가토가 지휘하여 이여백의 남로군을 청하보에서 공격하라."

누루하치의 전략은 단순하고 명쾌했다.

"질문 있나?"

"세부 계획은 따로 없습니까?"

홍타시의 질문이었다.

"각 부대별로 세워라. 작전을 세울 때는 세밀히 세워 꼭 승리해야 한다. 어느 한 곳이라도 뚫리게 되면 우리는 큰 위기를 맞게 된다. 따라서 전군은 각자 자기가 맡은 지역을 죽음으로써 막아야 한다."

"알겠습니다."

누루하치가 비장한 각오를 보이자 팔기군의 대장들도 새롭게 각오를 다지고 전의를 불태웠다.

"출발은 언제 합니까?"

"적의 부대가 이미 진군하기 시작했다고 하니 우리도 지금 당장 출발해야 할 것이다. 내일 새벽 온 세상이 잠들어 있을 때, 적이 눈치 채지 못하게 출발한다."

"알겠습니다."

"조상신이 함께 하길 빈다."

누루하치의 기원으로 작전 회의는 끝나자 회의에 참석한 팔기군의 장군들은 비장한 각오로 칸의 막사를 나섰다.

양황군 소속인 한손도 출격 명령을 받았다. 누루하치 칸의 지휘 하에서 싸우게 된 것이 무척 영광스러웠다. 원래 여진의 정예부대는 황기군으로 왕족과 귀족의 우수한 자제들은 대부분 황기군에 소속되어 누루하치의 지휘를 받았다. 이것은 칸의 부하가 되어 직접적인 충성을 할 기회를 얻기도 하는 것이지만 한편으론 볼모가 되어 다른 기군 장수들의 배반을 막기 위한 제도이기도 하였다.

출발 전날, 한손은 이번 전투가 지난번 전투와 달리 상대가 일개 부족이 아닌, 천자의 나라인 명나라의 정규군일 뿐 아니라 소규모의 국지전이 아니라 전체 국력을 기울인 전면전이라 매우 긴장이 되어 쉽게 잠을 이룰 수 없었다. 더구나 메이쉬가 품고 있는 자신의 혈육을 보지도 못하고 죽을지 모른다는 두려움으로 인하여 더욱 잠들지 못하고 이리저리 뒤척였다. 하지만 곰곰이 지난 무순성 전투에서의 장면 하나하나를 생각해보면 그렇게 겁낼 것이 아니라는 생각에 어느 정도 자신감도 생겼다. 결국 그는 모든 것은 하늘이 정한 이치라 생각하자 잠을 이룰 수 있었다.

승천하는 용을 품에 안은 노란 깃발을 날리며 황기군은 만주 벌판의 매서운 겨울바람을 가르고 흥경을 출발하여 얼어붙은 소자하를 따라 전진했다. 바람은 거세어 귀의 감각이 없어지고 전신을 얼게 만들 정도로 추었지만 누루하치는 앞장서서 달리며 진군 속도를 조금도 늦추지 않았다. 그 속도가 너무 빨라 설사 적의 첩자가 있다 하여도 그들이 보고할 틈이 없을 만큼 빠른 속도였다. 그들은 얼어붙은 강을 평야를 달리듯 수레와 함께 달렸다. 며칠이 지났는지도 모르게 밤낮으로 쉬지 않고 달려 군사들은 매우 지치고 힘들었지만 누루하치가 장정들과 함께 숙식하며 앞장서서 진군했기에 오히려 사기는 충천했다.

드디어 소자하가 끝이 나고 거대한 혼하가 앞을 가로막았고 멀리 사르허 산이 보였다. 정황과 양황의 두 부대는 사르허 성으로 들어가지 않고 밤이 되기를 기다려 사르허 산으로 숨어들었다.

멀리 달빛에 반사된 혼하의 물줄기가 마치 은하수처럼 반짝이는 지점의 언덕에 군장을 푼 황기군은 누루하치의 명에 의해 구덩이를 파고 매복했다. 일체의 불을 피울 수가 없었을 뿐 아니라 화식(火食)도 할 수 없었다. 타탕을 꺼내 구덩이 위에 덮고 가죽옷을 꺼내 입는 것으로 만주 벌판의 매서운 추위를 이기며 밤을 보내야 했다.

혼하 너머로 따뜻한 햇살이 밤낮 없는 행군으로 지친 장정들을 곯아떨어지게 했다. 춥다는 생각이 안 들 정도의 달콤한 꿈속에 빠진 장정들을 다시 깨운 것은 이틀이 더 지난 후였다. 무순성을 우회한 명나라 중군이 사르허 성을 향해 출발했다는 첩보가 들어왔기 때문이었다. 장정들은 얼른 일어나 마른 고기를 씹으며 말에게 물을 먹이고 칼과 활을 챙겨 전투준비를 했다.

오시(午時)무렵, 뽀얀 먼지를 일으키며 혼하를 향해 전진해 오는 적의 무리가 보였다. 두송이 이끄는 명나라의 3만 중군이었다. 그들은 기습을 전혀 예상 못한 듯 진(陣)을 길게 늘어뜨리고는 느릿느릿 진군해 왔다. 끝이 보이지 않는 엄청난 대군이었다.

명나라의 정규군과의 첫 전투라는 점에 한손은 더욱 긴장되어 장창을 쥐었다 놓았다 하며 애써 안정을 찾으려했다. 적의 선봉이 얼어붙은 혼하를 건너 사르허 산 아래 평야를 가로질러 갔지만 누루하치는 공격 명령을 내리지 않았다.

드디어 하늘로 오르는 용 문양의 노란 깃발이 맑디맑은 하늘에 펄럭였다. 한순간 북소리와 피리 소리가 넓디넓은 사르허 평야에 울려 퍼지기 시작했다. 돌격 명령이 떨어졌고 화살이 날기 시작했다. 당황한 적은 화살을 맞고 수없이 쓰러졌다. 곧이어 정황, 양황의 약 일만오천 기마대는 활에 화살을 장전한 채 북소리에 맞춰 맹렬한 기세로 돌격해 들어갔다. 말과 사람은 이미 충분한 휴식을 취한 상태였기 때문에 힘이 넘쳤다.

적과의 거리가 가까워지자 후금의 기마대는 활을 쏘기 시작했다. 일렬로 말을 달리며 적진 외곽을 수차례 돌던 기마대는 적들이 우왕좌왕하자 드디어 칼을 빼어 들고는 적진 한 가운데를 달렸다. 뱀처럼 길게 늘어선 적의 장사진을 순식간에 두 동강으로 낸 다음, 다시 계속 말을 달려 장사진을 펼친 삼만의 적을 순식간에 여러 토막으로 만들어 버렸다.

명나라 중군장 두송은 후금의 기습을 전혀 예상하지 못했다. 심양에서 이곳 사르허까지는 닷새 거리였고 여진의 수도인 흥경에서 이곳까지의 거리는 최소한 열흘은 걸려야 했다. 출발하기 전 적들의 움직임이 없다는 보고를 받았던 두송으로서는 적의 기습이 도저히 믿기지 않았다. 그는 급히 선봉장 유유절을 불렀지만 전군은 이미 후금의 군사들에 의해 완전히 차단된 상태였다. 이제 방법이 없었다. 수적 우세를 믿고 눈앞의 적을 무조건 베는 것밖에 없었다.

적의 진이 무너지자 후금의 기병들은 빠른 기동력을 이용하여 다른 부대의 접근을 막으며 수뇌부가 있는 적의 중군을 고립시키는데 성공했다. 그러자 사르허 언덕 위에서 싸움을 지켜보고 있던 누루하치는 대기하고 있던 친위 마군영에게 돌격 명령을 내렸다.

누루하치의 기본 전략은 전투가 벌어지면 먼저 적의 수뇌부를 무력화시키는 것이었다. 적의 수뇌부를 파괴시키기 위해 일천여 명의 친위대는 마치 거대한 폭포처럼 두송을 향해 말을 달렸다.

이들은 앞을 가로막는 두송의 호위대를 죽순 자르듯 베어버리고는 누구랄 것도 없이 두송에게 덤벼들어 순식간에 그의 목을 베어버렸다. 전군에 환호의 목소리가 터졌다. 한손의 마군영도 이들 무리 속에 끼어 있었다.

기습을 당하여 전열을 정비하기도 못한 채 후금의 군사들에게 도륙을 당하던 명나라 군은 우두머리를 잃게 되자 곧 사기를 잃고 자중지란(自中之亂)에 빠져 우왕좌왕 어쩔 줄 몰라 하다 날카로운 후금 군의 칼날에 목이 잘리며 죽어갔다.

승패는 이미 결정이 난 듯했다. 명나라 군은 오던 길을 되돌아 혼하를 건너 도망가기 시작했다. 황기군은 달아나는 적을 향해 무자비한 추격전을 펼쳤다. 그들을 살려 주면 언젠가는 다시 칼을 들고 자신들에게 덤벼들 것이기 때문이었다.

후금 군이 매서운 추격전을 펼치고 있을 때, 갑자기 사르허 산의 모퉁이가 요란스러워지더니 수천 명의 군인들이 나타났다. 후금의 옆구리를 치는 형국이었다. 이들은 추격하는 여진의 군사를 가로질러 두 동강을 내고는 앞 서 추격하던 팔기군의 병사들을 고립시키고 말았다.

그러자 달아나던 명나라 선봉장 유유절은 다시 전열을 재정비하며 방향을 바꾸어 후금 군을 공격하기 시작했다. 앞서 달리던 후금 군이 순식간에 적들에게 에워싸였다. 두 배나 많은 적을 상대로 싸움을 벌이느라 지치기 시작한 후금군은 명나라 유유절의 공격에 밀려 점점 수세로 몰리기 시작했다.

한눈에 보아도 건주 여진과는 원수지간인 여허족임을 알 수 있는 명나라 후원군은 적개심에 넘쳐 포위망에 갇힌 황기군을 맹렬하게 공격했다. 언덕 위에서 이 광경을 지켜보던 누루하치는 전열을 재정비하기 위해 전군에 후퇴 명령을 내렸다. 다급한 북소리가 이어지자 물러서는 것을 부끄러워하던 황기군은 격전을 치르며 포위망을 벗어나 후퇴하기 시작했다.

한손의 마군영은 후퇴하는 적을 쫓아 적진 깊숙이 들어갔다가 갑작스런 적의 기습을 받고 힘겨운 접전을 벌이고 있었는데 후퇴명령이 떨어지자 한손은 포위망을 뚫고 나오려 이리저리 적진을 관망했다. 그때 멀지 않는 곳에서 정황군의 맹장이자 아이지의 아버지인 나만 장군이 적의 포위망에 갇혀 고전하고 있는 것이 보였다.

한손은 자신의 마군영을 이번에 새로 만든 감리(坎離)진법으로 벌린 다음 나만을 향해 돌격했다. 나만을 에워싸고 공격하던 명나라 군사들은 등 뒤에서 나타난 갑작스런 후금 군의 공격에 한 발 뒤로 물러섰다.

"제 뒤에 바싹 붙으십시오."

한손은 나만 장군을 자신의 마군영으로 에워싸고는 적의 두터운 포위망을 뚫고 나가기 시작했다. 그는 본국검을 등 뒤의 칼집에 집어넣고 양손에 날카로운 예도를 뽑아들었다. 끊임없이 앞을 가로막는 적을 쉬지 않고 내리쳤다. 뒤따르던 나만 장군은 한손의 무예가 뛰어나다는 말을 듣기 했지만 막상 눈앞에서 펼치는 그의 무술에 입을 다물 줄 몰랐다. 백전노장인 그의 눈에 비친 한손의 무예는 이미 극도의 경지에 도달해 있었다. 마침내 포위망이 뚫렸다. 황기군은 한손이 만든 활로를 통해 속속 원대로 되돌아가고 있었다. 포위망을 뚫고 사르허 언덕으로 되돌아가던 한손은 정체불명의 부대를 이끌고 나타난 적장의 모습이 보았다.

"가라보다!"

언뜻 보았지만 그는 가라보가 틀림없었다. 만만하지 않은 상대를 또다시 전쟁터에서 만난 것이었다. 가라보가 어떻게 사르허 전투에 참가하여 후금 군을 기습할 수 있었을까? 그는 명나라에서 후금에 대한 대대적 반격을 가한다며 도움을 요청하자 곧 부락사람들을 소집하여 두송에게 달려갔다. 하지만 그는 후금 군에 대한 생각이 두송과 달랐다. 이미 한 차례 전투를 통하여 쓰디쓴 패배를 맛보았던 그는 후금 군을 전략과 전술이 없는 오랑캐라 얕보며 아무런 방어 없이 진군하는 두송의 의견에 동의를 할 수 없었다. 그래서 그는 일부러 두송의 부대와 한 발 떨어져 적의 기습에 대비하며 조심스럽게 뒤따라왔던 것이었다.

특히 이날 아침 그는 혼하(渾河)를 건너려는 두송에게 산과 평야가 맞붙어 있는 사르허 산에 적의 매복이 있을지 모르니 정찰병을 내보내 정탐한 뒤 진군시키길 건의했으나 두송이 이를 무시하고 진군하자 그는 일부러 뒤처져 상황을 살폈다. 그런데 멀리 지평선 너머에서 먼지와 연기가 솟아오르자 명나라 두송의 군대가 기습을 받았다고 판단하고 사르허 산 옆으로 우회하여 급히 병력을 진군시켰다. 이들이 도착했을 때는 이미 두송의 부대가 패하여 후퇴 중이었는데 그는 좀 더 기다렸다가 후금 군의 부대가 절반 정도 지나갔을 때 돌격하여 적의 가운데를 자르고 반격을 펼쳤다.

여허족의 가세로 백중세가 된 명나라와 후금의 군대는 서로 대치한 상태로 급히 전열을 재정비했다. 언덕 위에서 호위대에 둘러싸여 적의 진을 관찰하던 누루하치는 적의 기세가 만만치 않다는 것을 느꼈다. 새로 가세한 여허족 장수가 후금의 사기진을 이미 알고 있듯 능수능란한 솜씨로 두텁게 진을 짰기 때문이었다.

"저자를 없애지 않으면 이기기 힘들다."

누루하치는 곧 맹장(猛將) 나만을 불렀다. 이제 막 위기에서 벗어나 휴식을 취하고 있던 그는 곧 달려왔다.

"저놈이 누군지 알겠는가?"

누루하치는 가라보를 가리키며 물었다.

"멀어서 잘 모르겠습니다만 여허족 전사 같습니다."

"내려가서 저 자를 죽여라. 그렇지 않으면 싸움이 힘들어져."

"예, 반드시 없애고 오겠습니다."

명령을 받은 나만은 곧 자신의 마군영을 이끌고 여허족 장수를 향해 공격해 들어갔다. 하지만 두텁게 진을 치고 방어하는 적의 진을 뚫지 못하여 고전하며 접전을 벌이다 겨우 출로를 만들어 적장에게 접근했다. 순간 나만은 깜짝 놀랐다. 적장은 자기 집에서 종살이를 하던 가라보였기 때문이었다.

"넌 가라보가 아니냐?"

"그렇다. 이제야 아버지와 형들의 원수를 갚을 기회가 온 것 같구나."

가라보는 한 마디 내뱉고는 무서운 기세로 나만 장군에게 달려들었다. 곧 이들은 한 데 엉켜 싸우기 시작했다. 주변의 군사들은 일순간 숨을 죽이고 이들의 대결을 지켜봤다. 쉽게 승부가 결정 나지 않을 것 같았는데 시간이 지날수록 나만이 수세에 몰렸다. 힘에서 가라보가 앞섰기 때문이었다. 일격, 일격 가라보의 공세를 막기에 급급하던 나만은 그만 힘에 겨웠는지 말머리를 돌려 달아나기 시작했다. 위기의 순간이었다. 그때 추격해오는 가라보를 향해 말을 달리는 장수가 있었다. 나만의 아들 아이준이었다.

"네 이놈, 종놈 주제에 어디 버릇없이 덤빈단 말이냐?"

그는 상대가 자신의 집에서 종살이하던 가라보임을 알아보고 상대를 가볍게 보고 큰소리를 지르며 위기에 빠진 나만을 대신하여 가라보와 접전을 벌였다. 그 틈을 이용하여 나만은 무사히 진지로 돌아올 수 있었다. 아이준은 가라보의 적수가 되지못했다. 수 합을 겨루다 그는 가라보의 묵중한 칼을 막다가 그만 칼을 놓치고 말았다.

"아버지의 원수, 죽어랏!"

가라보는 소리를 지르며 말머리를 돌려 달아나려는 아이준의 목을 내리쳤다. 폭포수 같은 핏줄기를 뿜으며 아이준의 목은 잘리고 말았다. 가라보는 떨어진 아이준의 목을 칼에 꿰고는 진중을 향하여 높게 쳐들었다.

"적장의 목이다."

순간 명나라 진지에서는 환호성이 울렸다. 동시에 유유절은 전군에게 공격 명령을 내렸다. 사기가 충천한 명나라 군사는 후금 군을 향해 물밀듯이 밀려들기 시작했다. 나만의 후퇴와 아이준의 죽음에 당황한 누루하치는 급히 암바를 불렀다.

"암바, 적의 진을 뚫고 여허족 장수를 공격할 장수가 없느냐?"

"……."

암바는 일순 침묵을 지켰다. 나만 장군을 이긴 적장을 상대할 장수가 쉽게 떠오르지 않았기 때문이었다.

"제가 가겠습니다."

비장한 각오를 한 암바가 나섰다.

"그래 네가 가서 저 여허족 장수를 목 베고 와라. 이 위기를 극복할 사람은 너밖에 없다."

누루하치가 암바를 격려하는 동안 등 뒤에서 낯선 목소리가 들렸다.

"제가 가서 해결하고 오겠습니다."

목소리의 주인공을 향해 고개를 돌린 누루하치의 눈앞에 팔 척 장신의 거대한 젊은이가 두터운 입술을 굳게 다물고 전신에 피로 물들인 갑옷을 입고 서 있었다. 모르는 얼굴이었다.

"자네는 누군가?"

"한손이라고 합니다."

"자네가 적장의 목을 칠 수 있단 말이냐?"

"자신 있습니다."

누루하치는 당당한 체구에 자신감 넘치는 목소리로 말하는 젊은이가 믿음직스럽긴 했지만 자신감만으로는 될 일이 아니었다.

"자신만 가지고 될 일이 아니다. 만약 이번에 저 자를 목 베지 못하면 우리는 급속히 무너질 수 있다."

누루하치는 신중하게 말했다.

"한손이라면 해낼 것입니다."

사할리언이었다. 그는 아버지 암바가 나설 수밖에 없는 상황에 당황해하며 자신이 아버지를 대신하여 나서려는데, 한손이 적장을 베겠다고 나서자 안심이 되어 그를 천거한 것이었다.

"사할리언, 이 젊은이를 아는가?"

"예. 양황군 최고의 실력을 갖춘 장숩니다."

"……"

누루하치는 사할리언의 눈을 한동안 쳐다보다 믿음을 얻은 듯 허락했다.

"좋다. 네가 가서 놈의 목을 베고 오라. 반드시 베어야한다."

"감사합니다."

누루하치의 허락이 떨어지기 무섭게 한손은 자신의 마군영을 새로 만든 감리진법으로 세웠다. 자신의 마군영이 여섯 줄로 길게 늘어서자 맨 앞줄 가운데 선 한손은 공격 명령을 내렸다.

"돌격!"

사할리언의 근위대인 한손의 마군영은 마치 먹이를 노리는 한 마리 표범처럼 언덕 아래로 쏟아져 내려갔다. 한손은 오른손에 본국검을 뽑아들고 적진을 향해 돌격했다. 화살이 날아들었지만 개의치 않고 말 잔

등에 바싹 몸을 숙인 채 조금도 속도를 늦추지 않았다.

드디어 칼날이 전하는 묵직한 살코기의 피 냄새가 콧속으로 확 밀려 들었다. 앞으로만 달리던 그의 마군영은 감군(坎軍)과 이군(離軍)의 음군(陰軍)에 해당하는 병사들이 대오를 이탈하여 빠른 속도로 적진을 헤쳐 순식간에 학익진(鶴翼陣)을 만들었다. 이들이 학익진을 펼치고 돌격해 들어가자, 두텁게 진을 만들어 후금의 사기진(四旗陣)에 대비하던 명나라의 진은 한손의 마군영에 의해 사정없이 무너졌다.

마군영이 후미가 두터운 적의 진을 다 통과하였을 무렵 한손은 말머리를 돌려 이번에는 반대로 돌격했다. 적장을 호위대로부터 떼 놓기 위한 전술이었다. 이러기를 몇 번, 드디어 한손은 고립된 가라보와 맞설 수 있었다.

"가라보, 오랜만이다."

"한손 너였구나. 너와는 원수진 일이 없는데 왜 내 앞에 또 나타났느냐?"

"너야말로 왜 또 나타났느냐?"

한손은 안타까운 듯 말했다.

"이 싸움은 우리 부족의 운명이 걸린 한 판이다. 그러니 물러서라."

"난 이미 팔기군이 되었다. 여허족은 팔기군의 상대가 될 수 없다. 그러니 얼른 도망가라. 내가 길을 열어 주겠다."

"한손 너야말로 어서 피해라. 너를 죽이고 싶지 않다."

"……"

"어쩔 수가 없구나. 싸워야한다면 아무리 한손 너라 해도 살려줄 수 없다."

"나 또한 마찬가지다. 내 아이를 보기 위해서라도 나는 이 싸움에서 꼭 이겨야 한다."

"죽더라도 날 원망하지 마라."

"그건 내가 할 소리다."

말을 마친 두 사람은 맞서기 시작했다. 한손과 가라보는 일 년여 동안 같은 지붕아래서 살면서 서로가 생명을 구해준 적이 있는 절친한 사이였지만 그때는 서로가 대단한 무술을 지닌 줄 몰랐다. 지금 두 사람은 양 진영의 사활이 걸린 운명적인 상황에서 양 진영의 대표가 되어 목숨을 건 싸움을 벌이게 되었다. 두 사람이 혈투를 벌이자 양 진영은 한 발 물러나 숨을 죽이며 용호상박의 대결을 지켜봤다.

한손은 오른손에 본국검을 빼들고 가라보를 공격했다. 가라보의 검술은 한손과 달랐지만 공격과 방어의 근본은 같았다. 수십 합을 싸웠으나 결판이 나지 않았다. 어느새 두 사람의 얼굴은 땀으로 범벅이 되어 있었다. 잠깐 거리를 두고 물러난 한손은 더 이상 시간을 끌 수 없다는 생각에 승부수를 띄우기로 했다.

박차를 가하여 속도를 높인 다음 말고삐를 놓고 본국검을 높이 치켜든 다음, 가속도를 이용하여 가라보의 머리를 향하여 칼을 내리쳤다. 가라보도 지지 않고 칼을 막았다. 그 순간이었다. 한손은 왼손으로 재빨리 환도를 빼들고 가라보의 목을 쳤다. 한손의 장기가 발휘된 것이었다. 가라보로서는 미처 생각하지 못했던 공격법이었다. 마군영 군사들의 환호성이 터지고 이어서 후금 진영에서 함성이 터져 나왔다.

"잘 가라. 가라보! 평생 너를 잊지 못할 것이다."

한손은 피가 뚝뚝 떨어지는 가라보의 목을 내려다보았다. 그의 눈은 부릅뜬 채 여전히 한손을 노려보고 있었다. 한손은 말에서 내려 그의 눈을 감겨주었다. 언덕 위에서 두 사람의 대결을 지켜보던 누루하치는 한손이 가라보의 목을 치자 근위병들에게 공격 명령을 내렸다.

일천여 명 근위대는 폭풍처럼 산 아래로 돌격해 들어갔다. 장수를 잃은 명나라 군사는 오합지졸로 변해 있었다. 그들은 우왕좌왕하였다. 후금 군의 칼날에 목이 잘리고, 팔이 떨어져 비명을 지르며 쓰러졌다.

가라보를 잃은 유유절의 저항은 날카롭지 못했다. 앞의 패배를 만회하려는 듯 나만 장군은 맹렬히 달려들어 유유절의 목을 쳤다. 연이어 사납게 달려드는 근위병들의 장창에 그의 시신은 찔리고 이어지는 칼날에 전신이 잘렸다.

전세는 급전되어 사령관을 잃은 적은 전의를 상실하여 혼은 이미 몸을 떠난 채 무질서한 도주를 시작했다. 누루하치는 추격을 명령했다. 이길 때 철저하게 짓밟아 다시는 도전할 생각을 못하게 하려는 뜻이었다. 한손은 앞장서서 패잔병을 추격하여 적의 목을 치고 있었다.

오시(午時)무렵 시작된 전투는 유시(酉時)가 되어 끝이 났다. 후금국의 대승이었다. 명나라의 삼만 대군은 중로 총병 두송을 비롯하여 도사(都司) 유유절 등 대부분의 장수와 군사가 섬멸 당하였고, 여허족의 잔존 세력도 군사의 대부분을 잃은 채 도망가고 말았다. 누루하치는 아군의 시체를 잘 수습하라 했다. 나만은 자신을 대신하여 죽은 아들 아이준의 시체를 찾아 분리된 몸뚱어리와 목을 잇고는 품에 안아 하염없이 울었다. 한편 한손은 벌판에 널려진 시체들 사이를 뒤지며 가라보의 시신을 찾아내 구덩이를 파고 잘 묻어주었다. 가라보의 얼굴이 자꾸 떠올라 눈에서 눈물이 나왔지만 그는 애써 냉정을 되찾으려 애썼다.

아군의 시체를 수습한 후금 군은 곧 사르허 성으로 들어가 꿀 같은 휴식을 취했다. 누루하치는 대단히 기뻐하며 전공을 세운 장수들을 치하하였다. 특히 그중 한손을 칭찬하며 전쟁이 끝난 뒤에 크게 포상을 하겠노라 말했다.

다음날, 소토리가 이끄는 백기군은 이도관에서 마속이 이끄는 명나라의 서로군을 기습하여 여허족 출신의 유격대장 마암을 비롯하여 명나라 장수 반종안, 두영징을 목 베는 대승을 거두었다는 소식이 사르허 성에 전해졌다. 성 안의 군사들은 환호성을 지르며 승전을 기뻐하였으며, 후금 군의 사기는 하늘을 찌를 듯 높았다.

후금 군의 뜻하지 않은 기습으로 사르허에서 두송이 이끄는 중로군이 패한데 이어, 마속이 이끄는 서로군 마저 소토리에게 어이없이 패하자 명나라 도원수 양호는 유정의 동로군과 이여백의 남로군에게 후퇴 명령을 내렸다. 전열을 재정비하여 다시 공격하기 위해서였다. 하지만 조선군이 소속된 동로군 유정의 부대는 진격 속도가 빨라 연락이 닿지 않았고, 이여백의 남로군만이 명령을 받고 겨우 후퇴했다.

사르허 성에서 적의 동태를 엿보고 있던 누루하치는 적이 후퇴 명령을 내려 남로군이 후퇴하고 있다는 첩보를 듣고는 남은 병력을 유정이 이끄는 동로군의 진격로까지 이동하여 홍타시를 도와 적을 섬멸하라는 명령을 내렸다. 따라서 한손의 양황군은 제대로 휴식을 취하지도 못하고 부차령을 향하여 급히 이동해갔다.

유정의 동로군에 소속된 조선군은 일만이천의 군사를 삼 영으로 나누어 명나라 군사의 뒤를 따랐다. 조선군의 지휘자는 도원수 강홍립이었지만, 사사건건 유정의 명령을 앞세우는 명나라 유격장 교일기가 사실상 전권을 행사하여 조선군의 불만은 대단하여 사기가 떨어져 있었다. 1619년 2월 24일 앵아구에서 묶고 25일 양마전에 도착하였으나 군량이 따라오지 못하자 강홍립은 휴식을 취하며 진군 속도를 늦추려 하였다.

그러자 교일기의 부관인 우수비란 자가 칼을 뽑아들고 위협하여 할 수 없이 밥도 먹지 못하고 행군하는 수모를 당하기도 하였다.

강홍립은 명나라의 독촉에도 불구하고 뒤쳐져 행군을 하면서 교일기 몰래 첩자를 파견하여 싸움의 양상이 어떻게 전개되고 있는가를 정탐하게 하였는데, 명나라의 중로군과 서로군이 대패하여 전세가 이미 여진 쪽으로 기울어 졌다는 정보를 입수하였다. 명나라 군에게 수모를 당하면서 분노하였던 강홍립은 이제 더 이상 기다릴 필요가 없다는 생각이 들었다. 이 정도면 전쟁의 승패는 갈라졌다고 판단했다. 이 싸움에서 명나라가 이기지 못하면 앞으로 명나라는 후금을 이길 수 없을 것이라는 생각에 어떻게 해서든 임금의 밀지를 후금의 칸에게 전하고 여진족과 화친을 맺어야 한다는 생각을 갖게 됐다. 하지만 명나라의 감시를 뚫고 밀지를 전달하기란 쉽지가 않았다. 만약 일이 잘못되면 일만여 조선군의 생명이 위험할 수도 있어 강홍립은 고민을 거듭한 끝에 한 가지 꾀를 냈다. 그는 은밀히 명나라 총병 유정과의 면담을 청하였다.

"여진의 족장들 중에는 우리나라를 사모하는 자가 많으니, 격문을 써서 그들을 꾀어 내응을 한다면 우리가 쉽게 이길 수도 있을 것 같습니다."

유정은 한참을 생각한 끝에 허락을 하여 명나라 차관(差官)과 조선의 역관 김언춘 하서국을 적지에 파견하기로 결정하였다. 역관이 떠나기 전, 강홍립은 그들을 불러 저간의 사정을 말한 다음 거듭 주의할 것을 당부했다.

"너희들의 행동 하나하나에 조선군의 운명이 달려있다. 너희는 이 밀지를 여진의 칸에게 온전히 전하여야 한다. 함부로 내보이지 말고 꼭 책임자를 만나 전하여야 한다."

"이것이 상감마마의 밀지란 말입니까?"

역관들은 매우 놀란 표정이었다.

"알았으면 목숨을 걸고 지켜야 할 것이야. 그리고 명나라 차관에게는 이것이 상감의 밀지인 것을 절대 말하지 마라. 만약 들통이 나면 그를 죽여 이 비밀이 새나가지 않게 해야 하느니라. 알겠느냐?"

"예, 명심하겠습니다."

긴장감에 가득 찬 목소리였다. 일이 잘 풀리려고 그랬는지 이들은 십리도 못 가서 적군을 만나게 되었다. 그러자 명나라 차관은 도망가고, 하서국과 김언춘만 남아 여진에 항복하여 왕의 밀서를 지닌 채 여진의 진지 속으로 들어갔다.

이렇게 하여 조선 임금의 비밀문서는 후금국 칸인 누루하치에게까지 전달되었다. 누루하치는 이미 박엽으로부터 밀서를 받았기 때문에, 강홍립이 보낸 '조선은 명나라의 명을 받고 마지못하여 군사를 일으켰으나 우리는 싸울 뜻이 없다'는 내용의 밀지는 새로운 것이 아니었다. 다만 전쟁터에서 조선의 도원수로부터 조선 임금의 밀지를 다시 확인하고는 안심이 되었다.

조선군은 일만밖에 안 되었지만 사격술이 뛰어날 뿐 아니라 투지가 좋아 그들이 마음먹고 싸우면 자신들에게 큰 피해를 줄 수 있었기 때문이었다. 누루하치는 암바에게 조선군의 항복의사를 전달하고 그들을 데려 오게 했다.

조선군과 후금 군의 밀약 사실도 모르고, 중로군과 서로군이 이미 패배한 사실은 물론 이미 후퇴 명령이 내려진 줄도 모르는 동로군의 유정 장군은 적진 깊숙이 전진하였다.

3월 2일, 마침 정찰 나왔던 여진의 기병 일백여 명을 발견했다는 보고가 들어왔다. 보고를 듣자마자 명나라 장수들은 서로 공을 다투어 명령을 기다리지도 않고 곧바로 군사를 끌고 공격하였다. 조선군은 공세를 취하지 않고 멀찍이서 그냥 구경만 하고 있었다.

앞 다투어 추격하던 명나라 군사들은 난관에 부딪혔다. 명나라 군사가 추격해오자 숨어 있던 오백여 명의 여진족 기병대가 갑자기 나타나 명나라 군을 공격했기 때문이었다. 여진의 장수가 군사들을 독려하면서 활을 쏘고 저항하자 명나라 군사들은 더 이상 앞으로 나갈 수 없어 멀찍이서 대치하며 머뭇거렸다. 후금 군과 처음 접한 명나라 장수들은 그들을 얕잡아 보다 얼마 안 되는 적의 공격에 삼만 대군이 주춤거렸다. 그러자 명나라 총병 유정은 멀찍이 떨어져 있던 조선군을 불렀다. 조선군은 사격술이 뛰어난 포수들을 많이 보유한 것도 한 이유였지만 사소한 전투에 더 이상의 명나라 군사를 희생시키고 싶지 않았던 것이었다.

총병의 요청을 받은 강홍립은 중군장 문희성으로 하여금 여진을 공격하게 했다. 문희성은 중영을 이끌고 적장의 모습이 보일 때까지 접근한 다음, 사격술이 뛰어난 서울 포수 이성룡을 불러 저격하게 했다. 그는 땅에 엎드려 신중히 겨냥하고는 첫발을 발사했다. 멀찍이서 구경하던 명나라 병사들의 탄성이 터졌다. 단 한 방에 적장이 쓰러졌다.

적장이 쓰러지자 문희성은 곧 바로 공격 명령을 내렸다. 평양삼수병 소속 군사 한명생이 달려들어 쓰러진 적장의 목을 베자 적은 후퇴하기 시작했다. 뒤처져 구경하고 있던 명나라 군사들은 다시 힘을 내어 추격에 나섰다. 조선군은 선봉에 서고 삼만의 명나라 군이 뒤에서 맹렬히 추격하는 형세가 되었다. 전투는 순식간에 끝났다. 목 베고 사로잡은 후금의 군사가 매우 많았다. 그러나 이 전투에서 조선군은 선봉에 섰던 중영장 문희성이 손에 화살을 맞아 부상을 당했으며, 수비장 유길룡이 전사하는 피해를 입었다. 명나라 장수들은 곧 사로잡은 후금 군 포로를 심문하기 시작했다.

"지금 우리를 막고 있는 병사는 얼마나 있느냐?"

"……."

"바른대로 말하면 살려주고 그렇지 않으면 가차 없이 목을 자를 것이다."

"……."

명나라 장수는 위협을 주기 위해 입을 다물고 있는 후금 군사의 목을 한칼에 베었다. 피를 뿜으며 동료의 목이 떨어져 나가는 것을 목격한 후금의 군사들은 순순히 입을 열었다.

"이곳을 지키는 군사는 불과 삼천 명 정도였는데 대부분 서로군의 침입을 막으러 떠났고 군사가 천여 명 남아 있었는데 그나마 어제 싸움에서 많은 병력을 잃어 버렸습니다."

포로들은 똑같은 소리를 이구동성으로 말했다. 동로군 총병 유정은 너무 깊숙이 진군하여 아직 명나라 군대가 패한 줄을 모르는데다 여진을 얕잡아 보는 마음이 들어 포로들의 말을 그대로 믿어 내일은 더욱 진군 속도를 내어야겠다는 생각을 했다.

날이 어두워졌을 무렵 멀리 동북쪽에서 대포 소리가 은은하게 세 번 울렸다. 서로군이 여진을 공격하면서 쏘는 대포소리라는 판단이 들었다. 그 당시 후금은 대포가 없었기 때문이었다. 유정은 서로군보다 먼저 홍경에 도착하여 공을 세우고 싶었는데 포 소리가 나자, 서로군이 이미 백 리 근처까지 진군했다고 생각되어 마음이 더욱 조급해졌다.

1619년 3월 4일, 전날 전투에서의 승리로 후금을 얕잡아 본 명나라 장수들은 서로군보다 먼저 공을 세우기 위해 날이 채 밝기도 전에 급히 행군을 하여 부차령에 이르렀다. 부차령은 길은 평탄하였지만 골짜기가 깊어 자칫 매복이 숨어 있을 수도 있는 곳이었다. 선봉장 진상공은 어떻게 해야 할지 몰라 잠시 머뭇거렸다. 그러자 곧 사령관 유정이 나타났다.

"왜 진군을 하지 않는가?"

"골짜기가 깊어 적의 매복이 있을 것 같아 잠시 멈췄습니다."

"어제 포로들의 말을 듣지 못하였는가? 적은 이미 반 이상이 함몰 당하였는데 무슨 매복이 있단 말이냐?"

"그래도 혹시 있을지 모르는 매복에 대비를 해야 되는 것 아닙니까?"

"저들은 오랑캐들이다. 무식한 놈들이 어떻게 병법을 알아 이곳에 매복을 한단 말인가? 뒷일을 내가 책임진다. 어서 진군해!"

"알겠습니다."

선봉장 진상공은 뭔가 꺼림칙한 기분이 들었지만 명령에 따라 골짜기 안으로 들어섰다. 골짜기가 깊어 한참을 진군했지만 계곡은 끝이 보이지 않았다. 빨리 계곡을 벗어나기 위해 급히 행군하던 군사들은 가도 가도 끝이 보이지 않자 곧 지치기 시작했다. 그러자 총병 유정은 잠시 휴식을 명하였다.

명나라 군사들은 무거운 병장기를 내려놓고, 옷섶을 풀어 잔설이 남아 있는 나뭇가지 사이로 부는 싸늘한 바람에 땀을 식히기 시작했다. 더러는 땅을 베고 드러눕는 사람도 있었다.

그때였다. 정체를 알 수 없는 홍색 깃발이 산록에서 크게 한 번 나부끼자 갑자기 대포소리와 함께 고함소리가 온 골짜기를 뒤흔들기 시작했다. 머리카락이 일어서며 등줄기로부터 공포의 기운을 느끼는 것도 잠시, 머리 위로 화살과 돌이 비 오듯 쏟아져 내리기 시작했다. 골짜기

한 복판에 매복해 있던 후금 군이 기습공격을 시작한 것이었다.

휴식을 취하고 있던 명나라 군사들은 갑작스런 후금의 기습에 비명소리도 지르지 못하고 쓰러지기 시작했다. 또다시 깃발이 크게 한 번 휘둘리자 골짜기 위에서 북소리와 함께 날랜 후금의 기병들이 저승사자처럼 쏟아져 내려왔다. 홍타시의 홍기군이었다.

유정은 급히 후퇴 명령을 내렸다. 하지만 이미 늦었다. 적들이 퇴로도 막아버렸기 때문이었다. 독안에 든 생쥐 꼴이었다. 유정은 어디서 날아온 화살인지도 모르는 화살에 눈을 맞고, 뒤를 이어 말 탄 기병의 날선 칼에 목이 잘리고 말았다. 길고 긴 부차령 골짜기에서 우두머리를 잃은 명나라 군사에 대한 후금의 잔인한 살육전이 벌어지기 시작했다. 우왕좌왕하며 화살에 맞아 죽은 것은 행복한 죽음이었다. 장창에 가슴이 뚫려 내장을 드러내고 고통 속에 죽어가거나 후금 기병의 칼날에 목과 손이 잘려 이리저리 나뒹구는 주검이 수만이었다. 순식간에 부차령 골짜기에는 명나라 군의 시체로 가득 메워지고 말았다.

어떻게 아무도 없다던 골짜기에서 후금의 군대가 쏟아져 나왔을까? 홍타시의 유인책에 말린 것이었다. 그는 명나라 부대를 유인하기 위해 일부러 육백여 명 정도의 기병을 적진 속으로 내보내 패하게 만들어 이곳의 형편을 거짓으로 말하게 했다. 적과의 첫 전투에서 승리를 거두어 교만해진 유정은 아무런 의심 없이 이들의 말을 믿게 되었다. 또 홍타시는 서로군과의 전투에서 빼앗은 대포를 쏘아 거짓 신호를 하여 유정의 이러한 믿음을 더욱 굳게 만들었다.

그리하여 명나라 군사는 아무런 의심 없이 홍타시가 만들어 놓은 함정인 부차령 골짜기로 들어오게 되어 전멸하게 된 것이었다. 더구나, 이미 대승을 거둔 암바(貴盈哥)의 황기군(黃旗軍) 일만여 명이 밤을 새워 달려와 홍타시의 매복 작전을 도왔기 때문에 더욱 쉽게 승리할 수 있었다.

부차령에서 명나라 군대가 전멸하는 동안 강홍립은 뒤처져 천천히 진군하였는데, 큰 골짜기가 앞을 가로막자 혹시 매복이 있지 않을까 두려워하여 영졸로 하여금 주의를 당부한 다음, 조심스럽게 진군했다. 이때 대포소리가 세 번이나 연달아 울렸다. 이상히 여겨 길 왼편 언덕에 올라보니 회오리바람이 일고 연기와 먼지가 하늘을 덮으며 고함 소리와 함께 큰 싸움이 벌어지고 있었다.

강홍립은 곧 명령을 내려 좌영(左營)은 맞은 편 높은 언덕에, 우영(右營)은 남쪽 변두리의 언덕에, 자신이 속한 중군은 오른쪽 언덕에 진을 치게 했다. 그때 문제가 발생했다. 당시 좌영은 벌판에 진을 치고 있던 중이었는데 미처 맞은 편 언덕 위로 이동하기도 전에 후금 군이 들이닥쳤다. 순식간에 조선군과 후금 군 사이에 격렬한 전투가 벌어졌다.

도원수 강홍립은 이 광경을 보고 낭패에 빠졌다. 싸우지 않기로 밀약이 되어 있는데 미처 알릴 틈도 없이 전투가 벌어졌다. 그는 어떻게 해야 할지 고민에 빠졌다. 원군을 보내야할지, 아니면 원래 약속대로 싸우지 말아야할지 난감했다. 일단 그는 전투의 양상을 지켜보기로 했다.

이때 조선군 공격을 위해 몇 겹의 후금 군 포위망이 풀리자 골짜기 안에서 치열한 전투를 벌이던 몇 기(騎)의 명나라 군사가 강홍립의 중군을 향해 필사의 도주를 해왔다. 명나라 선봉장 진상공이 우수비, 교유격 등 몇 명의 기병을 이끌고 달려왔다. 강홍립은 얼른 이들을 맞이했다.

"어떻게 된 일입니까?"

"적의 기습을 받았소."

"총병은 어떻게 되었습니까?"

"전사했소."

"예!"

"적을 너무 가볍게 보았소. 내 말을 들었어야 했는데."

진상공은 자신의 말을 듣지 않고 진군한 유정을 원망하는 듯했다.

"얼른 원군을 보내 저들을 공격하시오. 지금 공격하면 저들은 쉽게 무너질 것이오."

진상공의 뒤에서 싸움의 양상을 지켜보고 있던 교일기가 강홍립을 향해 다급하게 건의했다.

"조선군은 포병이 많고 사격술이 뛰어나 얼마든지 저들과 해볼 만할 것이오, 어서 좌영을 도우시오."

우수비도 교일기의 주장에 동의하며 얼른 공격하기 명령했다. 언덕 위에 진을 친 조선군 일만이천이면 충분히 후금과 해볼 만했다. 강홍립은 고민했다. 처음 생각에는 전군을 이끌고 적에게 항복을 하려 했다. 이미 여진과 내통을 한 상태일 뿐 아니라 명나라 군이 대패한 상황에서 아무 명분 없이 남의 나라 싸움에 아까운 조선 군사들을 희생시킬 필요가 없었기 때문이었다. 그러나 이미 좌군이 공격을 받고 있을 뿐 아니라 명나라 진상공 등이 강하게 명령하자 더 이상 거절할 수 없어, 우군에게 명하여 좌군을 돕도록 하였다.

이때 좌군을 지휘하는 장수는 부원수 김경서였는데, 그는 부차령을 아무 생각 없이 가볍게 전진하다 적의 기습을 받자 얼른 중군 쪽으로 도망가고 말았다. 지휘부가 없어지자 그 휘하에 있던 선천 군수 김응하가 곧 나서서 삼천의 군사를 지휘하기 시작했다. 그는 기존의 진을 버리고 새롭게 수비형태의 진을 친 다음 포수들을 불러 적의 기병을 조준 사격하게 했다. 조선군의 사격술이 뛰어나 돌격해오던 후금 군은 계속 쓰러졌다. 이들은 동료들이 계속 쓰러지자 더 이상 진군을 못하고 곧 후퇴하고 말았다. 김응하는 잠깐 전투가 소강상태에 접어들자 얼른 전령을 중군에 보내 도원수 강홍립에게 후원군을 요청하였다. 강홍립은 명나라 장수들이 지켜보는 앞이라 후퇴 명령을 내리지 못하고 우영장 이일원으로 하여금 김응하를 돕게 했다. 이일원이 군사를 이끌고 오자 김응하는 평지에서 기마병을 상대로 싸우는 것이 불리하다고 판단하여 험한 산으로 들어가 진을 치려하였다.

"빨리 산 쪽으로 군사를 움직여 그곳에 진을 치고 아래를 굽어보며 싸워야 합니다."

"언제 적이 다시 공격할지 모르는데 어떻게 산 쪽으로 군사를 움직인단 말이오. 그냥 여기서 진을 두텁게 쌓아 적의 공격을 막읍시다."

이일원은 반대했다.

"평지에서 기병을 상대로 싸우는 것은 한계가 있소. 적이 다시 공격하려면 다소 시간이 걸릴 것이오. 지금 움직여도 늦지 않으니 어서 이동합시다."

"적은 기동력이 뛰어나 순식간에 우리에게 도달할 것이오. 빨리 진이나 두텁게 쌓읍시다."

김응하의 의견에 이일원이 반대하여 두 부대는 어중간한 대형으로 머뭇거리고 있었다. 그러자 이틈을 노려 후금 군이 또다시 돌격해 왔다. 그들은 일렬횡대로 길게 늘어서서 돌격해 와서는 두 부대의 중앙을 관통하여 둘 사이를 끊어 버렸다. 그러자 우영장 이일원은 자신의 부대에게 후퇴 명령을 내렸다.

"후퇴하라. 원래 진지로 돌아가라."

우군이 돌아가 버리고 선천 군수 김응하만 평지에 남아 적과 맞서게 되었다. 고립된 좌군을 향해 후금의 기병 일만은 장창을 길게 늘어뜨리고 돌격해 들어왔다. 하지만 혼자 남게 된 김응하는 당황하지 않고 포수를 세 줄로 세워 차례대로 사격을 가하였다.

조선군 포수의 위력은 이미 후금국에게도 널리 알려져 있었다. 더구나 비록 소수였지만 평양 포수들이 주축이 된 좌군의 포수들은 정예 병사였다. 조선군의 맹렬한 반격에 후금의 기병들은 조선군에 접근도 하지 못한 채 수많은 전사자를 남기고 또다시 후퇴하고 말았다.

전열을 재정비한 후금의 기병들은 다시 한 번 돌격 작전을 펼쳤다. 하지만 세 번째 공격도 마찬가지였다. 맹렬한 조선군의 사격에 또다시 물러날 수밖에 없었다. 결국 네 번째의 공격도 무위에 그치자, 후금 군은 조선 포수가 두려워 쉽게 공격을 하지 못하여 싸움은 소강상태에 들어갔다.

이 틈을 이용하여 김응하는 다시 강홍립에게 도움을 청하였고 그는 다시 우군의 이일원에게 도와주길 명했다. 하지만 명령을 받은 우군의 이일원은 더 이상 군사를 움직이지 않았다. 결국 삼천의 좌군만이 후금의 일만 기병대를 맞아 싸울 수밖에 없었다. 김응하는 강홍립의 배반에 치를 떨었지만 곧 전의를 되찾았다. 비록 숫자는 적었지만 진중은 네 번에 걸친 적의 공격을 물리쳐 사기가 높았을 뿐만 아니라 이길 자신이 있었다.

그때였다. 갑자기 계곡 저쪽 끝으로부터 조선군 쪽으로 회오리바람이 불어 연기와 먼지가 일어나 조선의 포수들이 눈을 제대로 뜰 수 없는 상황이 발생했다. 순간 공격 준비를 갖추고 틈을 엿보던 후금 군에 공격 명령이 떨어졌다. 일만의 후금 군은 맹렬한 기세로 조선군을 향해 돌격해 들어왔다.

긴 골짜기에서 발생한 바람은 멈추지 않아 적이 돌격해오는 것을 발견하고도 조선의 포수들은 눈을 제대로 뜰 수가 없어 총을 제대로 겨눌 수가 없었다. 조선군이 머뭇거리는 사이 어느새 후금 군은 조선군이 펼친 진(陣) 안으로 돌격해 들어왔다. 조선 포수는 결국 총을 포기할 수밖에 없었다.

그들은 칼을 빼어들고 여진의 기병을 맞아 백병전을 벌였다. 접근전에서 포병과 기병의 싸움은 결과가 뻔하였다. 결국 포병 중심의 조선군은 몇 배 많은 후금의 기병대를 당해내지 못하고 하나씩 둘씩 쓰러지기 시작했다.

대장 김응하는 도망가지 않고 부장 하나와 버드나무를 의지하여, 끝까지 활을 쏘며 저항하였는데 화살이 한 번도 빗나가지 않아 적이 감히 접근하지 못하고 시체만 쌓였다. 적이 접근하자 그는 활을 버리고 칼을 뽑아 여진의 기병을 상대로 싸우기 시작했다. 그의 무예가 뛰어나 여진족들은 쉽게 그를 이기지 못하여 후금 군의 시체만 쌓여갔다. 그의 등 뒤로는 수없이 많은 화살이 갑옷 위에 꽂혀 있었다. 하지만 그는 개의치 않고 끊임없이 몰려드는 적을 상대로 분투하고 있었다.

한손은 중로군을 격파한 뒤 사르허 성에서 하루를 쉰 다음 홍타시 부대를 돕기 위해 쉬지 않고 달려 부차령에 도착하였다. 그들에게 내린 임무는 부차령에 매복해 있다가 홍타시 부대가 명나라 군대를 급습하면 골짜기의 앞뒤를 가로막아 적의 퇴로를 차단하여 적을 협공하는 것이었다. 전투가 시작되자 한손의 마군영은 적의 퇴로를 차단하고 후퇴하는 적을 공격했다. 휴식 중에 기습을 당한 적들은 제대로 저항을 하지 못하여 전투는 순식간에 끝나가고 있었다. 어느 정도 긴장감이 풀어질 무렵, 골짜기 저쪽 후미진 곳에서 느릿느릿 진군해 오는 부대가 있었다.

바싹 긴장을 하고 경계태세를 갖춘 다음 바라보니 조선군이었다. 사할리언은 조선군이 이미 항복했다는 내용을 휘하 장군들에게 전하였지만, 조선군과 명군을 제대로 구분하지 못하고 아직 제대로 명령을 하달받지 못한 하급 장교들은 조선군을 보자마자 명나라의 후원군인줄 알고 돌격을 감행했다. 조선군은 삼군으로 나누어 행군했는데 나머지 두 군영은 반격을 하지 않고 언덕 위에 올라 진을 치고 대치만 했는데, 골짜기에 있는 좌군은 맹렬한 반격을 펼쳤다.

조선군의 장기는 활과 총으로, 그들의 공격에 수많은 병사들이 쓰러지고 있었다. 하지만 한손은 공격할 수가 없었다. 조선을 사랑하라는 할아버지 말 때문만은 아니었다. 조선군이라는 말에 반가움이 먼저 넘쳤을 뿐 아니라 그들을 도저히 적으로 생각할 수가 없었던 것이었다.

전세는 점점 불리해져 조선 포수들의 사격에 접근을 하지 못하고 계속 후퇴만 했다. 어떻게 해야 할지 몰라 망설이는데 마침 천우신조의 기회가 왔다. 회호리 바람이 갑자기 조선군 쪽으로 불어 연기와 먼지가 조선군 진지에 가득 찼다. 기회를 탄 여진의 기병들이 대규모 공격을 가하여 순식간에 조선의 진지를 무너뜨렸다.

치열한 접전 끝에 조선군을 거의 섬멸하였지만 한손은 멀찍이서 구경만 했다. 단 한 명의 장수가 얼마 남지 않은 병사를 이끌고 싸우고 있었는데 그 기세가 맹렬하여 마군영 병사들의 피해가 속출했다.

한손은 갈등했다. 어떻게 해야 하는가? 그동안 생사의 갈림길을 같이 걸으며 피붙이처럼 느껴지는 마군영 병사들이 쓰러져 가고 있지만, 적은 같은 민족이었다. 한손이 고민하고 있는 사이에도 마군영 병사들은 계속 죽어갔다. 어찌해야 하는가?

그때 문득 정동식의 말이 생각났다. 한비자가 칠백 년 이상의 전쟁으로 피폐할 대로 피폐한 중국 백성을 위해, 더 이상의 전쟁으로 인한 전체 중국인민의 고통을 덜기 위해, 자신의 조국인 한(韓)나라를 멸망시켰던 진나라의 시황을 도왔다는 것이 머리를 스쳤다.
'여진이 이기는 것이 결국 조선을 위한 일이다.'
한손은 장창을 굳게 쥐고는 말을 달렸다.

김응하는 화살이 다 떨어지자 칼로 적을 막으면서 강홍립이 구경만 하고 있는 언덕을 쳐다봤다. 하지만 끝내 그는 군사를 움직이지 않았다.
'비겁한 놈…. 이제 여기서 죽는 구나.'
그는 강홍립이 꼼짝도 하지 않자 죽음을 각오했다. 명분 없는 남의 싸움에 끼어들어 머나먼 이국땅에서 부모와 처자를 두고 먼저 가는 것이 억울했지만 어쩔 수 없는 상황이었다.
'그냥 죽지 말자. 마지막까지 조선군의 기개를 보여주자. 그래야 이놈들이 조선을 만만히 보지 않고 쉽게 조선을 엿보지 못할 것이다.'
그는 흐르는 피를 삼키며 어금니를 꽉 아물었다. 이미 전신은 피투성이였다. 그의 모습은 적의 피와 자신의 피가 뒤섞여 마치 흡혈귀를 연상시키고 있었다. 다시 힘을 내어 칼을 휘두르며 눈앞에 달려드는 적을 베었다. 그때 멀리서 맹렬한 기세로 달려드는 단기(單騎)의 적 모습이 보였다. 그의 기세가 무서워 방어를 해야 한다는 생각이 들었지만 앞을 가로막는 적 때문에 어떻게 해볼 도리가 없었다. 위기라고 느낀 순간, 장창이 날아들었다. 전신에 힘이 빠졌다. 심장에서는 끊임없이 피가 솟구쳤다.
'이렇게 죽는구나.'

김응하는 어머니의 모습이 떠올랐다.

'자식 잃은 어머니가 얼마나 비통해 하실까?'

그러나 다음 생각을 잇기도 전에 그의 의식은 더 이상 이어지지 않았다. 머나먼 이역(異域)에서 조선군의 기개를 보여주었던 김응하는 이렇게 죽어갔다. 김응하가 쓰러진 순간, 언덕 위에서 그의 분전을 지켜보던 조선군 진영에서 짧은 탄식이 터졌으며 여진군도 칼을 멈추어 더 이상 그의 몸에 상처를 더하지 않고 그의 죽음을 지켜만 보고 있었다. 한손도 그의 장렬한 죽음을 지켜보았다. 짧은 순간이나마 양국의 전군이 그의 죽음을 애도했다.

김응하의 죽음으로 전투는 끝이 났다. 좌군이 전멸했다. 힘겹게 승리를 거둔 후금 군은 조선의 중군 앞에 진을 쳤다. 명나라 장수 진상공과 우수비는 얼른 공격하기를 명했지만 강홍립은 더 이상 그들의 명령에 귀 기울이지 않고 대치만 하고 있었다. 양황군 대장 암바는 왕의 밀서를 가지고 온 통역 하서국을 불러 조선의 통사를 부르게 하였다. 이에 강홍립은 통사 황연해를 시켜 적을 영접하게 한 다음 자신의 말을 전하게 했다.

'우리가 너희와 원수진 일이 없는데 무엇 때문에 서로 싸우겠느냐. 지금 우리가 여기까지 온 것은 부득이한 경우였다. 우리는 당신들과 싸우고 싶지 않다.'

암바 바일러도 그의 말을 받아들여 곧 화의가 성립되었다. 후금 군은 곧 조선군 속에 숨어든 명나라 군사를 속출해 내었다. 명나라 선봉장 진상공, 우수비 등이 끌려 나갔다. 후금 군은 이들을 그 자리에서 참수했다. 하지만 조선군에 대해서는 아무런 위해도 가하지 않은 채 그들을 호위하여 수도인 흥경으로 향하였다.

한편 김응하의 분전을 지켜본 암바는 조선에 이런 장수가 두세 명만 있었어도 우리가 쉽게 이기지 못했을 것이라며 감탄한 다음 그의 시체를 잘 묻어 주라 했다. 후에 여진 사람들도 김응하가 방패로 삼고 끝까지 버틴 그 나무를 장군버들이라 이름붙이고 그의 넋을 기렸다. 김응하는 요동에 출병을 하면서 자신의 죽음을 예견한 듯 한 수의 시를 남겼다.

천애각남북(天涯各南北) 하늘 끝에서 남북으로 헤어져
월견기사상(月見幾思想) 달을 쳐다보며 서로를 생각하노라
일거무소식(一去無消息) 한 번 떠나 소식이 없으니
사생장별리(死生長別離) 죽든 살든 영원한 이별일세

그가 죽고 난 뒤 명나라에서는 요동백의 벼슬을 내렸고, 명분을 중시하는 조선의 조정에서는 그를 영의정에 추서하여 그의 공을 높이 평가하였다.

조선군이 여진에 항복함으로써 명나라와 후금의 전면전은 끝이 났다. 이 세 번의 전투를 역사에서는 통상 사르허 전투라 하는데, 명나라와 후금의 힘겨루기 싸움이었던 이 전투에서 후금이 승리함으로써, 더 이상 명나라는 후금에 대하여 아무런 간섭을 할 수가 없었고 후금은 요동지역을 공략하는 계기를 마련하게 되었다.

1619년, 사르허 전투에서 크게 승리한 후금은 명나라에 대해 공세를 취하기 시작했다. 명나라에서는 패전의 책임을 물어 양호를 잡아 가두었다. 양호가 옥중에서 죽자, 그를 대신하여 웅정필을 요동 경략사로 파

견하였지만 이미 저울추는 후금 쪽으로 기울어진 뒤라 그는 공격보다는 수비에 치중할 수밖에 없었다.

한편 강홍립 일행이 후금의 수도 흥경에 도착하자 누루하치는 전승의 기쁨에 넘쳐 조선군 장수들을 불러 잔치를 베풀었다. 그때 강홍립은 잔치 자리에 나타난 간소한 차림새의 누루하치와 마주치자 오랑캐라 업신여기는 마음이 생겨 큰 실수를 하고 말았다. 누루하치에게 여진인들처럼 배고(拜叩, 무릎을 꿇고 앉으면서 두 손을 땅에 대고 발꿈치를 엉덩이에 붙이고 머리가 땅에 닿도록 굽히는 여진의 인사법)를 올리는 대신 가볍게 읍(揖)만을 한 것이었다. 순간 좌우의 여진 사람들의 노한 목소리가 이어졌다.

"너희들은 어떻게 항복한 군사가 되고서도 자비를 베푼 칸을 보고 읍만으로 예를 행한단 말인가?"

"우리는 벼슬이 높은 사람들이기 때문에 뜰아래서 예를 행할 수 없을 뿐 아니라, 우리는 항복한 군사가 아니다."

강홍립을 뒤따르던 김경서가 목을 뻣뻣이 세워 말했다.

"항복을 한 게 아니라고? 우리는 항복한 자는 후(厚)하게 대접하지만 그렇지 않은 자를 살려 주는 법은 없다."

갑자기 홍타시가 소리를 지르고는 김경서를 곧 죽일 듯이 노려보았다. 누루하치의 노한 목소리도 이어졌다.

"너희들은 명나라의 요동 경략사인 양호에게도 두 번 절하여 예를 행하는데 어찌하여 나에게는 읍만 하고 절을 하지 않는다 말인가?"

"……"

누루하치의 기세에 강홍립 일행은 아무 말도 하지 못하고 고개만 숙였다.

"저놈들을 뜰아래 마당에 앉혀 죽만 내주어라!"

화가 난 누루하치는 그만 잔치 자리를 박차고 나가버렸다. 잔치는 그 자리에서 끝이 났다.

"네놈들이 세 번 절하는 예를 행하여도 시원찮거늘 감히 어느 자리라고 그런 무례한 말과 행동을 한단 말이냐?"

누루하치를 대신하여 분노한 홍타시는 이들을 꾸짖고는 부하들을 불렀다.

"저놈들을 포박하여 가둬라. 목이 잘리고도 그런 건방진 소리를 하는지 두고 보자."

강홍립과 김경서 등 조선의 두 원수는 아무런 저항도 하지 못하고 분노한 후금의 군사들에 이끌려 어느 집에 갇히고 말았다.

이튿날 아침, 성 밖에 주둔하고 있던 조선군 주변을 무장한 후금의 기병들이 에워싸기 시작했다. 전날 강홍립이 후금의 칸인 누루하치를 대하는 태도가 매우 불순하여 조선군을 다 죽여 버리려는 의도였다.

잠에서 채 깨어나지 못한 조선군은 여진의 병사들이 막 공격을 하려 하자 영문을 몰라 어쩔 줄 몰라 하며 급히 총과 활을 들고 사격 준비를 했다. 위기의 순간이었다. 그때 여진 진지에 한 명의 기병이 나타나 공격 중지를 명령했다. 정동식이었다. 그는 여진이 조선군을 공격하려 하자 새벽부터 암바를 만나 조선군 공격의 부당성을 말하여 겨우 공격 중지 명령을 받아냈다.

"진중(陣中)에서 화약(和約)을 맺을 때에는 하늘을 두고 맹세했는데, 우리와 화약을 맺은 저들을 죽인다면 이는 하늘을 속이는 경우가 될 뿐 아니라, 조선이 항복한 군사를 죽인 것을 안다면 진짜 정예병을 내어 우리의 배후를 칠 것입니다. 그들이 우리 배후를 친다면 우리가 아무리 강하다 하더라도 큰 피해를 입을 것입니다. 조선은 일부러 이 번 전투에 정예 병사인 평양삼수병을 보내지 않았을 뿐 아니라, 이번 전쟁 중에 한 번도 국경 근처의 우리 부락을 침범한 사실도 없습니다. 이는 저들이 진심으로 우리와 화의하고 싶었기 때문이었습니다. 앞으로 우리가 명나라와의 전투에서 이기기 위해서는 조선과 싸워서는 안 될 것입니다. 따라서 저들을 죽여서는 절대 안 됩니다."

  암바가 그의 말에 수긍을 하고 공격을 중단하기를 명하여, 겨우 칠천여 조선군은 무사할 수 있었다. 이들 조선군은 그 다음해인 1920년(경신년)에 강홍립, 김경서 등과 통역관 등 십 인을 제외하고는 다 풀려났다.

5부
인조반정

1. 암색(暗索)

 사르허 전투에서 승리한 후금은 승리의 여세를 몰아 요동 땅에 대한 공격을 늦추지 않아 심양과 요양에 대한 공세를 강화시키며 명나라를 압박하기 시작했다. 전력을 기울여 후금을 공격하였던 명나라는 후금에 대패한 이후 주도권을 빼앗기고 수세에 몰리기 시작했다. 후금을 얕보다 크게 패한 명나라는 전력을 재정비하고 후금의 공격에 맞서 싸웠는데 수세를 취하긴 했지만 명나라의 전력도 만만치 않아, 두 나라간의 싸움은 교착 상태에 빠져들고 있었다.
 조선을 두고도 후금과 명, 두 나라간의 막후 접촉이 치열하였다. 명나라에 대한 조선의 태도가 예전과 다름을 인식한 명나라는 압력을 가하였다. 조선 내에서도 조정 대신들 간의 논의가 분분해지고, 임금의 친여진 정책에 반대하는 무리가 점점 많아져, 권력에 반감을 갖는 세력들이 점점 늘어갔다. 하지만 광해군은 두 나라 사이에 중립적인 입장을 바꾸지 않았다. 어쩌면 이는 명나라 스스로 자초한 일인지도 몰랐다. 십년이 넘게 광해군을 인정하지 않아 광해군이 감당했던 고뇌의 대가를 이제 그들이 당하고 있는 것 말이다.

이 무렵 이정구는 장안의 소식을 가지고 알목하로 왔다. 그가 전한 장안의 소식은 심상치 않았다.

'여진이 금방 쳐들어 올 것이다. 명나라가 대군을 이끌고 조선에 상륙하여 뒤에서 후금을 공격하려 한다. 지난 사르허 전투에서 조선이 명나라를 지원하지 않고 여진을 도와 줬기 때문에 명나라가 싸움에서 졌으며 이로 인하여 조정의 대신들과 임금 사이가 많이 벌어졌다' 는 등의 소문이 온 장안에 떠돈다는 것이었다.

순탄하던 객주 일도 어려움에 처했다고 했다. 얼마 전까지만 하여도 장사가 잘되어, 하웅민이 맡아서 하는 보행객주도 성업 중이고, 장안에서 힘깨나 쓴다는 한량들을 잘 대해줘서 인심을 많이 얻었노라는 보고를 들었는데, 이제는 세력이 점점 커지고 있는 종성객주를 다른 객주들이 시기하여 견제가 심하다 했다. 신용을 얻기 위해 현금 결제를 한 것이, 어음으로 거래를 하는 기존의 질서를 깨게 되었고, 이로 인해 단골을 빼앗기게 된 다른 객주들이 심하게 견제한다는 것이었다.

더구나 후금이 명나라를 격파하고 요동 지역을 장악하면서 명나라와의 무역로가 끊겨, 서해안의 험한 수로(水路)를 이용하여 명나라의 비단, 종이, 붓 벼루 등을 수입할 수밖에 없게 되자, 새롭게 명나라 무역품의 집결지가 된 마포나루에 기존의 무역상들이 진출하게 되어, 객주들 간의 이합집산(離合集散)을 통한 이권다툼이 치열해졌다는 것이었다.

샤르허 전투에서 후금이 명나라를 대파하고 큰 승리를 거두었다는 소식을 들었던 이혼은 장안 소식을 듣고 미소를 띠었다.

"이제 조선 땅에서 여진족을 무시하는 사람들은 없겠구만. 이틈에 우리도 여진을 이용해서 돈도 좀 벌어 보세나."

"돈 벌어서 뭐하시게요?"

"할 게 많지. 언제까지나 양반들 세상이 되라는 법도 없고, 공자 맹자가 판치는 세상이 되라는 법도 없지 않은가?"

"이제 시작하시는 겁니까?"

"성리학자들의 세상이 너무 오래 지속되었어. 서자들도 어깨를 펴고 살고, 무인들도 큰 소리 한 번 쳐보고, 장사꾼들도 제 목소리 한 번 내 보면 좋지 않겠나. 그래야 우리 아이들도 사는 보람이 있을 것이고…."

"그러자면 혁명이 필요한데, 현재 조선 정부는 분명 바른 방향으로 가고 있는 것 아닙니까?"

"조선의 금상(今上)은 분명 친명정책보다는 친후금 정책을 펼치며 시대의 흐름에 잘 맞추고 있다고 봐야지."

"그런데 세상을 바꾸려한다면 그것은 시대에 역행하는 것 아닙니까?"

"아니지 금상의 뜻을 신하들이 뒷받침해주지 못하고 있는 형국이라 봐야지. 조정 대신들은 여전히 명나라를 숭배하고 저들의 성리학을 절대불변의 진리로 생각하지. 그런 생각들을 바꿔야 해. 물갈이 해야지. 그 와중에 우리의 뜻도 펼칠 수 있어야하고. 또…."

"또 무엇입니까?"

"개인적인 일."

"그래야겠지요. 그것이 부모가 자식을 위해서 해줄 수 있는 일이지요.

그동안 많은 것을 준비해 두었습니다. 돈도, 사람도."

"수고했네. 한손이와 인웅이가 다 떠나니 부락에 남아 있는 아이들이 불만이 많은 것 같아. 이번에는 아이들을 데리고 한양 구경 한 번 시켜 주어야겠네."

"그러시지요."

이혼은 주몽을 비롯한 동네 아이들과 큰돌에게 행장을 꾸리게 했다. 알목하에 처음 왔을 때 안정을 취하지 못하고 방황하던 큰돌은 곧 이혼의 설득으로 가족이 몰사한데서 오는 고뇌를 잊기 위해 무술을 배우기 시작했다. 천부적인 체력과 힘을 지닌 그는 조선 최고의 검술을 지녔던 이혼으로부터 체계적인 무예를 익히자 오래지 않아 누구도 쉽게 대적할 수 없을 만큼 무술 실력이 향상되었다. 이혼은 그를 볼 때마다 흐뭇한 생각이 들어 이번 나들이에서 큰 역할을 할 것이라 생각하고 길잡이 겸해서 데려 가려 했다.

알목하에 낙엽이 지고 찬바람이 불기 시작하였다. 한손이 없는 빈집에서 이혼은 가부좌를 틀고 명상에 잠겼다. 한시도 잊지 못했던 아들을 생각하며.

게재 전투에서 대승을 거두고도 신각이 처형당하자 이혼은 아들 내외를 찾기 위해 도성으로 향했다. 이정구와 내금위 시절부터 그를 따르던 군사 다섯 명도 가족을 찾기 위해 함께 나섰다. 도성에는 이미 왜군이 쫙 깔렸고 곳곳에서 불길이 치솟았다. 피 묻은 갑옷 차림으로 도성에 들어갈 수가 없어 밤이 되기를 기다려 낙산으로 숨어 든 다음 갑옷과 말을 숨기고, 만날 장소와 시간을 정한 다음 헤어졌다.

정여립의 난이 끝나고 서인의 우두머리인 정철이 광해군 옹위 사건으로 쫓겨나자 동인인 이산해가 권력의 핵심에 올랐다. 그는 내금위 소속의 교위 이혼을 함경도로 내쫓았다. 이제 막 혼인한 아들 내외를 남겨놓고 떠나는 것이 마음에 걸렸다. 왜란이 났다는 소식을 듣고, 부하들을 이끌고 도성으로 들어오던 중 신각을 만나 게재에서 전투를 벌였다가 어이없는 일을 당하자 마음은 더 다급해졌다.

곳곳에 약탈과 방화로 파괴된 사대부들의 집과, 횃불을 켜들고 날뛰는 사대부 집안의 종들을 보면서 불안한 마음이 더해진 이혼은 서둘러 집으로 향했다. 몇 달 전 어린 며느리가 득남했다는 소식을 들었는데 그 손자의 안부가 제일 궁금했다.

집은 난장판이 되어 있었고 피비린내가 진동했다. 불을 켤 수 없어 분주히 소리 없는 발걸음을 움직였다. 뒤뜰로 들어선 순간 피비린내와 함께 여기저기 널려 있는 시체들이 눈 속에 들어왔다. 그 속에 아들과 며느리의 시체도 섞여 있었다. 아들은 이들의 공격에 저항한 듯 여러 군데 상처를 입고 죽어 있었다. 마지막 순간까지 아들은 며느리를 지키려 했는 듯 피투성이의 오른손은 며느리의 왼손을 꼭 잡고 있었다. 이혼의 눈에서는 어느새 피눈물이 흘렀다.

역병으로 아내를 일찍 잃고 동냥젖을 먹이며 힘들게 키운 아들, 어미 없이 자라 고생만 하다 이제야 제 짝을 찾아 행복이 무엇인지 느끼기 시작한 그 아들과, 아들의 품 안으로 시집 와 두꺼비 같은 아들을 낳아, 자신에게 새로운 삶의 기쁨을 느끼게 해주었던 어린 며느리…. 자신이 지켜줘야만 했는데 이미 어찌할 수 없는 불귀의 혼이 되어 있었다.

사지에 힘이 빠지고 무릎이 저절로 꺾였다. 꼭 쥔 두 주먹은 펼 수가 없었다. 땅바닥에 털썩 주저앉아 넋을 놓고 있던 이혼은 문득 어린 손자가 보이지 않는 것을 깨달았다. 혹시나 하는 기대감에 온 집안을 다 뒤

졌지만 찾을 수 없었다.

　날이 밝기 전에 도성을 빠져나가야 하는 이혼은 할 수 없이 손자 찾는 것을 포기하고, 삽을 찾아 뒤뜰에 구덩이를 파고 아들 내외를 묻기 시작했다. 아들의 부릅뜬 두 눈을 감기고 흘러내린 눈물을 닦아 준 다음 차가운 땅 속에 살며시 눕혔다.

　며느리를 안으려 무릎을 굽히는 순간 치마 밑에서 뭔가 움직이는 것이 있었다. 어린 손자였다. 울다 지쳐 잠이 들었는지 아기의 얼굴에는 눈물 자국이 선명했다. 그래도 살인자들이 인정은 있었는지 차마 갓난아기는 죽이지 않은 모양이었다. 천행(天幸)이었다. 그는 잠들어 있는 손자를 끌어안고 볼에다 얼굴을 비볐다. 눈에서는 뜨거운 눈물이 흘렀다. 말할 수 없는 애달픔, 핏줄에 대한 강한 그리움, 분노, 복수…. 이혼은 며느리를 아들 옆에 나란히 묻어 두고 흙을 덮어 야트막한 봉분을 만들었다. 나중에 쉽게 찾기 위해서였다.

　'다시 돌아와 너희들을 양지 바른 곳에 묻어 주마. 그때까지 불편하더라도 조금만 참아라.'

　이혼은 차마 그 자리를 떠나지 못하고 아들인 양 봉분을 어루만졌다.

　'너희들의 복수는 반드시 해주마.'

　복수를 다짐한 그는 일어서서 손자를 앉고 집을 나섰다. 다행히 손자는 힘겨운 잠에 빠져 있었다.

　이혼은 바로 약속 장소로 가지 않았다. 왜군들의 순시를 피해 청계천으로 발걸음을 옮겼다. 그가 걸음을 멈춘 곳은 수표교였다. 한동안 주변을 살핀 그는 손자를 품에 안고 다리 밑으로 뛰어내렸다. 익숙한 발걸음으로 즐비한 움막 사이를 지나 어느 움막 안으로 얼른 몸을 숨겼다.

　"누구요?"

갑작스런 침입자에 놀란 듯 주인은 황급히 몸을 일으켰다.

"장승인가?"

"그렇소만…."

"나 향백(이혼의 자)일세."

"예! 함경도로 쫓겨 갔다는 말을 들었는데, 앉으시죠."

"아닐세. 그럴 틈이 없네. 부탁이 있어 왔네."

"무슨 일이십니까?"

장승은 이미 일어나 몸을 곧추세우고 앉았다.

"내 가족이 몰살당하였네."

"예!"

"나는 중대한 사정으로 급히 몸을 피해야 하네. 우리 집 뒤뜰에 식구들을 가매장하였네. 사정이 허락하는 한 양지 바른 곳에 좀 묻어주게나."

"염려 마십시오."

"범인이 누군가도 알아봐 주게. 뭉퉁한 것이 왜인의 칼은 아니었네."

"그렇다면?"

"내게 원한이 있는 사람이 한 둘인가? 후후후…."

어둠 속에서 이혼은 흰 이를 드러내며 쓸쓸한 웃음을 지었다.

"그래도 짚이는 사람은 있을 것 아닙니까?"

"이이첨. 영상인 이산해의 참모격인 사람일세."

"알겠습니다. 나중에 세상이 조용해지면 다시 오십시오. 그때까지 모든 일을 다 정리해 두겠습니다."

"자네를 믿네. 내 나중에 반드시 후사하겠네."

"그러셔야죠."

이혼은 말을 마치고는 급히 움막을 빠져 나와 약속된 장소를 향하였다. 낙산에는 일행들이 기다리고 있었다. 시집 간 여동생의 소식이 궁금하다며 도성에 들어간 이정구는 여동생과 젖먹이 조카를 데려 왔다. 이혼으로서는 불행 중 다행이었다. 어린 손자의 젖동냥을 할 수 있었기 때문이었다. 일행은 숨겨 두었던 말과 갑옷을 다시 챙기고 도성을 빠져 나갔다.

첩의 자식이라는 비난을 받으며 겨우 일궈낸 가족. 그들은 가장이 나라를 위해 집안을 돌보지 못하는 사이에 죽임을 당하였다. 어둠 속에서 자세히 보지는 못하였지만 가족들을 벤 칼은 왜검이 아닌 조선검이었다. 누군가가 의도적으로 자신의 집으로 들어와 식구들을 죽였다는 결론이었다. 지난번에 한양에 갔을 때 장승은 아들 내외를 죽인 사람이 이이첨이라는 말을 분명히 하였다. 아들을 위하여 꼭 복수를 하리라 다짐했다. 그래서 세상에 태어나 제대로 피워보지도 못하고 죽은 아들 내외가 원(怨) 없이 저승에서 편히 쉬게 해주리라 다짐했다.

함경도의 깊은 산골에 단풍이 물들기 시작할 무렵 행장을 꾸린 이혼과 주몽, 그리고 큰돌은 알목하의 은신처를 나와 한양을 향해 길을 떠났다. 북국의 날씨는 벌써 쌀쌀하여 나그네의 객수를 더욱 서럽게 하였다. 중도에 박치의의 산채에 들렀다. 그는 오랜만에 만난 이혼을 여전히 반갑게 맞아 주었다.

"자네 언제까지 이렇게 살 것인가?"

"어쩔 수 없지 않습니까?"

"이것 받게."

이혼은 봇짐 속에서 보자기로 싼 꾸러미를 건넸다.

"이게 뭡니까?"

"은 천 냥일세"

"예!"

박치의는 영문을 몰라 이혼을 바라만 보았다.

"이걸로 종성에 가서 무역소를 하나 개설하게. 지금 한양에는 명나라 물품이 들어오지 않아 아우성이라 하네. 조정에서 종성에 여진과의 무역을 허락하였으니 그곳에 가서 명나라 물품을 구해 한양에 있는 우리 객주까지 넘겨주게. 통행세 받아먹고 사는 것보다는 훨씬 나을 것일세."

"아니, 저희더러 장사를 하라는 말씀입니까."

"못 할 것 뭐있나? 산적질도 하는데."

"왜 그래야 합니까?"

"세상을 한 번 뒤집어 봐야지."

"형님, 아직도 그런 생각을 하고 계십니까? 저는 못합니다."

"이제 식화(食貨, 경제의 옛 말)의 중심은 농업과 더불어 상업이 되어야 하네. 그래야만 땅을 가진 양반이 몰락하는 대신 물주들이 새로운 지배 세력으로 등장할 수 있지. 물론 그 과정이 쉽지는 않겠지만 불가능한 일도 아니야."

"저는 그냥 이대로 살겠습니다."

"내가 시키는 대로만 하게. 지금은 비록 세력이 미미하지만 한양과 종성에 객주를 세우고 주변의 객주를 우리 수중에 넣어 세력을 점점 넓힌 다음 조선은 물론이고, 명나라, 일본, 여진과도 장사를 하면 무서운 세력으로 등장할 것이네."

"그런다고 세상이 바뀌겠습니까?"

"돈만 있으면 총도 사고 대포도 살 수 있는 세상일세."

"아무튼 전 하지 않겠습니다. 이제 세상을 바꾼다는 말에는 신물이 났습니다."

"알았네. 자네 말대로 세상을 바꾸잔 소리는 하지 않겠네. 대신 종성에 무역소를 하나 열게. 그 정도는 할 수 있겠지."

"한양은 가지 않습니다."

박치의는 이혼의 끈질긴 요구에 결국은 반승낙을 하고 말았다.

"그러게."

"그런데 무엇을 사고팔란 말입니까?"

"조선은 명나라에서 종이 비단 붓 등을 주로 사들였는데, 지금은 전쟁 중이라 육로가 막혀 물건을 구하기가 쉽지 않아 험한 수로를 이용하여 명나라의 물품을 사들이고 있네. 여진과 명나라가 전쟁 중이긴 하지만 국경을 맞대고 있기에 이런 것쯤은 여진의 장사꾼들이 쉽게 구할 수 있을 것일세. 그것들을 한양에 파는 것이지. 많은 이문이 남을 것일세."

"그렇겠군요. 그런데 이문이 생기면 뭘 합니까?"

박치의는 고개를 끄덕이며 이혼의 말을 이해하려 노력했다.

"이문이 생기면 여진으로부터는 말과 함께 무기들을 사들이게."

"무기를요?"

"기미년의 사르허 전투에서 여진이 명나라의 우수한 무기를 많이 노획했다고 하는데 이들을 구하여 사서 모으게?"

"어디에 쓰시게요?"

"죽창을 들고 훈련도감의 군사와 싸울 순 없지 않은가?"

"정말로 훈련도감의 군사와 싸우시게요?"

"농담일세."

"……"

박치의는 이혼의 말에 어이없다는 표정을 지을 뿐이었다.
"부하들 중에 장사해 본 사람을 골라 당장 무역소를 개설하게."
"알겠습니다."
"그리고 나를 따라 한양에 따라갈 사람 몇 명 구해주게."
"무엇을 하시게요."
"한양에 가서 객주 일도 배워야 하고 물건을 가지고 종성으로도 가야 하지 않겠나."
"그렇긴 하군요. 어떤 애들을 보낼까요?"
"칼 솜씨가 좋은 사람을 다섯 명만 골라주게."
"칼 솜씨? 장사를 한다면서요?"
"한양에 객주들 간 세력 다툼이 심한 모양이네. 장사도 배울 겸해서 도와달라는 것이지."
"……."
"왜 싫은가?"
"아닙니다. 워낙 갑작스런 일이라. 생각을 좀 하느라고."
"적당한 인물이 없나?"
"아닙니다. 유인발의 아들도 있고, 내일 낮까지 뽑아 놓겠습니다."
"고맙네."

박치의에게 이혼은 거부할 수 없는 정신적 지주였다. 조선 사회에 강한 불만을 가진 그를 대동계를 결성하여 세력을 가지게 하였을 뿐 아니라 임진란 때는 그의 생명을 구해주었고 삶의 의미와 목표를 생각하게 한 인물이었기 때문이다. 그렇기 때문에 이혼의 말을 쉽게 거절하지 못하고 결국은 그의 지시를 따르고 있었다.

하웅민은 일을 마친 품꾼들과 어울려 모주로 목을 축이고 있었다. 적당히 술이 들어갔을 무렵 털보가 은밀한 목소리로 하웅민에게 말을 건넸다.

"행수님 소문 들으셨어요?"

"무슨?"

"글쎄 얼마 전부터 마포객주에서 칼 솜씨가 뛰어난 사람들을 고용하여 주변 객주들을 하나씩 세력권 아래로 끌어들인다는 소문 말입니다."

"마포객주에서?"

"예."

마포객주는 하웅민이 이정구와 결탁하기 전에 거래하던 물상 객주였다. 마포객주에서 칼잡이를 고용했다는 말을 듣자 약간 겁나기는 했지만 그래도 칼이라면 박인웅 같은 솜씨를 본 적이 없었기 때문에 큰 걱정은 되지 않았다.

"칼 솜씨야 박 행수가 최고지."

"칼잡이들 중에 경원이라 자가 있는데 그의 솜씨가 대단하답니다. 행수님보다 낫다는 소문이 자자합니다. 지금까지 그와 대결한 사람치고 단 일격을 받아낸 사람이 없다고 합니다."

"경원이라고?"

"아는 사람입니까?"

"소문은 들었지."

"훈련도감 출신이라는데요."

"그래도 우리 박 행수한테는 안 돼."

"아무리 그래도 훈련원 출신을 당하려고요?"

"박 행수도 정통무술을 배운 자야."

"그거 구미가 당기는 일인데."

털보의 목소리가 아니었다. 갑자기 나타난 쉰 목소리에 하웅민은 고개를 돌렸다. 초저녁달을 등에 지고 한 명의 괴한이 서 있었다.

"당신이 하웅민인가?"

"그렇긴 하다만…."

"나하고 이야기 좀 하지."

하웅민에게 이렇게 반말을 하며 명령조로 말할 수 있는 사람은 없었다. 분명 상대는 자신을 잘 아는 사람임에 틀림없었다. 아래로 처진 눈꼬리에 구레나룻이 긴, 건장한 체격의 청년이 노려보고 있었다. 웬만한 사람이면 쳐다보는 것만으로도 주눅이 들 만했다.

"당신은 누구요?"

하웅민은 쉽게 하대를 하지 못했다.

"나는 김경원이라고 하네."

"예!"

하웅민이 놀라 술잔을 내려놓자 김경원은 의미 있는 웃음을 짓고는 객주에서 술을 마시고 있던 날품꾼들을 몰아내었다.

"당신이 마포객주를 배반했다고 하던데?"

하웅민과 단 둘이 남자 경원은 그를 협박하기 시작했다.

"이쪽 생리가 원래 그런 것이지 배반이라는 말은 당치도 않소."

하웅민은 겁을 집어먹고 있었다.

"이곳의 생리가 어떻다는 것인가. 힘 있는 자에게 붙는 것인가?"

"……."

"말을 해보시오. 내 말이 맞소, 안 맞소?"

"그, 그렇다고 볼 수도 있지요."

하응민은 괴한의 기세에 눌려 그의 말에 끌려가고 있었다.

"그렇다면 잘 되었소. 이제부터 내 편이 되시오."

기세에 눌려 제대로 말을 못하는 하응민 앞에 김경원은 허리춤에서 엽전 한 꾸러미를 꺼내어 던졌다.

"……"

"박인웅을 불러내라. 누가 더 센지 한 번 보게."

"어떻게 말이오?"

여전히 하응민은 겁에 질린 표정이었다.

"잠깐 귀 좀 빌립시다."

김경원은 하응민의 귀에 대고 뭔가를 이야기했고, 하응민은 놀라는 기색이 뚜렷했다.

"배반은 한 번으로 족하다. 두 번째는 용서하지 않을 것이다."

김경원은 하응민의 답을 듣지도 않고 돌아서 나갔다. 하응민의 등에서는 식은땀이 흘렀다.

이혼은 한양 땅에 들어섰다. 반길 사람 하나 없는 고향. 늙은 아버지의 첩이 되어 큰 마님에게 매일 구박을 받으며 숨 한 번 제대로 내쉬지 못하던 어머니, 마님의 지시로 열다섯이 되도록 매일 나무만 하고 지내야 했던 어린 시절, 나무를 할 때마다 신세를 한탄하며 산에서 나무 가지를 휘두르던 일, 매일 울분만 삼키다 끝내 집을 뛰쳐나가 유랑하다 이달을 만난 일, 자식의 방황을 안타까워하며 아들을 구봉 선생에게 떠맡기며 공부를 시켰던 아버지, 갑자기 종의 신분으로 몰락하여 도망 다니면서 자신을 정철에게 보내 끝없는 반격을 펼치던 구봉 선생. 신분적 한계로 인해 학문의 길을 포기하고 무예를 닦아 무과에 급제하여 내금위에 들어가던 순간들, 더 이상 진급할 수 없어 금위군의 비법인 육예를 익히기 위해 밤마다 인왕산에 올라 수련하였으나 실력이 늘지 않아 절망감에 싸여 서럽게 눈물 흘리던 시간들, 어린 아들 내외를 남겨두고 함경도로 쫓겨 가던 일, 임진왜란이 일어나자 아들 내외의 안위가 걱정되어 도성에 들어오던 중 신각과 더불어 왜적을 공격하여 첫 승리를 거두었던 일, 동인들의 모함으로 신각이 처형당하자 몸을 숨기기 위해 급히 집을 찾았을 때 피투성이가 되어 쓰러져 있던 아들 내외. 아무리 냉정한 이혼이라도 옛날 일들을 떠올리며 가끔씩 흐르는 눈물은 어쩔 수가 없었다.

저녁노을에 비친 도성의 모습은 새로운 궁궐이 들어섰다는 것 외에는 별반 달라진 것이 없었다. 삼각산 단풍이 빚어내는 아름다움도 변함이 없었고, 코끝을 스치던 목멱산의 소나무 향기도 그대로였다. 전란으로 파괴되었던 집들도 복구되어 옛날 모습 그대로였다.

어둑해진 육조거리를 지나면서 이혼은 일 년 후 자신의 모습이 어떻게 변해 있을까 궁금했다. 지금 자신이 서 있는 곳에서 사지가 찢긴 채 형체를 알아볼 수 없는 모습으로 부패되어 갈지, 아니면 알목하의 은둔지에서 편안한 노후를 지내게 될지…. 이혼 일행은 어두워지는 도성을 뒤로한 채 큰돌이와 유인발의 아들 유정, 그리고 산채 식구 네 명을 거느린 채 마포를 향해 걸음을 재촉했다.

괴한들의 공격은 예사롭지 않았다. 하웅민과 웅칠이는 이미 단 일격에 쓰려졌다. 모처럼 호젓한 곳에서 하웅민과 술자리를 함께 하다가 정체를 알 수 없는 무리들에게 기습을 당했다. 박인웅은 환도를 가지고 나오지 않은 것을 후회했다. 검(劍)만 있었으면 아무리 상대가 많아도 문제가 없는데, 맨몸으로는 한계가 있었다. 상대는 숫자를 헤아릴 수 없을 정도로 많았다.

　박인웅은 마포에 새롭게 진출하여 세력다툼을 하는 경강상인이거나 송도객주, 아니면 새롭게 조직을 정비하여 급속히 세력이 확장하는 마포색주 중 하나일 것이라 생각이 들었지만 그런 것을 지금 생각할 여유가 없었다. 모처럼 하웅민, 웅칠이와 더불어 마시는 술자리인지라 평소보다 많이 마셨다. 취기가 올라 약간 정신을 잃을 쯤에 갑자기 괴한들이 들이닥쳐 다짜고짜 몽둥이를 휘둘렀다. 박인웅은 술로 인해 행동이 둔해져 몇 차례 몽둥이질을 당하였다. 하지만 워낙 무예로 단련된 몸이라 쉽게 당하지는 않았다.

　일부러 그믐달을 골라 공격한 듯, 상대가 잘 보이지도 않았다. 달려드는 놈의 몽둥이를 뺏어 공격을 해봤지만 여러 차례 몽둥이를 맞아 행동이 느려진데다 적의 숫자가 너무 많아 역부족이었다. 그래도 워낙 강골이라 버티는 중이었다. 몽둥이가 부러졌다. 수박치기로 공격을 했지만 힘에 부쳤다. 누군지도 모르는 놈으로부터 다시 한 번 뒷머리를 강하게 맞았다. 더 이상 버틸 수가 없어 박인웅은 앞으로 꼬꾸라졌다.

　수많은 발길이 쏟아지기 시작했다. 길지 않았던 지난 삶의 모습들이 주마등처럼 지나갔다. 이대로 죽기에는 너무 억울했지만 몸을 일으킬 수가 없었다. 점점 나락으로 떨어지는 듯했다. 의식이 꺼져가는 순간 외마디 비명이 들리는 듯했다. 자신이 지른 소리인지 아닌지도 분간되지 않았다. 자신은 아닌 것 같았다. 누굴까? 하지만 생각할 힘도 없었다. 운명에 몸을 맡겼다. 그렇지만 분명 낯익은 목소리가 들렸다.

"그 젊은이에게 털끝 하나 대는 놈은 가만두지 않겠다."

괴한들은 목소리가 들리는 쪽으로 일제히 시선을 돌렸다. 어둠 속에서 길게 서 있는 일단의 무리들, 그들에게서 품어 나오는 기세가 예사롭지가 않았다.

"남의 일에 간섭 말고 얼른 꺼져라!"

"그건 내가 할 말이다. 도대체 남의 일에 간섭하는 네놈들은 누구냐?"

"뭐라고, 우리가 누군 줄 알고, 감히 남의 일에 끼어든단 말인가."

"그 젊은이는 내 식구다."

"식구라니?"

"이들의 배후에는 아무도 없다고 하지 않았느냐."

괴한의 우두머리인 듯한 놈이 또 다른 괴한에게 물었다.

"분명히 배후에는 아무도 없습니다."

그러자 어둠 속에서 큰 웃음소리가 들렸다

"이놈들아, 아무런 배후가 없이 어떻게 이런 큰 장사를 하겠느냐. 네놈들은 남의 가게를 빼앗으려는 강도의 무리가 틀림이 없겠다. 네가 순순히 말을 할 때 물러서라. 그렇지 않은 놈은 살려 보내 주지 않겠다."

무서운 기세가 품어져 나오는 목소리였다.

"우리가 누군 줄 알았으면 네놈이나 물러서라."

어둠 속에서 기세에 눌리지 않으려고 제법 호기 있는 소리가 들렸다.

"주몽, 말하는 저놈을 쏴라."

어둠 속에서 짧게 명령하는 소리가 들리는가 싶더니 비명소리와 함께 한 명의 괴한이 쓰러졌다. 머뭇거리던 괴한들이 슬슬 뒷걸음치기 시작했다. 그러자 우두머리인 자가 무리를 향해 큰 소리를 지르며 뒷걸을 치는 일행을 막아섰다.

"물러서지 마라. 이놈들은 내가 해치운다."
순간, 또 한 번의 짧은 명령이 들렸다.
"큰돌이 너는 지금 소리 지르는 놈을 쳐라."
"예, 알겠습니다."
"주몽, 너는 함부로 날뛰는 놈이 있으면 계속 쏴라."
이혼 일행이었다. 객주에 들러 막 짐을 풀려던 차에 심부름을 하던 차인(差人) 하나가 한강에서 술을 마시던 박인웅이 기습을 받았다는 소리를 듣고 달려온 것이었다.
큰돌은 한 발 앞서 괴한들의 우두머리인 듯한 놈과 맞서 상대를 노려봤다. 어둠에 익숙해지자 상대의 얼굴이 또렷이 보였다. 뜻밖에도 낯익은 얼굴이었다. 상대가 먼저 아는 척을 했다.
"너는 큰돌이 아니냐. 네가 아직 살아있었단 말이냐?"
"당신은 김경원?"
"그래 맞다. 얼른 비켜라. 여기는 너 같은 애가 나설 자리가 아니다."
"그건 내가 할 말이오. 그냥 부하들을 데리고 물러가시오. 당신은 이들의 적수가 되지 못하오."
"뭐라고, 하하하. 너 한동안 안 보이더니 이상해졌구나. 그간의 정리를 생각해서 돌려보낼 터이니 그냥 순순히 돌아가라."
김경원은 허균이 살아있을 때 알고 지내던 훈련도감의 하급 장교였다. 큰돌이는 그에 대해 나쁜 감정은 없었으나 이렇게 암수(暗數)를 사용하여 상대를 공격하는 것에 분노를 느끼고 있었다.
"그건 제가 할 말이오. 언제부터 경원 형님이 이렇게 비겁해졌단 말이오."
큰돌은 경원에 대한 불만을 표출함과 동시에 곧바로 선공을 가했다.

이 또한 이혼에게 배운 방법이다. 상대가 비슷한 실력일 때는 선공을 가해야한다는 것. 경원은 몇 차례 큰돌의 공격을 막기만 했지만 그의 검술이 예사롭지가 않다는 것을 금방 알아챌 수 있었다.
"너 칼 솜씨가 많이 늘었구나?"
"알았으면 그만 부하들을 물리시오."
"그건 내가 할 소리다. 자 이제부터는 인정을 봐주지 않겠다."
경원이 공세를 취하자 큰돌은 오래지 않아 수세에 몰리기 시작했다. 이혼은 어둠 속에서 두 사람의 대결을 지켜보고 있었다. 그 사이 객주에서 나온 사람들이 박인웅을 들쳐 업고 나갔다. 이혼은 상대의 검술을 금방 알아챘다. 옛날 자신이 내금위 시절 익혔던 검법이었다. 그는 흥미롭게 상대를 주목했다. 큰돌은 수세에 몰리긴 했지만 호락호락하지는 않았다. 경원의 공격을 잘도 막아냈다. 시간이 흐르면서 승패는 엉뚱하게 결정되고 말았다. 수세에 몰리던 큰돌이 가끔씩 반격을 펼쳤는데 오랫동안 공세를 취한 경원이 그만 지쳐 큰돌이 내리친 칼을 막긴 했으나 힘에 겨워 칼을 놓치고 그 여파로 가슴에 상처를 입고 쓰러지고 말았다.
"큰돌이 너 어디서 무술을…. 윽."
경원이는 숨을 헐떡이며 괴로워했다.
"목을 쳐라."
한쪽 무릎을 땅에 대고 엎드려 있는 경원을 바라만 보고 있는 큰돌에게 내린 이혼의 명령이었다. 하지만 큰돌이는 차마 그를 내리칠 수 없었다.
"못하겠습니다."
"그놈은 인웅이의 목숨을 노린 자다. 괜한 일로 화근을 만들지 말고 내리쳐라."

경원은 자비를 구하는 눈이었다. 큰돌은 그를 죽일 수가 없었다.
"못 죽이겠습니다."
"어떻게 그 정도의 배짱으로 아버지의 복수를 하겠다고 하느냐?"
이혼의 목소리는 늙은이의 목소리가 아니었다. 마치 전쟁터에 나선 장수처럼 카랑카랑하고 단호했다.
"이 사람은 저의 은인입니다."
"은인?"
"감옥에 있는 저를 구해주고 도망치게 해준 분입니다."
순간 이혼은 더 이상 강요해서는 안 된다는 판단이 들었다. 또 그를 살려줌으로써 뭔가 이용할 만한 가치가 있으리라는 생각도 스쳤다.
"좋다. 일단 살려두자."
"고, 고맙소."
이혼은 김경원의 인사는 아랑곳하지 않고 고개를 돌려 버티고 서 있는 괴한들을 향해 짧게 명령했다.
"무기를 버리고 손은 번쩍 들고 그 자리에 무릎을 꿇어라. 그러면 살려준다!"
괴한들은 멈칫했다. 비록 우두머리가 당하긴 했지만 숫자는 자신들이 훨씬 많았다.
"아직도 버티고 서 있는 놈들을 베어라. 단 한 놈도 살려두지 말고."
이혼은 머뭇거리는 괴한들의 태도를 용서하지 않았다. 명령이 떨어지자 어둠 속의 무리들은 일제히 검을 빼어들었다. 비록 달빛이 없어 시퍼런 칼날이 번쩍이는 것은 보이지 않았지만, 그들이 일제히 검을 빼어드는 소리는 상대에게 공포를 느끼게 하는데 충분했다.
산적 생활을 한 무리들은 사람 죽이는 것에 주저함이 없었다. 그들은 고함을 지르며 어둠 속의 괴한들을 향하여 돌격했다. 그러자 괴한들은 기세에 눌려 도망치기 시작했다. 차마 상대가 진검을 빼어들고 덤빌 줄 몰랐던 그들은 공포에 질려 들고 있던 몽둥이를 내던지고 달아났고, 일부는 칼날에 희생되어 백사장에 붉은 피를 뿌리며 쓰러졌다. 추격은 하지 않았다.

"핏자국은 모래로 엎어 격전의 흔적을 다 지우고 부상당한 자들은 객주로 끌고 가자."

이혼이 이들을 강하게 밀어붙인 이유는 간단했다. 객주를 잃어버리면 자신이 하려는 일이 물거품이 되기 때문이었다. 누군지는 모르지만 자신들을 노린 상대에게 이쪽의 강한 힘을 보여줘 어느 누구도 쉽게 자신들을 넘보지 못하게 하기 위해서였다.

이혼은 괴로워하고 있는 부상자들을 데리고 객주로 돌아온 후 의원을 불러 이들을 치료하게 했다. 항복을 한 자들을 불러 배후를 캤다. 유인발의 아들 유정이 나섰다. 그는 아버지를 닮아 보통 사람들보다 머리 하나 정도는 더 큰 키에 덩치는 웬만한 어른의 두 배였다. 거기에 무예마저 뛰어나 보통의 사람들은 그를 쉽게 쳐다보지도 못했다. 그렇다고 무지막지한 인물은 아니어서 생각 또한 깊었다.

"너를 보낸 놈이 누구냐? 대답을 하면 살려주고 그렇지 않으면 먼저 간 네 동료들처럼 될 것이다."

괴한은 유정의 모습에 겁이 난데다 이들의 무지막지한 모습을 본 터라 곧바로 모든 것을 털어놨다. 자신들은 마포객주에서 일하고 있는 사람들로서, 얼마 전부터 정체를 알 수 없는 상인들이 갑자기 나타나 재력을 바탕으로 기존의 관행을 깨고 장사하는 것을 지켜보고 있었다는 것이었다. 이 정도의 세력이면 배후에 세도가가 있을 것이라는 생각에 세력이 점점 커져감에도 함부로 대하지 못하고 있다가 특별한 배후가 없음을 확인하고는 기습을 했다는 것이었다.

"주인이 누구냐?"

부상자가 모든 것을 말하자 이혼이 직접 나서서 물었다.

"변인엽이라고 역관 출신입니다."

"변인엽."

이상하게 낯설지 않은 이름이었다.

"역관이 왜 객주로 나섰지?"

"원래 육로를 통하여 사신들이 명나라로 오갈 때 통역관으로 따라 다니며 무역을 한 사람인데, 여진과 명나라와의 관계가 복잡해진 뒤부터 막강한 재력을 바탕으로 마포에 진출한 사람입니다."

"마포나루에 왜?"

"육지를 통한 무역을 할 수 없자, 해상을 통해 명나라와 무역을 하기 위해서입니다."

"역시 장사꾼들이 세상 돌아가는 것에는 민첩하구만. 변인엽에 대해서 알고 있었나?"

이혼은 자신보다 한 발 먼저 한양으로 되돌아온 이정구를 돌아보며 물었다.

"예."

"그동안 아무 말도 없었지 않았나?"

"그간 세를 불리지 않았는데 명나라와의 해상 교역이 잦아지면서 최근 들어 급격히 세를 확장하기 시작한 사람입니다."

"그는 어떤 사람인가?"

"역관으로 명나라를 드나들면서 엄청난 재물을 모은 사람으로, 왜란 때는 명나라 군대에서 일했는데 우리 조정에서도 그 공을 인정하여 많은 상금을 내렸다고 합니다."

"음 그렇다면, 조정 권신들과 연결되어 있겠구만. 부하를 상하게 한 우리를 가만 두지 않겠는데…."

"상대가 변인엽이라면 그럴 것입니다."

이정구는 이혼의 말에 동의했다.

"우리가 먼저 기습하여 화의 싹을 잘라야겠다. 당장 쳐들어가자. 놈만 해치우고 나면 그 다음부터는 발뺌해도 큰 문제가 안 생길 것이다. 제 놈이 먼저 우리를 쳤으니 명분은 우리에게 있다."

"지금 당장이요?"

"지금 가야지 늦어지면 우리가 불리해져. 그놈의 객주가 여기서 얼마나 되나?"

"그렇게 멀지는 않습니다."

때마침 박인웅이 깨어났다. 워낙 젊은데다가 강골이라 금방 깨어났다. 이혼은 그가 깨어나자마자 꾸짖기 시작했다.

"인웅이 넌 이 일이 얼마나 중요한 일인 줄 몰라서 이렇게 방심하고 있었나. 때마침 우리가 도착하였기 망정이지 그렇지 않았으면 큰일 날 뻔 하지 않았나!"

"죄송합니다. 하웅민과 오랫동안 격조하였기에…."

"그래도 조심해야지, 한순간도 방심해서는 안 돼. 여기는 알목하가 아니야."

박인웅을 꾸짖은 이혼은 공격 준비를 시켰다.

"향송(이정구의 자)은 여길 지키고 있게. 인웅이도 잘 돌봐주고. 난 애들을 데리고 마포객주를 쳐들어가겠네. 지리를 잘 아는 차인하나 붙여

주게."

"알겠습니다."

이혼은 유정과 큰돌, 그리고 주몽을 데리고 말 네 필을 구하여 올라탔다.

"마포객주를 치러간다. 큰돌이와 주몽이 앞장서라!"

넓은 마당에 횃불을 환하게 밝힌 마포객주. 박인웅을 치러간 부하들이 갑자기 몰려와서는 자신이 고용한 칼잡이 중 최고수인 경원이 정체를 알 수 없는 자객들에게 당했다는 보고를 했다. 변인엽은 긴장하여 객주에 불을 밝히고 고용한 칼잡이들을 다 끌어 모으고 있던 중이었다.

"서둘러라. 놈들이 도망가기 전에 얼른 붙잡아야 한다."

그러나 이들이 채 모이기도 전이었다. 말발굽 소리가 요란하게 들리더니 갑자기 하늘에서 떨어지듯 네 필의 말이 담을 훌쩍 뛰어넘어 마당 안으로 들어섰다. 이혼 일행이었다.

"어떤 놈이 변인엽이냐? 내가 목을 가지러 왔다."

괴한들은 마당에 내려서자마자 큰소리로 말했다.

"남의 이름을 함부로 부르는 네놈은 도대체 누구냐?"

변인엽도 당황하지 않고 큰 맞장구를 쳤다. 그러자 집안에 있는 십수 명의 무사들이 나타나 순식간에 괴한들을 둘러쌌다.

"네놈이 감히 남의 삶의 터전을 힘으로 뺏으려 했던 놈이냐?"

변인엽은 어이가 없었다. 마포에서 그것도 자신의 집 앞마당에서 자신을 꾸짖는 것은 상상할 수 없는 일이었다. 그는 괴한의 말을 무시하는 대신 상대방의 얼굴을 살폈다. 분명 종성객주의 사람들일 것인데 아는 얼굴이 하나도 없었다.

"어서 저놈들을 붙잡아라. 여기가 어디라고 함부로 들어와서 날뛰어."

변인엽의 명령에 칼잡이들이 칼을 빼고 나섰다. 주몽이 양손에 칼을 빼어들고 막아섰다. 상대는 여섯 명, 자세히 보니 저쪽의 무사들 중 중국 복색을 한 자도 있었다.

알목하의 부락은 한 때 이혼의 부하였던 사람들이 모여 사는 곳이었다. 열 가구도 안 되는 작은 부락이었지만 워낙에 군인 출신들이라 생존력이 강했다. 그 아들들에게도 무술을 가르쳐 사냥을 하는 중 당할 수 있는 위험에 대비했다. 주몽은 활에 관한 한 부락의 청년들 중 최고였다. 검술도 박인웅에 비해 손색이 없어 검세가 매우 빠르고 날카로웠다. 그는 말을 탄 채 쌍칼을 휘두르며 앞에선 무사들을 향해 칼을 내질렀다.

워낙 빠른 검술에다가 말을 타고 위에서 내치는 힘이 있어 주몽이 칼을 내려치자 상대가 움츠렸다. 동시에 큰돌도 양손에 칼을 빼어들었다. 큰돌도 이혼에게 쌍검술을 배웠는데 아직 미숙하였지만 이것이 이 순간에도 위력을 발휘하였다. 양손에 검을 빼어들고 검법을 펼치는 이들에게 상대의 숫자는 큰 문제가 되지 않았다.

상대도 전혀 검법을 모르는 자들이 아니었다. 더군다나 수적으로는 이쪽이 훨씬 많았다. 이들은 매서운 솜씨로 맞상대를 하였다. 좁은 마당에는 치열한 불꽃이 튀기 시작했다. 한 발짝 뒤에서 판세를 살피던 이혼은 상대가 만만치 않다는 것을 금방 알아챘다. 시간을 끌면 불리하다고 판단한 그는 칼을 빼들었다. 그는 비록 나이는 들었으나 사냥으로 몸을 계속 단련하였기에 젊은이 못지않은 힘을 아직도 지니고 있었다.

이혼이 달려들자 뒤에 있던 유정도 칼을 뽑아 나섰다. 그도 아버지 유인발에게 검술을 배워 매우 뛰어난 솜씨를 지니고 있었다. 이들이 가세하자 전세는 금방 달라졌다. 순식간에 두 명의 칼잡이가 배를 움켜쥐고 뒤로 나자빠졌다. 이제 상대는 이혼 일행의 공격에 겨우 방어만 하는 형국이었다. 변인엽은 자신이 거액을 주고 고용한 장안 최고의 무사들과 명나라의 협객이 맥없이 무너지는 것을 보고 너무나 놀랐다.

'이들이 보통 사람인가. 훈련도감의 군사들 중에서 가장 칼 솜씨가 뛰어나다는 자들이 아닌가.'

거액의 돈을 들여 이들을 자신의 휘하로 끌어들여 마포의 객주를 하나씩 자신의 세력권 아래로 끌어들이는 동안 단 한 번도 자신들에게 저항하는 세력이 없었다. 다만 하나 종성객주만 순응하지 않았다. 박인웅이라는 칼잡이 외에는 믿을 것이 없는 자들이었다. 그놈을 제거하기 위해 기회를 엿보던 중 때마침 이쪽의 미끼를 덥썩 물었다. 그런데 갑자기 생각지도 못한 일이 벌어진 것이었다. 놀라운 것은 종성객주라는 크지도 않은 객주에 박인웅 못지않은 무서운 검법을 펼치는 사람들이 쏟아져 나와 자신의 무사들을 꼼짝 못하게 하는 것이었다. 도저히 이해할 수 없었다. 특히 그중 한 늙은이가 젊은 무사들을 상대로 힘 하나 들이지 않고 하나씩 제압해 가는 것은 믿겨지지 않았다.

이들의 정체가 무엇인지 생각하던 변인엽에게 불현듯이 한 인물이 떠올랐다. 삼십 년도 더 된 옛날, 동지사의 역관으로 명나라에 갈 때, 조선의 봉물을 털기 위해 갑자기 들이닥친 마적 떼들을 만났을 때의 일이었다. 무자비한 마적 떼에 사신 일행은 속수무책으로 당하고만 있었다. 그때 호위병들을 이끌고 그들과 맞싸우던 호위도위(都尉)의 모습이 불쑥 떠올랐다. 단 일합에 도적의 우두머리를 목 베고는 수십 명의 도적을 단숨에 쫓아내던 그 젊은 무관의 눈부신 무술, 도저히 잊을 수 없는 환상적인 무예, 그것을 삼십 년도 더 지난 지금 자신의 앞마당에서 다시 보게 될 줄은 생각도 못했다.

'그 사람이다. 만약 저 늙은이가 그때의 그 사람이라면 저들은 보통의 사람들이 아니다. 뒤에는 아마도 큰 세력이 있을 것이다.'

"잠깐 칼을 멈추시오."

한참 싸움에 열중하던 이혼 일행은 변인엽의 날카로운 목소리에 순간적으로 동작을 멈추었다.

"저, 혹시…. 시간이 많이 지났지만 나를 기억하겠소?"

변인엽의 말에 이혼은 잠시 그의 얼굴을 자세히 들여다보았다.

"아니, 당신이 변인엽이었단 말이오. 당신과 나는 구면이지."

"그렇지요. 어르신과 저는 같이 동지사 일행이 되어 명나라에 간 적이 있었지요. 그때는 제가 어르신의 도움을 많이 받았지요."

옛날의 감회에 젖은 듯 변인엽이 말했다.

"허허, 내 객주를 노린 자가 당신이었단 말이오. 역관 출신이라는 말을 듣긴 했지만 설마 당신인줄은 몰랐소."

이혼은 인정에 끌려 자신이 온 목적을 흐리지 않게 하기 위해 경계하는 투로 무뚝뚝하게 말을 했지만, 삼십여 년 전의 그의 얼굴을 떠올리며 솟아나는 반가움은 어쩔 수가 없었다. 변인엽은 아니었다. 반가움을 이기지 못하는 목소리로 무척 공손하게 말했다.

"종성객주가 어르신이 운영하는 것인 줄 알았다면 절대로 오늘 같은 불상사는 없었을 것입니다. 용서하여 주십시오."

"……."

변인엽은 깊숙이 고개를 숙여 진심으로 사죄하는 듯이 말했지만 이혼은 경계를 늦추지 않고, 그의 속셈이 무엇인지를 알려고 노력했다.

"어르신 진심입니다. 잠깐 제 방으로 드시어 차나 함께 마시면서 지난 날의 회포를 풀어 보시는 것이 어떻습니까?"

"좋소, 나 또한 당신이 반가운 것은 사실이오."

이혼이 허락하자 변인엽은 휘하의 무사들로 하여금 칼을 거두게 하고는 이혼을 방으로 맞아들였다. 유정은 주몽과 큰돌이와 더불어 이들을 경계하며 밖에 머물렀다. 방안에서는 변인엽의 젊은 첩이 무릎을 꿇고 찻잔을 따듯한 물로 데우면서 녹차를 따랐다.

"어르신을 이런 곳에서 뵙게 될 줄은 꿈에도 몰랐습니다. 어르신 덕분에 몇 차례의 위기를 넘겼는데 고맙다는 말씀도 제대로 드리지 못해 늘 가슴 한 구석에 회한으로 남아 있었습니다. 오늘 이렇게 비록 좋지 않은 일이 발단이 되긴 했지만 뵙게 되어서 참 기쁩니다."

"기쁠 것까지야…."

"풍문으로 어르신이 왜란 때 전사 하셨다고 들었는데…."

"나는 잘 지내고 있소."

이혼은 변인엽에 대해 특별한 감정이 없었지만 이 자를 알아두면 이용할만한 가치가 있을 것 같았다.

"어르신, 오늘 있었던 일은 용서하십시오,"

"힘없는 사람들의 재산을 함부로 뺏으려 들면 되겠소?"

이혼은 질책하는 투로 말했다.

"죄송하게 되었습니다. 하지만 용서를 해주셔야 할 부분이 있습니다. 그동안 저희 역관들이 사신과 함께 명나라를 오가면서 양반들의 주문을 받아 필요한 물건을 사왔는데, 요동에서 명과 후금의 전쟁이후 육로를 통한 무역로가 막혀 이제는 해상 교역밖에 할 수 없어, 마포에 객주를 하나 차렸습니다. 그런데 기존의 상인들이 얼마나 경계를 하고 텃세를 부리는지 말로 할 수 없는 고생을 했습니다. 그래서 평소에 알고 지내던, 진급이 잘 되지 않고 봉급도 제대로 받지도 못하던 말직의 무관들을 고용했지요. 그러니까 조금 나아지기 시작했습니다."

"……"

"그래서 이왕 욕심 낸 김에 경강상인이나 송도상인과도 맞설 만큼 규모를 키우기로 작정을 하고 마포의 신흥 객주들을 하나씩 규합하기 시작했지요. 물론 그 과정에서 무력을 행사하기도 했습니다만 그렇게 하지 않고는 도저히 객주를 운영할 수가 없었습니다. 경강상이나 송도상인들이 자금력과 조직력을 앞세워 마포에 진출하는데 당할 수가 없기 때문입니다.

"그렇다고 남의 객주를 빼앗는단 말이오?"

"빼앗으려는 의도는 아니었습니다. 힘을 모으자는 것이지요."

"좋소, 지난 것은 묻지 않겠소. 앞으로는 어떻게 할 것이오?"

이혼은 변인엽이 말한 상황을 인식하고 있었기에 어느 정도 마음을 열었다.

"오늘 일은 제가 정식으로 사과드리고 피해 보상을 하겠습니다. 저희 쪽 사상자들도 제가 다 책임지겠으며 앞으로는 무력을 사용하지 않겠습니다."

"그래야지요."

"객주는 그동안 시골의 물산을 서울로 들여오는 창구 역할밖에 못했지만 해상무역이 시작된 이후 객주는 점점 조직화, 대형화되고 있습니다. 저희만 해도 전국 각지에 상인들을 내 보냅니다. 그러다 보면 부딪히는 세력들이 참 많지요."

"……."

"어르신과 제가 손을 잡는다면 이 마포 나루의 주도권은 쉽게 장악할 것입니다."

변인엽은 이혼의 눈치를 살피며 조심스럽게 새로운 제안을 했다.

"내가 마포에 객주를 낸 이유는 따로 있으니 그렇게 하지 않아도 될 것이오. 앞으로는 절대 이런 일이 없도록 하시오. 처음에 내가 이곳에 들어 올 때는 당신의 목을 노리고 들어왔지만 옛 정을 생각해서 그만 물러가겠소."

이혼은 일언지하에 그의 제안을 거절했다. 그러자, 머쓱해진 변인엽은 얼른 태도를 바꾸어 자신을 목을 만지면서 말했다.

"오늘 잘못하였으면 제 제삿날이 될뻔하였군요. 너무 노여워만 마십시오. 앞으로 제가 도울 일이 있으면 돕겠습니다. 그리고…."

변인엽은 묻기가 곤란한 듯 잠깐 뜸을 들이고는 조심스럽게 물었다.

"어르신이 독자적으로 운영하시겠다면 대단한 배경이 있을 것도 같은데…."

"이이첨."

이혼은 아무런 주저 없이 말하였다.

"역시…."

"우리는 장사 경험이 부족하니 많은 도움을 바라겠소."

변인엽이 고개를 끄덕이며 상황을 새롭게 이해하느라 머뭇거리는 사이 이혼은 자리를 떨치고 일어섰다.

"부상자들은 응급치료를 한 뒤에 곧 보내 주겠소. 다음에 또 봅시다."

이혼은 간단한 인사말만 하고 돌아갔다. 그가 돌아간 뒤, 변인엽은 엉성하게만 보이던 종성객주 뒤에 이이첨과 이혼 같은 인물이 버티고 있다는 것을 몰랐던 것에 대한 자성을 하면서, 이 정도에서 일을 마무리 지어야겠다는 생각을 했다. 물론 그의 말이 사실인지에 대해 더 정탐을 하기로 했다.

　김경원과 처음에 약속하기로는 박인웅을 유인만 해주면 자신에게는 때리는 시늉만 하기로 했는데 약속과 달리 사정없이 내리치자 정신을 잃었던 하웅민은 어떻게 집으로 돌아 왔는지 기억이 나지 않았다. 다만 지금쯤은 박인웅의 죽음으로 종성객주가 온통 초상집 분위기일 것이라 생각되어 그는 해거름이 되도록 차마 밖으로 나오지 못하고 있었다. 불안한 마음을 숨기기 위해 동거하는 주모에게 화풀이하듯 '다리 주물러라, 팔 주물러라' 하고 있었다. 그런데 해질 무렵 주점에 술 마시러온 털보 일행이 이상한 말들을 하고 있었다.
　"자네 소문 들었나?"
　"무슨 소문?"
　"어젯밤에 종성객주에 무시무시한 칼잡이들이 나타나 순식간에 마포객주를 쓸어 버렸다는군."
　"자네도 그런 말을 들었구만."
　"그런데 믿을 수가 있어야지. 마포객주에는 장안 제일의 검객인 김경원이 버티고 있는데 말이야."
　"맞아. 더군다나 마포객주는 영의정인 박승종이 후원자라는 것은 세상이 다 아는 사실인데 종성객주가 어떻게 겁도 없이 그들을 친단 말인가. 믿을 수 없어."
　"글쎄 말이야."
　"경원이도 당했다던데."

"에이, 경원이가 어떤 사람인데 당해."

"당한 것이 사실인 것 같아 하루 종일 그의 모습이 보이지 않았어."

"설마."

"마포객주에서 품팔이하는 친구가 하는 말이 아침에 객주에 들어서자 피비린내가 물씬 풍기더라는 거야. 마당에도 자국을 지웠긴 하지만 핏자국이 분명한 흔적들이 많이 남아 있더라 하더라고."

"그게 사실이라면 종성객주가 무사할까. 영상 대감 성격이 불같고, 변인엽이 보통 능구렁이가 아닌데 말이야."

"글쎄 말이야. 그렇긴 하지만 종성객주의 뒷배경이 이이첨이라는 소문도 있어."

"이이첨! 하긴. 그런 배후가 있지 않고서 어떻게 마포 나루에서 그렇게 큰 장사를 할 수 있겠나."

"맞아 소문이 맞겠지. 그렇지 않고서야 어떻게 겁도 없이 마포객주를 치겠어."

"하여튼 더럽게 되었어. 이 조그만 객주에도 벼슬아치를 끼지 못하면 장사를 못해 먹을 판국이니."

"우리 같은 날품꾼들이 관여할 바가 아니지. 술이나 먹세."

"하지만 재밌겠어. 박승종과 이이첨이 권력을 놓고 서로 암투를 벌인다는 것은 삼척동자도 다 아는 일인데, 이 마포 바닥에서 서로 맞붙었으니."

"우리도 몸조심해야 될 거야."

하응민은 도대체 무슨 말인지 알 수가 없었다. 자신이 몽둥이를 맞고 쓰러진 것까지는 알겠는데 지금 저들이 하는 이야기는 처음 들어보는 말이었다. 만약 저들의 말이 사실이라면 엄청난 소용돌이의 한 가운데에 자신이 서 있는 꼴이 된다. 자신이 무사히 집에 돌아 온 것을 보면 저들의 말이 사실일 것도 같았다. 사실을 확인해야겠다는 생각으로 그는 얼른 옷을 입고 객주로 달려갔다.

멀찍이서 객주를 쳐다보니 수군거리는 사람들이 많았다. 하응민은 어젯밤에 무슨 일이 벌어진 것이 확실하다고 생각하며 얼른 객주 안으로 들어섰다. 객주 안에는 낯선 칼잡이들이 수두룩했다.

'소문대로 우리객주가 이이첨의 소유였단 말인가.'

하응민은 방을 기웃거렸다.

"소인 응민입니다."

낯선 칼잡이들이 이상한 눈초리로 쳐다보자 하응민은 얼른 큰 소리로 아뢰었다. 문이 열리고 이정구와 박인웅의 모습이 보였다. 상석엔 낯선 노인이 앉아 있었다.

"어서 들어오게."

하응민은 방문을 열고 들어섰다. 박인웅은 응민을 낯선 노인에게 인사시켰다.

"우리 객주의 대행수로 있는 하응민입니다. 인사드리게 우리 객주의 주인어른이시네."

하응민은 이 사람이 바로 이이첨이구나 생각하고는 몸이 떨렸다.

'감히 부원군 대감을 이런 곳에서 뵙다니.'

"소인 응민이라고 합니다. 이런 곳에서 부원군 대감을 만나게 되어서 영광입니다"

"부원군이라니?"

"이이첨 대감 아니십니까?"

하응민은 오히려 반문했다.

"자세히 말해 보게나. 왜 그런 말을 하게 되었는지."

이혼은 긍정도 부정도 하지 않고 되물었다. 하웅민은 자신이 들은 소문을 말했다. 이야기를 듣고 난 이혼은 짐짓 낭패라는 듯 말했다.

"벌써 그런 소문이 났다 말인가. 허, 그 참. 하지만 난 부원군 대감이 아닐세. 다만 부원군 대감은 은밀히 일하길 좋아하시는 분이니 이런 사실을 다른 사람에게 알리지 말게."

"그런 점은 걱정하시지 마십시오."

하웅민은 마치 큰 권력을 잡은 듯 흥분해 있었다.

이혼이 이이첨과 관련 있다는 것을 퍼뜨린 이유는 부하들의 심리를 안정시키기 위함도 있었지만, 자신의 배후에 이이첨이 있다는 소문을 퍼뜨려 당분간 아무런 견제 없이 편하게 장사를 하고자 함이 더 컸다. 또한 소문이 마포에 널리 회자되어 부나비처럼 권력에 붙길 원하는 하웅민 같은 무리들이 자신들의 객주에 몰려들게 하기 위함도 있었다. 그렇게 되면 가만히 앉아 세력을 넓힐 수 있을 뿐만 아니라 도성의 다양한 소식도 얻을 수 있었기 때문이었다.

"도령(都領)님, 섭섭합니다. 진작 그런 언질만 주셨어도 제가 이렇게 마음 졸이지는 않았을 것이 아닙니까?"

하웅민은 자신이 경원과 결탁하여 박인웅을 해치려한 사실을 망각한 채 섭섭한 심정을 토로했다.

"아니, 그동안 자네는 마음 졸이며 일했단 말인가?"

"사실 말씀은 못 드렸지만 저들의 횡포가 얼마나 심하였다고요."

하웅민은 깜짝 놀라 자신의 말을 끊고 입을 다물었다. 잘못하다간 자신이 마포객주와 내통했다는 사실을 눈치 챌 것 같았기 때문이다. 하지만 하웅민의 이런 모습을 이혼은 놓치지 않고 지켜보고 있었다.

"그래 상처는 좀 어떤가?"

이혼은 미소를 띠고 하응민을 위로했다.

"이깟 상처가 대숩니까?"

"그래 이제 자네 마음을 알았으니 들어가서 몸조리를 잘하게"

"예, 감사합니다. 그럼 소인은 이만…."

하응민은 어깨가 으쓱해지면서 방을 나섰다. 그 꼴을 지켜보던 이혼은 웃음이 나왔다. 아니 씁쓸한 웃음이었다. 권력이라면 무지렁이 백성들까지도 다 좋아하는 것에 대한 조소였다.

"저런 자들을 조심해야한다. 저들은 부나비들이야. 항상 자신에게 이익이 되는 곳을 쫓아다니지."

이혼은 한마디 뱉고는 큰돌이를 가까이 불렀다.

"김경원이 어떻게 하여 마포객주에서 일하게 되었다고 하더냐?"

"아버님이 사형 당하신 후 자신의 정체가 탄로 날까 두려워 조심하던 중, 평소 안면이 있던 변인엽이라는 역관이 거액을 주며 같이 일하기를 권해서 유혹을 뿌리치지 못하였다 합니다."

"원래 그에게 그렇게 야비한 구석이 있었느냐?"

"안 그래도 제가 왜 비겁한 방법을 썼느냐고 따졌습니다."

"그래서?"

"자신도 박인웅과 한 번 겨뤄보고 싶었는데, 때마침 변인엽의 지시가 있어 나서게 되었다고 했습니다."

"음, 그래. 그건 그렇고. 자네 아버지가 거사를 준비할 때 행동을 같이 하기로 한 사람들은 지금 무엇을 한다더냐?"

"이리 저리 날품을 팔며 사는 사람도 있고 돈을 받고 폭력을 휘두르는 사람도 있다합니다."

"큰돌아 네가 그들을 다시 모을 수 있겠느냐?"

"확신은 못하겠습니다만…."

이혼은 봇짐 속에서 엽전 꾸러미를 꺼내 큰돌에게 건넸다.

"자 이걸로 옛날 동지들을 모아보게. 김경원도 우리 편으로 끌어들이고."

"마포객주가 가만있질 않을 것입니다. 그것은 또 다른 배신이기도 합니다."

"마음만 통할 수 있게 하라는 것일세."

"그들에게는 뭐라 말합니까?"

"그냥 술도 사고 밥도 사면서 인심만 얻어 놓게 특별히 일자리가 없다면 우리 객주에 일자리도 제공해주고."

"무슨 말씀이신지 알겠습니다."

이혼은 알목하에서 마포까지 오는 긴 여정 동안 큰돌에게 자신이 무슨 생각을 하고 있는지 대충은 암시를 준 바가 있었다. 이혼은 큰돌이 자신의 말뜻을 알아차리자 좌중을 둘러보며 계속 말을 이었다.

"내가 하는 말을 잘 듣게나. 이제부터 잘 해야 우리 객주가 뿌리를 내릴 수 있고 또 다른 일도 할 수 있을 것이다. 지금부터 각자 해야 할 일을 말 할 테니 잘 듣게나. 유정은 당분간 객주에 머물면서 장사 일을 익히면서 경비를 맡아주게. 어느 정도 장사에 익숙해져 자신이 생기면 철령으로 가게."

"종성의 무역소로 가라는 말씀입니까?"

"그래. 그곳에 가면 종이 붓 벼루 등을 구해 놨을 것이다. 그것을 가지고 다시 이곳으로 오면 된다."

"알겠습니다."

"인웅이 너는 한양 생활에 좀 익숙해졌느냐?"

이혼은 어느 정도 부기가 가라앉은 박인웅을 향해 물었다.

"요즘은 알목하의 생활이 그리워집니다."

"한양이 좋다고 하지 않았느냐?"

"물론 좋은 면도 많이 있긴 합니다마는…."

"너는 이곳에 뿌리를 내리고 살 생각을 해야 한다."

"예?"

"언제까지 산골에서 살 수 만은 없지 않느냐, 양가집 규수를 얻어 장가도 가고 자식도 낳아 가문을 이어가야지."

"가문?"

"너는 그동안 친분을 맺었던 장안의 한량들을 잘 관리하여 그들을 결속시켜 놔라."

"뭐하시게요?"

"이번 일만 봐도 알 수 있지 않느냐? 사람이 많을수록 좋아. 물론 어중이떠중이 다 끌어안을 필요는 없겠지만."

"예, 알겠습니다."

"그리고 주의할 일이 있다. 소문대로 마포객주의 배후가 박승종이라면 저들의 감시가 더욱 심해질 것이다. 그러니 저들을 자극하지 말고 그냥 남들 하는 것처럼 장사에만 충실해라. 괜히 사람을 모은다는 소문이 나지 않도록."

"그 점은 염려 마십시오."

박인웅은 자신 있어 했지만 이혼은 못미더운 듯 충고를 했다.

"무슨 일을 하든지 내부에 첩자가 있다고 생각하고 행동해야 할 것이다. 네가 김경원에게 당한 것은 실상은 좀 전에 왔던 하웅민이 마포객주의 꼬임에 넘어가 너를 유인했기 때문일 것이다. 굳이 내색할 필요는 없지만 절대로 저들을 믿어서는 안 돼."

"하옹민이!"

박인웅은 그럴 리가 없다는 듯 고개를 흔들었다.

"조심하라는 말이다."

이혼은 일침을 가하듯 말했다.

"자 이제 자네들은 나가 일들 보게."

"예."

좌중이 나가고 이정구와 단둘이 남게 되자 이혼은 나지막한 목소리로 말했다.

"자네도 이제 좀 움직여 줘야겠네."

"무엇을 말입니까?"

"이이첨에게 접근을 해야겠네."

"복수를 생각하시는 것입니까?"

오랜 세월 이혼과 이이첨에 얽힌 사연을 알고 있는 이정구는 예상한 일인 듯 별로 놀라지 않았다.

"일단은 그를 우리 편으로 끌어들이는 것이 급선물세."

"어떻게 접근을 해야 할까요?"

"이거면 될 걸세."

이혼은 행낭 속에서 엽전 꾸러미를 꺼냈다.

"은 이백 냥일세. 나머지는 자네가 잘 하리라 믿네."

"이제 드디어 이이첨과의 싸움이 시작되는군요."

"아직은 탐색 중일세. 마음속에 맺힌 한을 풀어낼지."

"……."

"도성에 들어가 장승을 만나서 저간의 사정을 좀 들어보고 와야겠네."

같은 시각 안국방에 있는 영의정 박승종의 집을 찾은 방문객이 있었다.
"대감마님! 유천기 대감께서 변인엽과 함께 찾아 오셨습니다."
"어서 드시라 이르게."
유천기는 박승종의 심복으로, 변인엽과 같은 상인들을 관리하며 필요한 자금을 끌어 쓰고 있었다. 그들은 방문을 열고 안으로 들어가 인사부터 올렸다.
"무슨 일이신가 밤이 꽤 깊었는데?"
"예, 변인엽이 꼭 드려야 할 말씀이 있다 해서 이렇게 실례를 무릅썼습니다."
"참, 지난번 보내준 물건들은 잘 받았으이."
박승종은 유천기 뒤에서 고개를 숙이고 있는 변인엽을 발견하고는 지난번에 보내준 물건에 대한 답례를 했다.
"천만의 말씀입니다. 너무 약소해서 오히려 제가 죄송했습니다."
박승종은 비스듬히 누워 애첩의 안마를 받으며 이들을 맞이했다.
"그동안 별고는 없으시고?"
"영상 대감 덕분에 큰일은 없습니다만…."
변인엽은 박승종의 첩이 마음에 걸리는 듯 말꼬리를 흐렸다.
"말꼬리를 흐리는 게 무슨 일이 있는 모양이구만."
박승종은 여전히 누운 채였다.
"전혀 없다고는 할 수 없고, 이상한 일이 좀 있어서 이렇게…."
변인엽은 여전히 말꼬리를 흐렸다.

"말해 보시게."

"……."

유천기는 변인엽이 쉬 말을 하지 않자 역정을 냈다.

"자네 누구 안전이라고 그렇게 머뭇거리는가?"

그러나 유천기의 역정에도 변인엽은 입을 열지 않았다.

"허, 이 아이 때문에 그러는가?"

사방에서 뇌물이 쏟아지는 판국에 객주 하나의 일이야 사실 박승종에게는 중요한 일이 아니었다. 하지만 눈치가 빠른 그였기에 애첩을 잠시 나가있으라 일렀다.

"자, 이제 말해 보시게."

"어제 밤에 저희 객주에 조그만 사건이 하나 발생했는데, 아무래도 좀 수상하기에 이렇게 찾아뵙게 되었습니다."

변인엽은 일부러 목소리를 낮추어 조심스럽게 말하였다.

"말해보시게."

하지만 박승종은 별로 개의치 않았다.

"어제 저희 객주에서 물리적 마찰이 좀 있었는데, 거기에 이혼이라는 자가 나타났습니다."

"이혼?"

"삼십여 년 전, 정여립의 난 때 서인의 참모였던 송구봉의 제자로, 임란 때 신각을 도와 조선의 첫 승리를 일구어낸 사람이지요."

유천기가 나서서 아는 채를 하자 박승종도 생각이 난 듯 말했다.

"아. 나도 생각이 나는구만. 금위군 내에서 무예가 가장 뛰어나다고 알려진 인물이지. 그런데 그 자가 나타난 것이 무슨 대수로운 일인가?"

"들리는 소문에 그 자가 이이첨 대감의 사주를 받고 있다 합니다."

"뭐! 그게 확실한가?"

비로소 박승종은 반응을 보였다.

"그들이 장사를 통해 이익을 추구하기보다는 상인들에게 인심을 얻으려는 의도가 농후하기에 소인이 그들을 쳤는데 배후에 이이첨 대감이 있었습니다."

이이첨이라는 말에 박승종은 아주 민감한 반응을 보였다. 겉으로는 객주가 하찮은 상것들이나 하는 것이라며 대수롭지 않게 치부했지만 실상은 자신의 자금줄이기에 내심으로는 큰 비중을 두었는데, 이이첨도 객주와 연결되어 있다는 이야기를 듣자, 간단한 문제가 아니라 생각되었다. 더구나 무사들까지 동원하면서까지 객주를 지키려 했다는 것이 마음에 걸렸다.

"음, 간단한 문제가 아닌 것 같구만."

"그렇습니다. 아주 이상한 낌새가 느껴져서 이렇게 달려왔습니다."

"이이첨이 보통 영악한 사람이 아니지. 천하의 모사라는 허균도 그에게 당했으니 말일세. 그가 무슨 일을 꾸밀지도 모르니 철저히 감시하게."

"예."

박승종은 자신에게 다짐이라도 하듯 말한 다음 부드러운 말로 변인엽을 대하기 시작했다.

"그래, 요즘 어려운 일은 없나?"

"영상 대감 덕분에 만사형통입니다. 인삼을 수거하는 일에 지방 관아의 협조가 부족하긴 하지만."

"어느 지역이 그런가. 내 당장 서한을 써주지."

"개성 쪽이 특히 그렇습니다."

"개성이야 원래 그런 곳이 아닌가. 하지만 내가 말을 잘 해 놈세."

박승종의 자신을 대하는 태도가 여느 때와 달라진 것을 알아챈 변인엽은 내심 회심의 미소를 짓고는 금방 주머니를 열었다.

"고맙습니다. 대감마님. 그리고 이것은 약소 하지만 아기씨들 곶감이라도 사 드리십시오."

변인엽은 비단으로 싼 조그만 궤짝 하나를 건넸다.

"얼마 전에 준 것도 아직 남아 있는데, 번번이 이러면 안 되는데… 아무튼 고마우이."

"그럼 소인은 이만 물러가겠습니다."

"상대가 이이첨이라면 조심해야 하네."

박승종은 이이첨이 걸리듯 재삼 다짐을 받았다.

"명심하겠습니다."

변인엽은 이혼이 이이첨과 관련이 있다는 것을 믿지 않았다. 하지만 자신에 대한 박승종의 보다 큰 관심을 끌기 위해서는 그의 정적(政敵)인 이이첨을 끌어들이는 편이 오히려 낫다고 보고 일부러 이혼의 말을 마포에 퍼뜨린 다음 밤이 되기를 기다려 박승종을 방문하였는데 결과는 대 성공이었다.

이혼은 장승을 찾았다. 여전히 그는 거적때기로 만든 움막에 살고 있었는데. 병색이 완연했다.

"오랜만에 뵙습니다."

장승은 여전했다. 이혼을 만나고도 별 표정의 변화가 없었다.

"몸이 불편한 것 같은데…"

"이제 갈 때가 된 거죠."

"무상한 것이 인생이지…."

"나뭇잎이 떨어져야 새로운 봄에 새싹을 틔우는 거름이 되지요."

"여전하구만."

"찾아올 때가 되었다고 생각은 했지만 뜻밖입니다."

비로소 장승은 이혼을 향해 미소를 지었다.

"자네도 웃을 때가 있구만. 빚을 갚으러 왔네."

"빚이라뇨. 지난번에 은전(銀錢)을 충분히 받았는데."

"내 식구들 말일세."

"아, 그렇죠. 빚이 남아있죠."

"어디에 묻어줬나?"

"고양 땅에 묻었습니다."

"고맙네. 자 이건 사례금이네."

이혼은 은화 열 냥이 든 주머니를 장승에게 건넸다.

"산소는 안 가보십니까?"

"자네가 잘 묻어 주었다면 그걸로 됐네. 이미 흙으로 돌아간 몸을 붙잡고 안타까워하면 뭐하나. 내 아들 내외의 혼백(魂魄)과는 종종 대화하네."

"그러시겠죠."

두 사람의 만남은 이상했다. 아주 오랜만에 만난 사람인지 아니면 늘 대하는 사람인지 분간하기 어려웠다. 철저한 거래를 하는 것 같기도 하고 아닌 것 같기도 하고.

"세상 돌아가는 이야기 좀 들어보세."

"그러시죠. 무엇이 가장 궁금하십니까?"

"이이첨과 김류."

"먼저 이이첨부터 말씀드리지요."

"이이첨은 인목대비를 폐비시킨 후, 가장 두려운 존재였던 허균을 사지로 몰아넣은 후 권력의 단맛에 젖어 있습니다. 물론 박승종 일파와 권력을 나누고 있지만 그는 이이첨의 상대가 되지 않습니다. 오히려 두려운 존재는 김류입니다."

"김류는 어떤가?"

"분명히 반정입니다. 김자점 심기원 장유 최명길 등이 부지런히 그의 집을 들락거리고 있습니다. 인목대비 폐위로 반정에 대한 명분을 얻었다고 생각하는 것 같습니다. 더군다나 심하전쟁(사르허 전쟁)에서 주상이 명나라가 아닌 여진의 편을 들었다며 여론을 선동하고 있습니다. 머잖아 거사를 치를 것 같습니다."

"이이첨은 모르고 있나?"

"아직까지는 모르는 것 같습니다."

"군사가 있어야 할 것 아닌가?"

"신경진과 접촉하고 있는 듯합니다만 그 세력이 미미하여서…. 어쩌면 어르신에게까지 손을 내밀지 모르겠습니다."

"내게서 얻을 것이 무엇 있다고?"

"돈과 장정."

"역시 자네답군."

장승은 거리낌 없이 말했다. 이혼이 질문을 던지면 엉킨 실타래를 풀듯 차근차근 이야기의 실마리를 풀어나갔다. 저녁 무렵 장승을 방문한 이혼은 밤이 매우 이슥해서야 가마니 문을 열고 나섰다.

이혼이 장승을 만나는 시각, 이정구는 이이첨의 집에 머물고 있었다.

워낙 많은 사람들이 그를 한 번 만나고 싶어 했기에 예상대로 그는 단박에 문전 박대를 당하였다. 당연한 결과라 생각한 그는 다시 한 번 집사를 만나 은전(銀錢) 열 냥을 슬며시 건넸다. 집사는 단박에 이 사람이 앞으로도 계속 뒷배를 봐줄 수 있는 사람이라는 것을 알아챘다. 딱 한 번이라며 문간방에서 기다리라고 했다. 저녁이 되어 이이첨이 퇴청하고서도 한참이 지난 뒤에야 겨우 그를 만날 수 있었다.

뜻밖에도 그는 웃는 얼굴이었다. 오십 줄에 들어선, 절대 권력을 쥔 자가 처음 만나는 하찮은 장사꾼을 미소로 맞이하고 있었다. 이정구는 순간적으로 그가 무서운 사람이라는 것을 느낄 수 있었을 뿐 아니라 오늘날과 같은 위치에 설 수밖에 없다는 생각이 들었다.

"나를 꼭 만나고 싶다고 했다던데…."

"소인은 마포에서 조그만 객주를 하는 이정구라는 사람입니다."

이정구는 머리를 조아리며 최대한 공손한 태도로 말했다.

"그런데 어인 일로 나를 찾았는가?"

"소인은 그동안 소금 장사를 하여 많은 이익을 남겨, 나라님에게 고마움을 표시하고 싶은데 감히 나라님은 뵈올 수 없기에 이렇게 부원군 대감을 찾았습니다."

"허허, 은혜를 느낄 줄 안다. 참 갸륵한 백성이로고."

이이첨은 계속 미소를 띠고 있었다.

"장사가 잘되는 것도 다 대감님 같은 분의 은총이라 조그만 선물을 가지고 왔습니다. 약소하지만 받아 주십시오."

"이렇게 이름 없는 상인이 정성으로 가져온 것인데 내가 안 받을 수 있나."

이정구는 가지고 온 보자기를 이이첨에게 건넸다.

"어디 한 번 볼까…."

무심코 보따리를 끌러본 이이첨은 순간적으로 놀랐다. 보따리 속에는 명나라와의 육로가 막힌 후, 장안에서는 좀처럼 구하기 힘든 중국산 최고급 비단인 당라(唐羅) 한 동과 후조우(湖州)의 붓 한 동, 휘조우(徽州) 먹, 그리고 단계(端溪) 벼루와 은화 이백 냥이 들어 있었다.

"집사는 나가 있게. 내 이 사람과 할 얘기가 있으니."

이이첨의 얼굴에서 미소가 사라졌다.

"예! 아, 예."

집사가 머뭇거리며 나가자 이이첨은 점잖게 물었다.

"나에게 원하는 것이 무엇이오?"

말투도 하게체로 바뀌었다. 이정구는 이이첨의 태도에 감탄하며 연신 고개를 끄덕였다.

"역시 대감님이십니다."

이정구는 무릎을 꿇고 제대로 고개도 들지 못하던 조금 전의 자세를 바꾸어 고개를 들고 어깨를 폈다.

"말해보시오."

"물건을 보시면 아시겠지만 그것은 요동에서의 전쟁으로 인하여 구하기 힘든 것입니다. 명나라에서 배로 들여오는 것인데 바닷길이 험하여 풍랑을 자주 만나 요즘 들어 더욱 귀해진 것이지요."

"……."

"소인은 마포에서 큰 장사를 합니다. 그런데 요즘 들어 박승종 대감의 비호를 받는 자들에 의해 많은 어려움을 겪고 있습니다."

"영상 대감이 그런 일에도 관여를 한단 말이오?"

이이첨은 무덤덤한 태도였다.

"그렇습니다."

"그러니까 당신은 나에게 마음대로 장사를 할 수 있게 당신들의 후원자가 돼달라는 것 아니오?"

"그렇습니다. 큰일을 하시자면 많은 자금이 필요하실 것이라 생각되는데, 앞으로 원하시면 저희가 언제든지 달려와 필요한 만큼 드리겠습니다. 그렇다고 저희가 절대 심려를 끼쳐드리진 않겠습니다."

"그것뿐이오?"

"예. 가끔씩 송사(訟事)가 걸릴 때만 편의를 봐주시면 됩니다."

"음…."

이이첨은 이정구의 말을 다 듣고 난 뒤 잠시 생각에 잠겼다가 말하기 시작했다.

"당신들은 동무가 많소?"

"물론입니다. 전국 각지에 흩어져 있습니다."

"그러면 내가 하는 부탁도 들어 줄 수 있겠소?"

"하명만 하십시오. 부원군 대감께서 저희같이 미천한 것들에게 관심을 가져 주시는 것만으로도 영광입니다."

"좋소. 그럼 내 말하겠소. 먼저, 시중의 동향을 살펴서 열흘에 한 번씩 나에게 말해주시오."

"영광입니다."

"특히 말이오. 영상 대감과, 김류에 관한 것은 빠짐없이 전해주시오."

"염려 마십시오."

"그리고 또 말이오. 이것은 말하기 뭣하오만…."

"말씀해주십시오."

"아니오. 됐소."

"어려워말고 부탁하십시오, 신명을 바치겠습니다."

"그러면 말이오. 혹시 4, 5년 전에 장안에 진출한 자로서 불순한 생각을 가진 자가 있는지 알아볼 수 있겠소?"

"불순한 생각을 가진 자라면, 김류 대감 주변에 사람이 모인다는 소문이 있긴 합니다만…."

"그건 아는 사실이고…."

"염려 마십시오. 저희가 못할 일은 하나도 없습니다."

"초면에 너무 많은 부탁을 한 것 같소."

"아닙니다. 저희로서는 무한한 영광입니다."

"그런가. 하하하…."

이이첨은 매우 기분이 좋아 보였다.

"여보게 집사 잠깐 들어오게."

집사가 방안으로 들어오자 이이첨은 그를 향해 분부했다.

"앞으로 이 사람이 내 집을 찾으면 그냥 들여 보내주게."

"예? 아, 알겠습니다."

이정구는 이이첨에게 하직 인사를 하고 방문을 나섰다. 뒤따라오던 집사가 이정구의 정체가 궁금한 듯 뒤좇아 오면서 물었다.

"도대체 당신은 뭐하는 사람인데 우리 대감께서 그렇게 꼼짝을 못하시오?"

"나는 이런 사람이오."

이정구는 집사에게 다시 한 번 은전을 쥐어주고는 대문 밖으로 나섰다.

한갓진 곳에 머물며 상처를 치료하던 김경원에게 방문객이 찾아왔다. 큰돌이었다.

"상처는 좀 어떠십니까?"

"상처야 시간이 지나면 낫는 것 아닌가?"

그는 큰돌에게 당하였다는 생각에 자존심이 상한 듯 썩 유쾌하지 않은 목소리로 말했다.

"마포객주와 종성객주가 서로 화해를 했으니 앞으로 종종 만나면 좋겠습니다."

"그러세나."

"그리고 이것은 약이라도 한 첩 지어 드시라고 우리 주인께서 주시는 것입니다."

"자네 주인이!"

자신에게 원한이 있을 법한 그가 호의를 베푸는 것에 대해 김경원은 의외라는 듯 놀란 표정이었다. 하지만 그는 큰돌이 건네는 돈을 받지 않았다.

"왜 그러십니까?"

"아무런 이유 없이 받을 수 없네. 더군다나 나를 포섭하기 위한 것이라면 더욱 받을 수 없네."

"우리 쪽에 칼 잘 쓰는 사람은 많습니다. 다만 호걸에 대한 예우지요."

"……."

"형님을 보니 차돌이도 보고 싶네요. 하여튼 자주 만납시다."

"도대체 자네 주인은 어떤 사람인가?"

"섬길만한 가치가 있는 분이지요."

"구체적으로 말해보게."

"임란 전에 내금위에 있었다는데 자세히는 모르겠습니다."

"뭐, 내금위에 있었다고? 혹시 존함이 어떻게 되시는 분인지 아는가?"
"이자 혼자를 쓰시는 분입니다."
"이자 혼자 이혼!"
경원의 얼굴에 놀란 표정이 역력했다.
"아시는 분입니까?"
"훈련도감 출신으로 그분의 존함을 모르는 사람은 없지."
"……"
큰돌은 말이 없었지만 김경원의 표정에서 이혼이 얼마만한 인물인지 알 수 있었다.
"잘 섬기게."
"형님은?"
"나는 이미 마포객주에 충성을 약속한 사람이니 의리를 저버릴 수가 없네."
"상처가 아물면 함께 술 한 잔 나눕시다."
큰돌은 경원의 입을 통해 그의 진심을 느낄 수 있었다. 더 이상은 아무 것도 말하지 않는 것이 나을 것 같아 작별인사를 나누고는 대문을 열고 나섰다.

마포나루에 종성객주의 후원자가 이이첨이라는 소문이 난 이후로 종성객주는 전보다 장사가 훨씬 더 잘됐다. 그리고 마포객주에서도 더 이상 종성객주에 시비를 걸지 않자 이제 마포의 객주들은 마포객주는 박승종이, 종성객주는 이이첨이 뒤를 돌보는 것으로 믿게 되어 두 객주를 중심으로 세력이 재편되기 시작했다. 이것은 소문을 퍼뜨린 변인엽의 의도대로 된 것인데, 이로 인해 마포객주 뿐 아니라 종성객주도 결국 큰 이익을 보게 되었다. 더구나 유정의 무리가 객주를 들락거리자 사람들은 그를 이이첨이 보낸 사람이라 믿게 되어, 객주 내에 무사들이 있어도 이를 이상하게 여기지 않았다. 이틈을 이용하여 이혼은 자신의 생각을 하나씩 준비하기 시작했다.

당연히 이길 것으로 알았던 명나라가 여진족에 대패하였고 조선군이 제대로 싸워보지도 않고 항복했다는 소식은 조선조정에 매우 충격을 주어, 여러 가지 소문과 의견이 분분하였다. 조선군이 제대로 싸우지 않았기 때문에 명나라가 패했다는 주장이 비등해지기도 하고, 임금이 일부러 강홍립에게 여진과 싸우지 않도록 밀지를 내렸다는 소문과, 여진의 힘이 이렇게 강할 줄 몰랐다는 의견이 떠돌았던 것이었다.

이러한 때 정동식은 항복한 조선군인 정응정을 데리고 누루하치의 정식 국서를 들고 알목하를 찾아 왔다. 이혼은 마을 젊은이를 시켜 정응정을 박엽에게 안내했고 그는 직접 국서를 갖고 한성으로 들어갔다.

국서의 내용은 '명나라를 섬기지 말 것이며 서로 간에 고관을 양국에 들여보내, 옛날 우리 조상인 고구려의 풍습대로 흰말을 잡아 하늘에 제사 지내고, 검은 소를 잡아 땅에 제사 지낸 다음 피를 나눠 마셔 대대손손 영원히 서로 화친할 것을 맹세하면 조선인 포로를 돌려보낼 것임을 말하고, 옛날 금나라와 고려처럼 시장을 열어 자유롭게 왕래하기를 희망한다' 는 내용이었다. 국서의 내용이 알려지자 대신들은 강하게 반발했다.

"전하께서는 위엄을 보이시어 사신을 베고, 국서를 불태우고, 이 모든 사실을 명나라에 알려야 할 것입니다."

"선왕께서는 왜적이 길을 빌려달라는 요청을 강하게 물리쳐 전국이 마치 어육(魚肉)처럼 되고, 잿더미가 되어 필마로 의주까지 피난 가셨음에도 불구하고 계속 보내지는 왜적과의 화친을 거절하여 마침내 그 의리와 절개에 감복한 명나라가 군사를 일으켜 우리나라를 구하였습니다. 이런 예를 따라야 할 것입니다."

광해군은 이들의 말에 아랑곳하지 않고 대제학 이이첨으로 하여금 누루하치의 국서에 답하는 화친의 글을 지으라하였다. 그런데 믿었던 이이첨마저 임금의 뜻에 반대하고 나섰다. 그는 곧 차자를 올려 '본성과 양심을 어기고 이백여 년 간 섬겼던 명나라를 저버리며, 종사(宗社)를 망각하고 임금을 불의에 빠뜨리며 신민을 욕되게 하면서 두어줄 글을 짓느니, 손가락을 베고 팔을 끊고 벼루를 부수며 붓을 태울지라도 복종하지 못하겠습니다(후략)' 라며 국서에 답하기를 거절하였다.

광해군은 권력의 핵심에 있으며 자신의 수족 노릇을 하는 이이첨마저 사대(事大)의 감정만 있을 뿐, 정확한 역사의 흐름을 꿰뚫어 보고 국제적 변화를 분석할 수 있는 능력이 부족하다는 것에 탄식했다. 그는 이이첨을 불렀다.

"경이 휘몰아 오는 적의 침입을 막을 수 있겠는가? 세상에 변하지 않는 것이 없고 머물러 형체를 고정시키는 것이 없다. 그래서 성인은 백성을 그 행동의 표본으로 삼아 변하는 상도(常道)를 깨달아야 한다고 했다. 지난 사르허 전투에서 명나라는 여진에게 대패한 이후 세상이 바뀌고 힘의 균형이 무너지고 있는데 어떻게 명분만 내세울 수 있는가? 임금과 신하된 자가 염려하고 두려워해야 하는 것은 국제 정세의 흐름을 정확히 알아 이런 긴박한 시기에 어떻게 하면 조선의 종묘사직을 이어가고 백성의 삶이 구차해지지 않고 전쟁의 참화를 피해갈 수 있을까를 생각하고 염려해야 하는 것이다."

"……."

"임진왜란 이후 우리는 군비강화에 전력을 기울여 이제 어느 누구도 무시할 수 없는 전력을 가꾸어, 평양의 삼수병은 여진이나 명나라에서도 두려워하는 군대가 되었다. 우리의 군대가 있음으로 인하여 이제 우리는 명나라와 여진 사이에서 우리의 목소리를 낼 수 있는 기회가 생긴 것이다. 그런데 왜 스스로 종속의 길을 찾아가려 하는가?"

"황송하옵니다. 전하. 저는 명나라의 실체는 보았으나 여진의 실체는 보지 못하였습니다. 한 번의 싸움에서 명나라가 여진에게 패하였지만 여진이 명나라를 상대로 이길 수는 없을 것입니다. 소신은 여진에 굴복하는 글은 쓸 수가 없사옵니다."

"경의 뜻이 그렇다면 짐도 더 이상 강요하고 싶은 생각은 없소."

광해군은 이이첨에게 실망한 듯 불쾌하게 말했다. 그러나 실권자인 이이첨이 거절한 글귀를 나서서 지을 신하는 아무도 없었다. 더구나 지난 사르허 전투에서 조선이 제대로 싸우지도 않고 항복한 것에 분노한 명나라 조정에서는 조선에 사신을 파견하여 조선의 행동 하나하나를 철저히 감시하고 있어 답서를 쓰기 위해 나서는 대신은 하나도 없었다. 광해군은 신하들의 태도에 불만을 터뜨리며 강하게 질책했다. 그러자 조선에 머물고 있던 명나라 사신이 직접 광해군을 찾았다.

"조선이 지난 임진년의 일본과의 싸움에서 위기에 처하자 우리 황제께서는 자비를 베푸시어 조선을 구해주었는데 전하께서 그런 은혜를 버리고 감히 우리 명나라에 도전하는 오랑캐를 편든다는 것은 배은망덕한 처사가 아닙니까?"

격식을 갖춘 듯하지만 그의 말투에는 강한 불쾌감이 묻어 나왔다.

"짐은 우리 조선의 사직을 이어가야 할 책임이 있소."

광해군은 냉정하게 대꾸할 뿐이었다.

"어제는 우리 명나라의 도움을 받아 사직을 이어갔는데, 오늘은 오랑캐의 도움을 받아 사직을 이어가실 작정이십니까?"

비아냥거림에 틀림없었다.

"우리가 명나라의 은혜를 저버리겠다는 것이 아니라 여진과 화의를 맺겠다는 것이오."

"오랑캐가 우리 명나라에 대항하여 싸웠으니 그들과 화의를 맺는 것은 결국 명나라와의 신의를 저버리는 것이 아닙니까?"

"우리는 명나라의 요청에 의해 우리 군사 일만이천 명이나 뽑아 여진과의 전투에 투입시켰소. 더 이상 우리나라에 군사가 없으니 어떻게 해야 하겠소. 내가 할 수 있는 일은 적에 포로로 잡힌 우리 병사를 구해 와야 하는 것이고 또한, 이 땅에 다시는 전쟁이 일어나지 않게 하는 것이오. 이것이 나의 의도이니 귀국에서는 우리 상황을 이해하시기 바라오."

"조선이 위기에 처한 것은 조선군이 제대로 싸우지 않고 항복했기 때문이 아닙니까?"

"황제의 나라인 명나라의 대군이 저들에게 다 죽음을 당하였는데, 어떻게 작전권도 갖지 못한 소수의 우리 조선 군사가 적과 맞서 싸울 수 있단 말이오. 패전의 책임을 우리에게 묻지 마시오."

광해군의 단호한 말에 사신은 할 말을 잃었다.

"이 나라의 주인은 나요. 모든 상황 판단은 내가 하고 결정도 내가 하오. 나도 명나라가 임진왜란 때 우리를 도와 준 것에 대한 고마운 마음을 갖고 있소. 그만 물러가시오."

광해군은 냉정하게 자신의 생각을 말하고는 사신을 내보냈다. 하지만 임금과 신하의 생각은 달랐다. 북방의 정세를 잘 모르는 대신들은 후금과 화해하는 것은 천자의 나라인 명나라를 배반하는 것이라 생각하여 임금의 뜻에 동의하지 못하였을 뿐 아니라, 일부 세력들 중에서는 오히려 임금을 멀리하는 자가 생겨나, 위기에 처한 중요한 순간에 조선 조정이 분열되기 시작한 것이었다.

이이첨마저 자신의 뜻에 따르지 않은 상태에서 신하들이 계속 명나라와의 관계 회복을 주장하자 광해군은 자신의 주장만을 펼칠 수는 없었다. 결국 신하들의 뜻을 따르기로 했다. 그들은 임금이 아닌 평양감사 박엽의 이름으로 답서를 보낼 것이며 내용은 여진족도 더 이상 명나라에 맞서지 말고 사대해야한다는 입장이었다. 결국은 신하들이 내세우는 학관 박희연이 평양감사 박엽의 이름으로 작성하고 말았다.

조선국 평안감사 박엽은 건주위 마법족하(足下)에게 글을 보내노라. (중략) 중국과 우리나라는 아비와 자식과 같으니 아비의 명이 있으면 아들이 어떻게 감히 복종하지 않을 수 있으리오. (중략) 지금부터 다시 대도를 찾는 다면 명나라에서는 다시 은전(恩典)을 베풀 것이니, 양국이 각각 국경을 지키어 서로 예전과 같은 우호 관계를 지키면 어이 아름답지 않으리오.

박엽은 사안이 심각해지자 직접 알목하로 찾아가 답장을 기다리고 있는 정동식을 만나 답서를 작성하게 된 배경을 말했다. 조선에 명나라의 사신이 와서 철저히 감시하는 바람에 자신의 이름으로 답장을 보내지만, 실상 이것은 조선 임금의 뜻이 아니며, 조선의 참뜻은 저번의 밀서에도 나타나 있듯이 여진과의 화해에 있다고 말했다. 정동식은 아무 말

없이 답서를 받아들고는 여진 땅으로 돌아갔다.

조선의 답서를 받은 후금의 진영에서는 답서를 놓고 여러 장수가 회의를 하였는데. 누루하치의 8남이자 조선에 대해 강경책을 제시하는 홍타시가 분개하여 이런 무례한 답은 있을 수 없다하고 조선을 치자고 건의하였다.

"조선이 명나라와 조선은 마치 부자와 같아 명나라의 명을 따르지 않을 수 없을 뿐 아니라, 우리더러 명나라의 자비를 구하라 하였으니 이는 우리와 화친할 뜻이 전혀 없을 뿐 아니라 우리를 무시하는 처사입니다. 당장 포로들을 죽이고 군사를 일으켜 조선부터 쳐서 배후의 적을 없애야 할 것입니다."

"맞습니다. 저들이 말미에 화친하자는 말을 하면서도 그에 답하는 예물이 하나도 없으니 이는 우리를 무시하는 처사입니다. 따라서 홍타시의 말을 따라 조선을 공격해야 할 것입니다."

여러 장수들이 동의하고 나섰다. 하지만 암바가 반대하고 나섰다.

"우리가 지난 사르허 전투에서 명나라에 크게 이겼지만 명나라의 본토를 공략하려면 우리의 온 국력을 다 기울여야 할 것입니다. 만약 우리가 명나라를 공격할 때 조선이 우리의 배후를 친다면 우리는 저들을 막을 군사가 없습니다. 또한 우리가 조선을 공격할 때 명나라가 우리의 등을 친다면 이 또한 막을 군사가 없습니다. 일전에 조선 임금이 우리에게 보낸 밀서에서 약속했듯이 조선은 지난 사르허 전투 때 정예병사인 평양삼수병을 파견하지 않았습니다. 그들이 마음먹고 싸웠다면 싸움의 양상은 달라질 수 있었습니다. 그만큼 조선의 임금은 우리에게 호의적이고 우리와 화친을 맺어 전쟁이 발생하지 않기를 바라고 있습니다. 다만 명나라 사신이 조선을 감시하여 임금의 속내를 다 적을 수 없었다고 하니 우리가 그 입장을 이해해야 할 것입니다. 또 하나 경계해야할 것은 조선의 군세입니다. 조선 임금은 우리와 화친을 강력히 희망하면서도 박엽으로 하여금 군대를 강하게 훈련시키고 대포를 주조하는 등 우리의 침입에도 대비하고 있습니다. 따라서 지금 이 상황에서 조선을 공격하다가는 명나라와 조선을 상대로 하는 길고 지루한 전쟁을 벌여야하는 어려움에 빠질 수 있습니다."

여러 장수들의 말을 묵묵히 듣고만 있던 누루하치는 암바의 말이 옳다며 당분간 조선과는 화친을 맺는다고 말했다. 하지만 회의에 모인 여러 장수들의 마음속에는 언젠가는 조선을 쳐야겠다는 생각을 품게 되었다.

광해군은 여진의 국서에 답을 하고 난 뒤 박엽을 불러 혹시 있을지 모르는 여진의 침입에 대비할 것을 당부하였으며, 한편으로는 무과를 크게 실시하여 전국의 인재를 1만여 명이나 뽑아 만일의 사태에 대비하였다.

여러 차례 조선과의 화의를 청하여 어느 정도 배후를 안정시킨 후금은 계속 서진(西進)을 하여 개원 철령 북관 등을 점령하여, 해서 여진의 잔존 세력인 여허족을 완전히 복속하여 명실상부한 여진의 완전한 통일을 이루었을 뿐 아니라, 북쪽의 배후마저 차단하게 되어 이제 명나라와의 전투만 전념할 수 있게 되었다.

신유년(1621년) 2월 10일, 누루하치는 모든 군사를 총동원하여 심양을 공격하여 함락하고, 연이어 요동의 수도인 요양을 19일 저녁에 함락하여 웅정필에 이어 다시 요동경략의 도원수가 된 원응태를 처단하고, 군사 칠천을 죽인 다음 이곳에 임시 수도를 두고 가족들을 옮겨와 본격적인 요동 경략에 착수하였다.

한편 누루하치는 요동 땅에 살던 한족들에게 만주족처럼 머리를 깎기만 하면 이전과 같은 삶을 보장하겠다고 약속하였는데 많은 한인(漢人)들이 변발을 할 수 없다며 조선으로 몰려 들어와 조선과 후금사이에 또 다른 문젯거리를 남기기 시작했다. 그 중심에 명나라 장수 모문룡이 있었다.

신유년(1621년) 봄에 후금이 요동을 함락시켰는데, 도사 모문룡이 탈출하여 패잔병과 여진에 굴복하지 않은 한인들을 모아 압록강 근처 진강에 있는 여진의 군대를 공격하여 큰 피해를 입힌 후 조선의 용천에 숨어 들었다. 조선에서는 명나라 장수라 무시 못 하고 접반사를 보내 위문을 하고 많은 식량과 삶의 근거지까지 마련해주었는데 이로 인해 그의 기세가 자못 당당하였다.

한손은 지난 사르허 전투에서 세운 공로로 사할리언의 호위대장이 되어 4개의 마군영을 거느릴 수 있는 좌령으로 직책이 높아졌고, 더 많은 목축지와 농지를 하사 받았을 뿐 아니라, 누루하치로부터 여진의 성을 딴 마부태(馬夫太)라는 이름도 하사 받았다. 한손은 누루하치에 더욱 충성을 바쳐 그가 본격적으로 요동 땅을 경략할 때, 앞장서서 싸워 이제는 양황군을 대표하는 장수가 되었다.

누루하치가 요동 경략을 천명하고 수도를 요양으로 정하고 모든 가족이 다 옮겨갔을 때 한손이 속한 사할리언의 부대는 요양으로 가지 않고 당분간 홍경에 그대로 남아 조선의 움직임을 경계하라는 명령을 받았다. 정동식은 명나라와의 전투가 중요해짐에 따라 다시 암바의 군사(軍師)로 복귀했다.

요동에서 명나라와의 이 년여에 걸친 전투로 집에 돌아오지 못했던 한손은 후금이 요양을 점령하고 그곳을 수도로 삼아 모든 사람들이 다 떠나고 난 뒤 오랜만에 집으로 돌아가 휴식을 취할 수 있었다. 집에 돌아온 그는 반가운 소식을 들었다. 메이쉬가 딸을 낳고 아이지가 아들을 낳아 한꺼번에 아들과 딸이 생겼다.

사르허 전투 전까지 한손을 인정하지 않고 모든 거래를 끊었던 나만 장군은 사르허 전투 후 태도가 달라졌다. 한손의 도움으로 위기에서 벗어났을 뿐 아니라 누루하치가 그의 공을 치하하고 앞으로 팔기군을 이끌 장수 중 하나로 지목함에 따라 그를 인정하기 시작하자, 전쟁터에서 맏아들을 잃고 실의에 빠져 있던 그는 아들에 대한 애정을 한손에게 돌리기 시작했다. 한손이 집을 떠나 전쟁터에 나가 있는 사이 나만 장군의 부인이 아이지뿐만 아니라 메이쉬가 낳은 자식까지 돌보아 주며 아이들을 잘 길러 주었다.

한손은 아버지가 되었다는 말에 묘한 기분이 들었다. 자신에게 모든 것을 맡긴, 자신을 닮은 생명체가 생겼다는 것에 너무나 큰 경이감을 느꼈고, 혈육의 정을 그리워하며 자랐던 그는 자신도 모르는 사이에 자식에 대한 무한한, 무조건적인 사랑이 생긴 것에 놀랐다.

자신의 얼굴을 쳐다보며 방긋 웃는 아이의 모습을 보면 근심이 다 사라지고 마음속에는 말할 수 없는 행복감이 밀려들었다. 여진의 풍습 상 자신이 죽으면 아이지와 메이쉬는 다른 사람에게 다시 시집가 다른 남자의 여자가 될 수도 있지만 자식만은 영원히 자신에게 속한, 말 그대로의 핏줄이었다. 핏줄에 대한 애정과 사랑이 뭔지를 한손은 알게 되었다.

올망졸망한 아기들에 대한 사랑이 깊어질수록 한손은 할아버지가 보고 싶었다. 할아버지의 품에 손자를 안겨 드리고 싶었다. 하나밖에 없는 핏줄인 자신에 대한 할아버지의 사랑이 어떠했겠는가하는 생각에 할아버지에 그리움이 새삼 가슴속으로 밀려와 한손은 참을 수 없었다.

　찾아뵙지 못한 지가 너무 오래되었다는 것을 깨달았지만 지금은 갈 수가 없었다. 명나라와의 접전이 계속 벌어져 언제 어떤 일이 벌어져 자신을 필요로 할지 몰랐기 때문이었다. 시간이 나면 빨리 한 번 가봐야겠다는 생각이 들었다.

　한손은 이미 많은 농지와 목지를 하사 받은 데다 전투에서 포로로 잡은 명나라 군사를 노예로 배당을 받아 집안 살림은 이제 아무런 걱정이 없게 되었다. 자신이 없더라도 아무 문제가 없을 만큼 넉넉한 살림을 갖추었다. 더구나 장인인 나만 장군의 도움으로 이제 그는 여진 사회에서도 무시 못 할 입지를 구축했다.

　전에는 몰랐지만 결혼한 뒤부터 경제적인 문제도 중요하다는 것을 느꼈는데, 누루하치는 그런 점에서는 충분한 보상을 해주었다. 팔기군에 소속된 자들에게는 아무런 경제적인 문제를 느끼지 않을 만큼의 땅과 노획물을 골고루 나누어 주었다. 더구나 전쟁 중에 전사한 병사들에게도 정복한 지역의 넓은 영토를 나머지 식구들에게 나눠줘, 부하들이 집안 걱정 없이 싸움터에서 목숨을 바칠 수 있게 하였다. 한손도 불과 몇 년 전의 사냥꾼 시절과 비교할 때 엄청나게 변한 자신의 모습에 놀란 적이 한 두 번이 아니었고, 이로 인해 누루하치에 대한 충성심이 날로 더하여졌다.

　아이지와 메이쉬는 물이 오를 대로 올라 있었다. 여자는 아이를 낳고 난 뒤에 비로소 성(性)에 눈을 뜬다는 말이 꼭 들어맞았다. 한손은 예전과 달리 둘 사이를 오가며 그동안 참았던 부부간의 운우지락(雲雨之樂)을 즐기고, 아기들의 재롱을 보면서 모처럼 한가로운 시간을 보내고 있었다. 그러나 그 시간도 오래가지 못하였다. 모문룡을 공격하라는 명령이 떨어졌기 때문이었다.

모문룡이 조선에 근거지를 두고 자주 압록강 근처의 진강을 비롯한 후금의 영토를 침범하자, 후금에서는 여러 번에 걸쳐 조선에 항의 문서를 보냈으나 뚜렷한 대답이 없었을 뿐 아니라 오히려 모문룡의 기세가 점점 더 강하였다.

그동안 명나라와의 전쟁으로 인해 전력의 여유가 없었던 후금은 2년여에 걸친 명나라와의 전투에서 우위를 점령하고 전투가 어느 정도 소강상태에 접어들어 전력의 여유가 생기자, 여전히 명나라에 사대의 예를 다하여 모문룡을 후원하며 자신들을 무시하는 조선 조정에 힘을 보일 필요가 있다고 생각하고 신유년(1621년) 12월 모문룡을 치라는 명령을 사할리언의 부대에 내렸다.

명령을 받은 사할리언은 오랜 전투에서 이제는 자신의 수족이 된 한 손을 불러 상부로부터 받은 명령을 전하고 그와 더불어 구체적인 작전 계획을 짠 다음 휘하 마군영의 요기교를 불러 모았다.

"명나라 요동성 도사 출신의 모문룡이 패잔병을 거느리고 조선으로 건너가 조선 정부의 환대를 받으면서 우리 배후를 자주 침범하고 있다. 그들은 칸의 은덕을 버리고 조선으로 피난간 자들로 내버려두면 두고 두고 우리의 골칫거리가 될 것이다. 우리 정부에서 여러 차례 조선 정부에 항의 문서를 보냈지만 특별한 답이 없다. 이에 칸께서는 비록 조선과 화친을 맺었지만 조선 영토를 침범하지 않을 수 없다. 이 기회에 저들을 싹 쓸어버려 다시는 저항세력이 나타나지 못하게 해야 할 뿐 아니라 조선에 우리의 힘을 보여 주어 조선이 우리의 말을 함부로 무시할 수 없게 하라 명하셨다."

휴식을 취하고 있던 마군영의 요기교들은 사할리언이 모문룡 기습의 당위성을 말하자 긴장하기 시작했다.

"자세한 작전은 마부태 장군이 설명할 것이다. 다들 주의하여 들으라."

사할리언의 명에 의해 마부태로 이름을 바꾼 한손은 작전 계획을 설명하기 시작했다.

"이번 전투의 목적은 조선에 우리의 힘을 보여주고, 동시에 모문룡을 목 베는 일이오. 그런데 우리는 조선과 협약을 맺어 조선 영토를 침범하지 않기로 하였소. 따라서 우리의 전투형태는 가능한 한 속전속결로 조선군에 들키지 않고 모문룡의 본거지까지 들어가 그를 목 베고 바람같이 빠져 나와 조선에 무력시위를 하는 것입니다."

"그게 말처럼 가능하겠습니까? 아예 이 기회에 조선군에게도 따끔한 맛을 보여 주면서 그 지역을 초토화시킵시다."

"조선군과는 가급적 전투를 해서는 안 된다는 명령입니다. 공연히 그들과 전투를 벌여 요동에 결집된 우리의 힘을 분산시킬 필요가 없습니다. 우리가 저들을 공격하고 빠져 나온다면 조선은 후금군의 능력에 놀랄 뿐 아무런 말을 하지 못할 것입니다."

한손은 다시 한 번 전투의 원칙을 말한 뒤 구체적인 작전 계획을 말하기 시작했다.

"우리는 여기서 이동하여 조선의 국경인 압록강까지 진군합니다. 강변에서 휴식을 취하다가 어두워지면 얼어붙은 압록강을 건너 모문룡의 본거지인 선천까지 밤새 이동하여 새벽 무렵 그를 공격하고는 되돌아오는 것입니다. 가는 도중 조선군이 있는 의주성은 우회합니다."

그의 작전 계획은 간단하고 명료했지만 기나긴 겨울밤 내내 말을 타고 이동하며 싸워야하는 엄청난 기동력을 요구하는 것이었다. 오랜 전투 경험과 말을 자신의 몸처럼 다룰 줄 아는 팔기군이었기에 가능한 일이었다.

다음날 저녁 한손은 사할리언과 함께 이천의 기병을 거느리고 압록강 변에 있는 구련성을 향해 출발했다. 한손으로서는 자신의 모국인 조선에 군대를 끌고 들어간다는 것이, 더구나 자신이 선봉에 서야만 한다는 것이 썩 기분 좋은 일만은 아니었지만 그는 이미 부차령에서 조선군과 싸운 경험이 있었기에 큰 고민은 하지 않았다.

조선과의 국경선에 있는 구련성까지 진군한 사할리언의 부대는 하루 동안 휴식을 취한 뒤 조선 국경까지의 밀림 지대를 향해 말을 달려 압록강 근처의 산 속에서 몸을 숨겨 밤을 기다리다 어두워지자 조선인 출신 장령 중 용천, 선천 쪽이 고향인 자를 향도로 삼아 얼어붙은 압록강을 건너 조선 영토를 넘어 들었다.

배후가 되는 적은 무조건 초토화시키라는 명령을 받고 출동한 사할리언의 부대는 정준이 지키는 의주를 우회하여 삽교천을 따라 순식간에 용천에 닿아 법흥산에 몸을 숨기고 잠깐의 휴식을 취하면서 척후병을 내보내 적의 동태를 살피게 했다.

척후는 곧 돌아왔다. 그들은 '적의 본진은 혹한의 추위를 피해 숙소에 들어 일찌감치 잠이 들었다'고 보고했다. 사할리언은 무순성 전투에서 여허족을 기습할 때 취하였던 화공(火攻)법을 택하였다.

"저들은 진강에 있는 우리 부족을 공격하여 수많은 사람을 살상한 원수들이다. 살아있는 생명체는 다 죽여 다시는 우리를 향하여 칼을 겨누지 못하게 하라."

사할리언의 명령이 떨어졌다. 양황군의 사할리언 부대는 잠들어 있는 마을을 향하여 말을 달리기 시작했다. 마을이 가까워지자 불화살을 날려 집집마다 불을 질렀다. 곧 이어 비명소리와 함께 사람들이 집을 뛰쳐나오기 시작하였다. 남녀노소를 가리지 않고 모조리 베어 다시는 저항하지 못하게 하라는 사할리언의 명령대로 곧 초토화 작전이 시작되었다.

무순성 전투에서 여허족을 야습한 경험이 있는 군사들은 인정을 베풀지 않았다. 그들은 아무런 말도, 자비도 없이 철저히 짓밟아, 살아 있는 생명체라고는 닭 한 마리도 남기지 않았다.

찬 공기를 태우며 불타고 있는 마을을 배경으로 모문룡의 시신을 찾았지만 그는 보이지 않았다. 사로잡은 조선 접변사는 모문룡이 자신과 더불어 술을 마시다가 말발굽소리를 듣고는 마을을 빠져나와 사태를 지켜보다 도망쳤다는 것이었다. 사할리언은 그를 앞세우고 추격에 들어갔다. 선천을 지나 곽산까지 추격하는 도중 한인(漢人) 마을이 나타나면 남녀노소를 가리지 않고 다 죽이고 마을을 불 질렀다.

하지만 모문룡은 끝내 잡히지 않았다. 그는 남은 사람들을 이끌고 바다를 건어 철산도로 피신하고 말았던 것이었다. 한 겨울이라도 바다는 얼지 않기 때문에 사할리언의 부대는 그들을 더 이상 쫓아 갈 수가 없었다. 망설이던 사할리언은 철수를 명령했다. 조선 땅에 더 이상 머물러 있을 수 없었기 때문이었다. 여진으로서는 큰 화근거리로 남겨두고 떠나는 셈이었지만 할 수 없었다.

섬으로 쫓겨 들어간 모문룡은 이후에도 철산도를 배경으로 여진의 배후를 자주 습격하였는데 이로 인해 결국 여진이 1627년의 정묘호란을 일으키는 명분을 제공하게 된다.

한편 여진이 명나라를 상대로 싸운다는 관념만 갖고 있던 조선 정부는 단 하룻밤 사이에 한인 마을을 쑥대밭으로 만들고 떠난 여진의 실체를 체험하게 됨으로써 그들에 대한 두려움을 갖게 되었을 뿐, 후금의 군대가 국경을 넘어 조선 영토 깊숙이 침범하였지만 한마디 항의도 하지 못하였다. 또한 이 사건을 계기로 장안에는 여진이 곧 쳐들어온다는 소문이 퍼져 민심이 흉흉해졌다.

2. 역모(逆謀)

　김류는 이율곡과 송구봉에게 배운 사람으로 임란 때 충주에서 전사한 김여물의 아들이었다. 그의 아버지 김여물은 신립과 친구로, 신립이 조선 조정의 기대를 안고 왜군을 막기 위해 조령으로 갔을 때 신립의 강력한 추천에 의해 함께 갔는데, 이때 조령에 매복하여 왜군을 막자고 주장한 사람이 바로 그였다. 그의 말대로 조령에 진을 치고 왜적을 막았다면 임진왜란은 또 다른 양상으로 전개될 수 있었다. 결국 김여물은 신립의 의견을 따라 탄금대에 배수진을 치고 왜적을 맞아 싸우다가 전사하고 말았다.

　아버지들의 이런 관계로 인하여 김류는 신경진보다 네 살 위였으나 어렸을 때부터 함께 자랐다. 1596년 벼슬에 나서 1616년에 동지사가 되어 명나라에도 다녀왔으나, 인목대비 폐위에 반대하여 탄핵을 받자 벼슬에서 물러났다.

그는 문무를 고루 갖춰 서인을 대표할 만한 인물로, 천성이 호탕하고 기국(器局)이 크고 반듯하며 문장력과 지략이 뛰어나 장상(將相)의 인물로 평가되어 자주 원수(元帥)의 물망에 올랐는데, 허균이 반란을 일으킬 의도로 이이첨과 손을 잡으면서 가장 먼저 제거하려 했던 인물이기도 했다. 그의 휘하에 김상헌, 장유, 홍서봉, 심기원 등이 있어 그를 따랐는데, 그가 벼슬에서 물러 난 뒤에도 항상 그의 집에 모여 당시의 권력자들로부터 경계 대상이 되었다.

어느 날 후원에서 떨어지는 낙엽을 보며 독서를 하던 김류에게 손님이 찾아왔다. 신경진이었다. 실로 이십여 년 동안 보지 못하였던 친구다.

"자네가 어인 일인가. 변방에서 오랑캐하고 싸움질이나 하고 있을 줄 알았는데."

"조정에서 높은 벼슬을 주려는지 잠깐 도성에 오라고 해서 왔네."

"서인의 무장이 변방의 귀신이 되고 말아야지, 무슨 그런 당찬 꿈을 꾸고 있는가?"

"그렇지. 당찬 꿈이지. 하하하."

신경진의 쓴 웃음소리를 듣고 있는 김류의 입가에 이유 모를 미소가 흘렀다.

"그래 조정에서 어떤 벼슬을 주려하던가?"

"벼슬은 무슨…. 이러다 말겠지. 나보다 훨씬 먼저 도성에 내려온 이괄 이귀 등은 벌써 몇 달 째 아무런 벼슬도 못 받고 집에서 놀고 있네."

신경진은 마치 김류가 조정의 대신이라도 된 냥 화를 냈다.

"북인 놈들이 하는 짓들이 다 그런 것 아닌가? 하루 이틀 당하는 것도 아닌데 참아야지."

"언제까지 참아야하는지 원. 함경도에 함께 있었던 이괄과 이귀를 만났더니 그분들도 분기가 탱천했어. 함경도 변방에서 오랑캐들과 죽기로 싸우며 나라를 지킨 대가가 겨우 나이가 들었으니 집에서 쉬라는 것이나며 말일세."

"변방에서 나라를 지키는 사람들을 잘 대우해주어야 하는데, 큰일일세. 그래 우리 집에는 어인 발걸음인가?"

"언제 다시 벼슬을 내릴지 모르니 그 사이 못 배운 공부나 좀 배워볼까 해서 왔네. 학식으로나 지략으로나 장안에서 자네를 따라갈 자가 있어야지. 하하하…."

신경진은 말투는 비아냥거림에 가까웠다. 글하는 자들에 대한 불만이 섞인.

"에끼 이 사람, 무슨 쓸데없는 소리를…. 학문으로야 김장생을 따를 사람이 없으니 그 친구를 소개해 주겠네."

김류의 태도는 신경진과 달리 진지했다. 자신의 동문인 김장생 같은 뛰어난 인물이 등용되지 못하는 시대를 한탄하듯이.

"내 지식이 짧다보니 자네한테 배워도 충분하네. 이것 한 번 봐주게."

신경진은 불쑥 책 한 권을 내밀었다.

"무슨 책인가?"

"사기(史記)일세."

"좋은 책이지, 잘 생각했네. 부임하기 전에 한 번 다 읽으면 좋지."

"그래서 말인데, 오랜만에 책을 보려니 처음부터 막히지 않겠나. 그런데 문득 자네 생각이 나더구만. 그래서 왔네."

"잘 왔네. 책은 핑계일 것이고, 모처럼 만났으니 술이나 한 잔 하세."

불감청고소원(不敢請固所願), 이쪽에서 먼저 나서지 못했지만 신경진의 방문에 김류의 가슴속 깊은 곳에서부터 큰 물결이 일기 시작했다.

벼슬을 버리고 나와 있는 사이 권력을 쥐고 있는 대북파와 소북파가 권력다툼으로 등을 돌리더니 북쪽의 명나라와 청나라의 관계가 급변함에 따라 이제는 임금과 신하들 관계마저 틈이 벌어지고 있다. 오랫동안 기다리던 국면이었다. 숨죽이며 준비해온 거사를 실행에 옮길 때가 온 것이었다. 이제 필요한 것은 무인들이었다. 제일 먼저 머리에 떠오른 사람이 신경진이었는데 때마침 그가 먼저 찾아왔다. 술을 좋아하는 그이기에 술상을 내왔다.

"오늘은 술이 아니라 진짜 공부하러 왔다니까."

뜻밖에도 신경진은 공부하길 고집했다.

"허 참 해가 서쪽에서 뜨겠구만. 좋네. 그럼 공부를 해보세."

김류는 일단 그의 의견을 듣기로 하고 신경진을 가까이 청해 책을 펴고 마주 앉았다.

"그래 어디가 막히던가?"

"이 부분일세."

"어디 한 번 봅세. 李尹放太甲(이윤방태갑)이라. 이윤이 태갑을 몰아낸다는 뜻 아닌가. 자네 이런 글자도 해석을 못하나?"

김류의 표정이 일그러졌다.

"허, 이 사람 나를 순 무식쟁이로 아는구만. 그 정도 해석을 내가 못할 것 같은가? 내가 알고자 하는 것은 숨은 뜻일세. 아무리 옛날 고대국가라 하지만 어떻게 신하인 이윤이 임금인 태갑을 쫓아 낼 수가 있는가 말일세. 신하된 자는 임금에게 충성을 다해야 되는 것 아닌가?"

김류의 태도가 갑자기 굳어졌다.

"태갑이 탕(湯) 임금의 법도를 뒤엎고 난폭하고 무도하니 내쫓는 것이 당연하지 않은가? 은나라의 주(紂) 임금도 난폭하여 성인이라 일컫던 기자까지 내쫓는 형국이 되자 주무왕이 내치지 않았는가?"

"그럼 임금이 무도하면 원래 내칠 수도 있다는 말 아닌가?"

"고금의 역사에 많은 예가 나오지."

갑자기 나타난 신경진이 점점 말하기 곤란한 질문을 하자 김류는 긴장하기 시작했다.

"나는 이제까지 잘못 배웠는지, 잘나나 못나나 어버이는 어버이고, 임금은 임금이니, 부모에게는 효(孝)를 다하여야 하고, 임금에게는 충(忠)을 다하여야 하는 것으로만 생각하였네."

"자네 지금 나에게 이 구절을 들이미는 이유가 뭔가?"

비로소 신경진이 무슨 목적을 띠고 자신에게 접근하였음을 알아 챈 김류의 얼굴은 점점 굳어졌다.

"장안에 돌아온 뒤 문득 삼십 년 전 구봉 선생 앞에서 자네가 선생님에게 한 질문이 떠오르더군 그래서 물어봤네."

"삼십 년도 넘은 시절 이 부분을 두고 구봉 선생과 문답을 할 때는 관심이 없더니만 갑자기 왜 관심이 생겼나?"

김류는 긴장한 표정이 역력했다.

"요즘과 옛날은 같은지 아니면 틀린지를 알고 싶네."

신경진의 표정은 큰 변화가 없었다. 김류는 그 표정에 담겨 있는 신경진의 의도가 무엇인지 감지하려 애썼다.

"법도가 없던 시절의 이야기를 법도가 선 요즘과 비교할 수는 없지."

"내말에 진지하게 대답해주게. 자네 말이라면 내가 믿을 수 있어서 묻는 말일세."

"왜 그런가?"

"임금이 잘 하고 있다는 말도 있고 패악하다는 말도 있고 해서 혼란스러워서 묻는 말일세. 자네 말이라면 내가 믿을 수 있어서 묻는 말일세."

"자네는 어떻게 생각하는가?

김류가 오히려 신경진의 마음을 떠보기 위해 되물었다.

"자네 생각부터 말하게."

신경진은 김류에게 공을 돌렸다.

"……."

두 사람 사이에 팽팽한 긴장감이 흘렀다.

"요즘과 태갑의 시대가 다르다고 할 수 없네."

김류가 결심한 듯 먼저 침묵을 깨고 말했다.

"……."

"자네 생각은 어떤가?"

"그럼 어떻게 할 텐가? 이윤과 무왕의 생각을 따를 텐가, 아니면 침묵할 텐가?"

신경진은 김류의 물음 같은 것에는 신경을 쓰지 않고 자신의 생각을 말했다.

"자네 그 직설적 성격은 아직도 버리지 못했구만. 그러니 진급도 되지 않고 변방만 떠돌지. 하하하."

김류는 웃고 말았다. 더 이상 자신의 생각을 밝히지 않았다.

"내 물음에 답하지 않았네."

신경진은 여전히 다그쳤다.

"이제 자네 생각을 밝힐 차례네. 나는 이미 내 생각을 다 말했네."

"나도 자네 생각하고 마찬가지네. 자 이제 자네 생각을 말해보게."

"자네, 혹시 어디서 나에 대한 무슨 소리를 들었나?"

"왜, 자네가 역적모의라도 하는가?"

신경진은 나지막하게, 하지만 지붕이 내려앉을 듯한 무거운 소리로 되물었다.

"허 이 사람 큰일 날 사람이구만."

신경진의 말에 김류는 습관적으로 주위를 살핀 다음 신경진을 강하게 질책했다. 하지만 목소리는 결코 크지 않았다.

"하하하. 자네가 이런 생각을 하고 있을 줄 알았네. 나도 끼워주게."

신경진은 크게 웃었다. 매우 밝은 표정으로.

"쉿! 조용히 하게."

하지만 김류는 누가 엿듣기라도 하는 듯 어쩔 줄 몰라 했다. 실제 그는 급히 일어나 방문을 열어보기까지 했다.

"자네 어디 가서 그런 말을 함부로 하지 말게."

김류는 신경진의 주의를 신신당부했다.

"내가 원래 숨기지 못하는 성미이긴 하지만 일의 경중은 구분할 줄 아는 사람이니 염려하지 말게. 하하하."

신경진은 김류의 말에 크게 개의치 않고 또다시 크게 한 번 웃었다. 자신이 품고 있는 생각을 가장 믿음직한 동무인 김류도 함께 하고 있다는 것이 마냥 기뻤던 것이었다.

"혹시 자네 말고 이런 생각을 갖고 있는 무인들이 있는가?"

김류는 신경진을 얻은 것이 기뻐 그 주변의 인물을 탐색해 보았다.

"함경도 변방에 근무하고 있는 서인출신들은 다 같은 생각을 갖고 있지."

"구체적으로 누가 그런 생각을 갖고 있나?"

"이귀와 이괄이 가장 적극적이지. 그들은 북인들이 뒤흔드는 세상에 대해 아주 불만이 많지."

"묵재(이귀의 자) 영감도 현 정권에 불만이 많은가 보지?"

"북인들이라면 이를 갈지."

"그랬구만."

김류는 신경진의 말에 새삼스럽다는 듯 고개를 끄덕이면서 뭔가를 생각하는 듯했다.

"사실은 말일세…."

김류는 쉽게 다음 말을 잇지 못했다. 그리고는 다시 한 번 주변을 살폈다.

"말해보게."

배포 큰 신경진이었지만 이 순간만은 그도 긴장감을 이기지 못한 듯 목소리가 떨려 나왔다.

"오랫동안 준비를 해왔네."

마침내 김류는 다음 말을 어렵게 꺼냈다.

"무엇을 말인가?"

"자네도 함께 할 수 있겠지?"

"하하하. 이 친구 순 겁쟁이구만. 그렇게 조심하지 않아도 되네. 자네가 나선다면 나는 어떤 일을 당하더라도 원망하지 않고 따르겠네."

신경진은 크게 웃고는 주저 없이 대답하였다.

"고맙네. 정말 고맙네."

김류는 신경진의 손을 굳게 잡고는 감격스러운 듯 말했다.

"사실 뜻을 세운 지는 오래되었지만 우리 같은 무리는 유생들이라 군사가 없어 결행하지 못하고 고민하였는데 자네를 이렇게 만나게 되니 인제 안심이네."

"그런가 하하하. 내가 자네에게 도움이 된다니 다행일세. 옛날에 자네 선친께서 우리 선친이 도움을 요청했을 때 죽을 자리인 줄 알면서도 기꺼이 나섰는데, 이제 내가 그 신세를 갚아야지."

"그렇게 되는가? 정말 고맙네."

김류는 꼭 잡은 신경진의 손을 놓지 않고 거듭 고마움을 표했다.

"내가 오히려 고마워해야지."

"묵재와 이괄은 지금 어디 있나?"

"고향 땅에서 대기 발령중이네. 언제 내릴지 모르는 벼슬을 기다리며."

신경진은 씁쓸한 표정을 지으며 말했다.

"언제 한 번 함께 묵재 영감을 만나러 가세."

"그야 어렵지 않지."

"자 이제 든든한 동지를 얻었으니 술 한 잔 안 할 수 없지."

"좋지!"

이귀(李貴)는 경기도 고양사람으로 성혼에게 배웠으며 율곡과 송구봉에게도 가르침을 받았다. 스승 율곡이 당파를 반대하다 위기에 처하자 송구봉의 도움으로 차자를 올렸는데 임금이 감동하여 율곡의 혐의가 벗어진 적도 있으며, 임란 때는 당시 세자였던 광해군을 도와 이천에서 의병을 모집하여 왜적과 싸우기도 하였다. 명분을 중히 여기고 성리학적 교의에 어긋나면 강하게 반박하는 전형적인 유학자로 늦은 나이인 46세에 과거에 급제하여 안산 군수에 임명되었으나 정인홍의 횡포와 방자함을 공격하는 상소를 올렸다가 파면을 당하였다. 광해군이 임금이 되면서 함흥판관에 임명되어 다시 벼슬길에 나섰는데, 이때 그는 신경진 이괄 등과 교류를 하며 지냈다. 해주목사 최기가 반란을 모의하였다며 소동이 일어난 적이 있었는데 이 사건에 연루되어 귀양을 가게 되었는데, 혐의를 벗고 다시 돌아왔을 때는 이미 인생의 황혼기인 60이 넘은 나이였다. 더 이상 벼슬은 기대할 수 없어 고향 땅에서 죽을 날만 기다리고 있었다.

임술년(1622년) 겨울, 이귀의 아내가 죽었다. 실세한 서인(西人)출신의 하급 관리 집이라 찾아오는 손님 없이 쓸쓸히 초상을 치르는데, 저녁 무렵 낯익은 한 사람이 조문을 왔다. 함흥판관 시절에 알고 지냈던 신경진이었다.

"북우후 영감께서 어떻게 알고 이 누추한 곳까지 찾아 오셨습니까?"

이귀는 신경진보다 나이가 훨씬 많았지만, 워낙 뒤늦게 벼슬길에 늦게 나선 데다 탄핵도 많이 받아 신경진보다 벼슬이 높지 못하여 그를 함부로 대할 순 없었다.

"얼마 전에 귀경하여 영감을 한 번 찾아뵈려 근황을 알아보던 중 이렇게 애사(哀事)를 당하였다는 말씀을 듣고 겸사겸사해서 찾아왔습니다."

"그러시오. 평소에는 잘 만날 수가 없더니 이런 애사가 생기니 못 보던 분들을 많이 만나게 되는 것 같습니다."

"원래 그런 것 아닙니까? 그런데 좀 쓸쓸해 보입니다."

"벼슬 잃은 사람들을 찾을 사람이 어디 있겠소이까? 하지만 삼십 년 만에 죽은 줄 알았던 지기를 만나 봤으니 쓸쓸하다고만 할 수 없지요."

"그래요. 그분이 누구십니까?"

신경진은 이귀의 삼십 년 지기가 누구인지 궁금했다.

"아시는지 모르겠는데, 이혼이라는 사람입니다. 내금위 도위로 있었던 분입니다. 계재 전투에 참전하고는 자취를 감추었던."

"예! 그분이 어떻게…. 원래 아시는 사이신가요?"

"물론이지요. 그분은 구봉 선생을 모셨고, 나는 성혼 선생님을 모셨기 때문에 교분이 잦은 두 분으로 인해 자연히 친할 수밖에 없었지요. 나이는 그분이 저보다 위였지만."

"그러셨군요. 저도 잘 아시는 분인데 다음에 한 번 같이 만나 약주라도 한 잔 하시죠."

신경진은 이혼의 등장이 몹시 의아했다. 하지만 그럴 수도 있다는 생각도 들었다.

"좋습니다. 그나저나 이렇게 먼 곳까지 찾아 주셔서 정말 고맙습니다. 차린 것은 없지만 요기라도 하시고 밤길에 돌아가실 수 없으니 누추하지만 주무시고 가십시오."

"원래 초상집에서 밤을 새며 못된 귀신을 쫓아내는 것이 예의 아니겠습니까? 당연히 그래야지요."

저녁이라 조문객이 별로 없어 신경진과 이귀는 술잔을 마주하게 되었다. 처음에는 격식을 차리며, 그동안의 안부를 물으며 술잔을 돌렸다. 그러나 시간이 지날수록 현 정권에 대한 불만이 쏟아지기 시작했다. 이전에 만날 때도 두 사람은 늘 이런 불만을 털어놓곤 했기에 새삼스러울 것도 없었지만, 이날은 이전보다 좀 더 진행된 이야기가 오갔다. 그 시발점은 신경진이었다.

"영감께서는 정권이 바뀐다면 어떤 자리에 앉고 싶습니까?"

불만이 분노로 바뀔 무렵 신경진이 불쑥 던진 질문이었다.

"어허, 이런 태평성대에 어찌 그런 질문을 하시는고? 내가 역모사건에 연루되어 일생을 망쳤다는 것을 모르고 하는 소리요?"

이귀는 노련했다. 술이 많이 취한 것 같은데도 쉽게 넘어가지 않았다.

정색을 하며 항의하듯 말했다.

"하고 싶은 것을 말하는데 꺼릴 것이 무엇 있겠습니까? 저는 훈련도감의 수장자리를 한 번 맡아보고 싶습니다."

신경진은 이귀의 태도에 개의치 않고 하고 술을 핑계로 하고 싶은 말을 다 하였다.

"그러신가. 하하하."

이귀는 자신이 너무 민감하게 반응했다는 듯 머쓱하게 한 번 크게 웃었다.

"허, 이거 초상집에서 웬 웃음이십니까. 남들이 알면 크게 오해하겠습니다."

신경진은 약간 불안한 듯 주위를 두리번거리며 말했다.

"아참 그렇지. 그래 영감께선 어떤 복안이 있으시오?"

이번에는 이귀가 대담하게 물었다. 물론 그의 목소리는 크지 않았다.

"무슨 복안 말씀입니까?"

"훈련도감 대장이 되는 복안 말이오."

"예? 아, 있지요. 있고말고요."

신경진은 이귀의 말이 무엇을 의미하는지 곧바로 깨달았다.

"잠깐 귀를 좀 빌리겠습니다."

신경진은 이귀에게 뭔가를 계속 설명했다. 이야기를 다 듣고 난 이귀의 표정은 점점 밝아졌다.

"역모를 꿈꾼다면 지금의 때가 어떻다고 생각하는가?"

어느 날 이정구와 함께 한강변을 거닐던 이혼이 불쑥 물었다. 강바람이 무척이나 세찬 저녁 무렵이었다.

"군신간의 갈등, 특히 임금과 그의 총애하는 신하들 사이의 갈등이 지금보다 더 한 적은 없었지요. 더구나 후금이 공격한다는 소문이 돌아 민심은 흉흉하고, 인목대비는 폐비되어 정릉에 유폐되어 있으니 대의명분을 내세우기에는 지금이 제일 적기라고 봐야지요. 하지만 이는 바깥 세상을 모르는 사람들의 생각이지요. 바깥 사정, 특히 여진과 명나라와의 관계를 아는 사람이라면 금상(今上)과 박엽을 중심으로 대동단결해야 할 때가 아닌가 생각합니다."

"그렇지. 지금 금상의 외교가 정말 대단한데 반정이라니…."

"반정이라뇨."

"장승의 정보에 의하면 김류가 조만간 일을 낼 것 같아."

"김류라면 형님과는 한 때 같은 스승을 모신 사이가 아니십니까?"

"그렇긴 하지."

"형님은 어떻게 하실 작정이십니까, 저들을 도울 것입니까? 아니면 이이첨을 등에 업고 계속 객주를 키우실 것입니까?"

"내가 궁극적으로 만들고 싶은 세상이 있지만 내가 주체가 되지 못하고 남에게 의존하여서는 절대 이룰 수 없는 일일세."

"하지만 형님도 서인출신이고 이이첨에 대한 복수는 해야 할 것 아닙니까?"

"김류를 돕는다면 개인적인 복수를 할 수 있을 것이고, 또 오랫동안 정권에서 소외되었던 옛 친구들의 한을 풀어 주는 것이 되겠지만, 저들이 워낙 명분을 중시하는 자들이기 때문에 사농공상의 차별이나 적서차별에 대한 금지, 그리고 지금 조선에 제일 중요한 친여진 정책에 대해서는 확신할 수가 없네."

"역시 우리는 관망을 해야겠지요?"

"당분간은."
"그 말씀의 의미는…."
"나도 모르겠네. 아들에 대한 생각이 자꾸 나서…."

이튿날 밤 안국방 박승종의 집에 방문객이 찾아 들었다.
"대감마님, 유천기 대감이 찾아 오셨습니다."
"들라 이르시게."
유천기는 방으로 들어가 박승종에게 절을 올렸다.
"이 야심한 밤에 무슨 일인가?"
"아무래도 뭔가 이상한 낌새가 느껴집니다."
"자세히 말해보게."
"지난번에 말씀드린 종성객주를 감시하기 시작했는데, 이혼이라는 자가 이귀의 초상집을 찾았습니다. 신경진도 이귀의 집을 찾았는데 두 사람은 함경도에서 함께 근무를 하였으니 이상할 것이 없습니다만 이혼과 이귀는 딱히 연결될 만한 고리가 없는 것 같아 좀 이상하였습니다. 어저께는 이귀와 신경진이 종성객주를 방문하였습니다. 이귀는 상갓집을 찾아준 것에 대한 답례라 할 수 있지만 신경진이 객주를 드나드는 것은 아무래도 좀 수상합니다."
"음, 결국은 이이첨이 변방의 무사들을 만나고 있다는 것 아닌가? 이제 변방의 군인들까지 자신의 휘하로 끌어들이고 있다. 문제가 될 수도 있겠군. 신경진과 이귀를 빨리 임지를 정하여 내보내야겠구만."
눈치 빠른 박승종은 뭔지 구체적으로 잡히지는 않았지만 이상한 예감이 들었다. 하지만 내색은 하지 않고 웃음을 띠고 유천기를 바라보았다.
"수고했네. 계속 더 철저히 감시하게나."

"예 알겠습니다. 더 지시할 것이 없으신지요?"

"특별한 것은 없네. 저들을 잘 감시하다가 수상한 점이 있으면 빨리 연락하게. 자 그리고 이것은 그동안 자네가 수고한 대가일세."

박승종은 돈궤를 열어 유천기에게 엽전 한 꾸러미를 하사했다.

"이런 것을 받자고 한 것이 아닙니다. 사양하겠습니다."

"내 미리 말하지 않았나. 사양하지 말고 받게. 물론 변인엽이 많을 재물을 가지고 있긴 하지만 일을 하자면 윗사람이 원래 돈이 좀 있어야 하는 것일세."

"배려해주셔서 감사합니다."

몇 년간 벼슬을 받지 못하고 있던 이귀에게 갑자기 황해도 평산 부사에 제수되었다. 갑자기 발령이 난 것이 이상했지만 수일 내로 떠나야 했다. 오랜만에 떠나는 것이라 짐 꾸리기도 쉽지 않아 무엇부터 챙겨야할지 잘 몰라 머뭇거리고 있는 사이 신경진과 김류가 방문하였다. 뜻밖의 상황이 이들에게는 놓쳐서는 안 되는 기회였다. 황해도 평산이라면 거삿날에 맞춰 군사를 동원할 수 있는 가까운 거리였기 때문이었다.

"축하드립니다. 평산 부사로 나가시게 되셔서."

"허허, 북저(김류의 호) 대감이 나를 놀리시는 게요. 환갑이 지난 나이에 다시 외방으로 나가게 되었는데 무슨 축하요 축하가. 이놈들이 너무들 하는군요. 서인이라는 이유로 이렇게 나이 칠십에 가깝도록 외직으로만 내보내니 말이오."

"죽일 놈들이지요. 아, 참 말씀을 낮추십시오. 연배도 저보다 한참 위이시고 또 사적인 감정으로 말한 다면 둘 다 율곡 선생의 제자로 저에게는 사형이 아니십니까?

"허허, 그런다고 말을 낮출 수가 있겠소. 하하."

이귀는 김류가 예를 갖추어 말하자 기분이 좋았고, 김류 또한 이귀가 솔직한 마음으로 자신을 대하자 안심이 되어 찾아온 목적을 말했다.

"지난번 이 친구의 방문으로 어르신의 생각을 들었습니다. 마침 저도 생각하는 바가 있어 어르신을 찾아뵙고 싶었는데 차일피일 미루다가 이렇게 떠나게 되신다는 말을 듣고 서야 부랴부랴 찾아뵙게 되었습니다."

"나도 한 번 뵙기를 바랐는데 이렇게 찾아 주시니 영광이오."

"이번에 같이 한 번 큰일을 해보려 하였더니 그만 갑자기 떠나시게 되어 섭섭합니다."

"어디를 가나 마음만 가지고 있으면 기회가 생기는 것이 아니겠소."

노련한 이귀가 김류의 생각을 읽어내자, 쉽게 방문목적을 말하지 못하던 김류는 그에 대한 신뢰가 생겨 찾아온 목적을 꺼림 없이 말할 수 있었다.

"사실은 제가 오랫동안 반정을 생각하고 사람을 모았는데, 영감께서 평산으로 나가시게 된 것이 좋은 기회가 될 것 같아 이렇게 급하게 찾아 왔습니다."

"이 늙은이가 도움이 될지 모르겠소?"

이미 신경진을 통해 교감이 있었던 터라 김류는 숨기지 않고 속내를 말하였다.

"무슨 말씀이십니까? 영감께서 나서 주신다면 저희로서는 천군만마를 얻은 것과 같습니다."

"과찬의 말씀이십니다. 어디 한 번 계획을 들어봅시다."

김류는 잠깐 생각을 정리하듯 침을 한번 삼키고는 말을 이었다.

"지금 조정은 임금과 신하, 신하와 신하들 사이가 벌어졌습니다. 그동안 우리는 반정의 기회를 노리고 있었는데 드디어 때가 무르익은 것 같습니다. 조만간 거사날짜를 잡으려 하는데 묵재 영감께서 힘을 실어주시니 얼마나 고마운지 모르겠습니다."

"고맙긴요. 이런 난세에 정도를 꿈꾸는 것은 선비로서 당연히 해야 할 일이지요. 그런데 반정에 성공하면 어느 분을 추대하실 것입니까?"

"능양군을 추대하려고 합니다."

"선조 임금의 손자가 아니십니까?"

"여러 종친을 살펴보았지만 인품으로나 능력으로나 이 난국을 이끌어갈 제일 적임자 인 것 같아서 내부적으로 그렇게 합의를 봤습니다. 이미 능양군과도 이야기가 되었습니다."

"저도 능양군에 대한 말은 많이 들었는데, 아주 잘 된 것 같습니다."

이귀의 표정이 밝아졌다.

"지금 제일 문제되는 것은 군사를 동원하는 일입니다. 도성에는 훈련도감의 병사들만 있기 때문에 그들과 내통만 하면, 적은 군사만으로도 쉽게 성공할 수 있을 것입니다. 다행이 저를 따르는 사람 중에 장유라는 선비가 있는데 훈련도감의 대장인 이흥립과 사돈 간이라 그동안 그와 많은 이야기를 나누어 어느 정도 마음이 기울어진 상태입니다. 문제는 우리의 군사가 없다는 점입니다."

"……"

김류는 별다른 표정의 변화가 없는 이귀를 쳐다보며 조심스럽고 신중하게 다음 말을 이었다.

"그래서 영감께 부탁의 말씀을 드리고 싶습니다."

"무슨 말씀이신지요?"

"이번에 평산에 가시면 군사를 많이 거느리게 될 것 아닙니까?"
"그들을 동원시켜 달라는 말씀입니까?"
"힘든 부탁이긴 하지만 제일 중요한 문제인 것 같아서…."
"……."

김류는 이귀가 시원스럽게 확답을 하지 않자, 약간 낙담하여 그의 답이 나올 때까지 아무런 말을 하지 않고 있었다. 골똘히 생각하던 이귀가 드디어 침묵을 깨고 말했다.

"내가 이 나이에 무엇이 두렵겠소. 군사를 동원하는 것은 어렵지 않소만, 황해도의 병사를 어떻게 아무런 명분도 없이 경기도 경계까지 데리고 올지가 걱정이오. 더군다나 이렇게 나를 갑자기 발령내린 것을 보면 누군가 나를 감시하고 있다는 것인데 말이오."

김류는 이귀의 고민이 군사동원이 아니라 어떻게 동원시키느냐에 있었던 것을 알고는 다시 활기를 되찾고 말했다.

"그 점에 대해서는 제가 생각을 해 두었습니다."
"어떻게 말이오?"
"지금 황해도에 호랑이가 출몰하여 많은 인명을 해친다고 하니 이것을 잘 이용하면 기회가 있을 것도 같습니다."
"그럴 수도 있겠군요. 일단 가서 기회를 엿보겠습니다."
"이번에 가시면 저를 별장으로 추천하여 같이 갈 수 있게 해주시오."

그러자 이들의 말을 가만히 듣고 있던 신경진이 끼어들었다.

"북우후 영감을 어떻게 별장으로 추천할 수 있겠소? 남들이 이상하게 생각할 것이오."

"어차피 저들이 저를 불러 놓고 벼슬을 내리지 않는 것을 보면 아무래도 제게 마땅히 내릴 벼슬이 없는 것 아니겠습니까? 제가 나서서 어르신의 별장으로 간다면 좋아할 것입니다. 어차피 다른 목적이 있으니 벼슬이 높고 낮고는 상관없는 일입니다."

"그렇긴 합니다만 남들이 이상하게 여길 것입니다. 하여튼 같이 있으면 좋을 것이니 한 번 청하여는 보겠소."

세 사람의 의기가 통하자 한 잔의 술로 결의를 다짐한 후 계속 이야기를 나누었다. 때로는 큰 소리로 웃기도 했고 때로는 남이 알아듣지 못할 목소리로 소곤소곤 말하기도 하였다.

"자, 이제 생각을 정리하겠습니다. 묵재 영감께서 이번 거사에 대장이 되시고 거사가 끝난 뒤에는 병조 판서가 되셔서 재빨리 군사를 장악하셔야 할 것입니다."

김류가 먼저 이귀를 내세우며 그동안의 논의를 정리하려했다.

"무슨 말씀을요. 늙은이가 뭘 하겠소. 더군다나 나는 뒤늦게 뛰어든 사람이니 오랫동안 준비하신 북저 대감이 대장이 되시고 병조 판서가 되셔야지요. 그래야만 평소 대감의 인품과 기국을 사모하던 많은 사람들이 따를 것 아닙니까?"

"아닙니다. 묵재 영감께서 맡으셔야할 이유가 있습니다. 저는 아무래도 실전 경험이 없습니다만 영감께서는 임란 때 의병활동을 하신 것을 비롯하여 변방에서 여진과도 여러 차례 격전을 치러보시지 않으셨습니까?"

"그것이 뭐가 중요하다 말이오?"

"만약 저희가 반정에 성공한다면 곧 가장 큰 위기를 맞이할 것입니다."

"무슨 위기가 발생한다 말이오?"

"평양감사 박엽입니다. 그가 우리의 거사 소식을 듣는 다면 분명히 금상을 위해 군사를 일으킬 것입니다. 그가 쳐들어온다면 우리는 쉽게 막지 못하고 고전할 것입니다. 그때를 대비해서라도 영감께서 병권을 잡으셔야 할 것입니다."

"그런 상황이 벌어진다면 나보다는 북저 대감이 더 잘 대처 할 것입니다."

이귀가 거듭 사양하자 김류는 잠시 생각에 잠겼다가 이 문제를 보류하려했다.

"그러면 이 점은 좀 더 시간을 두고 생각하기로 하지요."

"아니오. 그런 것은 미리 거사 전에 결정을 짓는 것이 좋을 것이오."

두 사람은 서로를 추천하며 대장자리를 양보했다. 하지만 마냥 뒤로 미룰 수 없어 서너 번의 사양 끝에 결국 이번 거사의 대장은 김류가 맡고 병권 또한 김류가 장악하기로 결정을 보았다. 두 사람은 서로의 생각을 확인하고 난 뒤에는 극히 말을 아꼈다. 그리고 술만 몇 잔 마신 후 작별 인사를 나눴다.

"그러면, 제가 수시로 심기원을 보내 연락을 드리겠습니다."

"좋소, 그러면 제가 오늘 호조에 들어가 군수를 산성별장으로 추천을 하여 보겠소."

박승종은 이귀가 신경진을 자신 휘하의 산성별장으로 추천했다는 호조의 보고를 받고, 오히려 신경진을 박엽 휘하의 평안 우후로 발령케 하였다. 박엽은 무장으로 정권에는 관심이 없고 오로지 강한 군대를 양성하는 것에만 전념하였기에, 그를 박엽에게 보내어 상호간의 연락을 끊기 위한 의도였다. 예상 밖의 교지를 받은 신경진은 어떡해야 좋을지 몰라 며칠 동안이나 발령지로 가지 않고 망설이고 있었다. 박승종은 이튿을 놓치지 않고 곧바로 차자를 올렸다.

'신경진이 교지를 받고도 부임을 하고 있지 않으니 이는 임금의 명을 우습게 여기는 것이니 중벌을 주어야 할 것입니다. 더군다나 저가 머뭇거리는 데에는 뭔가 좋지 못한 의도가 있기 때문인 것으로 사려 되오니 그를 국문하여야 할 것입니다.'

상소를 받은 광해군은 인상을 찌푸렸다. 관리를 임용할 때 이처럼 당쟁으로 인한 시비가 비일비재했기 때문이었다. 임금은 박승종의 차자를 무시하고 다시 교지를 내려 신경진을 평안도 효성령의 별장으로 임명했다.

잠시 머뭇거리는 사이 뜻하지 않게 박승종의 견제를 받고 놀랐던 신경진은 이번에는 교지가 내리는 날 바로 떠날 준비를 하였다. 자신 때문에 거사가 뒤틀리면 안 되었기 때문이다. 떠나기 전 그는 말 한 필을 끌고 김류를 만났다.

"얼른 떠나게. 박승종이 또 무슨 억지를 부릴지 모르니. 임지에 가서는 아무 것도 하지 말고 가만히 있게. 결정적인 순간 사람을 보낼 테니까."

김류는 신경진에게 조신할 것을 당부했다.

"아무래도 박승종이 눈치를 챈 것 같아 걱정되네."

"나도 그 점이 조심스럽네. 그래서 조신하라는 것일세."

"알았네. 나는 비록 변방으로 다시 쫓겨 가지만 상황이 발생하면 군사를 끌고 금방 달려 올 터이니, 무슨 일이 있으면 내 아우 경유에게 연락하게. 참 그리고 이 말(馬)은 여진족의 말인데 참으로 명마일세. 내가 이 귀 영감에게 주려고 했는데 일이 급하여 먼저 가니 나중에 사람을 보내어 좀 보내 주게나. 십여 년을 나와 고락을 같이 한 말이라고 전해주게."

"알겠네. 무슨 일이 있으면 내 꼭 연락을 할 테니 안심하고 가게나."

이 무렵 또 한 명 새롭게 교지를 받은 사람이 있었다. 함경도에서 이귀 신경진과 함께 현 정권에 대해 불만을 토로하였던 이괄이었다. 그도 한양으로 소환된 이후 새로운 부임지가 결정되지 않아 고향인 여주에서 할 일 없이 소일하고 있던 중이었다. 할 일 없이 지내는 동안 신경진은 그를 찾아 자신들의 계획을 슬며시 말하였다. 이괄은 흔쾌히 함께 하겠노라는 약속을 이미 한 터였다. 이괄에게는 함경도 북병사로 발령이 났다. 이전에 회령부사로 있었으니 표면적으로는 한 단계 진급을 한 것이었다. 하지만 그곳은 한양 땅에서 가장 먼 조선의 제일 변방이었다.

불과 며칠 사이에 김류의 거사에 뜻을 함께 하기로 무장 출신 세 명은 함께 힘을 모을 수 없는 다른 곳으로 발령이 나고 말았다. 이귀는 황해도에, 신경진은 평안도, 그리고 이괄은 한양에서 가장 먼 함경도에 각각 흩어지게 되어 이귀의 군사력 외에 다른 두 사람의 군사력은 아무 소용이 없게 되었다. 이상한 낌새를 눈치 챈 최명길이 급히 김류를 찾았다.

"이귀는 평산 부사, 신경진은 효성령 별장으로, 이괄은 함경도 북병사. 낌새가 이상합니다."

"박승종일 것이야. 그동안 우리를 감시하고 있던 그가 내가 신경진과 이귀를 만나는 것을 이상하게 여긴 것이기 때문이야. 더 이상 미룰 수는 없을 것 같아. 서둘러야겠어."

김류 또한 불안한 기색이었다.

"하지만 군사가 없지 않습니까? 평산 부사 이귀의 군대를 동원할 수 있을지 모르지만 신경진과 이괄의 군사는 합류할 수 없을 것입니다. 이귀가 이끄는 황해도 평산의 군사들만으로는 훈련도감의 군사를 상대하기가 힘들 것입니다. 더군다나 우리는 그들 군사들을 재우고 입힐 재력도 부족합니다."

"알고 있네."

"무슨 대책을 세워야할 것 아닙니까?"

"내가 미리 생각해 둔 사람이 있긴 하네. 가급적 끌어들이지 않으려 했지만 어쩔 수가 없을 것 같네."

"누굽니까?"

"이혼."

"이혼이 누굽니까?"

"나와 군수의 무술선생. 그가 장안에서 막대한 부를 형성하였네. 장안의 많은 장정들 또한 그의 객주에서 이런 저런 일들을 하고 있네."

"그자가 우리 일에 협조하겠습니까?"

"그는 서인일세. 전쟁영웅이면서도 전혀 대접을 받지 못한 서자 출신이기도 하고. 이미 군수가 그자를 여러 번 만나 보아 그 자의 속성을 알고 있네. 내 청을 거절하지는 않을 것일세."

"그렇다면 다행입니다만…."

최명길은 김류의 말에도 불안한 기색을 감추지 못하였다.

"조만간 이혼을 만나보긴 하겠지만 그 사이 이귀의 군사를 동원할 명분이 만들어져야하는데 걱정일세."

김류는 답답한 듯 한 숨을 쉬며 말했다.

오래지 않아 김류가 원하던 기회가 찾아왔다. 황해도 평산 부사가 된 이귀에게 평산으로부터 송경(松京,개성)에 이르는 길에 호랑이가 출몰하여 파발이 끊어질 지경이 되었으니 호랑이를 잡으라는 어명이 떨어진 것이었다. 군사 동원의 기회를 포착하고 있던 김류에게는 하늘이 준 기회였다. 그는 곧바로 이귀에게 사람을 보내 이번 어명을 핑계로 거사를 실행에 옮기자는 밀서를 전했다. 이귀도 이에 동의했다.

어명을 받은 이귀는 곧 많은 포상금을 걸고 궁노수를 모집하였는데 수백의 궁노수와 포수가 몰려들었다. 그는 이들을 조련시킨 후 사대(四隊)로 나누어 호랑이를 잡으러 멸악산을 뒤지기 시작했다. 네 방향에서 협공을 가하자 호랑이 한 마리를 손쉽게 포획할 수 있었다. 호랑이를 포획한 이귀는 죽은 호랑이를 수레에 실어 임금에게 보냄과 동시에 상소를 올렸다.

호랑이의 활동 범위가 황해도와 경기도를 드나드는데 현행법상 대규모의 군사를 이끌고 도계(道界)를 넘어갈 수가 없으니 호랑이를 다 토벌할 때까지 만이라도 도계를 넘을 수 있도록 윤허하여 주옵소서.

호환(虎患)으로 근심이 많았던 임금은 이귀가 호랑이를 잡아오자, 기쁜 마음으로 이귀의 상소를 재가(裁可)했다. 임금의 재가가 떨어지자 이귀는 드디어 기다리던 때가 왔다고 생각하고, 자신에게 와 있던 심기원을 통하여 김류에게 '군사를 이끌고 도성에 들어갈 명분을 확보했으니 안에서 내응해 달라'는 내용의 글을 띄우는 한편 도성에 들어갈 준비를 했다.

그는 먼저 새로 모집한 궁노수들을 자신의 편으로 끌어들여야겠다는 생각에 그들을 위한 푸짐한 술자리를 마련하였다. 기생들의 가무와 어울려 몇 순배의 술잔이 돌자 호랑이 사냥에서의 무용담이 진중에 떠돌기 시작했다. 이때 이귀는 궁노수들을 불러 모아 슬쩍 자신의 의도를 흘렸다.

"자네들 그동안 수고하였네. 이제 상감마마의 어명이 떨어졌으니 이

기세로 도성까지 한 번 들어가 보세."

"도성까지요?"

이귀의 말에 의문을 품은 궁노수들이 많았다.

"도성에는 호랑이가 없다더냐?"

"아하, 그렇지요. 하하하."

술기운에 취한 군사들은 이귀의 말에 흥이 올라 분위기는 점점 달아올랐다.

"이왕이면 훈련도감의 군사들과도 한 번 힘을 겨뤄볼까?"

"거 좋습니다. 누가 사격술이 뛰어난지 한 번 겨뤄보죠."

취한 군사들은 이귀의 말에 재밌다는 듯 낄낄대며 웃었다.

"그건 역모가 아니오?"

하지만 그중 하나가 큰소리로 대들듯이 따졌다.

"에끼, 이 사람 무슨 그런 흉칙한 소리를 하는가? 우리 군사가 훈련도감의 군사와 겨뤄도 손색이 없다는 말이지 그게 어찌 역모인가? 큰일 날 소릴 하는구만."

이귀는 오히려 말한 군사를 나무랐지만 속으로는 자신의 의도에 말려들지 않아 흠칫 놀랐다.

"자, 딴 생각들 하지 말고 술이나 들게."

"그런데 도성에 가긴 가는 겁니까?"

"낸들 호랑이 길을 어떻게 알겠나. 호랑이가 간다면 도성이라도 가야지."

이귀가 군사들을 독려하는데 정신을 빼앗겨 있는 사이 일단의 포수들이 대오를 이탈하고 있었다.

심기원이 집에 도착하자 김류는 드디어 기다리던 때가 왔다며 급히 동지들을 불러 모았다. 김자점 최명길 장유 등이 달려왔다. 그 사이 박승종의 감시가 심하여 이들은 자주 모이지 못했다.

"밤중에 무슨 일이십니까?"

"드디어 이귀로부터 연락이 왔네. 지금 도성을 향해 진군 중이라 하니 준비들을 하게."

"예, 연락이 왔다고요!"

"이귀의 행군 속도면 삼 일 정도면 도성에 도착할 것이네. 그 사이에 우리는 서둘러 지난번에 세웠던 계획들을 준비해야 할 것이네. 특히 제일 중요한 것은 훈련도감의 군사를 움직이지 못하게 해야 하는 일일세. 지국(장유의 자), 훈련도감의 일은 어떻게 되었나?"

"계획대로 잘 되고 있습니다."

"이번 일의 승패는 자네에게 달렸네."

"잘 알고 있습니다."

"나머지 사람들은 그동안 포섭해온 사람들을 챙기고 준비하고 있게나. 정확한 거사 시간은 조만간 전달하겠네."

일일이 사전계획을 확인하는 김류는 매우 고무된 모습이었다.

"잘 알겠습니다."

"우리를 감시하는 무리들이 있을 것이니 행동거지에 조심들 하시게."

"명심하겠습니다."

동지들이 물러나자 김류는 세밀한 작전 계획을 짜면서 이날 밤을 지새웠다.

이귀의 밀서가 김류의 집에 당도할 무렵 급히 박승종을 찾는 사람이 있었다. 유천기였다.

"평산 부사 이귀가 호랑이를 잡는다는 명분을 내세워 도성으로 들어오고 있습니다."

"뭐라고, 자세히 말해보게."

"이귀가 부하들을 격려하기 위해 술자리를 베풀었는데 술 취한 그가 무심코 흘린 말입니다."

"이귀의 부대가 도성에 들어오기 전에 막아야겠다. 아직도 이귀의 부대에 우리 사람이 남아 있나?"

"예."

"자네는 부하들의 행동을 잘 단속하여 매시간 변하는 상황을 보고하게."

"예, 알겠습니다."

"우리를 감시하는 자들이 있을지 모르니 남의 눈에 띄지 않게 조심해서 돌아가게."

"명심하겠습니다."

유천기가 나가자 박승종은 급히 외출 준비를 시켰다.

같은 시각 이이첨의 집에도 늦은 밤에 찾아든 손님이 있었다. 이정구였다.

"이 밤중에 당신이 웬일이오?"

"시급한 일이 발생했습니다."

"무슨 일이오."

"역모입니다."

"역모. 누구요?"

"김류입니다."

"김류, 그가 일을 꾸민다는 것은 이미 알고 있는 사실이오."

"평산 부사 이귀와 함께입니다."

"이귀?"

"그가 지금 호랑이를 잡는 다는 핑계로 군사를 이끌고 도성으로 진군하고 있다고 합니다."

"뭐라고! 그래서…."

이이첨은 순간적으로 놀란 기색이었지만 금방 상황을 짐작한 듯했다.

"알겠소. 알려줘서 고맙소."

"천만의 말씀입니다."

"참 그런데, 어떻게 그 사실을 알았소?"

"대감님 말씀대로 김류를 감시하던 중 이귀와 자주 접촉하는 것을 발견했는데, 평산 부사로 임명된 이귀 대감이 포수를 모집한다는 말을 듣고는 이상히 여겨 저희 사람을 보내었는데 그가 연락을 해왔습니다."

"잘하셨소. 내 이번 일이 마무리되면 당신에게 사례를 하겠소."

"아닙니다. 저희는 그런 것을 바라고 한 것이 아닙니다. 지금처럼 관심만 가져 주시면 저희로서는 백골난망입니다."

이정구가 손을 내저으며 말하자 이이첨은 고개를 끄덕이고는 말했다.

"부탁을 하나 더 해도 되겠소?"

"분부만 하십시오."

"김류와 아울러 영상 대감의 사저도 철저히 감시하여 수상한 점이 있으면 연락해주시오."

"예. 분부대로 거행하겠습니다. 그럼, 소인은 이만…."

이정구가 물러가자 이이첨은 그를 매우 쓸만한 인물이라 생각한 뒤, 집사를 불러 조흡과 이위경 등 자신의 신복을 불러오라 말했다. 수하의 사람들이 들어오자 사건의 경위를 말한 다음 대책을 마련했다.

"이번 사건을 이용하여 폐위된 인목대비를 제거해야 할 것이오. 우리로서는 적당한 명분을 찾고 있었는데 저들이 스스로 무덤을 팠으니 잘 되었소."

"그렇습니다. 그런데 어떤 식으로 일을 추진하죠."

조흡이 말했다.

"이귀를 붙잡아 국문을 한 다음 그들이 내세운 명분이 인목대비의 복원에 있었다고 실토하게 하면 될 것이오."

"잘 알겠습니다."

"이 사실을 다른 사람들에게도 말하여 내일부터 이귀를 국문해야 한다는 상소를 올리도록 하시오."

"예, 알겠습니다."

박승종이 찾은 사람은 유희분이었다. 유희분은 광해 임금의 손위 처남으로 박승종과 더불어 소북파를 형성하여 이이첨을 견제하는 사람이었다. 박승종이 한 밤중에 찾아 왔다는 말을 들은 유희분은 뭔가 심상치 않은 일이 있음을 눈치 채고 그를 얼른 사랑으로 안내했다.

"어인 일이십니까? 영상 대감께서 한 밤중에 저희 집을 다 찾아오시고."

"역모요. 그것도 시급을 다투는 일입니다."

"예, 역모라뇨?"

유희분은 전혀 예상하지 못한 일이라 깜짝 놀랐다.

"평산 부사 이귀가 군사를 이끌고 도성으로 오고 있답니다."

"안에서 내응하는 자가 있을 것 아닙니까?"

"일단 파악하기로는 김류인 것으로 밝혀졌습니다만 자세한 것은 그를 붙잡아 국문을 해보아야 알 것 같습니다."

"그래야겠지요…."

유희분은 내응자가 김류라는 말에 뭔가를 골똘히 생각하기 시작했다. 박승종은 그가 말을 꺼낼 때까지 기다렸다.

"김류는 지난번 대비 폐위문제가 거론되었을 때 격렬하게 반대하다가 벼슬을 그만 두지 않았소. 그가 주동자라면 이번 사건은 단순하지가 않을 것 같습니다."

"어떤 점이 문제가 됩니까?"

"저들이 역모를 꾸몄다면 그 시기가 대비 폐위사건 전후가 아닌가 생각됩니다. 그렇다면 그들이 내세운 명분 중 하나가 대비의 복원문제일 것입니다."

그제야 박승종은 유희분이 생각에 잠긴 이유를 깨닫고는 고민에 빠졌다. 이들이 이끌고 있는 소북파는 인목대비의 폐위에 반대하였기 때문이다.

"국문을 하면 그들은 금상(今上)을 폐하려 했다는 자백을 할 것이고, 그 이유를 묻는 심문관의 질문에 대비 폐위 때문이었다고 말한다면 서궁에 유폐된 대비가 위태로워지게 된다는 말씀이군요."

"바로 그 점입니다. 이이첨이 어떤 인물입니까? 이것을 빌미로 우리를 강하게 공격할 것이고, 그렇게 되면 대비의 생명도 장담 못할 것입니다."

"그렇군요. 그 점은 미처 생각하지 못했습니다."

박승종이 고민하자 유희분은 화제를 돌렸다.

"그런데 어떻게 이 일을 알게 되었습니까?"

"마포에 이이첨이 후원하는 객주가 있다는 소문을 듣고 뒤를 조사하던 중 뜻밖의 것을 알게 되었습니다."

"소문이 잘못 된 것 아닙니까? 이이첨이 김류와 교류를 맺을 리가 없지요."

박승종은 뒤통수를 얻어맞은 기분이었다. 그때서야 자신이 누군가에게 이용되었다는 것을 깨달았기 때문이었다. 자신과 이이첨의 관계를 이용하여 헛소문을 내어 이이첨만을 경계하는 사이에 다른 일을 꾸민 것이었다. 그들이 서인세력이라면 이이첨보다 더 경계를 해야 했다.

"이것은 단순한 문제가 아닌 것 같습니다. 서인들이 호시탐탐 우리를 공격할 틈을 엿보고 있었다는 말이 아닙니까?"

"그런 셈이지요. 일단 저들의 싹을 자르고 아울러 이이첨에게 대비(大妃)를 공격할 빌미를 제공하지 말아야겠습니다."

"그렇다면?"

"일단 그를 소환하여 파면시켜 시급한 불을 끈 다음 다른 죄목을 만들어 이들 무리를 제거해야겠습니다."

"사헌부에 알리고 이 밤으로 소환 명령을 내리도록 하겠습니다."

김류의 답을 기다리고 있던 이귀에게 뜻밖에도 사헌부에서 보낸 파발이 도착했다.

"무슨 일인가?"

이귀는 뭔가 잘못되고 있음을 순간적으로 깨달았다.

"조사를 할 것이 있으니 연락을 받는 즉시 사헌부로 오라는 소환 명령입니다."

"뭐, 소환 명령? 무슨 이유로?"

"자세한 것은 잘 모르겠습니다. 일단 가보시면 알 것입니다."

사헌부에서 자신을 부른 이유는 조정에서 뭔가 눈치를 챘다는 것 외에는 다른 것이 없는 듯했다.

'어떻게 말이 새어 나갔을까? 김류는 무사할까? 소환에 응하여야 하나 말아야 하나? 소환에 응하지 않고 이대로 군사를 몰고 간다면…. 도성에서는 이미 준비를 하고 있을 것이다. 그렇게 되면 이길 확률은 줄어든다. 반면 소환에 응하여 호랑이를 잡기 위한 행동이었다고 우기면… 김류만 입을 다물어 준다면 나만 파면 당하는 것으로 끝날 수도 있을 것이다.'

결국 그는 소환에 응하기로 하고 궁노수들을 불러 모았다.

"내가 얼마 전에 술을 마시면서 농담 삼아 도성으로 간다고 했는데, 우리들 중 누군가가 그 이야기를 조정에 한 모양이오. 그래서 내가 소환되어 가니 여러분들은 동요하지 말고 기다리시오."

구체적인 도성 진입 계획을 세우고 늦게 잠이든 김류를 깨운 것은 김자점이었다. 그는 밤새 일어난 일을 이야기하고, 이귀를 잡으러 파발이 떠났다는 소식을 전해주었다.

"누군가 일을 주도하는 사람이?"

"박승종입니다."

"어떻게 저들이 알았단 말인가?"

"모르겠습니다. 묵재 영감이 말실수를 하지 않은 이상 기밀이 샐 곳은 없습니다."

"우리 내부는 괜찮은가?"

"지금까지 몇 년을 지내는 동안 아무런 탈이 없었습니다."

"결국 묵재 영감이라는 결론인데."

"그를 너무 성급히 끌어들인 것 같습니다."

"지금 그것을 논할 때가 아니지. 아직 우리 이름은 나오지 않았는가?"

"자세한 것은 모르겠습니다만, 국문을 하면 나오겠지요."

"낭패로군…."

"뭔가 대책을 세워야 되는 것 아닙니까?"

"이 상황에서 무슨 대책이 있겠나. 묵재 영감이 입을 굳게 다무는 수밖에…."

"……."

"동지들에게 모든 활동을 중단하고 꼼짝 말고 있으라는 말을 전하여 주게."

"예, 알겠습니다."

"십 년 수고가 이렇게 끝나는 구나!"

절망감에 싸인 김류의 입에서 절로 탄식이 나왔다.

"아직까지는 희망이 있습니다."

김자점이 위로의 말을 건네긴 했지만 그도 낙담하기는 마찬가지였다.

"묵재 영감이 아무리 의지가 강한 사람이라 해도 환갑을 넘은 나인데 어떻게 모진 고문을 이겨 내겠는가?"

"……."

"천행을 바라야지…."

"그럼 이만."

돌아서 나가는 김자점의 뒷모습은 힘이 없었.

사헌부에서는 소환되어 올라온 이귀를 심문하기 시작했다.

"군사를 모집하여 도성으로 들어온다는 정보가 있는데 사실이오?"

"나는 호랑이를 잡기 위해 군사를 모으고 호랑이의 이동 경로에 따라 군사를 움직였을 뿐이오. 경기도 지경에 들어서기 위해서 상감마마 재가까지 받았소. 내가 불순한 생각을 가졌다면 어떻게 상감마마의 재가를 받을 수 있겠으며, 이 나이에 내가 무엇이 아쉬워 그런 생각을 하겠소."

이귀는 모든 것을 잡아뗐다.

"불순한 생각을 가졌다고는 하지 않았소. 다만 사실 여부만 물었을 뿐이오."

"물론 경기 지경으로 군사를 움직인 것은 사실이오."

"좋습니다. 호랑이를 잡는 것 외에는 다른 의도가 전혀 없었다는 것이죠?"

"물론입니다."

"알겠습니다. 이 사실을 그대로 전하겠습니다. 불편하시더라도 참고 조금만 기다리십시오."

이상하게도 심문을 하는 선전관은 이귀의 생각에 수긍하고 고문을 가하지 않았다. 순간 이귀는 무슨 의도가 있을 것이라 판단하고 끝까지 시치미를 떼면 뜻밖의 결과가 나올 수도 있다는 생각이 들기 시작했다.

같은 시각, 임금에게 상소가 올라오기 시작했다. 주로 이이첨 일파의 대신들이었다.

'이귀가 서궁을 보호하기 위해 역모를 일으켰음이 분명하므로 국문을 하여 배후를 캐내고 서궁과 함께 처형해야 하옵니다.'

이귀를 국문하여 그 배후인 인목대비를 처형하여야 한다는 이이첨 무리의 상소가 올라왔다는 소식을 들은 박승종은 놀라지 않을 수 없었다.

조용히 처리하려 했는데 어떻게 그가 알게 되었는지 궁금할 뿐 아니라, 잘못하다가는 그의 주장대로 일이 처리되지 않을까 걱정되어 휘하의 소북파 사람들을 불러 모아 상황을 설명한 뒤, 사건을 최소화하여 인목 대비에게 폐가 되지 않도록 반대 상소를 올리게 했다. 그리하여 또다시 소북파와 대북파, 두 세력 사이에 긴장감 넘치는 싸움이 시작되었다.

모든 것이 끝났다고 체념하고 있던 김류에게 김자점이 새로운 소식을 가지고 나타났다.

"일이 묘하게 돌아가고 있습니다."

김자점의 표정이 의외로 밝았다.

"어떻게 말인가?"

"사헌부에 있는 묵재 영감에게 고문이 전혀 없을 뿐 아니라 박승종과 유희분 등이 사건을 축소하려 합니다."

"그래!"

사색이 되어 있던 김류의 얼굴에 생기가 돌기 시작했다.

"이이첨은 상소를 올려 국문을 하여 배후를 켜야 한다고 하는 반면, 박승종은 이귀의 행위가 의심이 되어 조사하긴 했지만 별 혐의가 없었다며 민심이 어지러운 시기에 소모적인 논쟁을 벌여서는 안 된다고 반격하고 있습니다."

"그래! 잘하면 위기를 모면할 수도 있을 것 같은데."

"그렇습니다."

"전하의 의중은?"

김류는 점점 흥분되었다.

"임금을 가까이서 모시는 김 상궁의 말에 의하면 파벌싸움 정도로 생각하고 있다고 합니다."

"일이 참 묘하구만 적들에 의해 우리가 보호를 받게 되었으니 말일세."
"하늘이 돕는 것 같습니다."
"아직 안심할 단계가 아니니 꼼짝하지 말아야지."
"물론입니다."

이귀를 가운데 두고 대북파와 소북파 사이에 치열한 논쟁이 벌어지자, 아버지 때부터 당파의 폐해를 너무나 많이 보아온 광해군은 이들이 서로 당파의 이익을 챙기기 위해 다투는 것이라 치부하고, 이귀가 군사를 동원한 것은 자신이 허가한 사실임을 내세워 결국 이귀를 파면시키는 것으로 일을 마무리 지었다.

김류 입장에서 본다면 지난번 서궁 편지사건 이후 이번 사건까지 두 번씩이나 대북파와 소북파의 권력 다툼에 의해 자신의 역모가 덮어진 순간이었다. 자신이 적으로 생각하는 북인들에 의해 두 번씩이나 목숨을 건졌다는 것은 참으로 기이한 일이었다. 파면을 당한 이귀는 김류에게 당분간 연락을 끊겠노라는 말과 함께 향리에 몸을 숨겼다. 괜히 도성에 들락거리다가 무슨 일을 당할지 모른다는 계산에서였다.

이귀가 파면당하는 것으로 매듭지어지긴 했지만, 인목대비 폐위에 반대했던 소북파를 제거하고 권력을 공고히 하기 위한 기회를 잡은 대북파의 이이첨은 임금의 결정에 승복하지 않고, 이귀를 다시 붙잡아 국문을 설치해야 한다고 연일 상소를 올렸다.

국문이 설치된다면 자신은 물론 서인세력이 다 연루될 것이 뻔해지자 김류는 다급해졌다. 이이첨은 물론 자신들을 옹호했던 박승종도 사건의 내막을 다 알고 있을 것이라는 생각이 들자 더 이상 거사를 미룰 수 없는 시점까지 왔지만 동원할 군사가 없었다. 이런 시점에서 군사를 모집한다면 섶을 들고 불 속에 뛰어드는 꼴이 될 것이었다. 그렇다고 더 이상 미룰 수가 없었다. 장안에 있는 병력을 동원하는 방법밖에 없었다. 김류는 마지막 패를 꺼내들었다. 그는 신경진의 동생 신경유를 불렀다.

"너는 이혼에게 가서 내가 한 번 뵙잔다고 전하여라. 찾아뵙는 것이 이치지만 상황이 여의치 않아 집밖을 함부로 나갈 수 없으니 죄송하지만 어려운 발걸음을 한 번 해달라고 정중하게 말하여라."

신경유의 방문을 맞은 이혼은 선뜻 대답을 하지 않았다. 대신 경유를 물리치고 오랫동안 이정구와 밀담을 나누었다. 그리고는 아무개날 방문하겠다는 답신을 주었다.

이혼이 방문하기로 한 날 김류는 긴장했다. 정여립의 난을 조작하여 동인들에게 맹반격을 가할 때 뒤에서 모든 일을 계획하고 조종하던 모사꾼인 송구봉의 수족이 그였다는 것을 잘 알고 있는 그는 잘못하다가는 자신이 오히려 그의 모략 속에 빠질 수도 있다는 것을 되뇌며 그가 제시할 조건이 무엇일까를 예측해보았다.

이혼이 나타났다. 군살 하나 없이 불거진 광대뼈에서 느껴지는 무골다운 기상은 여전했다. 매서운 눈초리는 보는 사람의 기를 꺾기에 충분했다. 육십이 넘은 나이라고는 전혀 느껴지지 않을 정도로 건강한 모습이었다. 김류는 웃으며 그를 맞았지만 긴장하지 않을 수 없었다.

"어르신, 이게 도대체 얼마 만입니까? 삼십 년도 넘은 것 같습니다."

"북저께선 그간 무고하신지요?"

"덕분에 평안합니다만 어르신은 연만하셔도 여전히 건강하신 것 같습니다."

"하하하, 고맙소."

"입춘이 지났는데도 여전히 날씨가 차갑습니다."
"달이 차면 기우는 법, 추울수록 봄이 가깝다는 증거 아니겠소?"
"맞습니다. 봄이 가까이 왔지요. 하하하."
두 사람은 주안상을 마주한 채 나란히 앉아 날씨를 화제로 그동안의 안부를 물으며 대화를 나누기 시작했다.
"왜란 이후로 모습이 보이지 않으시기에 전화(戰禍)를 당하신 줄 알았습니다."
"쉽게 죽을 내가 아니지요."
"얼마 전 신경진 형제를 통하여 어르신의 소식을 접하고는 얼른 찾아가 뵙고 싶었습니다만, 저희를 감시하는 무리가 많아 연락을 제대로 못 드렸습니다."
"그랬을 것이오."
김류는 지난 추억들을 떠올리며 이혼의 마음을 앗으려 애썼다. 이혼은 그가 어떤 생각으로 자신을 불렀는지 다 알면서도 짐짓 모르는 채 하며 묵묵히 김류의 이야기를 듣고 있었다.
"신경진을 통하여 북저 대감의 뜻은 대강 들었소."
김류가 쉽게 본론을 말하지 못하자 이혼이 먼저 불쑥 본론을 꺼냈다.
"그래요, 무엇을 전해 들었습니까?"
김류는 깜짝 놀라며 되물었다.
"서인(西人)정권을 다시 부활하고 싶다는 뜻이 아니었소?"
"맞습니다. 그래서 도움을 청하고자 이렇게 모셨습니다."
김류도 더 이상 숨기지 않았다. 두 사람은 오랜만에 보는 얼굴이라 웃는 얼굴을 하고 있었으나 팽팽한 긴장감만은 감출 수가 없었다.
"북저께서는 구봉 선생을 어떻게 생각하십니까?"

이혼은 대답대신 다른 질문을 던졌다.

"율곡 선생과 더불어 저의 스승으로 생각합니다."

김류는 주저 없이 답했다.

"그런 분이 쓰이지 못하는 현실에 대해서는 어떻게 생각하시는지요?"

"이제는 그런 시대를 마감해야죠. 적자니 서자니 하는 것은 따지지 말아야지요. 능력이 있으면 발탁하여야 되지 않겠습니까?"

김류는 이혼이 이런 문제를 제일 먼저 거론할 것이라 예상하고 미리 답변을 준비하고 있었다.

"옳으신 말씀입니다. 그런데 능력이 있다면 어느 정도까지 등용을 하여야 할까요?"

"그야 글을 배운 사대부들 아니겠습니까? 이제는 동인 서인 남인 북인 적자 서자 구분하지 않고 등용해야지요."

"탕평책을 펴시겠다. 새로운 정권에서는 정·주(程·朱)의 학문을 한 자 뿐만 아니라 양명학, 노장사상, 불교를 공부한 자도 다 포함시켜야 할 것이며, 사농공상인 중에서도 찾아야 할 것입니다. 그것이 되지 않고서는 급변하는 북방의 변화에 적절히 대처하지 못할 것이오."

김류는 이혼이 적서 차별 제도의 폐지를 요구하면 그 정도는 수용할 생각이었다. 하지만 그의 요구는 예상을 뛰어넘는 것이었다.

"범위가 너무 넓은 것 아닙니까?"

"물론 그렇게 생각할 수 있소. 나도 당장 이것을 실행하기는 힘들다고 생각하오. 하지만 반정에 성공하기 위해서는 백성들의 지지를 얻는 것이 제일 중요하오. 임진왜란 이후, 이 나라는 지배층과 피지배층사이에 불신과 불만이 팽배하여 서로 화합할 수 없는 지경에 이르렀소. 따라서 문호를 활짝 열어 어느 계층에서라도 인재가 있으면 등용하는 조치를 취하여 백성들의 지지를 얻어야 새로운 정권은 탈 없이 오래 갈 것이오. 내 말의 의미를 잘 새겨들어야 할 것이오."

"어르신이 말씀하시는 의도를 알겠습니다."

김류는 이혼의 말에 일단 동조했다. 그만큼 다급했다.

"이것이 나의 첫째 조건이오. 이렇게 해야 구봉 선생의 명예를 되찾을 수 있을 뿐 아니라 후세의 사람들이 그분을 제대로 평가해 줄 것이오."

"또 있습니까?"

"제일 중요한 조건이오. 다른 것은 몰라도 이것만은 꼭 들어주어야 할 것이오."

"말씀하십시오."

김류는 긴장한 채 이혼의 말을 경청했다.

"지금 북쪽에서는 여진이 급속하게 성장하고 있소. 사르허 전투이후 요동 지역이 다 여진의 손아귀에 들어갔소. 현재는 소강상태를 보이고 있지만 상황은 점점 여진 쪽으로 기울어지고 있소. 하지만 여진 입장에서는 자신들의 배후인 친명적인 조선을 두고는 명과의 전쟁을 벌일 수가 없을 것이오. 따라서 조선에 대해 화약을 맺든지, 아니면 조선을 공격하여 배후를 안정시키려 하오."

"……."

"이 땅에 다시는 전쟁이 일어나게 해서는 안 될 것이오."

이혼은 자신의 생각을 김류의 가슴에 하나하나 새기려는 듯 그의 눈을 똑바로 바라보며 천천히 말했다. 김류는 그 말의 뜻이 무엇인지 금방 알아챘다.

"그 말씀은 결국 명나라와의 선린관계를 버리고 여진과 국교를 맺으라는 것 아닙니까?"

"명나라와 선린관계를 버리라는 말이 아니라 후금과 국교를 맺어야 한다는 것이오. 이 문제는 단순히 감정적으로 처리할 문제가 아니오."

"하지만…."

"이것이 나의 둘째 조건이오."

이혼은 절대 양보할 수 없는 조건이라는 듯이 김류의 말을 자르고 단호하게 말했다.

"명나라는 지난 임진란 때 우리를 도와준 부모의 나라 아닙니까?"

김류도 지지 않았다.

"그렇게 따진다면 여진은 우리와 연합하여 고구려를 세웠던 형제국이지요?"

"형제보다야 부모가 더 가깝지 않습니까?"

"명나라는 우리와 피가 섞이지 않은, 조상들을 짓밟은 한족의 후손들일 뿐이오. 부모라는 것은 당치도 않은 말일 뿐입니다. 정치라는 것은 백성을 위해서 존재하는 것이지 개인의 권력욕을 채우기 위해 있는 것이 아니지요"

"그게 무슨 말씀입니까?"

"명나라가 힘이 강할 때야 그들에게 의존하여 살 수도 있지만 지금은 상황이 바뀌었습니다. 지금 북쪽 상황은 후금국에 유리합니다. 그들은 본격적으로 명나라를 공략하기 위해 배후를 하나씩 정리하고 있는 중이오. 북쪽의 도전 세력인 몽골과 여허족을 얼마 전에 완전히 점령하였고, 마지막 남은 배후가 조선인데 지금까지는 금상이 지혜롭게 대처하여 큰 분쟁 없이 지냈소. 하지만 조정 대신의 생각이 임금과 다르다는 것이 저들이 가장 걱정하는 것이오. 만약 대신들이 지금과 같은 주장을 굽히지 않는다면 저들은 당장 조선을 공격할 것이오. 그렇게 되면 왜란으로 인한 상처가 겨우 아물어 가는 백성들은 재기 불능의 상태에 빠지고 말 것이오."

"……."

"백성이 없는 조정은 있을 수 없는 것 아니겠소?"

생각에 잠겨 있던 김류는 천천히 고개를 끄덕였다.

"여진이 명나라의 상대가 되겠습니까?"

깊은 생각에 빠져 있던 김류가 불쑥 질문을 던졌다.

"그들은 이미 심양을 점령하였소."

"소문이 사실이었군요. 도성에 그런 소문이 떠돌 때도 설마 했는데."

김류는 사실 북방의 정세에 대해 잘 몰랐다. 비록 사르허 전투에서 명나라가 패하긴 했지만 그것은 어쩌다 한 번 일어난 일시적인 일이지 명나라가 계속 패할 것이라고는 생각하지 않았다. 그래서 이혼의 말에 앞에서는 동조하는 척하지만 실상은 자신의 믿음을 바꿀 생각이 별로 없었다.

"나도 어느덧 육십을 훌쩍 넘겼소. 이런 내가 무슨 미련이 있어 세상에 나섰겠소. 하지만 작금의 상황을 그냥 볼 수 없어서 이렇게 나선 것이오. 미력하나마 북저가 한 때는 내게서 무술을 배웠다는 사제의 인연으로 말이오. 북저께서 나의 생각을 다 들어주기 힘들다는 것은 잘 알고 있소. 하지만 점진적으로 이런 나의 생각을 받아들인다면 내가 공을 적극적으로 돕겠소."

김류가 예상한 이혼의 제의는 서인의 재집권과 적서차별 철폐 정도라 생각했는데 그 예상은 빗나갔다. 특히 명나라와 선린 관계보다는 친여진 정책을 취하라는 것과 현 임금을 지지하는 말에는 수긍할 점도 있긴 했지만 받아들일 수는 없었다.

하지만 지금 자신이 필요한 것은 현 정권을 무너뜨릴 군사와 자금, 그리고 계략이었다. 이혼이 자신과 생각이 맞지 않는다면 거사에 성공한 뒤에 제거하면 된다는 것이 애당초 그의 생각이었다. 이귀와 손을 잡을 때도 마찬가지였다. 그의 군사적 역량을 원했던 것이지 그에게서 큰 도움을 받으려 했던 것은 아니었다. 더군다나 이혼이나 이귀나 둘 다 육십이 넘은 늙은이가 아닌가. 당장 그의 말을 거절하기보다는 일단은 그의 생각에 동의해주는 것이 유리하리라 생각했다. 그는 엷은 미소를 띠고 그윽한 눈길로 이혼을 바라보았다.

"생각할수록 어르신의 생각은 깊이가 있습니다. 결국 어르신이 말씀하시는 것은 재능 있는 인재의 등용, 그리고 현재의 금상을 도와 친여진 정책을 펼치라는 것 아니십니까?"

"제대로 이해한 것 같소. 현 정국은 임금과 평양감사 박엽이 고군분투하여 전쟁을 막고 있소만 조정의 대신들이 지금처럼 여진을 배척하고 친명적 입장을 계속 취한다면 큰 위기를 맞이할 것이오. 안에서 당신들이 임금을 잘 보좌하고 평안감사 박엽이 군사적인 면으로 국경을 잘 지킨다면 머잖아 우리 조선은 여진과 명나라, 그 어느 나라의 간섭도 받지 않는 자주국으로서 번영할 것이오."

김류는 이혼의 나라 생각하는 마음에는 감탄했다. 사실 자신은 정권에 관심이 있었지 백성들의 삶에는 큰 관심이 없었기 때문이다. 그렇다고 그의 말을 전적으로 받아들일 생각은 없었다. 거사에 성공한다면 제일 먼저 제거해야할 박엽과 광해군에 대한 생각이 특히 그와 달랐기 때문이다.

"현 임금은 그냥 두고는 이런 큰일을 꾸밀 수 없는 것 아닙니까?"

김류는 임금에 대한 이혼의 생각이 어떠한지 듣고 싶었다.

"그래도 그분이 북방의 정세를 보는 눈이 가장 정확하오. 가능한 한 바꾸지 않는 것이 좋을 것이오."

"어르신이 저희들에게 잘 가르쳐 주신다면 누가 왕이 되더라도 잘 대처할 수 있으리라 생각됩니다."

"바꾸지 않는 것이 좋을 것이오."

"의논해 보겠습니다. 또 하나 박엽에 대한 인식도 저와는 다른 것 같습니다."

"그것 또한 어떤 눈으로 보느냐에 따라 다르오. 대포를 주조하고, 많은 군사력을 유지하며, 그들에게 강한 훈련을 시키다보면 좋지 않은 소문이 나올 수도 있지만, 현재 여진에서 가장 두려워하는 인물이 박엽이오. 따라서 그는 다음 정권에서도 절대 필요한 인물이오. 만약 임금을 바꾼다면 그는 반드시 군사를 일으킬 것이고 그가 이끄는 평양의 삼수병은 도성의 훈련도감 병사보다 나을 것이오. 따라서 북저께서는 이 점을 염두에 두고 양위 문제 등을 잘 계획하고 생각해야 할 것이오."

"훈련도감의 군대도 박엽 평양삼수병을 당할 수 없다고 생각하십니까?"

"그렇습니다."

이혼은 김류가 딴 생각을 품지 못하게 박엽의 존재를 분명하게 각인시켰다.

"참으로 깊으신 생각이십니다. 어르신의 뜻을 따르도록 노력하겠습니다."

김류는 일단 그의 말에 수긍했다.

"고맙소. 이제 북저가 내게 요구하는 것이 무엇인지 듣고 싶소."

"어르신의 객주에는 많은 장정들이 있다고 들었습니다. 거사 당일 그들을 동원해 달라는 것이 첫째입니다."

"둘째는?"

"거사에 성공한 후에 군사들을 먹일 양식과 급료가 부족합니다. 최소한 석 달 치 정도는 있어야 할 것입니다. 어르신이 막대한 재물을 모았다는 소문을 들었습니다."

"소문은 소문일 뿐 실상은 그렇지 않소. 하지만 북저 대감이 원한다면 수용 하겠소. 또 있소."

"없습니다."

"그러면 그만 일어서겠소."

"어르신이 바라는 것은 없습니까? 벼슬자리 같은."

"없소. 앞의 조건만 잘 지킨다면. 물론 우리 아이들에게 군관자리 하나씩은 부탁할 수 있을 것이오."

"그 정도라면 얼마든지 들어줄 수 있습니다. 하하하."

김류는 내심 그의 요구조건이 너무 싱거워 쾌재를 불렀다. 이혼은 물끄러미 그런 그를 쳐다보았다.

"자, 더 이상 없다면 이제 일어나겠소."

"아닙니다. 또 한 가지 있습니다."

"말해보시오."

"어르신이 뛰어난 전략가라는 것은 옛날부터 익히 알고 있었습니다. 사실 저는 지금 진퇴양난(進退兩難)의 상황에 처했습니다. 어떤 좋은 계책이 있으시면 감히 듣기를 원합니다."

"북저가 처한 상황이 어떤지 한 번 들어봅시다."

이혼은 김류가 처한 상황을 다 분석하고 있었지만 김류의 입을 통해 직접 들음으로써 자신에 대한 김류의 생각이 어떠한지 알 수 있었기에 일부러 물었다. 김류 또한 이혼의 의도를 알고 있는 듯 이귀로 인해 발생한 문제에 대해서 숨김없이 말했다.
"먼저 임금과 이이첨, 박승종의 무리들을 이간질해야 할 것이오. 그러기 위해서는 궁궐 내에 내통하는 자를 구해야 할 것이오."
김류가 상황을 숨김없이 말하자 이혼은 이전에 생각해둔 자신의 생각을 말하기 시작했다.
"누구 적당한 사람이 있습니까?"
김류는 이미 궁궐에 연락이 닿는 사람을 심어 두었다. 하지만 짐짓 모른 채하며 되물었다.
"있지요."
"누구인지…."
"궁궐 내에서 궁인들로부터 생불로 인정받는 자가 하나 있지요."
"예! 그게 누구입니까?"
"당신의 수하인 김자점의 계수(季嫂)이자 평산 부사 이귀의 딸 말이오."
"예!"
김류는 놀라지 않을 수 없었다. 정확하게 자신의 사람을 찾아낸 것이었다. 이혼이 그녀의 이름을 거론할 줄 몰랐다. 이미 이혼은 거사에 가담하는 모든 사람들의 신상을 꿰뚫고 있다는 생각이 들었다. 두려운 상대, 결코 가까이 해서는 안 되는 상대라는 것이 느껴졌다.
"어떻게 그런 것까지 다 알고 계십니까?"
김류는 어색한 표정을 감추며 말했다.
"필요하면 다 알게 마련이지요."
"대단하십니다."

"그녀를 끌어들이시오."

"끌어들인 다음에는요?"

"자금을 풀어 김 상궁을 매수하시오."

"김 상궁! 그녀가 이이첨을 도와 광해군을 등극시켰다는 것은 공공연한 비밀 아닙니까?"

"권력은 나누고 싶지 않은 것입니다. 권력을 장악한 이후 둘 사이는 예전과 다릅니다. 임금 입장에서는 처자가 있는 이이첨은 경계할지 몰라도 김 상궁은 임금의 여자라 경계할 필요가 없지요. 따라서 임금은 이이첨보다는 김 상궁을 더 신뢰합니다."

"그렇군요. 그런데 그녀를 매수한 다음에는 어떻게 합니까?"

"우리에게 유리하도록 공작을 해야지요."

"어떻게 말씀입니까?"

"일단은 이이첨의 상소를 파벌싸움으로 몰아 임금이 우리에 대한 경계를 하지 않도록 해야지요."

이혼은 김류와 자신을 우리라 말하였다.

"그 다음은요?"

"결정적인 순간 임금의 판단을 흐리게 만들고 거사에 성공한 후 임금의 동의를 쉽게 얻을 수 있도록 해야지요."

"역시 어르신이십니다."

김류는 진심으로 그의 계책에 대해 감탄했다. 오랫동안 고뇌하고 준비한 자신이 미처 생각하지 못한 부분을 말한 것이었다.

"어르신의 계책은 정말 훌륭하십니다. 하지만…."

"자금이 없다는 것입니까?"

이혼이 빙긋이 웃으면서 말했다.

"그게…."

"걱정 마시오. 그건 내가 얼마든지 대겠소."

"감사합니다."

김류는 고개를 숙여 고마움을 표시했다. 비록 그가 자신의 뜻과 맞지 않는 점이 있긴 했지만 이 상황에서 그의 도움은 절대적이었기 때문이었다.

"고맙긴요. 이제 같은 배를 탔는데."

이혼은 김류가 자신을 경계하고 있다는 것을 알고 있었으나 모른 척했다.

"다음 계책을 말씀해주십시오."

"궁궐에 진입할 때 가장 큰 장애물은 훈련도감이오. 지금 조선에서 군사라고 할 만한 것은 평양의 삼수병(三手兵)밖에 없소. 하지만 그들은 너무 멀리 있어 우리가 도성에 진입해도 당장 군사를 동원할 수 없을 것이오. 따라서 궁궐을 지키는 훈련도감의 군사만 제거하면 당장은 아무런 저항 세력이 없을 것이오."

"우리의 군사는 적고 오합지졸이라 그들과 싸워 이길 수 있을까 걱정입니다."

"지금 훈련도감의 군사들과 싸워 이길 수 있는 부대는 박엽 휘하의 삼수병밖에 없을 것이오."

"그래서 제가 어르신의 계책을 듣고자 합니다."

"훈련도감의 군사들과 싸워서는 안 됩니다. 싸우지 않는 방법을 간구해야 할 것이오."

물론 김류도 훈련도감의 군사와 싸우지 않기 위해 많은 방법을 강구해 왔고 나름대로 계책이 있었다. 하지만 그의 의견을 경청했다.

"지금 훈련도감의 대장은 이흥립이라는 자인데 마침 그의 딸이 당신 문하인 장유의 계수가 되오. 장유가 이미 거사에 동참하였으니, 만약 실패한다면 그녀도 살아남기 힘들 것이오. 따라서 이흥립이 자신의 딸을 죽이지 않으려면 협조할 수밖에 없을 것이오. 그러니 그를 잘 회유하여 안에서 내응하게 만들면 훈련도감의 군사와 싸우지 않고 손쉽게 궁궐을 장악할 수 있을 것이오."

"대단하십니다."

자신이 칠팔 년을 생각하며 준비해온 것을 이혼이 단숨에 말하자 김류는 그에 대한 두려움마저 생겼다.

"하지만 저에게는 훈련도감의 군사들과 맞설 최소한의 군사가 없습니다. 이귀마저 저렇게 되어버렸고."

"북저께서 거사 날짜와 집합 장소를 정하여 알려 주시면 내가 수백의 장사를 동원시켜 줄 것이니 더 이상 군사가 없어 거사를 미루는 일이 없도록 하시오. 시간을 뒤로 미루면 점점 불리해질 것이니, 날짜를 빨리 정하시오."

이것마저 이혼이 시원스럽게 해결해주었다.

"알겠습니다. 어르신의 의견에 따라 준비가 되는대로 빠른 시일 내에 연락드리겠습니다."

김류는 이혼을 만남으로써 자신이 원하는 것을 다 얻을 수 있어 매우 기뻤다. 그래서 그는 다음 약속을 정하였다.

"고맙소."

이혼은 김류의 눈을 한동안 쳐다보다 준비해 간 보자기를 풀었다.

"이것은 비취와 주옥, 그리고 은 오십 냥이오. 이 돈으로 궁중에 있는 김 상궁의 마음을 사도록 하시오."

"어르신의 생각이 매우 치밀하십니다."

김류는 이혼이 김 상궁에게 줄 패물까지 미리 준비해 오자 또 한 번 놀랐다.

"그럴 리가 있소. 장안에서 김 공을 따라갈 재사가 어디 있겠소."

겸손하기까지 했다. 김류는 정말 그가 두려워지기 시작했다.

"천만의 말씀입니다. 제가 어떻게 어르신의 생각을 따라가겠습니까?"

"자 그리고 이것은 은 백 냥이오. 거사 자금에 보태도록 하시오."

"아닙니다. 저희에게도 그 정도 자금은 있습니다."

"허허, 북저는 아직도 날 경계하시오?"

"그럴 리가 있습니까?"

김류는 세차게 고개를 흔들었다.

"집어넣으시오. 거사가 성공하면 임금께 거사를 할 수밖에 없었던 당위성을 말한 다음, 당신이 대제학과 병조 판서가 되어 일을 잘 수습해야 할 것이오. 그리고 평양에도 사람을 보내어 박엽을 우리 사람으로 끌어들여야 할 것이오."

이혼은 마치 앞으로 벌어질 상황을 미리 본 듯 차분하게 화제를 꺼냈다.

"박엽이 우리 편이 되어줄까요?"

"나는 그동안 박엽과도 몇 번 이야기를 나눌 기회가 있었소. 그는 우리의 거사를 지지할 것이오."

"어르신께서 박엽도 만나 보셨단 말씀입니까?"

"물론이지요."

점입가경이었다. 하지만 김류는 감정을 최대한 숨기고 차분한 목소리로 물었다.

"어르신께서는 거사에 성공한 후 무엇을 바라십니까?"

김류는 그가 원하는 것이 무엇인지 정말 궁금했다.

"내가 원하는 것은 좀 전에 말했소만 당신 같은 인재들이 나라를 잘 다스려 주는 것이오. 그것만 해주면 되오."

"큰 틀은 저도 충분히 이해했습니다. 다만 어르신 개인적으로 원하는 것이 무엇인지를 묻는 것입니다."

"굳이 챙겨주시겠다면 두 가지만 말하겠소."

"말씀하십시오."

김류는 이혼이 무슨 제의를 할까 궁금했다.

"나에게 마포에서 마음껏 장사할 수 있는 권한을 주시오."

"장사라고 하셨습니까?"

긴장하고 있던 김류의 표정이 확 밝아졌다.

"그렇소."

"하하하하."

김류는 큰 소리로 웃었다. 의외의 요구였기 때문이었다.

"저는 영의정 자리를 달라고 해도 내 드릴 생각을 하고 있었습니다."

"딸린 식구들이 있으니 그들을 위해서 먹을거리라도 마련하려는 것이지요."

이혼은 김류의 말에 진실성이 담겨 있는지 살피기라도 하듯 한동안 그의 눈을 뚫어져라 쳐다보다 말을 이었다.

"그 점은 염려 마십시오. 대대손손 장사할 수 있게 해드리겠습니다."

"고맙소."

"또 하나는 무엇입니까?"

"거사 후에 이이첨을 한 번 만나게 해주시오."
"이이첨을…."
"그에게 갚아야할 빚이 있소."
"무슨?"
"나의 스승과 전우들 그리고 가족을 죽인데 대한 빚이오."
"그런 원한이 있었단 말입니까?"
"30년도 넘었지…."
"예! 30년이 넘게 한을 품고 있었단 말입니까?"
"한이라는 것은 지우려 해도 지워지지 않는 것이오."
"그렇겠죠."

김류는 30년도 넘은 한을 해원(解寃)을 하려는 이혼의 굳센 의지에 거듭 두려움을 느꼈다.

"북저 대감은 나에게 한을 남기지 않기를 바라겠소."
"무슨 말씀이신지?"
"약속을 지켜 달라는 것이오."
"……."

일순 두 사람 사이에 긴장감이 흘렀다.

"만약 거사에 성공한 후 제가 약속을 지키지 않으면 어떻게 하실 것입니까?"

김류도 쉽게 꼬리를 내리지 않았다.

"내가 뿌린 씨앗이 사방에 널려 있소. 그들은 당신이 약속을 지키는지 쳐다보고 있을 것이오."

이혼의 말 한 마디 한 마디가 김류의 뇌리에 박혔다. 김류는 그의 말을 가볍게 들을 수가 없었다. 그에게 신뢰를 심어 주어야 했다.

"하하하. 참으로 무섭습니다. 하지만 염려 마십시오. 약속은 꼭 지킬 것입니다."

이혼은 한동안 김류를 쳐다보다 슬며시 웃었다.

"그래야지요. 이만 나는 가겠소. 날짜가 정해지면 연락 주시오."

이혼은 필요한 말은 다 했다는 듯 자리에서 일어섰다.

"술도 한 잔 안 하시고 가시렵니까?"

"사방에 감시하는 자들이 많으니 이만 가봐야지요. 박승종과 이이첨이 이미 우리의 거사를 눈치 채고 있으니 더 이상 늦추어서는 곤란할 것이오. 아마 내가 오늘 여기 왔다 가는 것도 알고 있을지 모르니 조심하시오."

"명심하겠습니다."

"자, 그럼 몸조심하시오."

"상황이 상황인지라 배웅을 할 수도 없습니다. 날짜가 정해지면 신경유를 보내겠습니다."

이혼이 떠나고 난 뒤 김류는 집안의 종들을 풀어 동지들을 급히 집으로 모이게 하여 이혼과 나눈 대화에 대해 설명했다. 그동안 이이첨의 상소로 마음을 졸이고 있던 그들은 김류의 말을 듣고 난 뒤 드디어 거사를 실행할 수 있다는 안도감과 아울러 이혼에 대한 경계심이 새롭게 생겨났다. 김류는 좌중을 향해 먼저 이혼의 생각에 대해 물었다.

"그분의 계책은 대단합니다. 일단 우리는 그분의 계책과 자금은 이용해야 할 것 같습니다. 하지만 그분의 요구 조건에 대해서는 한 번 생각해봐야 될 것 같습니다."

최명길의 말이었다.

"어떤 면에서 그렇소?"

"조정에 여러 계파의 사람들을 받아들이고 다른 학문을 한 사람들까지 끌어들인다면 이런 위기 상황에서 오히려 혼란만 더 가중시킬 것이라 생각됩니다."

"맞습니다. 그분의 생각대로 사농공상의 벽을 허문다면 국가의 기강이 서기 어렵습니다."

심기원이 맞장구를 쳤다.

"친여진 정책에 대해서는 어떻게 생각하오?"

김류는 자신의 생각을 감추고 좌중의 생각을 물었다.

"어떻게 은혜를 입은 명나라를 버리고 오랑캐 나라인 여진과 화친을 맺습니까? 도저히 수용할 수 없습니다."

장유가 나서서 말했다.

"아닙니다. 이 문제에 대해서는 우리가 너무 감정만 내세울게 아니라 한 번 신중히 생각해 봐야 할 것입니다. 만약 이 땅에 다시 전쟁이 일어난다면 재기 불능의 상태에 빠지고 말 것입니다."

김자점이 반대 의견을 펼쳤다.

"여진이 명나라의 혼란을 이용하여 만주의 일부를 차지했다고는 하나 어떻게 명나라의 대적이 되겠습니까? 여진이 우리를 공격한다면 명나라와 함께 협공을 가하여 이 기회에 오히려 본때를 보여주면 될 것입니다."

심기원이 이를 반박했다.

"너무 감정적으로 생각할 문제가 아닙니다. 우리에겐 군사가 없지 않습니까?"

최명길이 김자점을 두둔했다.

"아니 그럼, 명나라와 관계를 끊고 여진의 수하 노릇을 하자는 것입니까?"

"언제 수하 노릇을 하자고 했습니까? 단지 신중히 생각해 보자는 것이지요."

"신중히 생각해보자 하지만 다른 대안이 없지 않습니까?"

심기원 장유가 한패가 되고 김자점과 최명길이 한패가 되어 대립하자 김류가 대화에 끼어들었다.

"그 문제는 우리가 거사에 성공하고 난 뒤에 신중히 생각해 보는 것이 나을 것 같소. 일단은 우리의 힘을 이번 거사에 집중해야 할 것이오."

김류의 말에 좌중은 잠잠해졌다.

"이혼과 우리는 뜻이 다르오. 하지만 지금은 그의 계책과 도움을 받아들일 수밖에 없소. 사후에 대한 대책은 내가 세밀히 세워 둘 테니 동지들은 자신이 맡은 일만 열심히 해주시오."

"알겠습니다."

좌중이 일제히 동의하고 나섰다.

"자 마지막으로 한 번 더 동지들의 해야 할 일을 점검해보겠소."

좌중은 긴장하기 시작했다.

"성지(成之, 김자점의 호)는 이것을 가지고 제수(弟嫂)를 이용하여 김 상궁을 우리 편으로 끌어 들여 사헌부에서 올라오는 상소를 막도록 하시오."

김류는 이혼이 건네준 보석함을 주며 말했다.

"다음, 훈련도감의 일은 지국(장유의 호)이 맡아서 이흥립의 마음을 다잡으시오. 이귀의 일로 그의 마음이 흔들리고 있을지도 모르니 말이오."

"예."

"자겸(최명길의 호)과 수지(심기원의 호)는 그동안 모았던 동지들을 은밀히 규합하는 한편, 거사 후에 조정의 개편에 대해 의논을 해보도록 하시오."

"예."

"나는 궁궐 진입 방법과 거사후의 이혼과 박엽의 처리 문제에 대해 궁리를 한 다음 계책이 서면 거사 날짜를 정하겠소."

"알겠습니다."

일행은 대답을 하고는 입술을 꼭 다물었다. 온 방안에 긴장감이 넘쳤다.

"조심들 해야 할 것이오. 사방에 만만한 상대가 하나도 없소. 정신들 바싹 차리지 않으면 어느 쪽 사람들에게 잡아먹힐지 모르오. 자 그럼 조심해서 돌아가시오."

3. 인조반정(仁祖反正)

임술년(1623년) 2월 모든 준비는 끝났다. 그동안 이흥립을 설득하여 거사 당일 훈련도감의 병사들은 개입하지 않기로 합의를 보았다. 궁궐에서는 이귀의 딸이 임금이 가장 총애하는 김 상궁을 재물과 인덕으로 사로잡아 완전히 자신의 사람으로 만들어, 임금으로 하여금 사헌부와 사간원에서 매일 같이 올라오는, 이귀를 국문하여 역모를 밝히라는 상소를 대북파와 소북파의 파벌 싸움으로 치부하게 하였다. 물론 이것은 오래 가지 못할 것이라 판단한 김류는 서둘러 길일(吉日)을 택하여 거사 날짜를 잡아 동지들과 이귀에게 거사 당일 초술시에 모화원 앞에 모이도록 지시를 내렸다.

이귀는 사람을 보내 평산 부사 시절 포섭하였던 이서에게 2월 아흐렛날 초술시까지 군사를 동원하라는 밀명을 내렸다. 평산에서 한양까지는 먼 거리가 아니었기에 거사 당일에 시간을 맞추어 출발하라는 지시도 함께 했다. 이들이 이번 거사에서 가장 중요한 주력 군사였기에 이귀는 반드시 시간을 맞춰야하며 조심스럽게 움직이라는 말도 빠뜨리지 않았다. 한편 김류는 신경유를 불러 형인 신경진에게 보내면서 형에게 이괄을 포섭하라는 말도 함께 하였다. 신경진 이귀 등과 교류하였던 이괄에게는 그동안 한 번도 거사 계획을 밝히지 않았지만 신경진과는 교류가 있었기에 조심스럽게 말을 건네게 하였다. 현재 그는 북병사로 있었기 때문에 거사에 참여할 의사가 있더라도 군사를 이끌고 이곳까지 오기는 힘들었다. 다만 함경도지역에서 군인으로서 가장 존경받던 이괄이 이번 거사를 지지만 해준다면 큰 힘이 될 수 있었다.

이혼은 신경유로부터 거사일과 모이는 장소, 작전 계획을 통보 받자 그동안의 준비 상황을 하나하나 점검하기 시작했다. 그는 먼저 이정구를 불렀다.

"향송, 드디어 김류로부터 연락이 왔네. 자네와 함께 그동안 준비한 것들을 확인하고 준비하기 위해 불렀네."

"이제 드디어 시작이군요."

이정구는 긴장한 목소리였다.

"먼저 군사적인 면부터 확인을 해보아야겠네. 지금 우리가 동원할 수 있는 군사는 얼마나 되나?"

"지금 우리가 동원할 수 있는 모든 군사는 철령 군사, 그리고 큰돌이 규합한 장안의 군사 이 두 부류가 있습니다. 박치의의 철령 식구들은 다 끌어 모으면 이백 명쯤 된다고 하지만 한꺼번에 다 움직일 수 없을 뿐 아니라 수용할 객주가 모자라서 백여 명이상 동원하기가 힘들 것입니다. 또한 박치의가 나서 줄지 장담할 수 없는 상황입니다."

"그렇다면 결국 장안의 장정들이 주력이 되어야겠는데 그들은 얼마나 되고 준비상황은 어느 정도인가?"

"그동안 큰돌이 수고하여 김경원과 차돌이 등의 세력을 규합하여 지금은 한 백여 명쯤 된다고 합니다만 아직 거사에 관한 구체적 이야기는 하지 않았다고 합니다."

"지금 말해서는 안 되지. 그런데 백여 명 가지고는 부족한데…. 아무리 훈련대장을 포섭했다고 하지만 그래도 저항 세력이 많이 있을 것인데…."

"김류는 얼마나 모을 수 있다고 합니까?"

"자세한 이야기는 안 해서 알 수 없지만 그들은 견제가 많아 많이 모으지 못할 것이네. 군사에 관한 한 우리가 최대로 동원해야만 우리의 입지가 설 것이네."

"그러면 더 모아야 된다는 결론인데…."

이정구는 쉽지가 않다는 듯 고민하기 시작했다.

"철령 장정들을 다 동원할 수밖에 없네. 내 생각에는 그들이 가장 잘 준비된 군사인 것 같네."

"하지만 그들을 이동시키고 이곳에 며칠 동안 유숙시키기가 쉽지 않습니다."

"이렇게 한 번 해보세. 무기는 이미 유정이 들락거리며 다 준비해 두었으니 맨 몸으로 삼삼오오 장사꾼을 가장해서 서너 차례 나누어 입경시키면 될 것도 같네."

"숙박은 어떻게 합니까?"

"인근의 보행객주에 말하여 북쪽의 큰 장사꾼들이 왔다하고 미리 확보하도록 해야지."

"알겠습니다."

"그래도 부족하니 우리 두레패에 속한 자들 중에서 힘깨나 쓰는 장정들을 골라, 마포객주를 친다는 명분으로 당일 날 아침에 좀 모아보게."

"예, 알겠습니다. 그러면 당장 유정을 보내야겠는데요."

"그래야겠지. 그리고 양식은 어느 정도인가?"

"아예 용산 쪽의 미곡상을 하나 인수하여 삼백 명의 사람이 한 달 정도 먹을 만큼 비축하였고, 소와 돼지도 몇 마리 준비해두었습니다."

"양식을 모은다고 의심하는 사람은 없는가?"

"객주에서 하는 일이라 별 의심이 없는 것으로 압니다."

"수고했네. 아무튼 조심해서 말이 세어 나가지 않게 해야 할 것이네."

"염려 마십시오."

이정구가 나간 후 얼마 있지 않아 큰돌이와 유정이 들어왔다.

"부르셨습니까?"

"어서들 들어와 앉게."

이혼은 이들이 자리에 앉기를 기다렸다가 입을 열었다.

"자네들이 해야 할 매우 중요한 일이 있어 이렇게 불렀네."

"……"

두 사람은 긴장하기 시작했다.

"일전에 내가 자네들과 함께 한양에 오면서 내가 이곳에 오는 목적을 대강 말한 적이 있는데 자네들 기억하는가?"

"예."

두 사람은 동시에 대답했다.

"이제 그 때가 되었네. 그래서 자네들에게 중대한 부탁을 좀 하려하네."

"말씀하십시오."

두 사람은 서로의 얼굴을 마주보며 말했다.

"큰돌은 나가서 그동안 우리 편으로 포섭한 장정들을 하나씩 객주로 모아주게."

"이유를 물어도 되겠습니까?"

"마포객주를 공격한다고 하게."

"예. 알겠습니다."

"유정은 박치의에게 장정들이 필요하니 도성으로 장정들을 보내 달라하게."

"얼마면 됩니까?"

"가급적 많이. 다만 한꺼번에 들어올 수 없으니, 열 명 단위로 무리를 지어 장사꾼으로 꾸며 삼 일에 걸쳐 보내라고 말하게."

"예 알겠습니다."

"내일 날이 밝는 대로 일찍 떠나도록 하게."

시간은 특정한 누구를 위하여 천천히 흐르고 또 빨리 흐르는 것이 아니다. 여러 사람과 약속한 거사일이 다가왔다. 간밤에 제대로 잠을 이루지 못한 김류는 날이 밝자 그냥 잠자리를 털고 일어났다. 날씨는 맑았지만 2월답게 바람은 세찼다. 앞뜰을 거닐며 오늘 있을 거사 계획을 하나하나 머릿속으로 그려보았다. 그동안 그는 김 상궁을 매수하여 자신의 의도대로 움직이게 하였고, 훈련도감의 대장 이흥립의 내락도 이미 받아 놓은 상태였다. 이괄이 호응을 해주어 거사 당일 많은 군사를 이끌고 오진 못하지만 자신은 반드시 참여하겠다는 약속을 하였다. 신경진도 거사 일에 맞추어 오겠다는 연락을 보냈다. 문제는 평산의 군사였다. 주력부대인 그들이 과연 시간에 맞추어 도착할 것인가가 이번 거사의 가장 중요한 점이었다. 다행히 이백여 명의 군사들이 장단에 머물다 출발했다는 소식을 듣긴 했지만 불안했다.

장안에서 합류할 사람도 준비를 시켰다. 동지들이 각자 하인들을 동원할 것이고, 이혼이 객주 식구들을 동원해주기로 했다. 이혼은 알 수 없는 인물이었다. 신경유가 확인한 바로는 군사가 이백여 명이 된다고 했다. 어떻게 그 많은 사람을 모았는지, 무슨 목적으로 언제부터 모았는지, 또 어떻게 그 많은 사람들을 먹이고 재울 수 있는지 모든 것이 궁금했다. 아무튼 이번 거사에 필요한 자금을 그쪽에서 대고 있으니 그도 매우 중요한 인물임에는 틀림없었다.

일각이 여삼추라는 말이 딱 맞았다. 약속된 시간까지 이대로 시간이 흘러주면 되는데 시간은 흐르지 않았다. 밥을 잘 먹어 둬야한다는 생각도 말 그대로 생각뿐이었다. 밥이 넘어가지 않았다. 초조하게 약속 시간을 기다리던 그를 장유가 사색이 되어 급히 찾아왔다.

"약속 시간이 될 때까지는 절대 우리 집을 찾지 말라하지 않았는가?"

"워낙 시급한 상황이라 이렇게 찾았습니다."

장유의 얼굴빛이 좋지 못한 것에 긴장하고 있던 김류는 그의 말을 듣고는 순간적으로 뭔가 잘못되고 있구나라는 예감이 들었다.

"뭔가?"

"훈련대장 이흥립의 집에 박승종이 찾아왔었다고 합니다."

"뭐라고!"

김류는 하늘이 무너지는 듯한 충격을 받았다.

"박승종이 이흥립을 계속 추궁했는데, 그는 거사 내용을 속속들이 다 알고 있는 듯했다고 합니다."

"그래서."

"계속된 추궁에 이흥립은 그런 일이 없다고 잡아뗐지만 곧 금부도사를 대감의 집에 보낼 것이라 하였습니다."

김류의 손에 들렸던 찻잔이 떨어졌다. 그의 얼굴은 이미 사색으로 변했다.

'끝장이다!'

박승종이 자신들을 감시한다는 것은 알았지만 이렇게도 자세히 자신들의 계획을 알고 있을 줄은 몰랐다.

"박승종은 어떻게 알았다고 하던가?"

"자세한 것은 아직 모르겠습니다만 우리들 중 누군가가 밀고한 것 같습니다."

자신이 반역을 오래 전부터 꿈꾸었지만 한 번도 남들이 알지 못하였다. 이흘이거나 이귀 쪽일 가능성이 많았다. 애당초 그들과 함께 일을 하지 않았어야 했다는 후회도 해보았지만 이미 늦은 것 같았다.

"알겠네. 돌아가 있게."

장유 앞에서는 애써 태연한 척했다.

"어떻게 하실 것입니까?"

장유는 김류로부터 대책을 듣기 전에는 돌아갈 수 없었다.

"자네는 어떻게 했으면 좋겠나?"

"이왕 이렇게 된 것 계획대로 밀어붙여야죠."

"그래야겠지."

그의 말은 힘이 없었다. 다른 대책이 떠오르는 것도 없었다.

"……"

"다른 동지들에게는 알리지 말게."

장유는 그에게서 특별한 대책을 듣지 못하자 긴장한 채 돌아갔다. 그가 돌아가자 김류는 가족들을 불러 자신이 처하게 된 상황을 설명하며 어떤 일이 발생하더라도 놀라지 말라하고 사랑으로 다시 돌아왔다.

'모든 것을 하늘에 맡기자.'

그는 체념했다. 자신의 힘으로는 이 상황을 극복할 힘이 없었다. 다른 동지들에게 말은 못했지만 오랜 준비과정에서 지칠 대로 지쳤다. 그는 이미 이 상황을 극복하고 밀어붙일 힘을 잃어버린 것이었다. 다만 그는 이번에도 그동안 함께한 천행(天幸)이 다시 오기를 간구하며, 눈에 들어오지도 않는 책을 억지로 소리 내어 읽었다.

첩자를 통하여 이귀와 김류 등을 감시하던 박승종은 술 취한 이귀의 입에서 거사 날짜가 나왔다는 보고를 받자, 거사 당일 낮에 임금을 급히 찾아 역모가 있다는 것을 알렸다. 광해군은 이상하게 평소와 달리 이날 따라 낮부터 창덕궁의 뜰에서 김 상궁과 더불어 술을 마시고 있었다. 김 상궁을 매수한 김류의 계책에 의해서였다.

"아니 또 역모란 말이오? 이제 그만들 하시오. 언제까지 역모라는 이름으로 권력다툼을 할 작정이오?"

술에 취한 광해군은 박승종 앞에서 속마음을 드러내 보였다.

"아닙니다. 이건 권력다툼이 아니라 진짜 역모입니다."

"허허 참. 김 상궁은 어떻게 생각하는가. 이번에는 진짜 역모라고 생각하는가?"

광해군은 이미 취기가 올라 생각을 하려 하지 않았다.

"아닙니다. 이런 태평성대에 웬 역모이겠습니까? 붕당싸움이겠지요."

"김 상궁, 어떻게 일국의 운명이 달린 문제에 그렇게 함부로 말할 수 있는가?"

박승종의 호통에 김 상궁은 움찔하고는 입을 다물었다. 하지만 광해 임금은 이날따라 유독 술에 취해 판단이 흐려졌다. 아니 오늘 하루만이라도 판단을 하고 싶지 않았는지도 몰랐다.

"경이 알아서 처리하시오."

광해군은 귀찮다는 듯 말하고는 다시 술을 마시기 시작했다.

'평소의 임금 모습이 아니다. 이건 반란 세력의 음모에 의한 것이다. 서두르지 않으면 당한다.'

박승종은 다급해졌다. 일이 끝난 뒤에 반드시 김 상궁의 죄를 물을 것이라 다짐하고 그 자리를 얼른 빠져 나와 이이첨을 찾았다. 이이첨과 박승종은 정적이었지만 지금의 상황은 서인(西人)의 도전이었으므로 그 사람의 지혜를 모으지 않을 수 없었다.

"사돈께서 웬일이십니까?"

"역모입니다."

"지난번 이귀의 일을 말하는 것입니까?"

"김류와 이귀가 반역의 무리를 끌고 오늘밤 궁궐로 쳐들어온다고 합니다."

이이첨은 이틀 전에 이정구가 찾아와 김류에게 별다른 움직임이 없다고 말한 것을 떠올렸다.

"김류가 말이오? 그는 별다른 움직임이 없었는데…."

"태풍 전야의 고요함이겠지요. 하지만 이것은 확실한 정보입니다."

"자세히 말해보시오."

"그동안 제가 그들을 감시해 왔는데 오늘 아침 이귀의 부하인 이이반이란 자가 밀고하였습니다."

"그가 뭐라 하였습니까?"

"김류와 이귀가 훈련도감의 이흥립과 내통하여 오늘밤 군사를 일으킨다는 내용이었습니다."

박승종은 그동안 있었던 일과 상황을 말했다. 그런데 다 듣고 난 이이첨은 의외로 차분했다.

"그러기에 제가 뭐라 그랬습니까. 지난번 이귀가 군사를 몰고 도성으로 올 때 그를 국문하자고 하지 않았습니까?"

"그때는…."

"지난 일의 잘잘못은 나중에 따지기로 하고 일단 시급한 불부터 끕시다."

이이첨은 머리회전이 빠른 사람이라 먼저 해야 할 일과 나중에 해야 할 일의 순서를 알았다. 일의 잘잘못을 따지자면 이귀를 국문하자던 자신의 말을 거절한 소북파에게 잘못이 있다는 것을 알고 있었지만 더 이상 따지지 않고 대책부터 세웠다.

"어떻게?"

"제가 국청 자리를 마련하고 금부도사를 파견하여 대장인 김류를 체포할 테니, 영상께서는 저들과 내통하기로 되어있는 훈련대장 이흥립을 체포하여 오십시오."

이흥립과 박승종은 사돈지간이었다. 박승종의 서녀(庶女)를 이흥립의 서자(庶子)에게 시집보냈다. 이러한 관계를 알고 있는 이이첨은 박승종에게 사돈지간인 이흥립을 체포하게 하여, 인정에 메여 이귀를 국문하지 않은 그의 실수의 대가가 어떠한가를 느끼게 하고, 다시는 그런 실수를 저지르지 않기를 바라는 의미에서 이런 부탁을 하였던 것이었다.

"알겠소."

"반드시 그를 체포하여야 합니다."

다급해진 박승종은 훈련도감의 군사를 이끌고 이홍립의 집으로 들어가 다짜고짜 그를 체포하여 역모 관련성을 심문했다. 하지만 이홍립은 딱 잡아뗐다. 비록 박승종과는 사돈지간이지만, 만약 자신이 자백하면 주모자 중의 하나인 장유의 동생 장신에게 시집간 자신의 딸이 죽임을 당하거나 종의 신분으로 전락하여 평생을 불우하게 살 수 있었기 때문이었다.

"아니 제가 영상 대감과 사돈 지간인데 어떻게 그런 생각을 할 수 있겠습니까? 천부당만부당한 말씀입니다."

"내가 다 증거를 가지고 왔으니 금부로 가서 이야기합시다."

박승종은 인정에 메이지 않기 위해 강하게 밀어붙였다. 이때 시아버지가 곤란한 처지에 처한 것을 본 박승종의 딸이 나섰다.

"아버님, 제가 이집 며느리로 들어왔는데 시아버님이 어떻게 그런 일을 할 수 있단 말입니까? 절대로 그럴 리가 없습니다."

서녀로 태어난 딸의 운명을 안타깝게 생각하던 박승종은 그런 딸의 애걸에 그만 마음이 약해졌다. 더구나 이홍립이 역모에 가담한 것이 밝혀진다면 자신의 딸 또한 평생을 남의 집 종노릇으로 보내야 한다는 생각을 하자 더 이상 다그칠 수가 없었다.

"좋소. 내가 이 대감의 말을 믿어 주겠소. 대신 나와 함께 나가서 저들을 진압하여 주시오."

"그렇게 해서라도 내 결백이 밝혀진다면 얼마든지 그렇게 하겠습니다."

박승종은 인정에 메여 이홍립을 체포하지 않음으로써 이귀를 심문하지 않은데 이어 결정적인 실수를 또다시 저지르고 있었다.

거사 일이 가까워지자 철령에 있는 식구들이 장사꾼으로 가장하여 종성객주로 들어오기 시작했다. 이정구는 이들을 보행객주에 두루 분산시켜 유숙시켰다. 마지막 날에는 박치의가 오랜만에 한양으로 들어왔다. 이미 반정을 계획하다 쓴 맛을 본 박치의는 여전히 이혼의 의견에 전적으로 지지를 보내지 않았다. 이혼을 이런 박치의를 상대로 자신의 생각을 말하며 그를 설득했다.

"세상이 바뀌면 우리의 자식들은 적서차별이 없는 좋은 세상에서 살게 될 것일세. 또한 양반이 아닌 사람들도 능력이 있으면 좋은 대접을 받게 될 것이네. 평생을 이런 세상을 꿈꾸면서 살았으니 한 번 마지막 남은 힘을 쏟아봐야 되지 않겠나."

"실패의 대가가 너무 컸습니다. 또다시 실패하는 것이 두려운 것이지요."

"실패하면 자네는 급히 식구들을 데리고 다시 철령으로 돌아가게. 자네에 대한 언급은 하지 않았으니."

"김류가 우리를 이용만할 수도 있지 않습니까?"

"나는 그동안 두 가지 계획을 세워두었네. 하나는 김류가 나를 배반하는 경우고, 또 하나는 그렇지 않은 경우였네. 저들이 반정에 성공하더라도 군사를 유지할 물화가 없으니 당분간은 나에게 의지할 수밖에 없네. 쉽게 배반하지는 않을 것이네. 물론 여차하면 나도 저들을 제거할 계획을 세우고 있네."

"양반은 믿을 만한 존재가 못됩니다."

"나도 알고 있네. 일단은 이왕지사 참여하기로 결정을 보았으니 우리의 전력을 기울여보세."

"알겠습니다."

"먼저 김류와 협의된 내용부터 말하겠네. 날짜는 내일, 모이는 장소는 모화관, 시간은 술시일세. 당일 계획은 부대를 삼대로 나누어 제 일대는 훈련도감의 군사를 제압하여 바로 궁궐로 쳐들어가 임금의 재가를 받는 것이고, 또 한 부대는 이이첨 일당을, 또 하나는 박승종 일당을 체포하기로 되어있네."

"우리는 어디에 속합니까?"

"우리는 이이첨을 체포하는 쪽에 속하였네. 그동안 이이첨의 집을 드나들었기 때문에 큰 어려움은 없을 것이네. 단 우리의 지휘자는 이괄로 결정되었네."

"이괄이라면 함경도 북병사가 아닙니까? 그자도 참여합니까?"

"물론이네."

"그가 군대를 이끌고 오는 것입니까?"

"군대는 없네. 몇 명의 수행원만 데리고 올 것이네."

"그런데 왜 그가 대장이 되어야합니까? 반상의 구별을 두는 것입니까?"

박치의가 불만 섞인 소리로 물었다.

"이괄이 현직에 있기 때문에 유리한 것도 있지만, 자네들 세력은 만약을 위해서 끝까지 숨겨야 하기 때문일세. 우리는 표면화된 세력이 아니기 때문에 우리를 지지하는 세력도 없을 뿐 아니라 반정 초기의 반발 세력을 억누를 능력도 부족하다는 것일세. 따라서 수권 능력이 있는 서인 세력에 의존하여 나라를 안정시킨 다음 우리의 뜻을 펼쳐야 할 것이네. 또 만약에 있을 김류의 배반에 대비하자면 우리의 주력은 표면에 드러나지 않아야하네. 그 때문이네."

"무슨 말씀인지 알겠습니다."

박치의는 서서히 고개를 끄덕였다.

거사 당일, 연락책으로 이혼의 객주에 와 있던 신경유가 날이 어둡기를 기다려 박인웅이 모집한 객주의 장사 백여 명과, 박치의가 이끄는 철령의 도적 무리 백여 명 등, 이백여 명의 군사를 이끌고 약속 장소인 모화관으로 안내했다. 오래지 않아 이괄이 이미 자신의 수행원으로 데리고 다니는 임란 때 항복한 왜장 십여 명을 이끌고 나타났다. 신경유는 박인웅과 박치의를 이괄에게 인사시키며 이괄에게 지휘를 부탁했다.

"나머지 사람들은?"

다른 사람들이 나타나지 않자 불안해진 이괄이 신경유에게 물었다.

"나머지는 금방 올 것입니다."

"혹시 탄로 난 게 아닐까?"

박치의가 불안하여 물었다.

"탄로 나면 어떻습니까? 이왕 이렇게 나선 것 한 번 붙어봐야지요"

이괄이었다. 그는 자신의 마음을 다잡기 위해 자신 있는 목소리로 말했다. 군사를 동원하진 않았지만 이곳까지 나선 것만으로 이미 되돌릴 수 없는 선을 넘었다는 것을 알고 있었기 때문이다.

"이 장군께서 그렇게 마음을 정하시니 아주 편안해 집니다. 조금만 더 기다렸다가 그래도 나타나지 않으면 우리끼리 쳐들어가지요"

신경유가 이괄의 결정에 불안한 마음을 달래며 흔쾌히 동조했다.

일행이 마음을 정하고 기다리고 있을 때 멀리서 불빛이 보였다. 이제야 약속한 사람들이 오나보다 하고 가까이 오기를 기다려보니 이귀와 김자점, 심기원 등이 각기 자기집 종들을 데리고 나타났다.

"아니 왜 김 대감은 나타나지 않습니까?"

"글쎄올시다, 무슨 변고가 있나…."

"장단의 군사들은 어떻게 되었습니까?"

장안의 소식을 잘 모르는 이괄은 이귀를 향해 연방 질문을 쏟아냈다.

"평산 군사들은 머잖아 도착할 것입니다."

이귀는 이괄을 안심시켰다. 하지만 계속 기다려도 대장을 맡기로 한 김류가 나타나지 않았다.

"조금만 더 기다렸다가 나타나지 않으면 우리끼리 갑시다."

이괄은 자꾸 시간을 끄는 것이 불리하다고 판단하여 일행을 다그쳤다. 그때였다. 어둠을 뚫고 한사람이 허겁지겁 달려왔다. 김류 막하의 장유였다. 이괄은 화난 목소리로 장유를 질책하듯이 물었다.

"이런 중대한 일에 약속을 지키지 않으면 어떻게 하오?"

숨을 고르던 장유는 이괄의 질책에 낭패한 얼굴로 답하였다.

"큰일 났습니다. 일이 탄로 나서 박승종과 이이첨이 벌써 국청(鞫廳)을 마련하고, 훈련도감의 중군 이확이 포수 수백 명을 거느리고 주모자들을 체포하려 창의문을 나섰다고 합니다."

그러자 영문도 모르고 단지 마포객주를 공격하러 간다는 큰돌의 말에 따라 나섰던 장안의 한량들이 겁을 내고 수군거리기 시작했다. 거사 계획이 완전히 수포로 돌아가려는 순간이었다. 이때 이귀가 이괄에게 다급하게 말했다.

"이왕 이렇게 나선 것 영감께서 대장이 되어 한 번 붙어 봅시다. 국청 자리에 이이첨과 박승종이 함께 있다면 오히려 잘 된 일이 아닙니까? 내가 군사 일을 잘 모르는 것은 아니지만 변방에서 보여준 지난날의 영감의 용맹을 생각해 보면 영감만이 이 어려운 상황을 극복하고, 흩어지려는 장정들을 모아, 훈련도감의 군사와 대적을 할 수 있을 것이라 생각됩니다. 부디 우리들을 지휘하여 원래 뜻을 이루기 바랍니다."

나이 많은 이귀가 애걸하자 주위 사람들도 다 이귀를 거들었다. 하지만 이괄이 결정을 내리지 못했다. 그러자 이귀는 이괄에게 무릎을 꿇고 거듭 대장이 되어 일을 계속 추진하기를 원하였다.

"대장이 되어 규율을 엄하게 하시고, 만약 지금부터 영감의 명령을 받지 않는 자가 있다면 나부터 목을 베시고 군령을 엄격히 하여 원래 뜻한 바를 이루시기 바랍니다."

이괄은 원래부터 포기할 뜻도 전혀 없었을 뿐 아니라 이귀가 애걸하자 곧 대장직을 수락하고는 칼을 뽑아 흩어지려는 장정들을 향해 말했다.

"만약 몸을 돌려 돌아가는 자가 있다면 내가 제일 먼저 목을 벨 것이다. 하지만 나의 명령을 잘 따른다면 일이 끝난 후 큰 상금을 내릴 것이다."

이괄의 말이 끝난 후 박치의가 칼을 뽑아 위세를 보이자 유정과 큰돌, 박인웅이 칼을 뽑아 가세하였고, 뒤이어 철령 도적의 무리가 칼을 뽑아 시중의 잡배들을 에워싸자 그들은 기를 펴지 못하고 발길을 돌려 이괄을 따르기 시작했다.

"곧바로 궁궐을 공격한다."

원래 훈련도감은 장단의 군사들이 맡기로 했다. 하지만 이들을 지휘할 김류도 장단의 군사도 나타나지 않자 이괄은 곧바로 목표를 수정한 다음 출정 명령을 내렸다. 그때였다. 밝지 않은 횃불을 든 무리들이 몰려오고 있었다. 이괄은 이들의 정체를 알기 위해 경계태세를 갖추었다.

"평산 군사들이오."

어둠 속을 주시하던 이귀가 자신의 부하들을 제일 먼저 알아보았다.

"이제 됐습니다. 이들이라면 훈련도감 군사들과 한 번 붙어 볼만합니다."

이서가 평산 군사 삼백여 명을 이끌고 나타나자 이괄은 환한 미소를 지으며 자신감을 내비쳤다.

"출발!"

이괄의 명령에 사기가 되살아난 장정들은 힘차게 어둠 속을 진군하기 시작했다.

날은 어두워지고 약속시간은 벌써 지났다. 모든 것이 끝났다고 생각한 김류는 너무나 회한이 많았던 자신의 삶을 정리하면서 의관을 정제하고, 지난번 서궁 편지 사건 때처럼 자신을 체포하러올 금부도사를 기다리고 있었다. 다급히 대문 두드리는 소리가 들렸다. 드디어 금부도사가 도착한 것이리라 생각했다. 그런데 중문을 열고 나타난 것은 뜻밖에도 심기원이었다.

"약속 시각이 지났는데 여기서 무엇하고 계십니까?"

"우리의 계획이 이미 탄로 나서 금부도사가 날 잡으러 온다고 하네."

체념의 목소리였다.

"여기까지 와서 아무 저항도 안하고 고스란히 잡혀간다 말입니까? 이 마당에 그깟 금부도사가 무슨 소용입니까? 어차피 우리 계획 속에는 그들과 한판 싸움을 하기로 되어 있지 않습니까?"

심기원의 말에 김류는 갑자기 정신이 난 듯 고개를 번쩍 들었다.

"대감께서 약속시각이 되어도 나타나지 않자 이귀 등은 이괄을 다시 대장으로 추천하여 궁궐로 쳐들어간다고 합니다. 이러다가는 공을 그들에게 빼앗겨 우리의 십 년 계획이 하루아침에 물거품이 되게 되었습니다."

"그들은 우리 계획이 탄로 난 것을 모르는가?"

"그들도 알고 있습니다. 알면서도 계획대로 일을 추진하는 것이지요. 더군다나 그들은 국청자리에 이이첨과 박승종이 있다는 말을 듣고, 이 것이야말로 이들을 한꺼번에 제거할 수 있는 하늘이 준 기회라고 생각하고 있답니다."

이괄이 대장이 되어 혼란스러웠던 장정들을 수습하여 궁궐로 쳐들어간다는 말에, 김류는 금방 심경의 변화가 일어났다.

"이괄이 대장이 되었다고?"

"예."

"그건 안 될 말…. 얼른 가보세."

이괄이 대장이 된다면 이번 거사의 주도권은 그에게 넘어가게 될 터, 그럴 수는 없었다. 김류는 급히 마구(馬具)와 전통(箭筒)을 찾아 집을 나선다음 약속한 장소로 달려갔다. 이괄은 김류가 약속장소에 도착하여 자신을 찾는다는 말을 듣고는 화를 낸 다음, 그의 요구에 응하지 않고 그대로 궁궐로 쳐들어 가려하였다. 하지만 이귀가 극구 만류하였다.

"이 일을 위하여 오랫동안 치밀히 준비하였는데 일이 갑자기 틀어져서 이런 식으로 궁궐을 쳐들어가는 것이 불안했는데, 비록 김류가 늦게 도착하긴 하였지만 이제 나타났으니 그에게 대장자리를 양보하고 원래 계획대로 해야 성공할 것이오."

이귀가 계속 애원하자 이괄은 더 이상 고집을 부리지 않고 김류의 요구에 응하여 다시 대장 자리를 그에게 내주었다.

"좋습니다. 북저 대감께서 다시 지휘하십시오."

김류는 현 상황에 맞게 부대를 다시 재편하여 두 부대로 나누었다. 박승종과 이이첨이 함께 있었기 때문이었다. 이괄로 하여금 한 부대를 이끌고 육조 거리로 가, 승정원에서 국청 준비를 하고 있는 이이첨과 박승종을 체포하게 하고, 자신은 이서의 평산 군사 삼백여 명이 주축이 된 정예 병사를 이끌고 훈련도감의 군사를 제압하여 바로 궁궐로 들어간다는 계획이었다. 이에 따라 이괄과 박치의의 부대는 궁궐이 아닌 승정원을 향하게 되었다.

횃불을 밝힌 김류의 부대는 이제 막 도성의 문을 닫으려는 선전관의 목을 치고 북을 울리면서 도성에 진입했다. 2월의 도성은 이미 잠들어 고요했고 그들을 가로막는 부대는 아무도 없어 손쉽게 창덕궁까지 진군했다. 하지만 창덕궁 앞에 이르자 훈련대장 이흥립이 지휘하는 훈련도감의 군사들이 이들을 막아섰다. 김류는 진군을 멈춘 다음 부하들에게 안전한 곳으로 몸을 숨기게 했다. 어둠 속에서 훈련대장 이흥립이 부하들에게 내리는 명령소리가 들렸다.

"내가 명령을 내리면 일제히 쏴라."

서로가 공격을 하지 않고 대치하고 있는 양 진영 사이에 팽팽한 긴장감이 흘렀다. 원래 계획대로라면 이흥립은 발포하지 않아야한다. 하지만 낮에 박승종이 이흥립을 체포하러 떠났다는 말을 들었기 때문에 지금 현재 그가 어떤 생각을 하고 있는지 알 수가 없었다. 김류는 이흥립의 마음이 어느 쪽인지 알 수 없어 함부로 진군하지 못하고 시간만 보내고 있었다.

지금 장안에 자신들을 막을 군사는 훈련도감밖에 없다. 객관적으로 볼 때 자신이 이끄는 장단의 포수들은 훈련도감의 상대가 되지 못한다. 만약 이흥립이 저쪽에 붙었다면 자신의 부대는 잘 훈련된 훈련도감의 군사들에 의해 패배하고 말 것이었다. 이번 거사의 승패는 지금 이 순간 결정되는 것이었다. 일각이 천 년 같은 시간들이 흐르고 있었다. 그 짧은 시간에 생각이 수십 번도 오갔다. 시간을 오래 끌 수 없었다. 이기든 지든 결단을 내려야했다. 한겨울 임에도 갑옷을 입은 김류의 등 뒤로 식은땀이 줄줄 흘렀다.

역모를 꾀한 이후 지금까지 두 번이나 발각되어 죽을 고비를 맞이했다. 그런데 이상하게도 살아났다. 하늘이 자신의 편이지 않고는 불가능한 일이었다. 생각이 여기에 미치자 김류는 마음에 결정을 내렸다. 이번에도 하늘이 자신을 도와줄 것이라는 믿음을 갖기로 했다.

"천지신명이시여 도와주소서!"

간절히 기원(祈願)한 다음 길게 숨 호흡을 한 번 했다. 그리고는 총을 겨누고 있는 훈련도감의 군사들 앞에 몸을 드러내었다. 귓가를 울리는 총성소리가 나리라는 예측으로 많은 사람들이 숨을 죽였다. 김류도 눈을 질끈 감았다.

"……."

숨소리 하나 들리지 않는 침묵만이 귓가를 울렸다. 김류는 다시 눈을 떴다. 그리고는 용기를 내어 서서히 훈련도감의 군사들 앞으로 걷기 시작했다. 식은땀이 비 오듯 흘러 등을 흥건히 적셨다. 아직도 총소리는 들리지 않았다. 대장이 나서자 숨죽이고 있던 심기원과 김자점도 어둠 속에서 몸을 드러내어 김류의 뒤를 따르기 시작했다.

"아직 발포하지 마라!"

명령권자인 이홍립은 고민했다. 발포하지 않으면 며느리가 아버지를 잃은 서러움으로 자신을 원망할 것이고, 발포를 하면 시집간 딸이 평생 어딘지도 모르는 곳에서 천한 종이 되어 어느 놈팡이의 노리개로 전락하고 말 것이다. 며느리냐, 딸이냐. 그의 얼굴에서는 겨울바람이 무색하게 땀이 줄줄 흘러내렸다. 중요한 것은 자신의 의지였다. 과연 이 반정이 옳은 것이냐 옳지 않은 것이냐? 지금의 임금은 기존의 가치관을 무시한 것은 틀림없었다. 이이첨의 횡포는 그 어느 때보다 강했다. 중요한 것은 자신의 의지였다. 그는 끝내 아무런 결정을 내리지 못하고 있었다.

마침내 김류가 이흥립의 앞에 이르도록 끝내 총소리는 들리지 않았다. 숨죽이며 지켜보고 있던 장단의 군사들이 하나둘 씩 몸을 드러내어 훈련도감의 군사들을 가로질러 뛰기 시작했다. 그러나 이흥립은 이들이 다 지나가도록 끝내 발포 명령을 내리지 않고 있었다. 이때 중군의 이확이 이흥립 앞으로 급히 달려왔다.

"왜 명령을 내리지 않습니까?"

"저들을 막지 말게. 저들은 하늘이 낸 군대야."

"그럼 대장께서도…."

이확은 칼을 뽑아 들었다.

"발포, 발포하라! 저들은 반란군이다. 어서 발포하라!"

— 탕, 탕, 탕.

총구를 겨누고 있던 훈련도감의 군사들이 마침내 사격을 시작했다. 장단의 군사들이 수없이 쓰러졌다.

"발포하지마라! 사격을 멈춰라!"

다급한 이흥립의 외침이 총소리에 뒤이어 들렸다. 순간 총소리가 멈췄다.

"어서 발포…."

이확의 충정어린 명령이 다시 이어지려는 순간이었다. 어느새 김류가 다가와 한 칼에 그의 목을 쳤다. 이확은 채 말을 끝내지도 못하고 핏줄기를 내뿜으며 목이 잘리고 말았다.

"우리의 앞을 막지마라! 앞을 막아서는 놈은 이 모양이 될 것이다."

기개 넘치는 김류의 목소리에 훈련도감의 군사들은 움찔했다.

"발포하지 마라! 발포해서는 안 된다."

김류의 외침에 이어 이흥립의 명령이 이어지자 더 이상 총소리는 들리지 않았다.

"나의 명령을 따르라. 절대 발포하지 마라. 대세는 이미 기울었다."

이흥립의 연이은 외침에 훈련도감의 병사들은 더 이상 저항을 하지 않고 총칼을 겨눈 채 그들 앞을 지나가는 반란군들을 서서 지켜보고만 있었다. 이제 더 이상 이들을 막을 군대는 없었다. 계획대로 김류와 심기원 일행은 곧바로 궁궐로 진입하였고 이괄은 국청이 설치된 승정원을 향하였다.

이괄의 무리가 막 승정원 안으로 들어가려 할 때, 마침 금부도사 일행이 명을 받고 김류 일당을 잡기 위해 문을 나서다 횃불을 든 반군 세력과 부딪혔다.

"멈춰라!"

"웬 놈들인데 감히 어명을 받은 관리를 멈추게 한단 말인가?"

"세상이 바뀌었다."

"뭐라고?"

이괄은 머뭇거릴 시간이 없다는 듯 바로 칼을 뽑아 금부도사의 목을 내리쳤다. 그러자 주변에 있던 박치의와 유정도 수행원들을 그 자리에서 목 베고는 승정원을 향해 고함을 지르며 달려 들어가기 시작했다. 반군 세력은 요란한 고함을 지르며 승정원 안으로 달려들어 국청을 준비하고 있던 대신들을 순식간에 에워쌌다.

"너희들은 누구냐?"

국청을 준비하던 이이첨 수하의 윤인의 당황한 목소리였다.

"당신이 더 잘 알지 않소?"

"뭐라고! 훈련도감의 병사들은?"

"그들은 총 한 발 우리에게 쏘지 않았소."

"이흥립이 배반하였구나…."

"그래 알았으면 어서 무릎을 꿇어라!"

이괄은 그의 어깨를 눌러 땅바닥에 앉힌 후 부하들을 둘러보며 명령을 내렸다.

"이 건물 안에 움직이는 것은 전부 다 체포하라."

이괄의 명령을 받은 장정들은 곧 승정원 내를 샅샅이 뒤져 국청을 준비하고 있던 이이첨과 박승종의 부하들을 줄줄이 포박을 지운 채 마당으로 끌고 나와 무릎을 꿇게 하였다. 이괄은 이들 중에서 이이첨과 박승종을 찾았다. 하지만 그들의 모습은 보이지 않았다.

"너는 이위경이 아닌가?"

때마침 도성에 도착하여 승정원에 도착한 신경진은 이미 상황이 끝났음을 알고 안타까워하던 중 젊은 시절 자신에게 모욕을 주었던 이위경의 얼굴이 보였다. 도망을 치다가 잡힌 듯 그는 얼굴에 핏자국이 낭자한 채 한 쪽 구석에 무릎을 꿇고 앉아 있었다. 신경진은 그에게 다가갔다.

"나를 알아보겠나?"

"당신은…."

"네놈이 내게 준 모욕을 잊을 수 없어 이렇게 다시 찾아왔다. 더러운 놈."

신경진은 이위경의 얼굴에 침을 뱉었다.

"……."

"이이첨과 박승종은 어디 갔나?"

"……."

"퍽!"

신경진은 침묵을 지키는 이위경의 얼굴을 향해 사정없이 주먹을 내질렀다. 이위경은 쓰러졌다.

"이깟 주먹 한 방에 나뒹구는 놈이 겁도 없이 손을 놀렸단 말인가? 일어서라!"

신경진은 이위경을 일으켜 세운 다음 다시 물었다.

"이이첨과 박승종은 어디 있느냐?"

"……."

이위경은 여전히 침묵을 지켰다. 순간 이귀의 솥뚜껑만한 손이 다시 그의 뺨을 향해 날았다. 이위경은 다시 쓰러졌다. 신경진은 쓰러진 그의 얼굴 위로 발길질을 해대기 시작했다.

"윽! 사, 살려주시오."

신경진의 발길질이 멈췄다.

"어디 있느냐?"

"말하면 살려 줄 것이오?"

"네놈이 아직도 정신을 못 차렸구나."

다시 신경진의 발길질이 시작되었다.

"말하겠소."

다시 신경진의 발길질이 멈췄다.

"담을 넘어 도망갔소."

이위경은 가쁜 숨을 몰아쉬며 말했다.

"둘 다!"

"예."

"윽!"

신경진은 다시 한 번 강하게 발길질했다. 그러자 이위경은 정신을 잃고 쓰러졌다. 이괄은 이이첨과 박승종이 도망갔다는 소식을 듣고는 곧바로 박인웅을 불렀다.

"박인웅은 장정들을 데리고 얼른 마포로 가서 이이첨이 도망쳤다고 알려라."

"예."

이괄은 곁에 있던 박인웅에게 지시하는 한편 궁궐에도 전령을 보내어 경과를 보고하고 이들이 도망갔음을 알리게 했다. 또한 궁궐의 사정도 알아오게 했다.

한편 이이첨은 승정원 문 밖에서 고함 소리가 나자 박승종이 결국 인정에 끌려 이흥립을 체포하지 않음으로 인해 일이 낭패로 돌아간 것을 알아차렸다. 그를 원망하는 마음이 치밀어 올랐지만 이미 늦었다. 그는 고함 소리가 나는 반대 방향으로 달려 담을 넘어 집을 향해 달렸다. 잠들어 있는 식구들을 깨워 간단한 짐을 챙기게 한 다음 문 밖을 나섰다.

이괄 일행이 승정원을 제압한 사이, 김류 일행은 창덕궁 안으로 들어갔다. 금호문(金虎門)에 도착하자 수문장 박효립이 나와 맞아 들였다. 그러자 김류는 장작을 모아 불을 질렀다. 이는 의거에 가담한 사람들이 집을 떠나올 때 약속하기를 궁궐 쪽에서 불길이 나면 성공한 것이니 안심하고 그렇지 않으면 자살하라는 말을 하고 나섰기 때문이었다.

간단히 수비병을 제압한 김류 일행은 흩어져서 임금을 체포하라는 명령을 내렸다. 하지만 임금이 보이지 않자, 궁궐의 경계를 엄하게 하는 한편 궁궐과 주변을 수색하여 빨리 임금을 찾으라는 지시를 내렸다.

이때 광해군은 낮에 마신 술이 과하여 총희(寵姬) 변 씨와 함께 쉬고 있었는데 갑자기 고함 소리가 나고 불길이 치솟자, 낮에 말한 박승종의 말이 생각나 내시를 시켜 상황을 보고 오게 하였는데 시종은 역모라는 말을 전하였다.

"뭐, 역모!"

광해군은 고개를 떨어트렸다.

"불길은 어디에 솟더냐?"

"종묘인 것 같습니다."

시종이 다급하여 김류 일행이 함춘원에 지른 불을 잘못 보았던 것이었다.

"그렇다면 역성(易姓)혁명이구나. 얼른 빠져나가 구원병을 청하자."

"예."

시종은 광해군을 업고 변 씨와 함께 북문을 넘어 궁궐을 빠져나갔다. 하지만 길을 잘 몰라 망설이다 정몽필이라는 자를 만났는데 그가 말(馬)을 내주어 말을 타고 총애하던 안국신의 집으로 들어가 숨었다.

하지만 이곳도 안전하지 못하여 직접 평양으로 가기 위해 개가죽 모자를 쓰고 짚신으로 갈아 신고 길을 나섰다. 그러나 함께 나섰던 정남수라는 의원이 밀고하여 출동한 군사들에 의해 체포되어 김류에게 끌려왔다.

"네 이놈, 너는 무엇이 부족하여 이런 짓을 한단 말인가?"

광해군은 당당했다.

"패악한 군주는 더 이상 군주가 될 자격이 없습니다."

"이유나 들어보자."

"첫째, 전하께서는 인륜을 버리고 형제를 죽이고 모친까지 내친 죄요. 둘째 이이첨 일당을 중용하여 백성들의 삶을 돌보지 않은 죄요, 셋째 여진족을 도와 명나라를 배신한 죄입니다."

"푸하하, 네놈이 임금의 심정을 뭘 알겠느냐?"

광해군은 노한 눈빛을 띠고 김류를 나무라기 시작했다.

"여자의 목숨 하나와 온 백성의 생명은 맞바꿀 수는 없는 것이다. 네놈들은 명분에 치우쳐 중대한 것을 보지 못하고 있다. 정치라는 것이 네놈들이 생각하는 것처럼 만만한 것이 아니다. 머잖아 네놈들은 큰 고통을 당하고 말 것이다. 두고 봐라."

광해군의 꾸지람이 계속 이어지자 김류는 더 이상 그의 얼굴을 맞대고 있을 수가 없어 그를 하옥시키라 명령했다. 한편 세자는 배 씨 성을 가진 내시의 집에 숨어들었는데 그가 고발하여 역시 잡히는 몸이 되고 말았으며, 중전 유 씨도 창졸간에 군사들에게 체포되어 하옥되었다.

광해군은 감옥에 갇혔다. 세상의 판세를 읽지 못하는 어리석은 신하들이 결국은 일을 저질렀다. 이들이 내세우는 이유는 알고 있었다. 성리학적 명분에 얽매어, 명나라에 대한 사대주의에서 빠져나오지 못했다. 정말 안타까웠다. 이들의 붕당을 좀 더 적극적으로 막았어야했는데, 그래도 지식인이라면 세상 돌아가는 것쯤은 이해할 수 있을 것이라 생각했는데…. 후회뿐이었다. 이들의 붕당을 낙관적으로 생각하고 안이하게 대처한 것이 잘못이었다. 이들이 권력을 잡으면 어떤 일이 벌어질지 뻔했다. 분명 후금의 공격을 받을 것이다. 이제 임진왜란이 끝난 지 겨우 이십 년이 넘었을 뿐이다. 또다시 이 땅에 전쟁이 벌어진다면 어떤 일이 발생할 것인가 생각하면 너무 걱정이었다.

'박엽에게 알려야한다. 박엽이 이들을 진압해야만 한다. 그래야 조선

의 종묘사직이 계속 이어질 것이다.'

하지만 감시가 심하여 어떻게 해 볼 수가 없었다. 왜 하필 오늘 따라 술을 마셨는지, 하늘이 자신을 정녕 버리는 것인지, 수많은 생각이 오갔다.

광해군의 처자를 하옥시킨 후, 김류는 대궐에 남아 궁궐을 엄히 경계하였고, 이귀는 책립을 받기 위해 정릉에 있는 행궁(일명 서궁, 西宮)으로 향했다. 이곳에 인목대비가 갇혀 있었기 때문이었다.

이귀는 곧바로 서궁으로 들어가 인목대비를 찾아 그동안의 경과를 보고한 다음 자신들이 능양군을 추대하기로 하였다는 내용을 전하였다. 하지만 인목대비는 광해군 부자와 이이첨 부자 등의 목을 자른 후에야 궁에 돌아가겠다며 버텼다. 이에 이귀가 말하기를 죄인 부자는 임금으로 있었기 때문에 쉽게 처단할 수 없고, 이이첨 부자는 곧 잡아 처단하겠습니다라고 달랬다. 하지만 대비가 버티므로 이귀는 아들 이시백을 시켜 능양군을 직접 모셔 오라 하였다.

이때 능양군은 반정에 성공하고 난 후, 혹시 반정 주도 세력들이 약속을 지키지 않고 다른 사람을 왕으로 세울까 염려하여 직접 돈화문으로 나와 상황을 지켜보고 있었다. 그런데 서궁에서 연락이 오자 급히 달려가 문안을 여쭈었지만 대비는 의외로 쉽게 마음이 풀리지 않았다.

"좋은 대궐에 앉아 스스로 왕위에 오르면 되지 왜 나를 청하여 굳이 책립을 받으려 하시오?"

"대비께서는 나라의 제일 어른이 아니십니까? 대비마마의 책립이 있어야 선조 대왕의 뒤를 잇는 임금으로 정통성을 가질 수 있는 것이 아니겠습니까?"

"선조 임금의 뒤를 잇겠다면서 나에게 한 마디 의논도 하지 않고 당신들 마음대로 임금을 정했으니 당신들이 알아서 하면 될 것이 아니요."

대비는 자신에게 의논도 하지 않고 마음대로 후임 왕을 정한데 대한 분노를 표출했다.

"잘못했습니다. 할머님. 제가 잘못했으니 용서해주십시오."

능양군은 뜰아래 엎드려 잘못을 빌었다. 하지만 대비의 화는 풀리지 않았다.

"제가 어떻게 하면 화가 풀리시겠습니까? 폐주(廢主, 광해군)를 데려와 사죄시키면 되겠습니까?"

"……"

능양군은 인목대비가 말이 없자 동의한 것으로 알고 급히 사람을 보내 지금 막 잡혀온 광해군을 데려오게 했다. 광해군이 정릉으로 오는 동안 능양군은 방안으로 들어가지 못하고 밖에서 추위를 견뎌야만 했다. 포승에 묶인 광해군이 들어오자 능양군은 광해군에게 뜰아래 무릎을 꿇게 했다.

"네놈이 주도를 했구나?"

광해군은 무릎을 꿇지 않고 능양군을 노려보았다.

"숙부께서는 너무나 많은 사람을 죽였습니다."

"내가 많은 사람을 죽였다고…. 네놈이 피를 불렀으니 앞으로 더 큰 피를 볼 것이다."

광해군은 능양군에게 조소하며 말을 이었다.

"권력을 유지한다는 것은 아슬아슬한 줄타기와 마찬가지다. 주위에는 많은 바람이 불고 있지. 바람을 잘 이용하면 순풍에 돛단 듯 위기를 벗어날 수 있지만 모진 바람을 만나게 되면 상황은 달라지지. 그 바람은 줄 위에선 광대를 떨어뜨리기 위해 갖은 짓을 다하게 마련이다. 조금만

발을 잘못 디디면 종묘사직이 끊어지고 백성들의 삶이 도탄에 빠지게 된다. 그래서 그런 바람은 막아야하고 싹은 잘라야 하는 것이다. 줄 위에 서보지 않은 광대는 그것은 알 수가 없는 법이다."

"그런다고 아무런 죄고 없는 내 동생을 죽이고, 영창대군을 죽이고, 친형을 죽인단 말이오?"

"옛날 태종 대왕께서는 자기 형제를 다 죽였다. 그 결과 아드님이신 세종대왕은 아무런 견제 세력 없이 나라를 잘 이끌어 종묘사직을 탄탄한 기반 위에서 이어갈 수 있었고, 세조께서도 조카를 죽이기까지 했지만 결국 성종 대왕이 나올 수 있었던 것이다. 너도 왕이 되면 그 이치를 알게 될 것이다."

"어떻게 숙부가 태종과 세조대왕께 비길 수 있단 말입니까?"

"지금은 아닐지 몰라도 먼먼 후세의 사관들은 어떻게 평할지 알 수 없는 것 아닌가?"

밖에서 능양군과 광해군의 다투는 소리가 나자 광해군이 나타난 것을 안 인목대비의 불호령이 떨어졌다.

"네 이놈, 내 아들을 죽이고 나를 이 지경으로 만들고도 살아남을 줄 알았더냐!"

"어서 무릎을 꿇고 용서를 비십시오."

대비가 노하자, 능양군이 얼른 말하였으나 광해군이 쉽게 무릎을 꿇지 않자 군사들이 달려들어 광해군을 꿇어 앉혔다. 그는 아무 말도 하지 않고 고개만 숙이고 있었다.

"능양군은 뭘 하시오. 어서 저 패역한 죄인의 목을 베지 않고!"

다시 불호령이 떨어졌다.

"나는 나보다 어린 마마를 어머니로 알고 지극 정성으로 모셨소. 하지만 대비께서는 항상 내게 차가웠을 뿐 아니라, 선친이 살아 계실 때부터 나를 내쫓기 위해 갖은 음해를 다하였소. 하지만 나는 대신들의 끊임없는 상소에도 불구하고 당신을 지켜주었소."

"뭐라고 이런 패역한 놈이. 내가 너의 죄목을 따져본 즉 서른여섯 가지의 죄목이 나왔다. 그러고도 네가 할 말이 있다고 입을 놀리느냐?"

대비의 기세가 점점 세져 험한 말이 나오기 시작했다. 그러자 누군가는 이를 저지할 필요가 있다고 느낀 이귀가 나섰다.

"아무리 죄인이라고 하지만 임금을 지내신 분인데 어떻게 함부로 죽일 수 있단 말입니까?"

"그를 죽이지 않으면 나는 절대 새 임금의 책립을 허락할 수 없소."

대비가 분노하고 있지만 임금을 죽일 수는 없었다. 이귀는 더 이상 이곳에 광해군을 두었다가는 좋지 않을 것 같아 군사들로 하여금 광해군을 모시고 다시 도총부로 데려가라 했다.

"네놈들이 어떻게 내가 한 일을 이해하겠는가? 종묘사직이 어떻게 될지 참으로 걱정이구나."

광해군은 끌려가면서도 나라를 걱정했다. 광해군이 끌려 나가자 인목대비는 다른 주문을 했다.

"옥쇄를 가져오시오!"

이귀는 인목대비가 아들을 잃고 외진 곳에 갇혀 지내면서 그 외로움과 고통이 얼마나 컸는지 이해할 수 있었다. 하지만 지금은 긴급 상황이었다. 빨리 임금 책립을 받지 못하면 도망간 이이첨과 박승종에 의해 구원병이 나타나 또 다른 양상이 벌어질 수도 있었다. 그래서 그는 더 이상 대비가 고집부리는 것을 방치할 수 없다는 생각을 갖고 그녀의 고집을 꺾기로 마음먹었다.

"대비께서는 옥쇄를 받아 무엇에 쓰시려는 것입니까? 그것은 절대 내놓지 못하겠습니다."

"내가 아들도 없는데 옥쇄를 받아 무슨 딴 생각을 하겠소. 다만 국체(國體)를 존중히 여기기 때문이니 얼른 명령을 수행하시오."

"그러시다면 정전(正殿)에 나시어 새 임금을 책립하시고 대신을 불러 옥쇄를 넘기는 것이 마땅하리라 생각됩니다."

"경은 왜 그리 말이 많으시오."

"아직 이이첨과 박승종을 잡지 못했습니다. 우리가 머뭇거리는 사이 그들이 응원군을 데리고 나타나 상황이 바뀌면 우리는 전부 죽을 수도 있습니다. 그때는 대비께서도 예외가 되지 못 할 것입니다."

"좋소. 그러면 오늘 일어난 일을 내가 자세히 알지 못하니, 일의 시말(始末)을 글을 써서 올리시오."

"알겠습니다. 글을 써서 올리겠으니 더 이상 시간을 지체하지 마시기 바랍니다."

이귀는 곁에 있던 김대덕을 시켜 글을 지어 올렸다. 하지만 글을 다 읽은 대비는 또다시 옥쇄를 요구하였다. 그러자 이귀와 인목대비의 다툼을 지켜보던 능양군이 이귀를 자제시킨 다음 사람을 시켜 옥쇄와 계자(啓字, 나무도장)를 가져오게 하여 바치자 그때야 대비가 오랫동안 뜰아래 있던 능양군을 방으로 들라하여 책립의 예를 행하였다.

마포의 객주에서 이정구와 함께 초조하게 결과를 기다리고 있던 이혼은 박인웅이 달려와 거사가 성공했다는 소식을 전해들은 다음에야 비로소 안도의 한 숨을 내쉬었다. 한편으로 이이첨이 도망갔고 그를 잡기 위해 마포로 달려왔다는 박인웅의 말에 이혼은 그의 도주로를 생각해

보았다. 본관이 광주(廣州)이니 그쪽으로 갔거나 아니면 평양의 박엽을 찾아 갔으리라 생각되었다. 광주로 가기 위해서는 마포 아니면 송파의 나루를 이용해야하고 평양으로 가기 위해서는 아현고개를 넘어야한다. 그는 부대를 둘로 나누었다. 박인웅과 큰돌이를 송파 쪽으로 향하게 하고 자신은 이정구와 주몽을 데리고 아현고개 쪽으로 향했다.

이혼이 급히 말을 달려 아현고개를 넘어갈 즈음 멀리서 꾸물거리는 것이 보였다. 이혼이 턱짓으로 이정구에게 가보라고 하자 그는 홀로 말에 속력을 내어 다가갔다. 다급한 말발발굽소리를 듣자 초립에 허름한 복장을 한 그들은 말발굽 소리를 듣고는 얼른 숲 속으로 몸을 숨기려 하였다.

"뉘신데 이른 새벽부터 길을 떠나시오."

이정구가 점잖은 소리로 묻자 갑자기 초립(草笠)의 노인네가 고개를 들고는 알은 채를 했다.

"이 도령(都領)이 아니신가? 부원군일세."

이이첨이었다.

"예! 부원군께서 이게 어쩐 일이십니까? 이런 누추한 복장을 하고 이른 새벽에 이 추운 곳을…."

"역모가 일어났네. 잘 만났네. 어서 나를 평양으로 좀 데려다주든지, 아니면 평양에 알리어 군사를 이끌고 와 이들을 진압하라 이르게."

"하하하."

"……."

이이첨은 이정구의 갑작스런 웃음에 영문을 몰라 했다.

"허허, 아직도 상황을 모르겠소?"

이정구가 재밌다는 듯이 얼굴빛을 바꾸자 이이첨은 그제야 분위기가 이상하다는 것을 눈치 챘다. 그때 이혼이 군사를 이끌고 서서히 다가섰다.

"나를 알아보겠소?"

"누구…."

"허허, 나는 삼십삼 년 동안 당신을 잊지 못하였는데 어떻게 당신은 나를 모른단 말이오?"

여전히 이이첨은 이혼을 몰라봤다.

"……."

"삼십삼 년 전 이산해를 따라 구봉 선생의 집을 찾은 것을 기억하시오."

"뭐라고!"

이이첨은 너무나 놀라 이혼을 한참이나 쳐다보다가 불거진 광대뼈의 그를 알아보고는 고개를 떨어트렸다. 머리에 쓴 초립이 무거워 보였다.

"당신이었군요. 이 자들을 조종한 사람이. 이제야 상황이 이해가 되는군요. 허허허."

이이첨은 모든 상황을 이해한 듯 체념의 웃음을 지었다.

"이제야 뭔가 깨달으셨는가 봅니다."

"왜란 때 죽은 줄 알았소."

씁쓸한 표정의 이이첨이 말했다.

"당신이 내 처지라면 죽을 수 있었겠소?"

"당신의 복수는 정여립의 난 때 끝나지 않았소?"

"끝났을 수도 있었지. 하지만 당신은 비겁하게 전쟁을 이용하여 내 식구와 벗을 죽였어."

"그건 내가 시킨 것이 아니오. 나는 말렸소."

"아무튼 당신으로 인해 일어난 일 아니오."

이이첨은 고개를 떨어트리고 혼잣말처럼 말했다.

"허균의 말을 주의했어야 하는데…."

"그게 무슨 말이오?"

이혼은 의아스러운 듯 물었다.

"허균이 죽기 전에 나에게 주의를 주었소. 내가 까맣게 잊고 있는 인물이 장안에 진출했다고 말이오."

"허균이 말이오?"

"그렇소. 하지만 난 그가 헛소리를 하는 줄 알았소. 아무리 주변을 둘러보아도 그가 말한 사람은 없었기 때문이었소. 김류는 이미 내 상대가 안 되었고…."

"당신은 너무 높은 곳만 쳐다보았소."

"이 도령(都領)이 당신의 사람일 줄은 몰랐소. 내 실수였어."

회한을 되씹고 있는 이이첨을 물끄러미 바라보던 이혼은 아무런 감정이 묻어 있지 않은 목소리로 그에게 제안했다.

"이걸로 당신이나 나나 피차 쌓인 원한은 푸는 걸로 합시다."

"……"

"잘 가시오. 당신이나 나나 좋은 일은 못했으니 지옥에서 다시 뵐 날이 있을 것이오."

이이첨이 끝내 눈물을 보이자 이혼은 부하들에게 그를 체포하라하여 끌고 궁궐로 들어가라 하고 자신은 이정구와 더불어 마포객주로 돌아갔다.

박승종은 경기 감사인 박자흥의 집을 찾아 반역이 있음을 알리고 같이 양주로 들어가 양주 목사 박안례로 하여금 군사를 일으키게 하는 한편, 수원 방어사 조유도에게도 군사를 이끌고 도성으로 진군하여 합류하라는 명령을 내렸다.

다음날 박안례와 조유도의 연합군이 합세하여 성 안으로 들어 오려하자 뒤늦게 합류한 신경진이 동생 신경유와 함께 훈련도감의 병사를 이끌고 이들을 진압하러 나섰다.

박안례와 조유도는 상대가 신경진임을 알고 주춤거렸다. 신경진은 그들이 존경하는 무장이었다. 그러자 신경진은 동생 신경유를 보내 그들을 회유하도록 만들었는데, 신경유가 반정의 당위성을 말하자 그들은 곧 자신의 근무지로 군사를 이끌고 돌아가 버렸다. 상황이 이에 이르자 박승종은 자신이 임금을 제대로 모시지 못하여 이 지경이 되었다며 나무에 줄을 매달아 자결하고 말았다.

능양군(인조)이 왕위에 오른 후 김류는 신속하게 사후 수습을 해나가기 시작했다. 그는 병조 판서 겸 참판이 되어 병권을 순식간에 손아귀에 넣고, 귀양 가 있던 남인 출신의 이원익을 영의정으로 추대한다는 말을 하고는 사람을 급히 보냈다. 이원익은 원래 서인으로 이산해의 사위가 된 뒤 남인이 된 자였기에 그를 영의정에 세우면 동서인을 아울러 다스릴 수 있을 뿐만 아니라, 덕망이 높아 많은 사람이 존경하였으므로 반정의 당위성을 주장할 수 있는 적절한 사람이었다.

구신들의 처리도 신속하게 이루어졌다. 박승종은 자결했고 이이첨과 그 세 아들, 이위경과 정조 등 그의 하수인들은 곧바로 능지처참하여 죽이고 가산을 몰수했다. 나머지 북인들도 처형하거나 귀양을 보내 한꺼번에 숙청했는데, 전 정권의 사람들로 죽임을 당한 자가 칠십여 명에 달했다. 다만 임금만은 이원익의 반대로 죽이지 않고 광해군으로 강등시켜서 강화도에 유배시켰다.

　다음으로 그는 준비했던 반정의 공신을 발표했다. 일등 공신에 임명된 사람은 김류 이귀 김자점 심기원 신경진 최명길 이흥립 등을 비롯한 십 인이었다. 직접 군사를 이끌고 참여하였을 뿐 아니라, 한 때는 대장이 되어 분위기를 반전시켰던 이괄은 장유와 더불어 이등 공신의 명단에 들어 있었다. 이괄은 처음부터 자신들의 모의에 가담하지 않았다는 이유로 일등공신이 못 되었다. 대신 그의 불만을 잠재우기 위해 한성판윤의 자리를 맡겼다.

　이혼은 이번 반정에 많은 군사들을 보냈고 또 필요한 군자금을 댔지만 양반이 아니라는 이유에서 공신의 명단은 물론 벼슬자리에서 철저히 소외되었다. 씁쓸한 기분은 어쩔 수 없었지만 예상은 한 일이었고 또 기대도 하지 않았다. 그러나 불안한 것이 있었다. 주상을 쫓아내고 능양군을 왕위에 세운다는 말은 없었다. 이렇게 되면 박엽과의 일전을 피할 수 없게 된 셈이었다. 조선에 내전이 일어나면 그 여파는 결국 후금의 침입을 부르고 말 것이다. 이들의 싸움에 자신이 낄 필요는 없었다. 그것은 양반들의 일이었기 때문이다. 공을 세우고도 결국 철저히 배척받는 현실 속에 더 이상 몸을 던져 자신의 뜻을 세우고 싶지는 않았다. 힘을 길러 자신의 의지대로 하는 수밖에….

　이혼은 이정구를 불러 자신은 당분간 압록하에 가서 있겠노라며 객주일을 맡겼다. 이후에 벌어지는 일에는 절대 개입하지 말고 장사에만 치중하라는 말도 남겼다. 그리고는 박치의의 부하들을 이끌고 함경도로 되돌아갔다.

　일천 명도 안 되는 사람들을 모집하여 반정에 성공한 서인정권은 너무 싱겁게 일이 끝나자 언제 어디서 어떤 세력이 다시 그들을 공격할지도 모른다는 불안감에 휩싸였다. 그 불안감의 근원이 바로 평양에 주둔하는 박엽이었다. 군세로 따진다면 궁성을 수비하는 훈련도감보다 더 무서운 세력이 박엽의 평안도 병사였기 때문이다.

그렇다고 평양의 군사 조직을 와해시킬 수는 없었다. 북쪽에 상존하는 여진족의 위협 때문이었다. 따라서 서인정권이 선택할 수밖에 없는 것이 박엽과 그의 심복인 의주부사 정준의 제거였다. 이를 놓고 반정세력이 세운 대책은 일단 정공법을 취하는 것이었다.

반정 세력들은 명나라의 은혜를 저버리고 지난 사르허 전투에서 여진 편을 들었다는 죄목으로 평양과, 정준이 주둔하고 있는 의주에 금부도사를 보내어 그들을 체포하게 했다.

금부도사를 보내긴 하였지만 만약 박엽이 금부도사의 명에 응하지 않고 군사를 일으킨다면 그들로서는 평양 군사를 막을 재량이 없었다. 자신들의 군사라고는 훈련도감 소속의 일천 정도의 병사와, 이귀가 데리고 합류한 이백여 명의 군사, 그리고 반정 세력들이 데리고 온 오합지졸의 한량들 밖에 없는데 이들로는 평양삼수병을 포함한 평안도 병사들을 당할 수 없었기 때문이었다. 그래서 그들은 모든 것은 하늘에 맡기고 초조하게 평양 일의 결과를 기다렸다.

평양 감사 박엽에게도 반란의 소식은 전해졌다. 양간은 박엽에게 당장 군사를 이끌고 한양으로 쳐들어가자며 흥분했다. 박엽은 부하들을 소집했다. 양간처럼 당장 한양을 공격하자는 의견이 우세했다.

"조선에 반란이 일어났음을 후금에 알리고 그들의 지원을 받아 도성으로 쳐들어가는 것이 보다 안전할 것입니다."

또 다른 참모인 이규각은 신중론을 펼쳤다. 하지만 대부분의 참모들은 양간의 의견을 지지했다. 박엽은 이들의 말을 묵묵히 듣기만 했다.

"쉽게 판단할 문제가 아니다. 일단 일의 진행 과정을 살펴보고 천천히 생각해 보세."

그러나 천천히 생각할 여유가 없었다. 바로 다음날로 조정의 금부도사가 나타나 박엽을 한양으로 소환한다는 새로운 임금의 이름으로 교지를 전달했기 때문이었다. 박엽은 교지를 지니고 온 금부도사를 영빈관에 머물게 한 다음 부하들을 다시 불렀다.

"저들이 소환한다고 말하지만 결국은 죽이고 말 것입니다. 영감께서는 저들의 말에 속지 마시고 당장 금부도사를 목 베고 한양으로 쳐들어가 반란세력들을 싹 쓸어버리고 상감을 다시 모십시다."

부하들은 강경했다. 하지만 밤새워 고민한 박엽은 뜻밖의 의견을 펼쳤다.

"우리가 군사를 일으킨다면 도성을 점령할 수는 있을 것이다. 그러나 중요한 것은 그렇게 되면 우리의 병사나 한양의 훈련도감 병사나 서로 간에 매우 심각한 피해를 입는다는 것이다. 지금 조선의 군대라고 해봐야 이 둘밖에 없는데 이들 두 부대가 맞싸운다면 우리 조선에 정예로운 군사는 다 없어지고 말 것 아닌가."

"……."

참모들은 박엽이 말하고자하는 의도를 잘 몰라 침묵을 지키고 있었다.

"그렇게 되면 이로운 것은 누구겠는가?"

"……."

"여진이다."

"어차피 우리는 여진이나 명나라 둘 중 하나를 선택해야 되는 것 아닙니까?"

현실론자인 이규각의 물음이었다.

"예전에 대륙에는 명나라라는 절대 강자 밖에 없었기 때문에 우리는 그들에게 순종하고 그들의 비위를 맞출 수밖에 없었다. 하지만 지금은 두 세력이 비슷한 힘으로 서로 겨루고 있다. 이들 중 어느 하나라도 절대 우위를 접하지 못하는 것은 바로 우리 조선 때문이다. 우리 조선이 어느 쪽을 지지하느냐에 따라 싸움의 승패는 갈라지는 것이다."

"지금까지 영감께서는 여진을 더 지지하지 않았습니까?"

"여러분들이 알고 있는 것처럼 지금까지 내가 친여진적인 정책을 지지한 것은 사실이다. 하지만 그것은 명나라와 여진, 두 세력 간의 힘의 균형을 맞추기 위한 노력의 일환이었을 뿐이었다."

"그렇다면 영감의 진정한 의도는 무엇이었습니까?"

"나의 마음 속 깊은 곳에서는 오직 조선밖에 없다. 조선의 자주권을 위해, 그 어느 나라의 간섭도 받지 않는 순간을 위해 전력을 다해 군사력을 키우는 한편, 저들에 맞설 때를 기다리면서 그들의 비위를 맞추어 주었을 뿐이다. 나는 조선 땅에 여진이든, 명나라든, 일본이든 그 어떤 나라의 군대도 들어오는 것을 바라지 않는다. 이제 여진과 명나라 사이의 힘의 균형은 이루어졌고, 그동안 우리가 군비 확장에 노력을 게을리 하지 않았기에 아무도 조선을 쉽게 보지 못할 것이다. 명나라 사신의 태도도 이전과 달라졌고, 여진도 무슨 일이 생길 때마다 사신을 보내 우리의 도움과 협조를 청하게 되었다."

"……"

"그런데 이 중요한 순간에 불행하게도 반란이 일어나고 말았다. 이 순간 내가 만약 나의 욕심을 채우기 위해 군사를 일으켜 한양의 불손한 세력을 제거한다면 그것은 결국 조선의 힘을 스스로 무너뜨리는 결과를 초래하고 말 것이다."

"무엇 때문입니까?"

"평양의 삼수병과 한양의 훈련도감의 병사들이 싸운다면, 조선의 최정예 병사들끼리 서로 죽이는 혈전을 벌인다면, 그 결과가 어떻게 되겠는가? 조선에 제대로 된 군사가 남아있지 않게 될 것이다."

"하지만 지금 반정 세력들이 어떤 사람들인지 알 수 없는 상황에서 우리가 물러설 수 없는 것 아닙니까? 어떤 희생을 치르더라도 반드시 그들을 진압해야 할 것입니다."

양간이 자신의 뜻을 굽히지 않고 말했다.

"내 말을 들어보게. 명나라가 사르허 전투에서 우리 조선에 파병을 요청할 때 그들은 우리 삼수병의 전력을 알고 있었다. 그 당시 조선에 제대로 된 군사는 우리 삼수병밖에 없었기 때문에 일만 명의 군사를 요청하면 당연히 평양의 삼수병이 지원해 줄 줄 알았다. 하지만 나는 그들의 파병 요청에 대해 지방의 속오군을 긴급 모집하여 보냈을 뿐 우리 삼수병의 파병은 최소화하였다. 이렇게까지 하였기 때문에 지금 조선의 위상이 높아진 것이다."

박엽은 숨을 한 번 고른 다음 다시 말을 이었다.

"만약 우리가 한양을 공격하면 즉시 여진이 침입할 것이다. 우리의 전력이 약화된 순간이 바로 저들이 침공할 제일 좋은 기회이기 때문이다."

"그럼 어떻게 하자는 것입니까?"

박엽은 숨을 한 번 고른 다음 천천히 말을 이었다.

"따라서 내가 택한 방법은 나 혼자만 희생당하는 것이다. 내가 죽는다면 조선에는 아무런 문제가 발생하지 않을 것이다."

"안 됩니다. 그것은 있을 수 없는 일입니다. 영감께서 계시지 않는 평양삼수병은 아무런 존재 의미가 없습니다."

순간 여기저기서 웅성거림과 함께 강한 반발이 생겼다.

"감사 영감께서는 무슨 그런 엉뚱한 말씀을 하십니까? 우리 평양의 군사가 나선다면 한양의 훈련도감 병사들이야 한낮이면 항복을 받아 낼 수 있을 것입니다. 그러면 아무런 피해 없이 반란 세력을 싹 쓸어 내고 다시 임금을 모실 수 있을 것입니다"

양간이 급히 나서며 박엽이 생각을 바꾸도록 종용하였다.

"나는 마음을 이미 정하였네. 내가 죽고 난 뒤 혹시 저들이 엉뚱한 길을 간다거나, 제대로 변화하는 국제정세를 읽지 못하여 백성들을 다시 전쟁의 소용돌이 속으로 몰아넣을 낌새가 보이면 그때는 내가 지하에서나마 자네들의 분기(奮起)를 허락하겠네. 그 전까지는 어떤 일이 발생하더라도 자네들은 직위를 보존하고 몸을 잘 돌보기 바라네."

"그건 아니 되옵니다. 만약 영감께서 죽음을 택하신다면 저희도 함께 죽겠습니다."

"진정 나를 위하고 백성을 위한다면 내 말을 들어주길 바라네. 나 하나면 족하네. 자네들은 후일을 기약해야 될 것이야. 내가 죽고 난 뒤, 저들 반란 세력들이 친명 정책을 취한다면, 머지않아 반드시 전란이 닥칠 것이네. 그때는 누가 나서서 백성들을 위하여 목숨을 아끼지 않고 싸우겠나? 이제 그대들이 있기 때문에 내가 없어도 평양삼수병은 그 임무를 훌륭히 완수할 것이네."

"……"

"그때를 위하여 자네들은 살아남아야 하네. 자네들 말고는 아무도 싸울 사람이 없어."

박엽의 부하들은 고개를 숙이고 분함을 참지 못하여 혹자는 눈물을 흘리고 또 다른 자는 주먹을 불끈 쥐었다. 하지만 이어지는 박엽의 소리는 그들의 분함을 끝내 울음으로 바꾸어 놓았다.

"내가 죽으면 자네들은 나의 시체를 난도질하게, 그렇게 하면 저들은 자네들이 나를 억지로 섬겼다고 생각하여 더 이상 자네들한테는 어떻게 하지 못할 것이네. 내 말을 명심하여 몸을 보전하여 후일에 닥칠 위기에서 백성들을 구해주기 바라네."

"왜 자꾸 그런 말씀을 하십니까?"

"내가 죽는 것을 서러워 말게. 인간의 육체는 언젠간 죽어 썩어지게 마련 아닌가. 내 현명하신 주군과 자네들을 만나 나라를 강하게 만드는 데 평생을 바친 것을 영광으로 생각하네. 나의 혼은 조상들이 있는 곳으로 가서 우리 조선을 굳게 지킬 것이니 너무 서러워 말게."

박엽의 부하들은 분을 이기지 못하여 계획을 바꾸기를 거듭 아뢰었다.

"평생을 변방의 적과 싸우며 나라를 지킨 무장에게 결국 돌아오는 것이 이것이란 말입니까? 빨리 군사를 일으켜 저 패도한 무리들을 싹 쓸어버립시다."

하지만 박엽은 이미 결심한 듯 천천히 옛일을 회상했다.

"내 나이 열다섯 나던 해 임진왜란을 당하여 편찮으신 할머니를 업고 강원도 깊은 산골까지 피란을 갔었네. 피란 도중에 보았던 백성들의 삶은 너무나 비참한 것이었네. 약탈당하여 먹을 것이 없어 굶어 죽은 사람, 강간당하여 옷이 벗겨진 채 걸레조각처럼 널려 있던 아낙의 시체, 목이 잘려 죽어있는 시체를 온갖 산짐승이 달려들어 뜯어먹던 광경…. 하지만 이런 상황에서도 우리는 우리나라와 가족을 지키지 못하여 결국은 명나라의 힘을 빌려 겨우 왜적을 물리칠 수 있었네. 그러나 명나라와 왜적이 다른 점이 무엇인가? 그들은 구원자라는 이름으로 아무런 꺼림 없이 합법적으로 우리의 부녀자를 약탈하고 재산을 뺏어 갔네. 그들도 우리에겐 침입자일 뿐이었지…."

박엽은 옛일을 회상하면서 울분에 겨워 두 주먹을 불끈 쥐었다.

"나는 이런 광경을 보며 두 주먹을 불끈 쥐고 천지신명께 다짐했네. 다시는 우리나라의 운명을 남의 손에 맡기지 않겠노라고. 어떠한 욕을 먹고 어떤 희생이 따르더라도 강한 군대를 반드시 양성해 놓겠다고 맹세 또 맹세했네."

"……"

"다행이 뜻이 통하는 현명한 군주를 만나 우리 조선의 자주국방을 위해 나의 온 신명을 바쳐 이제 그 어느 나라도 함부로 할 수 없을 만큼 우리의 국력은 강해졌네. 지난번 사르허 전투에서도 증명되었지만 천자의 군대라며 거만하던 명나라 군대를 마치 대나무를 자르듯 손쉽게 격파한 여진의 팔기군들도 우리 평양의 포수 앞에서는 맥을 추지 못하였다. 우리의 군대가 있고, 우리의 군대가 함부로 할 수 없을 만큼 강하기 때문에, 이제 우리는 명나라와 후금 두 강대국 사이에서 우리의 목소리를 낼 수 있게 되었다. 그런데 불행하게도 아직도 이미 떨어지는 해인 명나라를 붙잡고, 그들에게 우리의 운명을 맡긴 무지한 명분론자들이 우리의 성군(聖君)을 몰아내고 권력을 잡았다. 이러한 때 그들에 대한 여러분들의 분노가 어떠한지 나도 알고 있다. 나 또한 마음속에서 솟아오르는 울분으로 따지자면 당장 군사를 일으켜 패역무도한 저들을 싹 쓸어버리고 싶다."

"맞습니다. 더 이상 생각하지 말고 싹 쓸어버립시다."

부하들은 울분에 차 주먹을 쥐고 흔들었다.

"하지만 그럴 수는 없다. 우리가 우리의 젊은 시절을 다 바쳐 이룩해 놓은 이 군사력을 한 순간 무너뜨릴 수 없다. 절대로…."

"아닙니다. 그깟 놈들을 친다고 우리 삼수병의 전력이 줄어들지는 않을 것입니다."

참모들은 안타까운 듯 계속 박엽을 설득했다. 하지만 박엽은 마음이 이미 정하여진 듯 부하들의 애걸에도 동요하지 않고 숨을 한 번 고른 다음, 부하들이 손쓸 사이도 없이 품속에서 갑자기 단검을 뽑아 입에 넣고는 고꾸라졌다. 부하들이 급히 달려들어 몸을 일으켰으나 박엽은 숨이 끊어졌다. 이렇게 하여 여진에서 가장 두려워하였던 당대 최고의 무장은 반정에 성공한 무리들에 의해 온갖 욕과 비난, 폄하를 감수한 채 한 많은 일생을 마치고 말았다.

양간을 비롯한 참모들은 분노를 참지 못하고 당장 도성으로 쳐들어 갈 것을 주장했지만 결국 냉정한 이규각의 주장대로 박엽의 유언을 따르기로 했다. 하지만 그들은 차마 박엽의 시체에 대해 어떠한 위해도 가하지 않고 금부도사에게 시신을 넘겼다.

금부도사는 박엽의 시신을 내려 보다가 상황을 판단한 듯 그의 목을 잘라 저자 거리에 효시하였다. 그러자 강한 훈련에 불만을 느낀 병사들이, 이미 전세가 기울었음을 인식한 자들이 자신의 목숨을 보존하기 위해 박엽의 시체에 돌을 던지기 시작했다. 금부도사는 이들을 말렸다. 박엽이 죽고 난 뒤 후임 감사로 온 김신국은 그의 시신을 수습하여 잘 묻어주게 하였다.

박엽이 자결했다는 보고를 받은 반정의 무리들은 비로소 안도의 숨을 내쉬고는 박엽에게 동정을 베풀어 그를 잘 장사 지내라는 말을 했다. 박엽의 처자도 무탈하게 한양으로 되돌아갔다. 무장으로서 그에 대한 두려움과 존경심이 이들에게는 남아 있었다.

  박엽이 죽자 반정세력들은 변방의 위급함에 대응하기 위해 병조 판서가 된 김류는, 박엽 이전에 평양 감사로 지내면서 군사력을 강화한 김신국을 평양 감사로, 이괄을 도원수 장만 휘하의 부원수 겸 영변 부사로 삼아 평안도 군사를 위무하라는 발령을 냈다. 김신국은 급히 평양으로 가 박엽의 시신을 수습하여 장사를 지내는 한편 그의 부하들을 위무하기에 전력했다.

  여진이 통일되고 난 뒤 함경도보다는 평안도가 더 중요한 곳이라는 것을 알고 있는 이괄이었지만 겨우 자신에게 영변 부사의 직책만 내리자 화가 났다. 반정의 공을 따지자면 자기가 일등 중에 일등공신이었다. 그런데 자신을 제외한 이귀와 김류의 사람들은 중앙의 요직을 다 차지하고 자신에게는 평양 감사도 아닌 부사자리밖에 주지 않았다. 거사 이전에도 그는 함경도의 절반을 책임지는 북병사였다. 반정에 참여할 때는 목숨을 걸었지만 지금 자신에게 주어진 대가는 너무 미흡했다. 화가 났지만 당장은 군사가 없었다. 그는 일단 부임지로 가기로 했다. 여주에 남아 있는 부모와 아들도 조만간 데려와야겠다는 생각과 함께.

4. 토사구팽(兎死狗烹)

　반정으로 권력을 잡은 서인 정권에게 가장 시급한 문제는 군사력의 강화였다. 혹시 있을지도 모르는 평양삼수병의 반란을 진압할 군사를 키우는 것도 문제였지만, 광해군을 몰아낸 명분 중의 하나가 친명 정책이었기 때문에 후금의 공격에 대비하기 위해서는 군사력이 필요했다. 그러나 서북면의 평안도 군사 외에는 달리 정예 병력이 없던 조선으로서는 세재(稅材)의 확충 등을 통하여 군사력을 증강해야만 하는데 그것이 반정 초기에는 마음대로 잘 되지 않았다. 그래서 반정 직후에 중앙에 훈련도감 외에 반정에 동원되었던 공신들의 사병(私兵)을 호위군이라는 명목으로 군 체제 속에 편입시켰다. 하지만 이들에게 지급해야할 급료를 마련하기도 쉽지 않았다.

　김류에게도 약 일백 명 정도의 사병이 있었는데 그것을 꾸려 나가기가 쉽지 않았다. 그래서 이 문제를 해결하기 위해서 같은 동네에서 자란 신경진의 동생인 경유를 불렀다. 그는 반정 전까지만 하더라도 한량으로 지냈는데 반정으로 이등공신이 되어 있었다.

"자네 그동안 참 수고 많았네."

"제가 무슨 수고를 하였다고 그러십니까? 다 대감께서 시키시는 대로 했을 뿐입니다."

"자네 혹시 논공행상에서 불만스러운 것은 없는가?"

"제가 한 일에 비해서는 너무 과분한 대접을 받는 것 같아 오히려 몸 둘 바를 모르겠습니다."

"그렇게 생각해 준다면 고맙네."

"고마운 것은 오히려 저입니다."

김류는 신경유가 진심으로 고마워하자 만족한 듯 고개를 끄덕이고는 그를 부른 이유를 말했다.

"내가 자네에게 부탁을 좀 하려는데…."

"하명만 내리십시오."

"자네 객주 일에 대해서 좀 알고 있지?"

경유는 의외라는 듯이 김류를 쳐다보았다.

"한량으로 지낼 때 좀 사귀어 둔 사람들이 있긴 합니다만 무슨 일이신지요?"

"우리가 거사에 성공은 하였지만, 불순한 무리들이 언제 또 난을 일으킬지 모르는 일일세. 따라서 우리에게 지금 제일 필요한 것이 도성을 지킬 군사들인데, 도성엔 궁성의 훈련도감을 제외하고는 군사가 없네. 다행이 이번에 거사한 사병(私兵)들을 호위병으로 끌어들여 도성을 경비하는 군사로 만들었지만, 그것으로는 부족하여 앞으로 더 많은 군사를 모집하고 양성을 해야 되는데 지금 당장 호위병들에게 줄 봉급도 모자라는 실정이네."

"돈 많은 객주를 우리 수하로 끌어들여 이 문제를 해결하자는 말씀이군요."

눈치 빠른 경유가 재빨리 김유의 의도를 알아챘다.

"눈치는 빠르구만."

"걱정하지 마십시오. 드디어 저도 할 일을 찾은 것 같습니다."

"임란 후 객주가 조직력을 갖추면서, 북인 정권의 박승종, 유희분, 이이첨 등의 권력자들과 결탁하여 많은 자본을 모은 것으로 알고 있네. 그러니 자네가 나서서 전 정권과 결탁한 객주를 우리 휘하에 다시 재편시키되 마포 용산은 물론이고 멀리는 송파까지 나서서 객주를 자네의 손아귀에 집어넣게. 그렇게 된다면 우리에게 필요한 물건과 자금은 확보할 수 있을 것이네."

"그런 일이라면 자신 있습니다."

신경유가 강한 자신감을 내 보이자 김류는 빙긋이 웃으면서 마지막 말을 이었다.

"하지만 종성객주의 세력 하에 있는 객주를 끌어들이는 것은 쉽지 않을 것이네."

"예? 그쪽은 우리 편이지 않습니까?"

"표면적으로는 우리 편이지만 잠재적으로는 제일 강한 적일세. 그들의 궁극적인 뜻은 우리와 다르네."

"그쪽은 무술이 뛰어난 친구들이 많이 있어 쉽지가 않을 것입니다. 벌써부터 반정에 참여한 세력이라는 것을 알고 많은 객주들이 줄을 대고 있는 것으로 알고 있는데요."

"이혼과 함께 반정에 참여하였던 정체를 알 수 없는 군사들까지 이미 장안에서 모습을 감추었네. 그들이 잠적했다는 것은 이미 우리의 의도를 알고 대책을 세웠다는 증거일세. 그는 제갈공명이라 불리던 송구봉 선생의 알려지지 않은 제자일 뿐 아니라 세상을 읽는 눈이 아주 뛰어나지. 그런 그가 일을 꾸민다면 만만치가 않을 것이네."

"그런 정도의 위인인 줄은 몰랐습니다."

"귀를 이리 가까이 대보게."

김류는 혹시 쥐가 알아들을세라 신경유의 귀에 대고 뭔가를 은밀히 말했다.

"예! 알겠습니다."

신경유의 표정은 긴장되어 있었다.

"그는 반드시 넘어야 할 산이야, 그에게도 틈은 있을 것이야."

"대감 말씀 명심하겠습니다."

특명을 받은 신경유는 어떻게 해야 할지 몰라 고민하다 어느새 발걸음은 청계천변까지 이르렀다. 문득 박인웅의 말이 떠올랐다. 이혼이 가끔씩 수표교 다리 밑의 꼭지를 만나 세상 이야기를 듣는다는 말이었다. 실마리를 이곳에서 풀 수도 있겠다는 생각이 들었다. 그는 주저 없이 수표교 다리 아래로 훌쩍 뛰어내렸다. 장승은 이미 죽고 없었으며 장승의 부하였던 엽이 새롭게 꼭지가 되어 있었다.

"객주에 대해서 정보를 얻고 싶네."

"······."

엽은 아무런 대답을 하지 않았다. 그러자 신경유는 품속에서 은화 한 냥을 꺼냈다. 그제야 엽은 반응을 보이기 시작했다.

"무엇을 알고 싶습니까?"

"박승종이 뒤를 봐줬다는 객주가 어딘가?"

"마포객주지요."

"자세한 이야기를 좀 듣고 싶네."

"말씀드리지요."

엽은 마포객주의 주인과 구성원, 그리고 그동안의 한 일에 대해 경유에게 다 말했다.

"이혼이 한다는 객주에 대해서도 알고 싶은데."

"……."

신경유는 은화 한 냥을 더 꺼냈다.

"……."

"은화 한 냥이 모자란다 말인가?"

"돌아가신 꼭지께서 그분에 관한 것은 절대 말하지 말라는 유언을 하셨습니다."

"그렇겠지. 나중에 다시 옴세."

경유는 쉽지가 않겠다는 생각을 하고 종성객주에 관한 일은 나중에 다시 묻기로 하고 일단은 얻은 정보만을 가지고 마포객주를 찾았다. 신경유는 변인엽을 만나자마자 협박조로 말했다.

"그동안 당신이 박승종과 더불어 부를 축적했으며, 거사 모의가 진행되는 동안 당신이 우리의 뒤를 미행하여 일일이 박승종에게 보고한 것을 다 알고 있다. 이제 너를 죽여서 다시는 너와 같은 놈들이 이 땅에 발붙이지 못하게 하겠다."

변인엽은 반정이 일어나고 권력을 잡았던 사람들이 하나씩 목이 잘려 저자 거리에 효시되자, 언제 자신에게도 화가 미칠지 몰라 안절부절하던 차에 드디어 반정 세력의 실세가 나타나자 이제는 죽은 목숨이라 생각되었다. 하지만 그는 세상의 이치에 통달한 자라 잘만하면 살아 날 수도 있을 것이라는 일말의 기대는 버리지 않았다. 그는 일단 몸을 낮추었다.

"살려 주십시오. 저희 같은 장사꾼들이 무엇을 알겠습니까. 그냥 살기 위해서 시키는 대로 했을 뿐입니다."

사실 신경유는 엽에게서 변인엽이 박승종의 주구 노릇을 했다는 말을 들었지만 구체적으로 어떤 일을 했는지 자세히는 몰랐다. 다만 기선을 제압하기 위해 슬쩍 넘겨짚으면서 으름장을 놓았을 뿐이었는데 변인엽이 슬슬 기자 뭔가 큰 잘못을 저질렀다는 확신을 갖고 그를 협박하였다.

"네가 그동안 저지른 죄는 죽어 마땅한 죄이거늘, 어찌 목숨을 부지하려 하느냐. 어서 목을 내어 놓아라."

신경유는 큰 소리로 호통을 치고는 칼을 빼어들었다. 지금으로서는 그들의 말이 곧 법이라는 것을 잘 알고 있는 변인엽은 신경유가 칼을 빼어들자 더 이상 체면이고 뭐고 따지지 말아야겠다고 생각했다. 무릎을 꿇고 신경유의 바지를 붙들고 무조건 애걸하기 시작했다.

"살려만 주신다면 뭐든 시키는 대로 다하겠습니다."

"네 이놈 지조도 없이 어제는 박승종에게 붙었다가 오늘은 우리에게 또 목숨을 구걸한단 말인가?"

"저야 장사꾼에 불과한데 무엇을 알겠습니까. 그저 어르신들 시키는 대로 하겠사오니 목숨만 살려 주십시오."

"무슨 일이든지 할 수 있다고?"

신경유의 태도가 약간 누그러졌다.

"물론입니다. 시키는 대로 다 하겠습니다."

그러자 신경유의 입가에서 묘한 미소가 떠올랐다.

"좋다. 이 객주 마당을 개소리를 내면서 네발로 기어서 두 바퀴만 돌아라. 그러면 네 말을 믿어주마."

순간 변인엽은 그가 자신을 죽이러 온 것이 아니라는 것을 알아챘다. 마음속 깊이 복종하는 것만 보여주면 살아날 수 있다는 확신이 들었다.

"멍멍."

변인엽은 머뭇거리지 않았다. 땅에 바싹 엎드려 개소리를 흉내 내며 마당을 돌기 시작했다. 하인들이 지켜보고 있었다. 눈물이 절로 났다. 이렇게 하고서라도 살아야 하는가라는 생각이 들었지만 꾹 참기로 했다. 마당을 두 바퀴 돈 변인엽은 여전히 땅에 몸을 엎드린 채 가만히 있었다.

"네놈을 믿어 보겠다."

신경유의 말은 한층 부드러워져 있었다. 변인엽은 가일층 애걸조의 목소리로 그들에게 매달렸다.

"감사합니다. 대감께서 시키시는 일이라면 저는 이보다 더한 일도 할 생각이 있습니다."

"그만 일어나시게."

하지만 변인엽은 단번에 일어나지 않았다.

"허허, 형씨 이제 일어서시라 하지 않소."

신경유가 약간 신경질적인 목소리로 말하자 그때서야 변인엽은 자리에서 일어났다.

"조용한 방이 있으면 같이 들어갑시다."

경유는 모든 객주의 식구들을 문 밖으로 내몬 후 변인엽만 데리고 방으로 들어갔다. 사랑으로 들어간 경유는 다시 말투를 바꾸었다.

"당신은 이미 죽은 목숨이나 다름이 없다. 그러나 우리의 말을 들어준다면 당신에게 자비를 베풀겠다. 물론 조금이라도 거역할 때에는 가차 없이 목을 베겠지만."

"여부가 있겠습니까. 목숨만 살려 주신다면 무슨 일이든지 다 하겠습니다."

신경유는 변인엽을 한참동안 쳐다보다가 변인엽이 애써 눈길을 피하여 시선을 아래로 내리자 그때서야 조건을 내세우기 시작했다.

"첫째는 박승종에게 하였던 충성을 우리에게 하라는 것이다. 시중 잡배들의 모든 일거수일투족을 다 감시하여 세상 돌아가는 모습을 보고할 것."

"어렵지 않습니다."

"둘째, 객주와 당신의 목숨을 살려 주는 대가로 매출의 오 할을 우리에게 바칠 것."

"영광입니다."

변인엽은 인상 하나 찌푸리지 않고 웃는 얼굴로 말했다.

"셋째, 당신에게 모든 권한을 줄 터이니 앞으로 마포뿐만 아니라 용산, 양화나루까지 다 우리의 휘하로 끌어 모을 것."

"고맙습니다."

"넷째, 종성객주를 철저히 감시 감독하여 이상한 일이 발생하면 즉시 알릴 것. 이상이다. 이것을 할 수 있다면 너의 목숨은 살려 둘 것이고 그렇지 않다면 지금 당장 이 자리에서 너의 목을 칠 것이다."

"은혜가 백골난망이옵니다. 앞으로 분골쇄신 어르신을 위하여 일하겠습니다."

변인엽은 안도의 숨을 내쉬었다. 전화위복이었다. 과다한 배분을 원하지만, 이들이 배후가 되어준다면 자신이 남길 수 있는 이익은 오히려 늘어 날수 있을 것이라는 판단이 섰다. 변인엽은 얼른 기생들을 부르고 잔칫상 같은 주안상을 차려 신경유를 대접하였다. 평생을 구차하게 살아오다 산해진미의 술상과 기생의 수청을 받게 된 신경유는 새삼 권력의 힘을 느끼며 마음이 매우 흡족하였다. 다음날 아침 그가 떠날 때 변인엽은 거마비로 쓰라며 은화 백 냥을 내 놓았다.

신경유는 수표교 아래 엽을 다시 찾아 은화 열 냥을 내놓았다.
"이혼의 종성객주와 그의 계획 등에 대해 자세히 알고 싶다."
"……"
은화 열 냥을 더 내 놓았다.
"……"
"은화 이십 냥이 모자란다는 말인가?"
"저는 욕심이 없는 사람입니만 정보의 가치는 아는 사람입니다."
엽의 마음이 흔들리자 신경유는 절로 입가에 미소가 흘렀다.
"자 삼십 냥일세, 이것이면 장안에 집을 살 만한 돈이지"
"……"
"도대체 얼마를 주어야 말을 하나?"
"국가의 권력이 좌지우지되는 일입니다. 국가 권력이 은 삼십이라는 것은 말이 안 되지요. 더구나 나에게 이혼을 배반하라는 것을 강요하고 있는데, 그분은 요구하는 정보의 가치를 정확히 아시는 분이지요."
"그럼 결국 말하지 않겠다는 것 아닌가?"
"대감께서 그보다 도량이 넓지 않은 이상은 말할 수가 없죠."
신경유는 잠깐 생각하는 듯하더니 변인엽에게 받은 은화 백 냥을 다 내놓았다.

"자, 은화 백 냥일세."

"좋습니다."

엽은 은화 백 냥을 받은 뒤에야 종성객주의 구성원과 사업 등에 대해 아는 바를 다 이야기했다.

"고맙네. 하지만 자네는 장승이 될 수 없어. 장승이라면 끝까지 이야기 안 했을 걸세."

신경유는 엽에게 조소를 띠었다.

"무슨?"

"돈 받을 자격이 없는 놈이라는 말이야. 네놈은 더 많은 돈을 주면 우리의 정보도 이야기 할 것 아닌가?"

말을 마친 신경유는 칼을 뽑아 조금도 망설이지 않고 엽의 목을 쳤다.

"더러운 놈!"

신경유는 피 묻은 칼을 닦고 주었던 돈을 도로 챙겨 그 자리를 떴다. 집으로 돌아온 신경유는 종성객주를 무너뜨리기 위한 계책을 밤새도록 생각했다.

다음날 신경유는 김경원을 찾았다. 그는 이괄 휘하로 반정에 참여했지만 그에게 돌아온 것은 아무것도 없었다. 최소한 훈련도감으로 다시 복직은 될 것이라 믿었지만 아무리 기다려도 소식이 없었다. 그날의 활약을 지켜본 이괄이 함께 변방으로 나가자는 말을 건넸지만 장안을 떠나기 싫어 거절했다. 또다시 변인엽 밑에서 객주 일을 봐야하는 처지였지만.

"자네는 반정에서 공을 많이 세웠다고 하던데 어떻게 이런데서 이런 하찮은 일을 하고 있는가?"

"글쎄올시다. 목숨 값을 내놓는 사람이 없으니 이 짓이나 할 수밖에요?"

김경원은 반정의 주인공들에 대한 불만이 가득해보였다.

"자네가 내 휘하에 있었다면 이런 일은 없었을 것인데…."

"제 염려는 안 하셔도 됩니다."

"자네는 원래 훈련도감에서 근무했었다고 하던데?"

"그렇소."

"이런 중요한 시국에 그런 인재를 이런 곳에서 썩힐 수 없지 않는가?"

신경유는 김경원의 얼굴을 쳐다보며 마음을 슬쩍 떠보았다.

"예!"

신경유는 김경원의 얼굴에 기대감이 생기는 것을 엿보았다.

"내 자네 일자리를 하나 마련하려 하는데…."

"……."

김경원이 침을 삼키는 모습을 신경유는 말없이 지켜보았다.

"대전의 별감 자리 하나를 주려는데 어떤가?"

"예!"

"반정에서 큰 공을 세운 자네를 무시한다는 것은 있을 수 없는 일 아닌가?"

"이제야 목숨 값에 대한 대접을 제대로 받는 것 같습니다."

김경원의 표정이 밝아졌다.

"그동안 내 바빠서 자네를 찾지 못한 것을 미안하게 생각하네."

"천만에요. 이렇게라도 찾아 주시니 감사할 따름입니다."

김경원의 말에 경유는 입가에 떨어뜨린 웃음을 주어 담지 못했다.

"자네에게 다른 부탁도 하나있네…."

"말씀만 하십시오."

"수락원이라는 기생집이 있는데, 대전별감인 정온이라는 사람이 맡아 하던 곳이지. 그 양반이 이번 거사에서 궁궐을 지킨다고 나서다가 그만 죽지 않았겠나. 누군가 그곳을 맡아야 하는데 마땅한 사람이 없어서 말일세."

김경원은 신경유의 제의에 어쩔 줄을 몰라 하며 그 자리에서 털썩 무릎을 꿇었다.

"신명을 바치겠습니다."

"고맙네."

"이 은혜는 평생 잊지 않겠습니다."

신경유의 발걸음은 매우 바빴다. 그는 곧바로 의관을 정제하고 종성 객주를 찾았다. 박인웅이 그를 맞이했다. 그는 신경유를 못마땅한 표정으로 대했다.

"어이구 이거 박 행수 아닌가?"

"자보 어른께서 어쩐 일이십니까?"

박인웅의 말투는 몹시 퉁명스러웠다.

"어른을 만나서 지난번 거사에 도움을 주신 것에 대한 인사를 해야 하는데, 계시지 않는 모양이구만. 그래 요즘 거래는 활발한가?"

"……."

박인웅은 신경유의 거만한 말투가 못마땅한 듯 일부러 말대꾸를 하지 않았다.

"허허, 뭔가 불만이 있는 모양이구만. 주안상이나 좀 봐오게. 자네와도 나눌 이야기가 있으니."

박인웅은 한 마디 쏘아 붙이려 하다가 그래도 자신보다는 훨씬 어른이기에 꾹 참고 술상을 봐오게 했다. 주안상을 놓고 신경유와 박인웅은 한쪽 귀퉁이를 차지하고 마주 앉았다. 술을 한 잔 들이켠 신경유는 박인웅에게 다짜고짜 시비를 걸었다.

"이 집에 예쁜 기생도 하나 있다고 들었는데, 어디 구경 좀 하세나."

"그 여자는 기생이 아닙니다."

"기생으로 소문이 쫙 났던데."

"기생이 아니라 하지 않습니까?"

박인웅은 화가 나서 볼멘 목소리로 말하였다.

"아니면 아니지 왜 그렇게 화를 내나. 나는 향백 어른께서 술자리에 자주 부른다는 소문을 듣고 기생이라 생각했을 뿐이네."

신경유는 박인웅의 속을 슬며시 긁어 보았다.

"잘못 소문이 난 것이오."

박인웅은 퉁명하게 대답하고는 앞에 놓인 술잔을 들이켰다. 그런 모습을 신경유는 힐끔 곁눈질했다.

"그건 그렇고 자네 이름이나 알고 지내세. 여러 번 자네를 봤네만 아직 이름도 제대로 모르고 있으니 이상하지 않은가?"

"박인웅이라고 합니다."

여전히 퉁명한 목소리였다.

"박인웅? 박인웅이라 낯선 이름이 아닌데."

"……."

"자네 본관은 어디고 춘부장은 누구신가?"

"그건 왜 물으십니까?"

"낯설지 않은 이름이라서 그러네. 내가 알고 있는 사람과 같은 인물인지도 확인해보고도 싶고…."

실제로 신경유는 그를 박 행수라고 불렀을 뿐 그의 이름을 제대로 몰랐는데, 엽에게서 종성객주에 대한 여러 정보를 듣는 과정에서 그가 혹시 자신들이 알고 있던 인물일지도 모른다는 의구심이 생겨 확인해 보아야겠다는 생각을 가지고 있었다.

"제 이름을 들어 본 적이 있단 말입니까?"

신경유의 말에 박인웅의 태도가 갑자기 달라졌다.

"내가 자네에게 왜 거짓말을 하겠나."

박인웅은 아버지에 대한 이야기를 제대로 들은 적이 없었다. 알목하에 피신 후, 어머니는 전란 때 입은 상처로 인하여 자신이 열 살 되던 무렵 돌아가시고 외삼촌인 이정구의 손에 자랐는데 그는 아버지의 이야기를 잘 해주지 않았다. 나이가 들수록 자신의 정체에 대해 알고 싶었지만 외삼촌이 말해준 것은 살던 곳과 간단한 집안 내력뿐이었다.

"아저씨께 들은 바에 의하면 본관은 밀양. 성장한 곳은 한양이며 아버님은 박자 신자 유자를 쓰신다고 합니다."

박인웅은 혹시 그가 자신의 비밀을 알지도 모른다는 희망에 모든 것을 다 말하였다.

"박신유! 할아버지 함자는 어떻게 되시는가?"

신경유는 놀란 표정을 지으며 연하여 물었다.

"할아버지는 제가 태어난 다음해 발생했던 왜란 때 탄금대 싸움에서 전사하셨다고 들었습니다만 자세한 것은 잘 모르겠습니다."

박인웅의 입에서 아버지의 이름과 할아버지가 탄금대 싸움에서 전사했다는 말을 듣자 신경유는 놀란 표정으로 박인웅의 얼굴을 자세히 쳐다봤다.

"그래 닮았어. 신유의 아들이 맞아."

신경유는 한동안 박인웅의 손을 잡고는 감격스러운 듯 말을 잇지 못했고, 그에게 손을 잡힌 박인웅은 어떻게 된 영문인지를 몰라 당황하였다.

"저희 아버님과는 어떤 사이였습니까?"

"자네 선친과는 죽마고울세."

경유는 잡았던 손에 더욱 힘을 주었다.

"자네 할아버지와 우리 아버님은 동향의 사람으로 서로 친하게 지내셨는데, 왜놈들이 쳐들어오자 분함을 참지 못하고 있던 중 우리 아버님의 권유로 같이 전투에 참여하였다가 탄금대 싸움에서 전사하셨지. 참 좋으신 분이셨는데…."

"아버님은 어떻게…."

"자네 춘부장께서는 피난가지 않고 있다가 양반집을 털던 노비들에게 맞아 죽었지."

"예! 저희 아버님이 노비들한테 맞아 돌아가셨단 말입니까?"

박인웅은 경유가 자신의 정체를 이야기하자 그동안 묻어 두었던 궁금한 것들을 하나씩 묻기 시작했다.

"그랬군요. 그러면 저희 집안도 원래 양반이라는 말 아닙니까?"

"양반! 자네의 출신에 대해서 외삼촌께서 말씀해주시지 않으셨나?"

"저희 마을은 신분이 없습니다."

"저런, 하늘이 사람을 낼 때 사농공상을 구별하여 내셨건만 그런 것을 구별하지 않다니. 쯧쯧. 그래서 자네가 이런데서 지냈구만. 자네 집안은 당당한 양반 집안이지. 그런 당당한 양반이 이런데서 상것들이나 하는 객주를 하고 있다니…."

신경유는 안 됐다는 듯이 박인웅을 쳐다보았다. 그러자 박인웅은 쑥스러운 것을 묻는 듯 어렵게 물었다.

"제가 만약 양반이라면 계향이를 다른 사람에게 내주지 않아도 되는 것 아닙니까?"

"당연한 말이지. 자네가 양반이라면 이번 반정에서 세운 공만으로도 공신의 대열에 오를 수 있지, 암 그렇고말고."

"공신도 될 수 있다고요?"

"물론이지. 하하하."

박인웅은 그동안 장사를 하면서 양반계층이 얼마만큼의 권력을 가질 수 있는 가를 수없이 겪어 보았기에 이에 대한 막연한 부러움이 있었는데 신경유의 말을 듣고는 한줄기 시원한 빗줄기를 맞은 기분이었다. 신경유가 큰 소리로 웃고 있을 때 이정구가 나타났다.

"무슨 재미있는 일이라도 있습니까? 집안에 웃음소리가 가득합니다."

신경유의 갑작스런 방문을 본 이정구가 인사를 건넸다.

"오랜만에 뵙습니다."

신경유는 일어나서 이정구를 맞이했다.

"공신께서 어떻게 이런 누추한 곳까지 오시었습니다."

냉소적인 말투였다.

"지난번 거사에서 큰 도움을 받았는데, 제대로 인사를 드리지 못하여서 이렇게 발걸음을 하게 되었습니다."

"도움을 받다니요. 우리도 공신의 반열에는 오르지 못하였지만 당당한 반정의 한 주체인 것을 모르십니까?"

자신의 인사에 이정구가 계속 냉소적으로 답하자 이들에게는 공에 대한 보상이 전혀 없었다는 것을 뒤늦게야 깨달아 어색한 분위기를 웃음으로 받아 넘겼다.

"아참, 그렇지요. 하하하하. 신분이 확실치 않아 공신의 대열에 끼지는 못했지만 머잖아 정국이 안정되면 좋은 소식이 있을 것입니다"

"아마 그렇겠지요. 우리가 군사력을 그대로 유지하고 있는 이상 우리를 무시하지는 못하겠지요."

신경유는 이정구의 말속에 뼈가 있는 것을 느꼈지만 달리 대답할 말이 없었다. 더군다나 그에게서는 범접할 수 없는 무사다운 체취와 기상이 있었기에 쉽게 대할 수도 없었다.

"그동안 보살펴 주신 것에 감사드립니다. 곧 어수선한 분위기가 가라앉으면 북저 대감께서 조만간 한 번 찾아 뵐 것입니다."

"사람이라면 당연히 그러시겠지요."

이정구의 태도는 여전히 차가웠다. 신경유는 계속 있어서 좋을 것이 없을 것 같아 얼른 자리에서 일어섰다.

"그만 돌아가야겠습니다."

"벌써 가시려고요?"

"오래 전에 왔습니다. 향송 어른을 뵈었으니 가야지요."

"그러시오."

이정구는 신경유를 별로 보고 싶지 않은 듯 만류하지 않고 인웅으로 하여금 배웅하게 하였다.

나란히 객주를 나선 신경유는 박인웅에게 나지막하게 말하였다.

"다음에 한 번 시간을 내어 만나세. 자네 내력에 대해서 할 말이 있네."

"……"

신경유가 다녀 간 후 박인웅은 왠지 마음이 좋지 않아 술을 마시는 날

5부 l 인조반정 371

이 많아졌다. 이 날도 그랬다. 그는 객주에 홀로 앉아 대낮부터 술을 마시고 있었다. 자신의 미래를 생각해보니 참으로 암담했다. 계향은 아이를 낳지 못하여 자식도 없이 벌써 서른이 되었다. 반정에 성공하고 난 뒤에는 뭔가 달라지리라 기대를 했었는데 또다시 기약 없는 기다림 속으로 들어갔다. 한풀 꺾였던 마포객주의 기세도 다시 살아나고 있었다. 뭣하나 제대로 되는 일이 없었다.

"어째서 혼자서 술을 마시고 계십니까?"

하웅민이 불쑥 찾아왔다.

"하 행수가 어쩐 일이오?"

"그동안 격조한 것 같아 술이나 한 잔 할까 하여 왔습니다."

"잘 왔소. 안 그래도 적적하여 하 행수나 부를까 하던 참이었소."

"그렇습니까? 하지만 공신께서 이 초라한 곳에서 마셔서야 되겠습니까?"

"하 행수까지 날 놀리는 거요?"

"놀리다뇨. 천만의 말씀입니다."

하웅민은 손을 내저으며 말했다.

"그럼 뭐요."

"좋은 술자리가 있어서 같이 모시고 가려 왔습죠."

"좋은 술자리?"

"예. 참으로 좋은 자리지요."

"난, 사양하겠소."

"사양하다뇨?"

"전에도 술이나 한잔 하자며 데리고 간 곳이 사지(死地)였지 않았소?"

박인웅은 지난번 하웅민과 술을 마시다 김경원의 기습을 받았던 일을 떠올렸다.

"그때야…."

하웅민은 머쓱한 듯 말끝을 흐렸다.

"하지만 이번에는 그런 자리가 아니니 안심하고 가십시다."

"믿어도 될지 모르겠소."

"이번에는 아주 좋은 술자리가 있으니 염려 마시고 가십시다."

"요즘은 하도 속이는 사람들이 많아서…."

결국 박인웅은 하웅민의 강권을 이기지 못하고 그를 따라 나섰다. 하웅민은 마포를 지나 도성에 들어간 다음 관철방 쪽으로 발걸음을 옮겼다.

"아니 이곳은 기생집들이 있는 곳 아니오?"

"공신께서 최소한 이런 곳에서 마셔야 격이 살지요."

"그놈의 공신소리 그만 하시오. 억장이 무너지는 것 같으니…."

"헤헤헤, 죄송합니다."

하웅민이 발걸음을 멈춘 곳은 수락원 앞이었다.

"아니 이곳은…."

박인웅은 하웅민을 쳐다보았다. 그는 어깨를 으쓱해보였다. 순간 박인웅은 이곳에 얽혀있는 불유쾌한 기억을 떠올렸다.

"이리 오너라."

하웅민은 주저함 없이 굳게 닫힌 대문을 향해 큰 소리로 불렀다.

"누구시온지요?"

대문이 벌컥 열렸다.

"어서 오십시오."

문지기는 하웅민을 보고 고개를 굽실거렸다.

"들어가시죠."

"허, 이 집 대문을 들어서면서 이렇게 편히 들어가다니."

박인웅은 의아한 모습으로 대문을 들어섰다. 하웅민은 흐뭇한 미소를 띠며 한 발 앞서 걸었다.

"나리 하 행수 오셨습니다."

문지기가 안을 향하여 크게 말하자 중문이 열리며 거한이 하나 불쑥 나섰다. 차돌이었다. 그는 말쑥한 두루마기에 중갓을 쓰고 있었다.

"아이고 형님 어서 오십시오."

"아니, 자네가 어쩐 일인가?"

박인웅은 호들갑을 떠는 차돌이를 보며 의아하여 물었다.

"이제 제가 이 집 기생아빕니다."

"자네가?"

"아, 목숨을 걸고 반정에 참여했는데 이 정도 대가는 있어야 되는 것 아닙니까?"

"그렇긴 하다만…."

차돌이는 지난 거사 때 박인웅을 따라 반정 대열에 합세했었다.

"훈련도감의 부위(副尉) 자리도 하나 얻었습니다."

"잘됐네. 잘됐어."

박인웅은 차돌이가 문지기 노릇을 하며 지내는 것이 안타까웠는데 비록 하급이었지만 벼슬자리를 하나 꿰찼다는 것이 진심으로 기뻤다.

"다, 형님 덕분입니다. 자 안으로 드시죠."

차돌이가 앞장서고 박인웅과 하웅민은 뒤를 따랐다. 넓찍한 후원을 가로 질러 쪽문을 하나 더 열고 들어가니 소담한 집채가 하나 있었다.

차돌이가 박인웅을 위해 문을 열었다. 박인웅은 방으로 들어갔다. 안에는 뜻밖의 인물이 기다리고 있었다. 김경원이었다. 그는 쾌자를 입고 칼을 차고 있었다.

"어서 오십시오."

"아니 자네가 여기엔 어쩐 일인가? 쾌자 차림에."

김경원은 큰돌이로 인하여 박인웅과 급속히 친해졌는데 특히 반정에 참여하는 과정에서 박인웅과는 호형호제하는 사이가 되어있었다.

"하하하, 형님 제가 이제 이 집의 주인입니다."

"뭐라고?"

박인웅은 놀란 입을 다물지 못한 채 자리에 서 있었다.

"일단 앉으십시오. 그리고 차돌이는 춘섬이를 불러오고 하 행수에게도 한 상 잘 차려주게."

"예. 알겠습니다."

"이게 어찌된 일인가?"

박인웅은 앉자마자 물었다.

"이게 다 신경유 대감 덕입니다."

"신경유?"

"그분이 반정에 참여하여 공을 세웠지만 자신의 부하가 아니어서 제가 푸대접받고 있는 것을 몰랐다며 대전별감 자리와 이 집을 하사했습니다."

"그 양반이 그랬단 말이지…"

박인웅은 신경유가 자신을 방문하여 말꼬리를 흐리며 다음 기회에 보자고 한 말을 떠올렸다. 혹시 나에게도…. 짧은 순간이나마 박인웅은 마음이 흔들렸다.

"뭘 그렇게 생각하십니까? 오늘은 제가 성심껏 형님을 모시겠습니다."

"그러세."

그때 기생어미의 소리가 들렸다.

"불러 계시옵니까?"

"안으로 들어오게."

춘섬이 방에 들어왔다. 첫 방문에서 박인웅을 쫓아냈던 그 퇴기였다. 그녀는 사뿐히 무릎을 구부리며 김경원의 명령을 기다렸다.

"내 오늘 가장 존경하는 형님을 모셨으니 가장 잘 만드는 음식과 가장 아리따운 아기들을 들여 보내거라."

"예."

"허 이거 상전벽해구만. 저 아낙이 저렇게 고분고분하고."

박인웅은 춘섬의 고분고분한 모습을 보고 혼잣말처럼 내뱉었다.

"아는 아낙입니까?"

혼잣말을 곁에서 듣고 김경원이 물었다.

"내 언젠가 이 집에 왔다가 저 여인에게 쫓겨났었지. 나는 지금도 저 여인만 보면 찬바람이 이는 듯하네."

"하하하. 그런 일이 있었구만요."

"황송합니다. 그때는 제가 어른을 제대로 알아보지 못하였습니다."

춘섬은 고개를 들고 박인웅을 한 번 힐끗 보고는 곧바로 다시 고개를 깊숙이 숙여 지난 일을 사죄했다.

"앞으로 이 어른이 오시면 항상 이곳에서 극진히 모셔라. 앞으로 크게 되실 분이시니."

"예 알겠습니다."

춘섬이 물러가자 박인웅은 그동안의 사정을 물었다.
"이곳의 주인이던 별감은 어떻게 되었나?"
"죽었습니다."
김경원은 그동안의 일을 박인웅에게 소상히 말하였다.
"형님도 향백 어른에게만 매달리지 마시고 그 양반을 한 번 만나보십시오."
이야기 끝에 김경원이 조심스럽게 말했다.
"글쎄…. 자네들과 나의 처지가 다르지. 술이나 빨리 내오라 이르게."
주안상이 들어오고 뒤를 이어 가야금을 든 여인이 들어왔다.
"자 너희들 이 어른께 인사 올려라."
"선향입니다."
"옥매입니다."
"자운이라고 합니다."
"이들이 이 집에서 제일 아리따운 여인들인가?"
"마음에 안 드십니까? 마음에 안 드시면 다른 애들로 불러오겠습니다. 제 딴에는 가장 나은 애들을 들여보내느라고 애썼습니다만."
김경원은 얼른 박인웅의 마음을 헤아렸다.
"아. 아닐세. 그냥 물어 본 것이네."
김경원의 지시에 따라 세 미녀는 가야금을 타고 노래를 부르기 시작했다. 노래를 부르는 동안 박인웅은 넋을 놓고 선향을 바라보았다. 선향의 미색은 마포에까지 소문이 났다. 하지만 자신의 신분으로는 접근할 수 없어 기억 속에서 지웠던 여인이다. 과연 소문이 다르지 않았다. 이런 모습을 지켜보던 김경원의 입가에는 가벼운 미소가 흘렀다.
"형님, 선향이가 아주 마음에 드시는 것 같습니다."

노래가 끝나자 김경원은 박인웅에게 웃으면서 말했다.

"……."

박인웅은 대답을 하는 대신 얼굴만 붉혔다.

"형님답지 않으십니다. 하하하. 선향아 네가 오늘 아무래도 머리를 올려야겠다. 이 나리께 술 한 잔 올리거라."

"예."

귓불이 붉게 변한 선향은 조심스럽게 술잔을 따랐다. 박인웅은 술을 따르는 선향의 손을 슬며시 잡았다. 곱디고운 비단결을 만지는 것 같았다. 선향은 멈칫하며 손을 빼려 했으나 박인웅이 놓아주지 않았다.

"이리 가까이 오너라."

박인웅은 그녀를 끌어 옆에 앉혔다.

"참 보기 좋으십니다."

김경원은 분위기를 띠우며 입가에 미소를 가득 머금었다.

"선향이 너는 앞으로 딴 손님은 받지 말고 이 어른만 모셔라. 알겠느냐?"

"예."

옥구슬 흐르는 소리였다.

"허허, 목소리도 곱구만."

"형님, 저희들은 이만 물러갈 테니 말 나온 김에 아예 신방을 차리십시오."

"대낮부터 어떻게…."

"얘들아 우리는 나가자. 형님 나중에 다시 한 번 뵙겠습니다."

김경원이 선향과 박인웅을 남겨놓고 나가버렸다. 분위기가 다소 어색했지만 박인웅은 곧 한잔 술을 들이켠 다음 덥석 그녀를 껴안았다.

"내가 멀리서 너의 소문을 듣고 한 번 껴안아 봤으면 했는데 이제야 소원을 풀게 되었구나."

계향에 대한 애정이 식어버린 박인웅은 그동안 가슴에 품었던 말을 스스럼없이 했다.

"영광입니다."

그녀를 꼭 껴안은 인웅은 옷고름을 벗기고 젖가리개를 헤친 다음 쑥 손을 집어넣어 그녀의 앞가슴을 더듬었다. 너무나 탐스러웠다.

"어떻게 이렇게 부드러울 수가 있는가?"

"부끄럽습니다."

박인웅은 거칠게 그녀의 치마 말기에 묶인 끈을 풀고는 급하게 고쟁이까지 벗겼다. 하얀 속살과 함께 잘록한 허리가 드러났다. 인웅은 그녀의 허리와 둔부를 계속 쓰다듬다가 마침내는 비밀한 숲 속에 이르렀다. 촉촉한 느낌이 점점 인웅을 자극시켰다. 그는 더 이상 참지 못하여 자신의 바지춤으로 손길이 갔다.

"선다님 왜 이리 급하십니까?"

선향은 인웅의 입에 가볍게 입맞춤하고는 옆에 있던 물수건으로 인웅의 손과 발 그리고 가랑이를 깨끗이 닦기 시작했다. 인웅은 점점 흥분되었다. 그녀는 닦기를 멈추고 인웅의 몸 구석구석을 입술로 촉촉이 적셨다.

"음…."

인웅의 입에서 가벼운 신음이 흘렀다.

"더 이상 못 참겠다."

인웅은 그녀를 자신의 배아래 눕히고는 그 위에 올라가 본능이 이끄는 대로 그녀의 몸속에 자신의 몸을 밀어 넣었다. 신음소리에 이어 그녀가 인웅을 꽉 조여왔다. 한 번 몸을 흔들 때마다 말할 수 없는 쾌감이 밀려들었다. 이런 기분은 계향에게는 느낄 수 없는 것이었다.

알목하의 은신처에 들어간 이혼은 그동안 일어났던 일을 언문으로 편지를 써 주몽에게 주어 정동식에게 전달하게 했다. 계해년 2월에 반란이 일어나 후금에 우호적이던 임금이 쫓겨났으며, 박엽과 정준이 죽었다는 사실과 계해 정사의 주체는 어떤 유형의 인물이며, 그들이 앞으로 취할 정책은 어떤 것인가 등을 자세히 적었다.

열흘 만에 정동식이 한손과 함께 나타났다. 많은 전투를 겪어서 인지 못 본 사이에 한손은 전보다 훨씬 노숙해 보였을 뿐 아니라 제법 장수다운 면모도 갖추었다. 그런 손자를 바라보는 이혼은 매우 흐뭇했다. 부모 없이 자랐음에도 불구하고 당당한 장부로 성장해준 한손이 너무 기특했기 때문이다.

"지난번에 부상을 입었다는데 상처는 어떠냐?"

"이젠 다 나았습니다."

"다행이구나. 이젠 처자식을 생각해서라도 몸조심해야지"

"전투가 시작되면 죽기를 각오하고 싸워야 이깁니다."

한손은 어느새 나름대로의 전투 철학을 지니고 있었다.

"많이 변했구나. 그래 네 처자는 잘 지내느냐? 언제 얼굴 한 번 봐야겠는데."

"예 잘 지내고 있습니다. 아들이 벌써 다섯 살이나 되었고 딸은 여섯 살이 되었습니다. 이제 말을 곧잘 타는데 날이 풀리면 처와 아들을 데리고 함께 오겠습니다."

"그래 무척이나 보고 싶구나. 안아도 보고 싶고…."

이혼은 다정한 할아버지의 모습으로 돌아가 있었다.

"우리 한손이를 이렇게 듬직한 장수로 길러 주셔서 참으로 고맙습니다."

이혼은 정동식 쪽으로 관심을 돌렸다.

"오히려 그건 제가 드려야 할 말씀입니다"

"생각할수록 고맙소. 부모 없이 자라 걱정이 많았는데 이렇게 믿음직스럽게 성장했으니 이제 죽어도 여한이 없습니다."

정동식은 이혼의 말에서 갑자기 이상한 예감이 들었다.

"왜 그런 나약한 말씀을 하십니까? 앞으로 우리 마부태가 후금의 선봉이 되어 명나라 본토를 점령하여 대동이족이 부활된 모습을 보셔야죠."

"마부태라뇨?"

"어르신께서는 아직 모르고 계셨습니까? 사르허 전투에서 세운 공으로, 한손은 누루하치 칸으로부터 마부태라는 이름을 하사 받았습니다. 천하제일의 기마병이 되라는 뜻이죠."

"허, 그렇습니까, 우리 한손이가 그 정도입니까?"

이혼은 한손이가 대견한 듯 쳐다보았다.

"후금의 새로운 희망입니다. 이런 훌륭한 젊은이가 그동안 산골에 박혀 지냈다는 것이 도저히 이해가 되지 않습니다."

"조선이라는 나라가 원래 그렇지요."

"참으로 답답한 일입니다. 이런 인재를 썩히는 제도가 아직도 존재하다니…."

"이젠 바꾸어야죠."

"그래야죠."

정동식은 이혼의 말이 무슨 의미인지 생각하는 듯하더니 본론을 끄집어냈다.

"조선 정변은 어떻게 된 것입니까? 아직까지 우리는 조선 조정으로부터 아무런 연락을 받지 못했습니다. 결국 조선에 친명 정부가 들어선 것입니까?"

"그들은 광해군을 몰아내고 박엽마저 죽였소. 그리고는 친명 정책을 천명하였소."

이혼은 자신이 이 반정에 가담했다는 소리를 하지 않았다.

"명분을 중시하는 성리학자들이군요."

"그렇소."

"조선이 친명적인 정책을 편다면 우리의 배후를 칠 수도 있다는 말인데…. 배후의 적을 그냥 둔 채 눈앞의 적과 싸울 수는 없는 일이고…. 그렇다면 조선과의 전쟁은 불가피한 것 같습니다."

"전쟁은 피해야지요."

"무슨 계획이라도 있으신지요?"

"이번 정권을 세운 사람들과도 일면식이 있는 사람들이니 잘 설득을 해봐야지요."

"그렇게만 되면 좋겠습니다만…."

"……."

이혼은 끝내 자신이 이번 반정에 가담하였다는 말을 하지 못했다. 개인적인 일로 대의를 망쳤다는 생각이 요즘 들어 계속 들었기 때문이다.

"이미 칸께서는 노쇠하셨습니다. 칸께서 살아계실 때 본격적인 명나라 공략을 시작해야 합니다. 그러기 위해서는 조선을 분명히 굴복시켜야 합니다. 어르신께서는 지켜보고만 계십시오."

정동식은 무겁게 입을 열었다. 오랫동안 공들였던 조선과의 관계가 결국 실패로 끝났기 때문에 더 이상 친조선 정책을 내세울 수 없게 된 것이었다.

"당신의 피 속에는 아직도 조선의 피가 흐르고 있소?"

이혼은 조심스럽게 물었다.

"물론이지요. 만약 제가 지금 후금이 내세우는 명분을 갖고 조선을 위해 일할 기회가 있었다면 신명을 바쳤을 것입니다. 하지만 조선은 소수의 권력자만을 위해 존재하고 나머지 백성은 그들을 위해 희생해야 하는 이상한 나라지요. 그런 나라에 애착은 가지 않습니다."

"애착이 가게 만들어야지요."

"……"

"아직까지 당신에게 진짜 내 속뜻은 말하지 않았던 것 같소."

좀 전과 달리 강한 어조로 말을 꺼낸 이혼은 한손을 둘러보며 자신의 말에 집중하게 했다.

"한손이 너도 잘 들어라."

이혼의 말에 압도된 정동식과 한손은 그의 말을 경청했다.

"여진이나 조선이나 따져 보면 그 뿌리가 같고, 함께 연합하여 위대한 고구려를 세웠기에, 두 나라는 형제국이라는 정 공의 말에 나도 동감을 하오. 더구나 정 공이나 우리 한손이 차별대우를 받지 않고 지내는 것에 대해서도 고맙게 생각하오. 하지만 조선은 조선이고 후금은 후금이오."

"……"

"내가 원하는 것은 명나라와 후금, 그리고 조선, 이 삼국의 정립이오. 힘의 균형을 이룬 삼국이 서로 견제하면서 발전하기를 바라는 것이오."

"그것은 제갈공명이 세상에 나오면서 내세운 이론 아닙니까? 그 생각은 결국 백성들만 더욱 더 큰 전쟁의 고통 속으로 몰아넣는 좋지 못한 사상이지 않습니까?"

정동식의 반문이었다.

"그것은 민족이 서로 같은 경우였고, 현재의 명 후금 조선은 민족이 서로 다르지요. 조선이 친후금 정책을 펼치고, 후금이 요동을 정벌하여 넓은 만주 평야를 세력권 아래 넣는다면, 과히 명과도 싸울 수 있는 강국이 되겠지요. 그때 여진의 배후에 있는 조선이 양국 관계를 잘 이용하기만 하면, 조선은 적은 군사로도 명과 후금, 그 어느 쪽의 간섭도 받지 않는 완전한 자주국이 될 수 있을 것이오."

"결국 어르신은 조선을 위해서 우리가 조선 침공을 침공하는 것을 막아 달라는 것 아닙니까?"

"조선과 싸우지 않는 것은 여진에도 도움이 되는 일이오."

"조선이 광해군처럼만 행동해준다면 조선 땅에 전쟁은 없을 것입니다. 그러나 조선이 친명 정책을 펼친다면 어렵습니다. 어르신의 생각은 잘 알겠습니니만 저는 조선의 자주성보다는 대동이족의 부활에 인생의 목표를 세운 지 오랩니다. 조선이 이를 방해한다면 조선침공에 힘을 실을 것입니다."

"조금만 더 기다려 보시오."

이혼은 어렵게 말을 꺼냈다.

"무슨 근거를 두고 하시는 말씀입니까?"

"또 다른 세력이 있소."

"누굽니까?"

"이괄."

"……."

"그는 현 정세를 제대로 읽을 줄 아는 사람이오. 나도 그에게 힘을 보탤 것이오."

"……."

오랜 침묵이 흘렀다.

"좋습니다. 당분간 지켜보겠습니다. 돌아가면 조선에 도움이 되는 말을 하겠습니다."

"만약 내가 실패하면 주저하지 마시고 조선을 공격하시오, 반정 세력의 주체인 김류도 박엽 못지않은 재사(才士)이기 때문에 시간을 끌면 불리할 것이오."

"그 점은 저희도 염려하며 경계하고 있습니다. 돌아가서 어르신의 생각을 잘 말씀드려 보겠습니다. 사실은 그동안 잠잠하였던 명나라가 군사를 재정비하여 자주 우리 쪽 성을 공격하고 있어 다시 전운이 감돌고 있습니다. 따라서 조선을 돌 볼 틈이 없어 당분간은 어르신의 뜻에 따를지도 모르겠습니다."

"고맙소."

한손은 언제나처럼 이들의 대화를 가만히 듣고만 있었다. 이들의 대화에서 자신의 생각을 정리하고 많은 것을 배울 수 있기 때문이었다. 정동식이나 이혼 역시 이런 의도로 한손을 배석시켰다.

다음날 다음 방문 때에는 꼭 처자를 데리고 오겠노라며 한손은 할아버지와 아쉬운 작별을 하였다. 그는 다른 때와 달리 이번에는 왠지 할아버지가 초라해 보여 자꾸 고개를 돌려 이별의 아쉬움을 표하였다.

정동식과 한손이 돌아간 후 이혼은 객주를 박인웅에게 맡기게 하고 이정구를 알목하로 불렀다.

"지난번에는 우리가 주체가 된 거사를 일으키지 못하여 결국은 힘없이 물러났네. 자네 생각은 어떤가. 이대로 객주는 인웅이에게 맡기고 이곳에서 조용히 생을 마감하고픈가? 아니면 이왕 이렇게 된 것 우리의 생각이 제대로 살아 숨 쉬는 그런 세상을 위해 다시 한 번 힘을 낼 텐가?"

"솔직한 제 심정은 이제 이곳에서 여생을 마감하고 싶습니다."

"하지만 여진이 편안히 살게 내버려 두지 않을 것 같네."

"여진이 조선을 공격하려합니까?"

"여진족은 명나라와 건곤일척의 승부를 하려하는데 등 뒤에 있는 조선에 명분을 중시하는 친명정부가 들어섰으니 조선을 두고는 명나라를 공격할 수 없는 것 아닌가?"

"편안히 여생을 보내기도 힘든 것 같습니다."

"지금 조선은 새로운 정권이 들어섰지만 아직 백성들의 지지를 받지 못하고, 도성의 군사력도 반정 전의 수준과 크게 달라진 것이 없어 훈련도감의 군사 불과 몇백 명과 이번 정변에서 모집한 오합지졸 몇백 정도밖에 없네. 그런데 이번 정변에서 큰 공을 세우고도 논공행상에서 소외된 이괄이 노골적으로 불만을 터뜨리고 있네. 더군다나 박엽을 따르던 평안도의 군사들도 박엽의 죽음에 대해 많은 불만을 가지고 있네. 우리도 미흡하나마 몇백 명은 모을 수 있고. 이괄과 연합한다면 충분히 승산이 있다고 보네."

"이괄이 나설까요?"

"한 번 목숨을 걸었다 성공했던 사람인데 두 번 목숨 걸지 못할까? 필요하다면 내가 한 번 그 사람의 의향을 떠보겠네."

"이번에도 성공한 뒤에 우리의 생각이 무시될까 염려됩니다."

"분명히 해두어야지. 지금 반정에 성공한 사람들은 백성들의 지지를 받지 못하고 있네. 아마 왜적이 쳐들어와도 백성들은 협조 안할지도 모르지. 그래서 우리는 분명히 반정의 명분을 내세워야하네."

"어떤 명분 말입니까?"

"백성들의 지지를 받기 위해서는 기존의 정권과 다른 정책을 내세워야 하네. 제일 중요한 것은 신분철폐일세. 다소 급한 면이 있겠지만 점진적으로 신분을 철폐해 나가면 재야에 묻혀 있는 많은 능력 있는 인재들이 나타날 것이야. 글 읽는 선비만 우대해서는 안 될 것이고, 사농공상의 모든 분야에 걸쳐 인재를 두루 기용해야 되네. 그렇게 되면 우리는 백성의 지지를 받는 정권이 될 것이네. 물론 우리도 정계에 진출해야 할 것이고."

"지난번에 김류에게도 내세웠던 것 아닙니까?"

"이번에도 당연히 제일 앞에 내세워야지. 다음으로는 군사와 식화(食貨)를 부흥시켜 부강한 국가를 만들어야 할 것이네. 먼저 식화 문제부터 살핀다면 현재 우리 경제는 농업 중심인데 반해 우리는 농업과 더불어 상업을 경제 기반으로 삼으려 하네. 그렇게 되면 땅을 기반으로 한 많은 양반세력이 몰락하는 대신 새로운 물주들이 성장하게 되는데, 이들에게 자유롭게 후금과 명나라 심지어는 일본까지 자유롭게 장사를 하게 한다면 그들의 세력은 더욱 커질 것일세. 그렇게 되면 신분은 자연히 사라지는 것일세. 또한 그들이 우리들의 지지 세력이 된다면 조선은 매우 부강한 나라가 될 것이네."

"쉽지는 않을 것입니다."

"백성들만 우리 편이 되어준다면 어렵지도 않은 일일세. 어차피 객주의 물주들은 우리가 이미 어느 정도 장악했으니 어려운 일도 아니고. 또 여진의 도움을 받는다면 의외로 쉽게 일이 풀릴 수 있지."

"그러다 여진의 간섭을 받게 될 수도 있지 않습니까?"

"명나라가 존재하는 한 여진은 조선을 함부로 할 수 없지."

"저는 형님의 뜻에 따르겠습니다."

"고맙네. 이제 박치의도 노쇠하였으니 유정과 인웅에게 말하여 전국 방방곡곡에 보부상을 내보내어 물화가 팔도에 다 돌게 하고 각 지역의 형편을 정탐하게 해야 할 것이네. 객주가 전국적으로 뿌리가 내리면 명, 여진, 일본과도 거래를 시작하여 규모를 점점 확대하면 많은 이익이 남을 것이네. 더구나 지금의 명나라와 여진의 관계를 잘 이용한다면 엄청난 이익을 볼 수 있을 것일세. 참 재밌지 않겠나. 하하하."

"그렇게만 되면 정말 좋겠습니다."

"몸과 마음을 추스른 후에 날이 따뜻해지면 이괄을 한 번 만나 보세."

5. 호란(胡亂)

"만족하셨어요?"

한차례 격정이 지나고 계향은 박인웅의 품에 살며시 안겨 속삭였다.

"응."

"서방님한테 저는 뭐예요?"

계향은 박인웅에게 가볍게 입을 맞추고는 살며시 물었다.

"무슨 말이야?"

"언제까지 이렇게 살아야 하느냐 말이에요?"

"내가 알 수 있나. 기다리라니 기다려봐야지."

"요즘 들어 마포객주의 방해가 점점 심해지고 있지 않습니까?"

"이깟 장사야 잘되든 말든 무슨 상관인가?"

"서방님 연세도 생각하셔야죠."

"내 마음대로 뭘 할 수가 있어야지…."

박인웅은 긴 한숨을 내쉬었다.
"서방님이 불쌍해요"
"내가…."
"서른이 다 되도록 자식도 갖지 못하고, 자신의 일도 없이 남의 뒤치다꺼리만 하시고…."
"조금만 기다려 보라니 기다려야지."
여전히 한숨 섞인 목소리였다.
"서방님 신경유 대감을 한 번 만나 보시지요."
계향은 머뭇거리며 조심스럽게 의외의 제안을 했다.
"그 사람을 내가 왜 만나?"
박인웅은 벌컥 화를 냈다.
"화만 내실 일이 아닙니다."
박인웅과 달리 계향은 의외로 차분했다.
"그 얘긴 그만하라고 그랬지."
"언제까지 이렇게 살 수는 없지 않습니까?"
"……."
"안방마님은 아니더라도, 비록 아기는 낳지 못하지만 저도 서방님의 여자가 되어 조신하며 살고 싶어요. 이제 더 이상 이놈이 오라 하면 가는 그런 삶을 살고 싶진 않다구요."
"하지만 내가 무슨 능력이 있어서 그렇게 하겠느냐?"
계향의 투정어린 소리에 박인웅은 금세 태도가 달라졌다.
"그러니 신경유 대감을 만나 보시라는 것 아녜요."
"그 양반을 만나서 뭘 해?"
박인웅의 목소리는 한결 부드러워졌다.

"서방님도 이제 원래 신분을 되찾고, 가문도 이어 가셔야죠."

"원래 신분?"

"서방님도 원래는 양반 가문의 자손이시라면서요?"

"하지만 그 사람은 안 만나."

"왜 안 만나요, 서방님이나 대감이나 다 반정에 가담한 공신이 아닙니까?"

"나는 아니야."

"그러지 마시고 오늘 밤 잘 생각해 보세요"

계향은 더 이상 보채지 않았다. 하지만 밤새 잠을 이루지 못하고 이리저리 뒤척이며 고민하는 박인웅의 모습을 보며 몰래 웃음을 지었다.

인웅은 잠을 자지 못하고 고민에 잠겼다. 할아버지가 무슨 계획을 세우고 계신 것 같은데 자신에게는 아무런 말씀도 안 하신다. 물어 보면 다만 조금만 기다리라고 말씀하실 뿐이다. 철령의 식구들이 자주 왔다 갔다 하고, 명나라에서 들어온 물건들을 보부상을 통하여 팔도에 내다 파는 등 객주의 규모는 점점 커지고 있지만 그만큼 견제도 심해지고 자기 혼자서 감당하기가 힘들어졌다. 더구나 무슨 계획인지 자신에게는 뚜렷한 말씀을 안 하시는 것이 약간 불만스럽기도 했다. 나이는 점점 먹어 가는데 계향에게서 자식이 태어날 기미는 전혀 없고, 신경유를 만나면 뭔가 시원하게 길이 열릴 것도 같은데, 이유도 없이 조심하라는 말만 하고….

다음날 박인웅은 아침을 먹은 뒤 객주를 대충 둘러보고는 수락원으로 향했다. 이정구가 알목하로 떠난 뒤부터 수락원으로 향하는 그의 발길은 매우 잦아졌다. 마포의 객주를 책임지라는 말씀을 하신 후 할아버지와 아저씨는 한양을 떠나 내려오지 않았다. 감시하는 사람이 없어서인지 선향을 찾는 횟수가 부쩍 늘었다.

"술상을 좀 봐오너라!"

단골이다 보니 박인웅은 제법 큰소리도 쳤다.

"서방님 대낮부터 웬 술이세요?"

선향은 웃으면서 그를 맞이했다.

"세상이 나를 취하게 만드니 아니 마시고 어찌 하겠느냐?"

"세상이 취하였다고 탓할 것이 아니라 술지게미를 씹고 밑술을 들이마실 생각을 하셔야죠?"

"허허, 네가 지금 굴원을 깨우친 어부가 되어 나를 책망하느냐?"

"그럴 리가 있습니까? 단지 서방님이 대낮에 술을 찾으시는 것이 안타까워서 그러죠. 검으로는 장안에서 서방님을 당할 장사가 없다고 하던데…."

"그러니 내 속이 타는 것 아니냐? 경원이도, 차돌이도 대전에 한 자리씩 차지하고 있는데, 나는 이렇게 장사꾼들이나 만나야 하니…."

"서방님, 제 다리를 베고 누우세요. 제가 안마해 드릴 테니."

선향은 인웅이 마음을 못 잡는 것 같아 편히 쉬게 하고 싶었다.

"아이고 시원하다. 내가 너 때문에 산다."

인웅은 사지를 선향에게 맡긴 채 편안히 누워 머릿속을 맴도는 잡념들을 잊으려 했다.

"제가 듣기로는 서방님도 큰 벼슬을 할 수 있다고 하더이다."

다리를 주무르던 선향은 인웅의 표정을 살피며 조심스럽게 말했다.

"누가 그런 헛소리를 하고 다닌다 말이냐?"

인웅은 무관심한 듯 말했다.

"별감 나리가 말하더이다. 지금이라도 신경유 대감을 만나기만 한다면 현감자리 하나는 따 놓은 당상이라 하던데요."

"현감 자리를?"

"예. 번듯한 집안에, 공으로만 따지자면 일등공신이 되고도 남는다면서 그렇게 말씀하셨습니다."

선향은 인웅의 눈치를 살피면서 말했다.

"허허, 그 참 맹랑한 소리구만…."

말과 달리 인웅이 솔깃해 하자 선향은 머뭇거리지 않고 계속 말을 이었다.

"신경유 대감을 한 번 만나 보십시오."

"그 양반은 안 만나."

박인웅은 아저씨가 떠나면서 조금만 참으면 되니 신경유를 만나지 말라며 신신당부한 말을 떠올렸다.

"한 번 만나만 보시는 것이 뭐가 그리 어렵습니까? 더구나 두 분은 반정 전에는 각별한 사이가 아니었습니까?"

"그렇기는 하다만…."

인웅의 마음이 흔들리는 것 같았다.

"두 분이 만나서 회포만 풀면 되는데 그것도 못 하십니까?"

"……."

"참 답답하십니다. 옛날 황진이의 노래에도 나오지 않습니까? 청산리 벽계수야 수이 감을 자랑마라 일도창해(一到滄海)하면 돌아오기 어렵나니. 이제 서방님이 나이 연만해지시는 것을 생각하셔야죠. 양가집 규수를 만나 옥동자도 보고 쓰러진 집안도 일으켜 세우셔야지 언제까지 천한 장사만 하실 것입니까?"

"흘러 흘러 바다에 간 물은 다시 돌아오기 어려운 법. 그래 알았다. 내 조만간 한 번 만나보지 뭐."

박인웅은 선향의 독촉에 별 생각 없이 대답했다.

"그럼요. 잘 생각하신 거예요. 쇠뿔도 단김에 빼라 했으니 이왕 말 나온 김에 한 번 연락을 취해 볼까요?"

"아니다. 천천히 하자."

"그러다 생각이 바뀌시면 어떡하시려구요. 제가 한 번 연락을 취해 보겠습니다."

선향은 박인웅과 달리 집요했다.

"글쎄, 잘 하는 것인지 모르겠는데…."

선향의 강권을 박인웅은 거절하지 못하고 끌려갔다.

"밖에 누구 있소. 있으면 잠깐 들어오시오."

선향은 차인(差人)을 불러 박 행수가 신경유 대감을 만나시겠다는 뜻을 전하게 했다. 십 각 정도의 시간이 지났다. 박인웅을 모시러 왔다며 또 다른 차인이 왔다. 그가 박인웅을 데려간 곳은 삼각산에 있는 도선사라는 암자였다. 산새들의 단아한 울음과 푸른 소나무로 둘러싸인 선방(禪房)에서 신경유가 기다리고 있었다.

"또 만나게 되어서 반갑네."

"오랜만입니다."

비록 할아버지가 신경유를 주의하라 하였지만 더 이상 그들을 외면할 수가 없었다. 자신의 내력을 알고 있는 사람이었을 뿐 아니라 어쩌면 자신의 앞길을 열어 줄 수 있었기 때문이었다.

"선향이는 잘 있느냐?"

"예! 그걸 어떻게?"

"그동안 자네에게 진 신세는 갚아야 하지 않겠나. 내 특별히 잘 모시라고 일러두었네."

박인웅은 신경유의 말에 썩 기분이 좋지 않았다.

"저를 만나고 싶어 하셨다는데…."

"그랬지."

신경유는 얼마 전부터 왜국에서 들어오기 시작한 담배를 곰방대에 끼워 길게 내뿜고는 한숨을 돌린 다음 천천히 말을 꺼냈다.

"자네도 반정 이전의 내 모습을 봐서 알겠지만, 그렇게 바람직한 삶을 살지는 못했지. 하지만 우리 집안이 그동안 북인들 세력 하에서 그나마 버틸 수 있었던 것은 선친 덕분이었네. 우리 선친께서 비록 패하긴 하셨지만 임진왜란 때 탄금대 싸움에서 목숨을 바치셨는데, 나라에서 그 공을 인정해주셨기 때문에 형님이 벼슬길로 나가게 되었고, 또한 이번에 일등 공신이 된 것일세."

"왜 그런 말씀을 하십니까?"

"자네 돌아가신 할아버지도 마찬가질세."

"전에 말씀하셨습니다."

박인웅은 다소 무뚝뚝하게 말했다.

"그런데 자네 집안 식구들이 다 죽임을 당할 때 왜 자네와 자네 자친께서만 살아남았는지 그 이유를 알고 있나?"

"……."

"자네 자친(慈親)은 첩이었네. 다시 말하면 자네는 첩의 자식이라는 말일세."

"예! 그래서 어른들이 자세한 말씀을 안 하셨군요."

비로소 박인웅은 아저씨가 자신의 출신 배경을 말하지 않은 이유를 알 수 있었다. 박인웅은 자신의 출신에 대한 이야기를 경유로부터 들은 후, 생겼던 기대감이 일순 무너져 내리는 것을 느꼈다.

"자네를 박신유의 적자로 인정하고 왜란에 참여한 자네 할아버지의 공과 이번에 반정에 기여한 자네의 공을 인정하여 공신의 반열에 오르도록 함과 동시에 적절한 벼슬자리에 추천하겠네."

고개를 떨어뜨린 박인웅을 바라보며 신경유는 단도직입적으로 그를 만나고자 한 이유를 밝혔다.

"예!"

박인웅은 숙였던 고개를 번쩍 들었다.

"그렇게 되면 자네는 당당한 명문 집안의 후계자로 높은 벼슬아치의 반열에 오를 수 있네."

"……."

"훌륭한 사대부 집안의 반듯한 규수가 자네와 혼인하려 줄을 설 것이고, 공신으로 북저 대감의 지지를 받는 자네는 승승장구하여 벼슬이 높아져 언젠가는 공경대부의 자리에도 올라서겠지."

"공경대부!"

박인웅은 상상할 수조차 없었던 말이었다.

"재물은 늘어날 것이고, 선향과 계향을 첩으로 거느리고 아들 딸 낳아 온갖 부귀와 영화를 다 누릴 수 있겠지…."

"부귀영화라…."

"어떤가, 구미가 당기지 않나?"

신경유는 박인웅의 눈을 쳐다보며 천천히 말했다. 박인웅의 눈은 이미 뭔가를 생각하듯 껌뻑거렸다.

"조건이 뭡니까?"

"이혼을 제거하게."

"뭐라고요!"

박인웅은 놀라 벌린 입을 쉽게 다물지 못했다.

"지금 당장 결정하라는 말은 아닐세. 다만 결심이 서면 말하게."

"못합니다."

"이미 대세는 기울었네."

신경유는 더 이상 말을 하지 않고 술만 마셨다. 박인웅은 신경유의 제의를 일고의 가치도 없는 것이라 단정했다. 동시에 자기 주변의 사람들이 언제 신경유의 편이 되었는지, 또 그렇게 되도록 자신은 무엇을 하고 있는가에 대한 자책감이 마저 들었다. 뿐만 아니라 이들이 자신과 할아버지에 대해 이렇게 집요하게 공격을 펼치는 이유를 몰라 두려웠다. 더 두려운 것은 이미 자신의 힘만으로는 돌이킬 수 없는 상황이 되었다는 것이었다.

"북저 대감께서는 객주에 지대한 관심을 갖고 계시네. 자네가 협력을 한다면 종성객주는 완전히 자네 소유로 인정하겠네."

경유가 또 한 마디를 던졌다.

"무슨 말씀을 하셔도 제 답은 같습니다. 할 수 없습니다."

박인웅은 단호한 어조로 짧게 말했다. 신경유는 예상했다는 듯 별 반응이 없었다. 다만 얼굴에 가득 찬 미소는 처음과 별반 차이가 없었다.

"당장 답하지 않아도 되네."

"……"

"또 만나세."

신경유는 자리에서 일어섰다. 그리고 박인웅도 하산했다. 그러나 그가 탄 가마는 그의 의도대로 움직이지 않았다. 삼각산 자락의 잘 꾸며진

기와집에 그는 짐짝처럼 부려졌다. 그리고 오래지 않아 아리따운 여인이 그를 인도했다. 오늘 밤은 꼭 모시라는 엄명을 받았다며.

늦가을의 붉은 단풍이 조선의 온 산을 물들게 할 무렵 한손은 아들딸과 함께 말머리를 나란히 하여 끝없는 만주 벌판을 달리고 있었다. 여섯 살 난 딸과 아들은 성인만큼은 아니지만 능숙하게 말을 탔다. 이제는 아들딸을 데리고 할아버지에게 갈 수 있을 것 같다는 생각이 들었다. 처자식을 할아버지에게 인사시키지 못하여 그동안 너무나 죄송스러웠던 한손은 손자며느리와 증손자를 보고 기뻐하실 할아버지의 모습을 떠올리자 갑자기 가슴밑바닥에서부터 치밀어 오르는 그리움을 억제할 수 없었다.

'당장 가자. 가서 할아버지를 모셔오자. 돌볼 사람 하나 없어 외롭고 쓸쓸한 할아버지를 두고 어찌 이렇게 머뭇거릴 수가 있겠는가?'

한손은 아들딸을 재촉하여 집으로 말을 몰았다. 아이지와 메이쉬에게 할아버지에게 가야겠다는 이야기를 했다. 큰 전투가 없어 사할리언도 허락을 했다. 갑자기 마음이 다급해진 한손은 분주해지기 시작했다. 할아버지에게 드릴 선물을 준비하느라 창고 속에 있던 비단과 고기, 각종 해물 말린 것을 꺼내 바리바리 짐을 쌌다. 쌀가마니도 한 수레 가득 실었다.

잠을 이룰 수가 없었다. 무사들의 호위 속에 처자식을 거느린 자신의 당당한 모습을 보여주고 싶었다. 일국의 장수가 되어 당당하게 살아가는 자신의 모습을 자랑하고 싶었다. 그리고 이번에는 꼭 그동안 쑥스러워 말하지 못하였지만, 부모도 없는 어린 자신을 길러 준 것에 대한 고마움을 말하고 싶었다. 어서 이 밤이 새기만을 어린아이처럼 기다리며 한손은 잠 못 이루고 몸을 뒤척였다. 노을 진 구름 너머에서 한손을 안타까이 부르는 할아버지의 모습이 보였다.

"한손아, 왜 이리 춥냐? 한손아 어서 와서 할아빌 일으켜 다오."

한손은 벌떡 일어났다. 온몸이 땀범벅이었다. 불길했다. 겨우 든 잠이었지만 더 이상 잠을 잘 수 없었다. 아직 자고 있는 아이지와 아들을 깨웠다. 아버지의 독촉에 억지로 일어난 아들은 할아버지에게 간다는 말에 어린아이답지 않게 얼른 잠자리를 박차고 일어나 옷을 입었다. 증조할아버지에게 무예를 배웠다는 자신의 말을 듣고 자란 아들은 증조할아버지에 대한 기대가 너무 컸다. 자기도 할아버지를 만나 무예를 배워 꼭 아버지를 이기리라고 늘 말하였다. 한손은 잠들어 있는 메이쉬와 딸도 깨우고, 전날의 한손의 부산스러움에 잠시도 쉬지 못하여 쓰러져 잠들어 있는 하인들도 재촉하여 깨웠다.

한손은 아이지와 메이쉬, 그리고 아들딸을 곁에 거느리고, 할아버지에게 현재 자신의 당당한 모습을 자랑하기 위해 일부러 데려가는 마군영 무사들의 호위 속에, 선물을 가득 실은 수레를 이끌고 길을 나섰다. 자신의 변화된 위상을 할아버지에게 보이고 싶은 설레는 마음과, 한 편으로는 어젯밤 꿈속에서 본 할아버지에 대한 불안한 마음을 지닌 채 한손은 길을 떠났다.

험한 만주의 밀림 속에 사냥을 나섰다 길을 잃고 추위와 공포 속에서 헤맬 때 꿈속처럼 할아버지가 나타나 구해주던 어린 시절에 대한 생각, 할아버지에게 무예를 배울 때 한 살 많은 박인웅과의 비무에서 나뒹굴던 자신의 모습, 정동식과의 한 판 승부, 무순성 싸움, 사르허 전투 등 지난 일들이 하나씩 생생하게 살아났다.

머리 위로 떨어지는 낙엽을 맞으며 달리길 엿새, 속평강을 건너고 드디어 알목하의 언덕이 눈앞에 펼쳐졌다. 아들과 딸은 멀고도 험한 여정을 잘 견디어 냈다. 멀리 언덕에서 밥 짓는 연기가 모락모락 피어오르고 있었다.

낯익은 저 허름한 대문과 오두막 집! 어찌나 기쁜지 한 숨에 뛰어 갔다.
심부름꾼 사내아이는 반가움에 어쩔 줄 모르고,
어린것들은 대문 밖에 서서 초조하게 날 기다리는구나.
정원을 둘러보니 황폐한 세 갈래길,
하지만 국화와 소나무는 날 보란 듯 푸름을 자랑하고 꿋꿋이 서 있네.
어린 것들 손을 잡고 방으로 들어가니 언제 빚었던가, 항아리에 술이 가득하네.
술 항아리 옆에 끼고 잔 들어 혼자 들이키네.
정원에 울창한 나무를 둘러보며 얼굴에는 기쁨이 가득 넘치네.
세상에 꺼려하고 부러워할 것이 무엇인가? 햇빛 밝은 남쪽 창에 기대어 앉으니,
이제야 알겠구나. 무릎 하나 겨우 들여 놓을 이 작은 집이 벼슬살이 보다 얼마나 마음이 편한가를….

한손의 입에서는 할아버지가 늘 읊조리던 귀거래사 한 구절이 절로 나왔다. 개짖는 소리, 소나무와 전나무들의 향긋한 냄새, 모든 것이 다 귀와 코에 익숙했다. 이전에 정동식과 함께 이 길을 걸을 때는 전혀 느끼지 못했던 향수가 물결이 되어 솟구쳐 올라, 그의 마음은 벌써 할아버지의 품에 안겨 있는 것 같았다.

차가운 속평강을 건너자, 개짖는 소리는 점점 크게 들렸다. 소나무로 된 목책을 지나 마을 어귀로 접어들었다. 반겨 맞아 줄 할아버지와 동네 아저씨들…. 한손은 박차를 가했다. 달리는 말에 채찍을 더하여 언덕을 올랐다.

그러나 분위기가 이상했다. 꼬리를 흔드는 개들과 함께 나타나야 할 자신을 반기는 그리운 사람들의 모습이 보이지 않았다. 동네 사람들이 할아버지 집에 다 모여 웅성대고 있었다.

'혹시 할아버지가….'

불길했던 꿈이 떠올랐다. 한손은 동네 사람들을 헤치고 안으로 달려 들었다. 할아버지는 하얀 옷으로 갈아입고 방 한 가운데 누워 계셨다. 꼼짝도 하지 않고. 그토록 그리던 증손자를 데리고 왔는데, 하루만 먼저 왔어도 할아버지를 볼 수 있었는데, 아니 할아버지가 돌아가시지 않을 수 있었는데, 할아버지 품에 손자들을 안기고 싶었는데…. 이미 싸늘하게 식은 할아버지를 끌어안고 한손은 회한의 눈물을 비같이 흘렸다.

동네 아낙들은 이런 한손의 모습을 보고 소리 내어 울기 시작했다. 뒤늦게 도착한 처자들은 가장의 서글픈 통곡에 덩달아 눈물을 흘렸다. 한손은 할아버지의 주검 옆에 말없이 서 있는 향송 아저씨에게 사연을 물었다.

자신의 실수라 말했다. 박인웅이 촌장님과 단둘이 객주 일을 의논하고 싶다고 말했는데, 요즘 들어 그의 태도가 수상한 것을 눈치 챘었지만, 설마 무슨 일이야 벌어지겠나 싶어 자리를 비킨 사이에 일이 발생했다는 것이었다.

아침이 되어도 기동이 없어, 밤을 새고 이야기를 나누어 피곤하신 것으로 생각하여 깨우지 않았다는 것이었다. 그러나 해가 중천에 뜨도록 기척이 없어, 방문을 열었을 때는 피비린내가 온 방을 진동하였고 할아버지는 이미 칼에 찔린 채 숨을 거두셨더라는 이야기였다. 물론 박인웅은 자취를 감춘 뒤였다고 했다.

한손은 주검이 되어 누워 있는 할아버지의 하얀 옷 사이로 송골송골 아직도 솟아나는 피를 짖은 수건으로 닦아내면서 하염없이 눈물만 흘렸다. 피투성이 어린 손자를 이곳까지 데려와, 할아버지 혼자서 어린 손자를 키우시면서 얼마나 낙담하고, 좌절하고, 암담하였을까를 생각하면 가슴이 복받쳐 울음을 참을 수가 없었다.

한손은 아이지를 시켜 비단 옷을 한 벌 만들게 하여 자신의 손으로 일일이 염을 한 후 할아버지에게 입혔다. 양지바른 곳에 할아버지를 묻으며 복수를 다짐했다. 박인웅에 대한 복수만이 아니었다. 지난번에 정동식과 함께 할아버지를 찾았을 때 처음으로 한손은 할아버지의 원대한 생각을 들었다. 할아버지가 존경스러웠다. 그러나 그런 할아버지를 조선이라는 나라는 힘겹게 살게 내버려두다가 결국은 죽여 버렸다. 그런 나라에, 그런 정권에 대한 분노의 마음을 억제할 수 없었다. 반드시 복수를 하리라 다짐했다.

"할아버지 반드시 복수하겠습니다. 저도 이제 복수를 할 만큼 성장했습니다."

할아버지를 땅에 묻고 돌아온 한손은 이정구를 찾았다.

"아저씨의 조카이지만 인웅이를 절대로 용서할 수 없습니다."

"그렇겠지."

"베고 오겠습니다."

"……."

이정구는 이미 체념한 듯 말이 없었다.

"용서하십시오."

"객주는 단순한 의미를 지닌 곳이 아니네. 할아버지가 몇 년 간 심혈을 기울일 때는 그만한 이유가 있었네. 이제 드디어 그 뜻이 이루어지려는 순간이었는데 눈치를 챈 서인 세력들이 음모를 꾸민 것이네. 내 실수야. 설마 인웅이가 배반 할 줄 몰랐지."

이정구는 이혼의 죽음으로까지 이어진 일에 자신의 조카가 관련된 것에 대한 죄책감으로 한동안 말을 잇지 못했지만 곧 냉정을 되찾고는 말을 이었다.

"만약 객주를 그대로 두다가는 할아버지가 준비한 세력이 큰 치명타를 당할 수 있네. 이왕 가거든 인웅이뿐만 아니라 객주도 철저히 파괴하고 와야 하네. 쉽지 않은 일이겠지만 최소한 일 년 이내에는 재기할 수 없게 해야 하네."

"염려 마십시오. 그런데 이제 어떻게 하실 작정입니까?"

"글쎄…."

"이제 이곳은 노출되어 언제 외부의 침입을 받을지도 모릅니다. 조선으로 가도 더 이상 대접받고 살기는 힘들 터, 차라리 마을을 폐쇄하고 마을 사람들 전부 저와 함께 여진 땅으로 가는 것이 어떻겠습니까? 여진 땅에 가면 제가 살집과 땅을 얼마든지 마련할 수 있습니다. 이런 긴박한 상황에서 아무 보호를 받지 못한다는 것은 매우 위험할 수도 있습니다."

"아닌 게 아니라 동네 사람들은 향백 형님을 의지하고 살았는데, 이제 안 계신다 생각하니 불안해지고 두렵기도 할 걸세. 한 번 마을 사람들하고 의논하여 결정 하겠네."

"가능하면 같이 갔으면 좋겠습니다."

박인웅을 추적했던 큰돌이와 주몽을 비롯한 마을 청년들이 빈손으로 돌아왔다. 한손은 그들을 불렀다.

"너희들도 나와 함께 여진으로 가자. 어차피 이렇게 된 것, 너희들이 나를 도와준다면 나도 큰 의지가 될 것이다."

"하지만 형님, 박인웅을 이대로 두고 갈 수는 없지 않습니까?"

주몽은 분노에 치를 떨며 말했다.

"물론이지. 도성에 가서 박인웅과 관련된 모든 것을 완전히 잿더미로 만든 후에 떠나야지."

"언제 떠날 것입니까?"

"지금 당장. 아마도 박인웅은 추격을 피해 지름길을 버리고 우회하여 멀리 가고 있을 것이다. 우리가 지금 떠난다면 그보다 먼저 한양에 도착할 수도 있을 것이다."

"좋습니다."

"식량은 마른 고기 열흘치만 챙기고, 기동력을 살리기 위해 말은 각자 두 필씩 가지고 간다."

한손은 자신이 데리고 온 마군영 군사 중 정예 병사 열 명을 뽑아 조선인 복장으로 갈아입힌 다음, 큰돌을 향도로 내세워 주몽과 함께 박인웅을 추격하기 시작했다. 아이지에게는 여느 때와 마찬가지로 다녀오겠노라는 말만 하였다.

그들은 말 위에서 잠을 자고, 지친 말을 바꾸어 타면서 쉬지 않고 달렸다. 길을 안내하는 큰돌은 말에 익숙하지 않았지만 이를 악물고 한손이 일행을 안내했다. 이들이 말을 타고 달려가는 모습을 본 사람도 많았지만 제지할 엄두를 못 가졌다. 기세가 워낙 무서웠을 뿐 아니라 빨랐기 때문이었다. 알목하를 출발한 지 삼 일만에 한손은 마포에 도착했다.

주모를 끌어안고 곤히 잠들어 있던 하응민은 방문을 박차고 들어오는 괴한의 큰 그림자에 놀라 벌떡 자리에서 일어났다. 엉겁결에 일어난 그의 목에는 어느새 칼이 들어와 있었다. 어둠 속이라 자세히 볼 수는 없었지만, 보통 사람보다 목 하나가 더 큰 키에, 덥수룩한 수염이 온 얼굴을 덮고 있는 그는 한 마디로 곰이었다. 두려움에 떨고 있는데 곰 뒤에서 낯익은 목소리가 들렸다.

"나 큰돌이오, 그동안 잘 있었소?"

하응민은 큰돌이라는 말에 깜짝 놀라 뒤로 넘어질 뻔하였다.

"그동안 있었던 일을 우리에게 자세히 말하시오. 그러면 이 주점과 함께 온전히 살아남을 것이오. 하지만 조금이라도 거짓말을 한다면 이 어른이 당신의 목을 비틀어 죽일 것이오."

하응민은 엄청난 힘으로 자신을 위협하고 있는 세력에 놀라 순순히 지난 일을 말하기 시작했다.

"지난 삼월의 반정 이후 처음에는 객주가 참 잘 되었습니다. 그런데 반정의 실세인 김류의 사주를 받은 신경유가 나서서 마포와 용산 이태원 양화나루, 심지어는 송파까지 모든 객주를 자신들의 휘하에 넣기 시작했습니다. 결국 우리 종성객주는 고립되기 시작했습니다. 저희들이 불안해하자 새롭게 도령이 된 박인웅 행수께서 조금만 참으면 좋은 날이 올 것이라며 저희들을 위로했습니다. 하지만 점점 거래처는 줄어들고 저희들은 불안해지기 시작했습니다. 저희 주점에도 마포객주 사람이 와서 노골적으로 협박하곤 했습니다. 그러던 어느 날 무슨 이유에선지 모르지만 박 행수는 객주 일을 저에게 맡긴 채, 보름쯤 걸릴 거라는 말을 하고는 어디론가 떠났습니다. 이게 제가 아는 전부입니다."

하응민은 자신이 신경유와 관련되었다는 사실은 뺐다.

"여기서 하루만 신세를 지겠다. 그동안 너는 여기에 꼼짝 말고 있다가 우리가 시키는 대로만 해라. 그러면 살려준다. 후환을 두려워하지 마라. 어차피 우리가 다 죽이고 갈 테니까."

하웅민은 이들이 누구인지 잘은 모르지만 큰돌이가 나타난 것으로 보아 철령에 있다는 도적들이 분명하다고 생각했다. 이들이 도적이라면 사람 목숨하나 죽이는 것은 문제가 아니라는 생각이 들자 얼른 목숨을 구걸했다.

"살려만 주신다면 시키는 대로 하겠습니다."

"그래 살려 줄 테니까. 우리가 시키는 대로만 해라."

한손 일행은 하웅민의 주점에서 하룻밤을 지내며 휴식을 취했다. 다음날 한손은 하웅민에게 사람을 시켜 박인웅이 돌아왔는지 확인하게 하였다. 차인은 돌아와서 박인웅이 어젯밤에 도착했다는 말과 함께 오늘 밤 그를 위한 잔치가 베풀어지니 오후에 객주로 건너오란다는 말도 함께 전했다. 한손은 자신의 무기를 챙긴 다음 부하들을 불러 모았다.

"어두워지면 출발한다. 박인웅을 죽이고 난 뒤에 바로 알목하로 돌아갈 테니 모든 짐들을 다 챙기고, 특히 말에게 먹을 것을 잘 주어라."

여진 말이었다. 하웅민은 놀란 입을 다물지 못했다.

'저들은 도대체 누구란 말인가? 감시가 심하니 빠져나갈 수도 없고…….'

종성객주에는 무사히 돌아온 박인웅을 위한 잔치가 벌어지고 있었다. 신경유와 변인엽을 비롯하여 용산과 멀리 송파에 있는 객주의 도령들이 참석했다. 신경유는 이제 도성의 모든 객주들이 자신의 휘하에 들어왔음을 알리고 세를 과시하기 위해 일부러 많은 객주들을 불러 이 자리에 참석시켰다. 잔치가 무르익자 신경유는 좌중을 조용히 시키고 자리에서 일어났다.

"이제 도성의 모든 객주는 우리 휘하에 들어왔소. 그동안 여러분들이 애써 주신 것에 감사하오. 그리고 오늘 이 자리에서 앞으로 우리 두레패를 이끌고 나갈 새 도령을 소개하겠소."

좌중은 숨을 죽이고 신경유의 말을 경청했다.

"조선 제일의 검술을 갖춘 훈련도감의 교위 박인웅이 새 도령이오. 잘 받들어 모시기 바라오."

"와!"

손님들은 환호성을 지르며 박수를 쳤다.

"미력하나마 최선을 다하겠습니다."

새 도령에 뽑힌 박인웅의 표정은 그리 밝아 보이지 않았다.

"자네 아직도 기분이 좋지 않은 것 같네."

박인웅이 간단히 인사를 하고 자리에 앉자 신경유가 걱정이 되어 말을 건넸다.

"기분이 좋을 리 있겠습니까? 세월이 지나면 잊혀 지겠지만."

"자네 기분 이해하네. 자 술이나 한 잔 하세."

"고맙습니다."

박인웅의 기분을 알 리 없는 손님들은 신경유와 박인웅 근처로 몰려들어 덕담을 건네며 술잔을 올렸다. 신경유는 비로소 객주를 자신의 영향력 하에 끌어들인 것에 대한 성취감과 안도의 마음으로, 박인웅은 이혼을 죽인 죄책감을 잊기 위하여, 취하도록 술을 마셨다. 날은 점점 어두워지고 기생들의 노랫소리에 맞추어 잔치 분위기는 점점 무르익었다.

초숫시 무렵 기생과 어우러진 배반낭자(杯盤狼藉)의 술판이 벌어지고 있는 종성객주에 갑자기 거센 말발굽소리가 들리기 시작했다.

― 다그닥, 다그닥, 다그닥.

말발굽 소리가 점점 커졌다. 객주 안의 사람들이 영문을 몰라 어리둥절해 하는 순간, 마치 하늘에서 떨어지듯 일단의 무리들이 담을 넘어 마당으로 뛰어들었다. 흥겨운 분위기가 순식간에 난장판으로 바뀌었다. 여기저기서 기생들의 비명소리가 들렸다. 담을 넘어 뛰어든 사람은 십여 명 남짓. 그중 맨 앞에 선 사람은 마치 곰처럼 거대했다. 길게 자란 수염 사이로 두툼한 입술을 다물고, 허리춤에 두 자루의 칼을 차고 있었다. 그의 뒤에 일렬로 늘어선 사람들도 다 몸집이 거대한 장사들이었는데, 칼과 창 도끼 활 등의 무기를 들고 있었다.

떡 버티고 서 있는 그들을 보고 객주 안의 사람들은 두려움에 몸을 꼼짝할 수가 없었다. 하지만 그들에게는 박인웅을 비롯한 여러 명의 칼잡이가 있었다. 손님들은 일제히 박인웅을 쳐다보며 구원의 눈길을 보냈다. 박인웅은 칼을 들고 일어섰다. 그는 술을 많이 마시긴 했지만 아직 완전히 취한 상태는 아니었다.

"어떤 놈인데 남의 잔칫집에 허락도 없이 들어와 훼방을 놓느냐?"

박인웅이 소리를 쳤다. 조금도 위축되지 않은 박인웅의 목소리에 손님들은 어느 정도 안심이 되었다. 그들은 조선에서 검으로는 박인웅을 당할 사람이 없다고 굳게 믿고 있었다.

"양반님 네들이 잔치를 하고 있는데 여기가 어디라고 너 같은 쌍놈이 뛰어 든단 말인가?"

"그놈의 양반타령에 속아 평생 너를 길러준 할아버지를 죽였나?"

순간 박인웅은 취기가 싹 사라졌다.

"네놈은 누구냐?"

"한손이라고 하면 알겠나?"

"뭐라고, 한손이 네가 어떻게 여기까지…."

한손이라는 말에 박인웅은 술기운이 순식간에 씻어짐을 느꼈다.

"네놈이 할아버지를 죽였는데, 내가 가만히 여진 땅에 박혀 있을 줄 알았느냐?"

한손은 알목하에서 박인웅을 형이라 불렀지만 지금은 아니었다. 분노에 찬 감정밖에는 없었다. 반면 박인웅은 설마 한손이 여기까지, 더구나 이렇게 빨리 나타날 줄은 몰랐다. 그래서 그는 한손이라는 이름을 듣는 순간 온몸에서 기운이 빠져 나가는 것을 느꼈다. 하지만 검술이라면 자신이 항상 한손을 이겼던 기억을 떠올리고는 잃었던 자신감을 곧 되찾았다. 긴장이 되자 술기운도 어느 정도 가셨다.

"할아버지 일은 안 되었지만. 어쩔 수 없었다. 향백 할아버지는 세상의 흐름을 잘못 알고 있었을 뿐 아니라, 불충한 무리를 부추겨 좋지 못한 생각을 하였기 때문에 어쩔 수가 없었다. 그동안의 인연을 생각하여 너까지 해치고 싶은 생각은 없으니 돌아가라."

한손은 대답 대신 양손에 칼을 빼어 들었다.

"네놈들이 숭배해 마지않는 명나라 놈들도 나 마부태의 이름을 들으면 벌벌 떤다. 네깟 놈이 감히 어떻게 나의 상대가 된다는 말이냐? 네놈이 누구 덕에 이만큼 성장하였는데 감히 그런 소리를 하느냐. 은혜를 모르는 후레자식. 무릎을 꿇고 얌전히 목이나 내 놓아라."

박인웅도 칼을 빼들었다. 더 이상의 말은 필요 없었다. 한손은 말에서 내렸다. 상대를 노려보던 두 사람은 드디어 맞섰다. 불꽃 튀는 접전이 벌어졌다. 두 사람은 서로를 상대로 무술을 익혔기 때문에 서로의 장단

점을 너무나 잘 알았다.

하지만 엄청난 힘을 바탕으로 실전에서 익힌 무술을 펼치는 한손은 더 이상 어린 시절의 한손이 아니었다. 더구나 박인웅은 자신을 길러준 할아버지를 죽인 죄책감으로 낮부터 술을 먹어 정신을 집중시킬 수가 없는데다가 쌍칼을 빼어들고 공격하는 한손을 단검으로 막기에는 역부족이었다. 박인웅은 곧 수세에 몰려 한손의 공격을 막기에 급급했다.

한손이 계속 박인웅을 몰아붙이자, 근처에 서있던 칼잡이들이 나섰다. 그러자 호위무사들이 나섰다. 곧 마당 안에는 어지러운 칼부림이 난무했다. 종성객주를 찾은 손님들은 숨을 죽이고 싸움의 결과를 지켜보았다. 술에 취한 칼잡이들은 분노에 찬 사람들의 상대가 되지 못했다. 그들은 오래지 않아 진압되고 말았다.

"너희들과는 은원관계가 없다. 두 사람이 해결해야 할 문제가 있다. 그러니 목숨이 아까우면 얌전히 있으라."

주몽은 칼잡이들을 꿇어앉히고 대갈성을 내뱉은 후 두 사람의 승부에 집중했다. 두 사람의 승부도 오래가지 않았다. 술에 취한 박인웅은 한손의 상대가 되지 못했다. 한손의 잇따른 공격에 박인웅은 그만 칼을 놓치고 말았다. 한손은 박인웅의 목에 칼을 겨누었다.

"무엇 때문이었나?"

박인웅은 비록 칼을 놓쳐 목숨이 경각에 달려 있었지만 당당했다.

"나는 내 집안을 세워 일으켜야 할 의무가 있다."

"그것 때문에 길러 주었던 할아버지를 죽였단 말이지?"

한손은 더 이상 머뭇거리지 않고 단칼에 박인웅의 목을 내리쳤다. 순간 온 마당에 핏줄기가 튀었다.

"더러운 놈. 한낱 욕심에 평생 자신을 길러준 어른을 죽이다니."

한손은 잘려나간 박인웅의 머리를 허리춤에 차고는 좌중을 향하여 물었다.

"신경유가 누구냐?"

좌중은 한손의 기세에 눌려 아무 말도 하지 못하고 대신 고개로 신경유를 가리켰다. 그러자 그는 손사래를 치며 고개를 세차게 흔들 뿐 두려움에 아무 말도 하지 못했다.

"나는 후금의 선봉장 마부태다. 신경유, 당신의 목은 차후에 자르겠다. 나의 이름을 잘 기억해 두었다가 너의 동료들에게 말해라. 다음에 내가 내려 올 때는 후금의 팔기군과 함께 들어와 우리 할아버지를 죽도록 조종한 무리의 목을 한꺼번에 다 가져 갈 것이니 준비를 단단히 해두라고 말이다."

"……"

신경유는 두려움에 아무런 답을 못하고 떨고만 있었다. 한손은 그런 그의 모습에 개의치 않고 그를 가리키면서 부하들에게 여진말로 명령했다.

"불을 질러라. 저항하는 놈은 모조리 다 죽여라!"

말이 떨어지자 뒤에 버티고 섰던 마군영의 기병들은 칼과 도끼를 빼어 든 채 곳곳에 불을 지르기 시작했다. 그러자 숨어 있는 하인들이 몰려들었다. 마군영의 무사들은 지니고 있던 칼과 도끼를 내리쳤다. 전쟁터에서 하던 방식 그대로였다. 마포와 송파의 칼잡이들은 수많은 전쟁에서 연전연승을 거둔 백전노장인 이들의 적수가 되지 못했다. 순식간에 객주는 아수라장으로 변했다. 잔칫상이 엎어지고 도망가던 기생들이 넘어진 위로 또 다른 기생들이 엎어지고 담을 넘으려던 차인의 발목이 베이고…. 닥치는 대로 죽이고 불을 지른 한손은 다시 하응민을 앞세워 마포객주로 말을 달렸다.

"객주라는 객주는 전부 불 질러라. 객주는 미래의 적이다. 저항하는 사람은 닥치는 대로 베어라!"

하웅민이 가리키는 곳은 마군영이 군사가 나서서 불을 질렀고 저항하는 사람들은 노소를 가리지 않고 칼을 휘둘렀다. 마포객주의 마당에 내려선 그들은 역시 닥치는 대로 불 지르고 칼과 도끼를 휘둘렀다. 때 아닌 밤중에 조용히 잠을 자던 사람들 중에는 아무런 이유도 모르고 죽어간 억울한 사람이 너무나 많았다. 하지만 이것은 대륙의 북쪽에서 벌어지고 있는 치열한 전쟁터의 참상에 익숙한 한손에게는, 할아버지의 복수라고 생각하기엔 너무 관대한 것이었다. 아직 분이 덜 풀린 한손은 더 부수고, 불태우고 싶었지만 날이 밝기 전에 떠나야 하기에 다음을 기약하고 하웅민을 내팽개친 채 마포를 빠져 나와 알목하를 향하여 말을 달렸다.

울긋불긋한 나뭇잎들이 찬바람이 강하게 불 때마다 한 무더기씩 떨어졌다. 차가운 바람은 한손의 옷자락을 쉼 없이 뒤흔들었다. 아직도 피가 흐르는 박인웅의 목을 한손은 할아버지의 무덤 앞에 바쳤다. 그리고는 술잔을 따라 바쳤다.

"할아버지 제가 할아버지의 무덤에 박인웅의 목을 바친들 무슨 소용이 있겠습니까? 오랫동안 묻어둔 할아버지의 사상은 이제 할아버지의 죽음과 함께 사라졌는데 말입니다. 언젠가 할아버지께서 정동식 군사(軍師)에게 '자네 가슴에 아직도 조선인의 피가 흐르고 있느냐?'고 물으신 적이 있지요. 할아버지께서는 제게는 묻지 않으셨습니다. 저도 이제 답을 하겠습니다. 제 가슴속에는 단 한 방울도 조선의 피가 흐르지 않습니다. 오직 대동이족(大東夷族)의 피만 흐를 뿐입니다. 옛 조선과 고구려를 세웠던 조상들의 기상만이 제 몸에 흐를 뿐입니다. 할아버지의 사상을 죽인 조선 조정에 대한 복수의 피가 흐를 뿐입니다."

할아버지의 무덤에 무릎을 꿇고 있는 한손의 눈에서는 끝없는 눈물이 흘렀다.

붉은 단풍으로 온 산이 불타는 듯한 알목하의 깊은 산골에 여러 줄기의 연기가 피어오르고 있었다. 이정구는 남은 일을 마치고 가겠노라며 이괄을 찾아 떠났다.

수십 년 정들었던 마을을 떠나는 사람들은 아쉬움에 계속 고개를 돌리며 고향 땅을 바라보았다. 하지만 한손은 뒤돌아보지 않았다. 다시는 조선에 미련을 갖지 않기로 굳은 결심을 하였기 때문이었다.

에필로그 I

갑자년(1624년) 1월, 영변 부사 이괄은 군사를 일으켜 평양을 우회하여 한양을 공격하여 점령했다. 뒤미처 달려온 도원수 장만과의 전투에서도 승리를 거두어 반정은 성공한 것처럼 보였고 인조 임금은 공주까지 피난을 갔다. 그는 선조의 손자 중 하나를 뽑아 왕으로 삼고 새 조정을 세웠다. 하지만 패전한 도원수 장만이 다시 군사를 이끌고, 방심하고 있던 이괄을 공격하여 승리를 거두었다. 전투에서 패한 이괄은 이천으로 도주하던 중 부하였던 이수백, 기익헌의 배반으로 그들에게 죽임을 당하였다.

정묘년(1627년) 1월, 지금까지 친 조선적인 성향을 지녔던 암바 바일러가 이끄는 3만 정병의 후금 군이 기습적으로 조선을 침범했다. 선봉에는 마부태로 개명한 한손이 서 있었다. 인조 임금은 도성을 버리고 피난하였고, 두 달 만에 화친을 맺었다.

　병자년(1636년) 12월, 누루하치를 이어 왕이 된 홍타시는 국호를 청이라 하고 친명 정책을 펼치던 조선을 침공하였다. 인조 임금은 남한산성에서 45일 만에 항복하고 삼전도에서 치욕적인 항복의식을 행하였다. 이후 조선은 청나라의 속국이 되었다.

작가의 말

　추호(秋毫) 드는 것을 힘이 세다고 하지 않고, 해와 달을 보는 것을 눈이 밝다고 말하지 않으며, 천둥소리 듣는 것은 귀가 밝다고 하지 않는다. 용병을 잘하는 자는 이기기 위한 준비를 다하고 싸우기 때문에 쉽게 이긴다. 지혜롭다는 소리도 듣지 못하고 용감하다는 칭찬도 듣지 못한다. 하지만 그는 항상 이긴다.

　손자병법에 나오는 말이다. 어려운 타구를 쉽게 잡는 유격수보다는 어렵게 잡는 선수를 더 높이 평가하는 것이 세상의 이치다. 항상 이기는 장수는 그냥 쉬운 싸움을 이긴 것이라 대접받기 마련이다. 싸우지 않고 이기는 장수에 대한 대접은 어떨까? 싸우지 않았기에 어려운 싸움을 쉽게 이긴 장수보다도 형편없는 대접을 받는 것이 일반적일 것이다. 광해군과 박엽, 그들을 두고 하는 말이다. 싸우지 않고 이겼기에 이긴 줄도 모르는 것이 이들에 대한 역사의 평가다.

　남북의 팽팽한 대립, 한반도를 둘러싼 중국과 일본, 러시아와 미국의 긴장과 갈등. 합종연횡의 군사 외교적 긴장감이 항상 넘치는 한반도…. 사람들은 19세기 말 조선을 둘러싼 청나라와 일본, 러시아와 영국, 미국 등의 갈등과 대립적 상황만을 떠올린다. 결국은 식민지라는 나락으로 떨어진 민족의 역사를 교훈 삼으며 21세기의 상황에 적용한다. 일본, 후금(훗날의 청), 명이라는 절대강자가 조선을 위협하던 시절의 광해군은 떠올리지 않는다. 싸우지 않고 이긴 장수인 광해군은 염두에 두지도 않는다.

　세종은 대왕이다. 명나라에 사대(事大)만 하면 국방과 외교가 해결되는 시기에 임금이 되었다. 변방을 어지럽히는 야인여진들이야 몇 개 부락의 연합이니 쉽게 평정할 수 있었고, 아버지 태종이 내치의 기반들을 마련하였으니 탄탄대로 위에서 문화의 꽃을 피울 수 있었다. 그 덕분에 대왕이라 불린다.

　광해군은 군(君)이다. 조(祖), 종(宗)의 반열에도 끼지 못한다. 인조반정에 성공하여 광해군 쫓아내고, 세상 물정 모르고 명분론에 휩싸여 명나라를 지원하다 삼전도에서 여진족 칸에게 3배 9고두의 수모를 당한 서인들이 그렇게 만들었다. 후손들이 광해군의 본래 자리인 대왕으로 되돌려 주길 원한다.

　광해군이 집권했던 시기는 조선이 건국된 이후 가장 어려운 시기였다. 남쪽은 임진왜란에서 패하긴 했지만 지구상에서 가장 많은 조총을 보유한 강대국 일본이 언제 다시 재침공할지 모르는 상황 속에서 망가진 나라의 경제를 다시 일으켜야 했으며, 북쪽은 당시 지구상에서 가장 강한 나라였던 명나라가 쇠퇴기에 접어들면서, 후일 중국 역사상 가장 넓은 영토를 차지했던 청나라가 발원하여 명·청간의 갈등이 본격적으로 시작되는 시기였다. 이들은 자신들의 대결 한 복판에 조선을 끌어들이려 했다. 명나라는 임란 때 조선을 도운 어버이 같은 나라였으며, 모든 대신들이 명을 지지했으니 파병하지 않을 수 없었다. 국경을 맞대고 있으며 고구려와 발해를 세운 주역인, 조선과는 사촌관계라 무시할 수도 없는 후금은 끊임없이 자신들을 지지하기를 강요했다. 그 어느 쪽의 의견도 무시할 수 없었던 시기에, 누가 이길지도 모르는, 잘못하면 조선이 나락으로 떨어질지 모르는 시기에 광해군은 박엽과 함께 평양삼수병을 육성하여 싸우지 않고도 어려운 시기에 승자로 남았다. 21세기의 벽두 남북이 첨예하게 대립하고 미국과 일본, 중국, 그리고 러시아 사이에서 수많은 압력을 받는 한국인들의 삶에 이정표가 될 만한 인물이다.

21세기, 남북은 분단된 상태인데 백면서생들이 수많은 이상들을 쏟아내고 있다. 하늘처럼 떠받들던 미국은 흔들리고, 기술 강국 일본은 호시탐탐 무장을 논하고 있는데 무시하던 중국이 미국을 압박할 만큼의 힘으로 성장했다. 북쪽에서는 군사강국, 자원강국의 러시아가 무서운 힘으로 다가서고 있다. 이겨낼 수 있을까? 백면서생들이.

광해군을 논하지 않을 수 없다. 백면서생 같은 서인들에 의해 쫓겨나지만 않았던들, 조선은 청나라와 명나라, 그리고 일본 사이에서 멋진 자주독립국가가 되었을 것이다. 후손들이 고 고구려의 혼을 이야기하며 한국인의 특성은 진취적 기상이라며 온 누리를 제집삼아 살고 있을 것이다.

광해군과 그의 사람들인 박엽, 이이첨, 그리고 청나라의 파트너들을 이야기하려 한다. 인조반정에 성공한 사람들에 의해, 탐욕스럽고 사악한 인물로 묘사되어 역사책에서 사라진 사람들. 그러나 시대를 제대로 읽었던 사람들을 말하려 한다. 싸워서 이긴 장수 이순신이 아닌 싸우지 않고도 이긴 위대한 조선의 장수 박엽, 조선 최고의 모사꾼 이이첨과 고구려의 또 다른 후손 여진족이 엮어가는 위대한 고구려의 혼.

한반도가 무대가 아닌 대륙으로 향하는 진취적 기상을 논하는 내 소설의 첫 출발점이었던 『팔기군』, '대왕 광해군'이라는 제목으로 다시 살아나길 바란다. 물론 부족하다. 능력이 있는 사람들이 더 많은 이야기를 해주었으면 좋겠다.

동서인 계보도

임금	동인(東人)		서인(西人)	
선조	조식계열 : 김효원 최영록 정인홍 곽재우 이황계열 : 유성룡 김성일 우성전 기타 : 허봉 박원근 이발 정여립 (율곡문하 출신)		율곡·성혼문하 : 조헌 이귀 황신 안방준 율곡·성혼교우 : 심의겸 송익필 정철 김천일 화담문인 : 박순 윤두수 윤근수	
광해군	남인(南人)	북인(北人)		
	우성전 유성룡 김성일 이경중 이덕형 이원익 정경세	이발 정인홍 최영경 정여립 이산해 이이첨 홍여순 남이공		
		대북	소북	
		이산해 이이첨 정인홍 기자헌	남이공 유영경 유희분 박승종	
인조	남인(南人)	북인(北人)	청서·윤서	훈서
	이원익 정경세 이성구 이광정 이 준	남이중	김상훈(청서) 윤방자(윤서)	김류 심기원 신경진 이귀 김자점 최명길
			소서(소론)	노서(노론)
			이귀 장유 나만갑 정홍명	김류 김상용 신흠 오윤겸